Martin Krüger
Weck mich nie

Das Buch

Zusammen mit ihrem fünfjährigen Sohn Paul reist die Osloer Ärztin Jasmin Hansen auf die norwegische Insel Minsøy. Sie hofft, dass in der Abgeschiedenheit endlich die Erinnerungen an ihre schreckliche Unfallnacht zurückkehren. Denn obwohl ihr Mann Jørgen ihr versichert, dass sie nur einen Hirsch überfahren hat, quälen sie Albträume, in denen beim Aufprall ein Obdachloser tödlich verletzt wird.

Aber auch auf Minsøy kommt sie nicht zur Ruhe. Stattdessen gibt ihr die düstere Insel neue Rätsel auf. Als ein Toter am Strand angespült wird, ist Jasmin entsetzt, weil er dem Fremden in ihren Träumen ähnelt. Nur wenig später erhält sie einen mysteriösen Drohbrief mit den Worten: »Ich weiß, was du bist.« Doch wer auf der Insel kennt ihre Vergangenheit? Jemand will um jeden Preis verhindern, dass sie sich erinnert …

Der Autor

Martin Krüger, Jahrgang 1986, studierte die dunkle Kunst der Juristerei in Frankfurt am Main. Heute lebt, arbeitet und schreibt er als freier Autor und Musiker in Süddeutschland und der Schweiz. Mit seinem Thriller »Gaben des Todes« gelang ihm 2016 der Sprung in die Top 10 der Kindle- und der BILD-Bestseller-Liste. Weitere Informationen zum Autor finden sich unter www.kruegerthriller.de und www.facebook.com/kruegerthriller.

MARTIN KRÜGER

WECK MICH NIE

PSYCHOTHRILLER

Deutsche Erstveröffentlichung bei
Edition M, Amazon Media EU S.à r.l.
38, avenue John F. Kennedy, L-1855 Luxembourg
März 2019
Copyright © der deutschsprachigen Ausgabe 2019
By Martin Krüger

Umschlaggestaltung: bürosüd⁰ München, www.buerosued.de
Umschlagmotiv: © JP Greenwood / Getty; © Brandi B / Shutterstock;
© Eky Studio / Shutterstock
Lektorat und Korrektorat: Rotkel Textwerkstatt
Gedruckt durch:
Amazon Distribution GmbH, Amazonstraße 1, 04347 Leipzig /
Canon Deutschland Business Services GmbH, Ferdinand-Jühlke-Str. 7,
99095 Erfurt /
CPI books GmbH, Birkstraße 10, 25917 Leck

ISBN: 978-2-91980-838-0

www.edition-m-verlag.de

Am Fuße des Leuchtturms herrscht nur Dunkelheit.

Aus Japan

KAPITEL 1

Beim letzten Mal war es anders, dachte sie.

Verlassene Häuser standen am Straßenrand neben moosbewachsenen Felsen, die wie bleiche Knochen schroff aus der
Landschaft hervorragten. Segelboote, die für den Winter abge-
deckt wurden, und ein Gasthof, an dem ein »Zimmer frei«-
Schild im Wind schwankte, zogen jenseits der Scheiben vorüber.
Ein Verkaufsstand in einer Hofeinfahrt, wo ein Mädchen und
ein Junge Gemüse anboten. Jasmin Hansen winkte ihnen zu,
doch ihr Winken wurde nicht erwidert. Durch den schmalen
Spalt ihres Fensters auf der Fahrerseite drang ein kalter Hauch
des nahen Nordmeers.

Ihre Finger trommelten nervös auf dem Lenkrad. Im Radio
spielte ein alter Song der Stones, in dem ein Reisender Schutz
vor dem Sturm suchte. *Wie passend*, dachte sie. *Immer auf der
Flucht vor heranbrausenden Unwettern – nur hast du dir deine
dunklen Wolken selbst mitgebracht.* Sie hatte den Volvo in Oslo
gemietet und war die Strecke entlang der Küste heraufgefahren.
Im spätsommerlichen Sonnenschein war sie aufgebrochen, nun
verdeckten schiefergraue Wolken die Sonne.

»Es ist alles in Ordnung«, hatte sie zu Jørgen gesagt, nachdem er sie nur drei Stunden nach ihrem Aufbruch das erste Mal

angerufen hatte. »Es ist alles in Ordnung.« Ihr überbesorgter Jørgen ... und dabei hatte sie sich gefühlt wie eine Lügnerin.

Ihr Blick streifte den Rückspiegel. Paul war eingeschlafen, sein Mund stand halb offen, sein Brustkorb hob und senkte sich in einem sanften, gleichmäßigen Rhythmus. Neben ihm lag noch immer der Nintendo 3DS, der eine leise Melodie spielte. *Paulie*, wie Jørgen ihn manchmal nannte, doch Jasmin mochte den Spitznamen nicht besonders.

An einer Tankstelle, die alt, ein bisschen verrostet und vom Wetter angegriffen am Dorfeingang stand, tankte Jasmin den Volvo XC60 auf. Es roch nach Meer und den endlosen Fichten- und Kiefernwäldern. Paul schlief weiter, während Jasmin ihn liebevoll betrachtete und eine Tür öffnete, um frische, kühle Luft ins Wageninnere zu lassen. Ihr Sohn seufzte leise im Schlaf. Er war groß für seine fünf Jahre, erst vor einigen Wochen hatte sie ihm neue Kleidung kaufen müssen. Er wuchs und wuchs, als wollte er sie in wenigen Jahren überragen.

Wir werden das schaffen. Gemeinsam. Und wenn wir zurückkommen, wird alles wieder gut sein, redete sie sich ein. Daran hielt sie sich fest.

»Vielleicht ist es die letzte Fähre heute«, sagte die alte Frau hinter dem Tresen, als Jasmin die Tankfüllung und drei abgepackte Sandwiches bezahlte. »Ein Sturm zieht auf, ich spür's in den Knochen. Und Sie sind neu hier, junge Frau.«

»Mein Sohn und ich sind auf dem Weg hinauf nach Minsøy.«

Die Alte öffnete den Mund und lachte ein fast zahnloses Lachen. »Dann wünsche ich viel Glück.« Jasmin war schon bei der Tür, als sie hörte, wie die Frau etwas hinzufügte: »Die Insel ist nicht das, wofür Sie sie halten.«

Und dann die Wälder.

Dicht an dicht standen die Kiefern, die Weißbirken und Rotbuchen und ragten in den von graublauen Schattierungen überzogenen Spätsommerhimmel. Hier und da verfärbte sich das Laub und sprenkelte das dichte Grün mit Farbtupfern. Einmal glaubte Jasmin, einen Elch zu entdecken, der zwischen den Stämmen hervorspähte, die mächtigen Schaufeln voll Moos und Flechten, die er von den niedrigen Sträuchern gestreift hatte, das Fell feucht vom Tau.

Auf der Fahrbahn stand ein Kind.

Jasmin riss das Steuer herum. Die Reifen quietschten, als der Wagen ausbrach und über die Straße schlitterte. Dann kam er zum Stehen, Jasmin wurde in den Gurt geschleudert.

»Hey!«, schrie sie. »Verflucht, was soll das? Pass doch auf!«

Das Kind trug einen gelben Regenmantel mit einer spitz zulaufenden Kapuze, die sein Gesicht verdeckte. Langsam lief es über die Straße auf den Wagen zu.

»Kleiner, wo sind denn deine Eltern?«

Es war gar kein Kind. Jasmin sah dem kleinwüchsigen Mann ins Gesicht, der den Blick aus eisblauen Augen erwiderte, während er wortlos an ihr vorüberging und schließlich mit kurzen Schritten im Unterholz verschwand. Das Gelb seines Mantels verlor sich zwischen den Blättern.

»Mama?«

Erschrocken fuhr Jasmin herum. Paul sah sie mit großen Augen an, während er sich den Schlaf aus den Augenwinkeln rieb. »Was … was ist denn los?«

Jasmin schluckte, um den seltsamen, bitteren Geschmack in ihrem Mund zu vertreiben. »Nichts, Schatz.«

»Sind wir da?«

»Noch nicht. Aber nicht mehr lang, dann sind wir auf der Fähre.«

»Auf dem Meer?«

»Ja. Auf dem Meer.«

»Wie lang ist nicht mehr lang?«

Jasmin strich ihm über das kornblonde Haar, das ihrem eigenen so sehr ähnelte. »Nur noch die Straße runter.«

Die Fähre blies graue Abgaswolken in die Luft, die sich wie dunkle Nebelschwaden über dem Dock verteilten, und ließ ein lang gezogenes Brummen hören. Jasmin nahm Paul bei der Hand, gemeinsam traten sie an die Reling und blickten auf die schäumende Gischt hinab, während der kalte Wind ihnen feine Tröpfchen auf die Wangen trieb. Möwen begleiteten ihren Weg auf den ersten hundert Metern, dann schwenkten sie um in Richtung Festland und ließen sie allein hinaus in den Nebel fahren, der sie nach wenigen Minuten umhüllte und jeden Laut erstickte – alles bis auf das Schlagen der Wellen gegen den Schiffsrumpf und das Dröhnen der Motoren.

»Mir ist kalt«, sagte Paul und zupfte an ihrem Jackenärmel. Jasmin kaufte ihm in der Cafeteria der Fähre eine heiße Schokolade, die sie an einem Tisch gemeinsam tranken. Jasmin griff nach einer Tageszeitung, die jemand auf dem Tisch hatte liegen lassen. Die Seite mit den Tagesberichten zog sie magisch an. *Unbekannter Toter, unbekannter Toter aufgefunden,* ihr Blick suchte nach diesen Worten, während sich ihre Hände um die Tasse verkrampften; doch natürlich war da nichts. Erleichtert atmete sie auf, wie jedes Mal, doch zurück blieb jene unterschwellige Anspannung, die sie stets begleitete. *Eines Tages wirst du es entdecken. Eines Tages wird dich all das einholen.* Davon war sie überzeugt.

Ein Mann in den Sechzigern in einem moosgrünen Wettermantel, von dem das Wasser auf den Boden tropfte, setzte sich zu ihnen und wärmte sich die knorrigen Finger an einer großen Tasse Kaffee. Mit einem heiteren Lächeln in seinem wettergegerbten Gesicht sah er sie beide an.

»Da hat aber jemand großen Durst«, brummte er. »Meine Tochter hat das auch immer gerne getrunken, wenn wir einmal die Woche rüber aufs Festland gefahren sind.«

»Es gibt doch nichts Besseres, um sich bei diesem Wetter richtig aufzuwärmen«, erwiderte Jasmin. Sie tupfte sich mit der Serviette die Lippen ab. Wie immer war es ihr auf seltsame Art unangenehm, von Fremden einfach so in ein Gespräch verwickelt zu werden, und es kostete sie jedes Mal von Neuem Überwindung, darauf einzugehen.

»Minsøy versteckt sich im Nebel«, fuhr der alte Mann fort, nachdem er einen prüfenden Blick aus dem Bullauge geworfen hatte. »Das tut sie immer. Die Insel ist wie eine alte Lady und sie hat ihre Geheimnisse. Und die will sie um jeden Preis bewahren.«

»Sie kennen Minsøy gut?« Jasmin dachte an die einzige größere Ortschaft der Insel, das zweitausend Seelen umfassende Dorf Skårsteinen, in dem Jørgen und sie übernachtet hatten, als sie zum ersten Mal das Haus besichtigt hatten, und an den Wind, der vom Meer herübergeweht war. Es war ein milder Frühlingstag gewesen, als sie das alte Kapitänshaus zum ersten Mal gesehen hatte – wenige Monate später hatten sie es gekauft. *Es war unser kleiner Rückzugsort*, dachte sie. *Bis zu jenem Tag.*

»Ich führe den Krämerladen in der Hauptstraße, zusammen mit meiner Frau. Und wenn ich diese Fähre nicht kriege, macht sie sich Sorgen. Der Sommer geht zu Ende und mit jedem Tag wird das Meer tückischer. Die Gezeiten ändern sich, und wenn es erst mal so weit ist und der Wind auf Nord dreht, dann ergreifen noch die Letzten hier die Flucht. Bis auf die, die schon immer da waren, und die, die nicht wegkönnen.« Er musterte sie prüfend. »Oder die, die ganz bewusst erst jetzt kommen.«

»Mein Mann und ich haben ein Haus auf Minsøy gekauft.«

»Ein *Sommerhaus*, wollten Sie sagen.«

Jasmin nahm einen Schluck von ihrem Getränk, das inzwischen abgekühlt war. »Ist das schlecht?«

»Kommt darauf an«, ein herbes Lächeln umspielte seinen bärtigen Mund, herb und doch warm, »ob Sie ein Sommer- oder ein Wintermensch sind. Aber diese Frage … hm, die haben Sie eigentlich schon beantwortet. Sie sind auf irgendeine Weise auf der Suche, nicht wahr? Wie die meisten von uns.«

»Auf der Suche nach …« Jasmin sah aus den Augenwinkeln, wie Paul aufstand, zum Fenster ging und sich die Nase an der Scheibe platt drückte. Regen peitschte dagegen und lief in Schlieren über das dicke Glas. »Eher … nach mir selbst.«

»Sie werden schon zurechtkommen.« Der Alte streckte seine Hand aus, eine große, von körperlicher Arbeit geprägte Pranke, und Jasmin schüttelte sie. »Karl Sandvik«, stellte er sich vor. »Kommen Sie vorbei, wenn Sie etwas brauchen. Unsere Tür steht immer offen und meine Frau freut sich über jedes neue Gesicht.«

»Danke«, erwiderte Jasmin. »Jasmin Hansen. Vielen Dank.«

»Ist immer gut zu wissen, dass es noch junge Leute gibt, die aus einem härteren Holz geschnitzt sind. Welches Haus war das, sagten Sie noch gleich?«

»Die Nummer 7. An der Südküste, gleich am Strand.«

»Ah.« Sandvik strich sich durch den Bart. »Die alte Kapitänsvilla. Schöner Fleck, der Wald, der Strand. Na, dann sehen wir uns, hoffe ich doch.«

»Sehr gerne.«

Sandvik nickte und sah sich abermals zu dem Fenster um, aus dem Paul noch immer hinausblickte, während er Buchstaben auf die beschlagene Scheibe malte. »Da ist sie«, sagte Sandvik. »Minsøy.«

Aus dem Nebel tauchte hellgrauer Fels auf, der bald in dunkelgrauen überging, gefolgt von schroffen Hängen, Klippen, einem Strand, mit Kieselsteinen übersät, an dem die Wellen mit aller Kraft anbrandeten. Sie sah den Leuchtturm und sein Leuchtfeuer, die Straße, die entlang der Klippen führte, und die Dächer des Dorfes Skårsteinen in der Ferne.

Die Insel war wild, rau und schön, ein nahezu unberührter Fleck Erde. Der Hafen kam näher und die Fähre verlor an Fahrt. Für einen Moment riss die Wolkendecke auf und ließ ein paar Strahlen der Spätsommersonne hindurch.

Sieh mal, schien sie sagen zu wollen, nicht alles ist dunkel.

»Wir sind da.«

Kapitel 2

Jasmin Hansen hatte das Haus am Ende der Straße sofort gemocht, als sie es zum ersten Mal sah. Zugegeben, das Dach war ein wenig schief, der rote Ziegelstein der dem Wind zugewandten Seite von Moos bewachsen und mit Salz verkrustet – und doch stand es aufrecht, als hätte es beschlossen, sich dem Ansturm des Meeres und den stürmischen Winden niemals zu beugen. Es wirkte vertraut, ein Ort, an den sie sich zurückziehen konnte, um einen klaren Gedanken zu fassen. Etwas, das sie nun so sehr brauchte, mehr als je zuvor in ihrem Leben.

»Wir sind da«, sagte sie mit klopfendem Herzen. »Ich glaube, das wird uns gefallen, meinst du nicht?«

Ihr Sohn Paul sprang aus dem Auto, kaum dass die Tür des Mietwagens offen stand – und Jasmin folgte ihm mit einem Lächeln, als er auf das Haus zurannte, dicht gefolgt von Bonnie, ihrer dreijährigen Labradorhündin, die nach der Fahrt die Schnauze schnuppernd in den Wind streckte.

Bonnie und Clyde, dachte Jasmin. *Wenn Jørgen und ich uns einen zweiten Hund angeschafft hätten, wäre kein anderer Name infrage gekommen. Jetzt wird es wohl nicht mehr dazu kommen.*

Das Knirschen von Autoreifen brachte sie dazu, sich umzusehen. Ein alter VW steuerte die Zufahrt herauf, der Mann, der kurz darauf ausstieg, wirkte, als hätte ihn jemand direkt in seinen blauen Allwettermantel gegossen.

»Jasmin Hansen«, sagte sie. »Ich bin …«

»Sicher, weiß ich doch«, brummte er. »Knut Jüting, aber das wissen Sie ja schon. Gut rübergekommen, hm?«

»Die Fähre war etwas ruppig.« Jasmin lächelte unverbindlich.

»Im Radio sagen sie, der erste große Herbststurm kommt sehr bald, junge Frau, und da kann ich denen nur recht geben. Ich kann ihn spüren. Ist ein Beißen in diesen alten Knochen, wie ich es schon lange nicht mehr erlebt habe.« Er reichte ihr einen Schlüsselbund, an dem drei Schlüssel befestigt waren, einer größer als der andere. »Haustür, Schuppen hinter dem Haus und einer für das Bootshaus unten am Strand hinter dem Wäldchen da. Die Tür drüben klemmt ein bisschen, also nur Mut, nicht zaghaft zu Werke gehen, ja?«

»Wunderbar«, erwiderte Jasmin. Knut Jüting, der als Hausverwalter für einige der leer stehenden Häuser an der Westseite von Minsøy zuständig war, schüttelte ihr die Hand. Sie spürte Schwielen und raue Haut, die von harter körperlicher Arbeit auf hoher See zeugte. »Wie war das mit dem Sturm?«

»Kommt näher«, erwiderte Jüting. »Aber das Dach ist dicht, Frau Hansen, machen Sie sich da mal keine Sorgen. Dafür hab ich gesorgt.« Er holte ein klobiges altes Handy hervor, das er wohl vor Jahren gekauft und seitdem nicht mehr ausgetauscht hatte. »Und wenn noch etwas ist … rufen Sie nur an. Ist nicht besonders weit vom Dorf.«

»Nur die Straße runter, nicht wahr?«

»Immer die Straße runter«, erwiderte er und ging zu seinem VW zurück. »So ist es.«

Jasmin fand Paul und Bonnie im überwucherten Garten hinter dem Haus, wo sich die Birken dicht an das Grundstück herandrängten. Sie sah den schmalen Pfad, der im hohen Gras kaum auszumachen war, den Pfad, der hinab zum Strand führte.

»Wer von euch will sich mal drinnen umschauen?«, rief sie. »Und wer will ein Glas heiße Schokolade?«

Bonnie bellte und Paul kicherte, als die Hündin ihm das Gesicht abschleckte. Jasmin öffnete die Eingangstür. In das dunkle Eichenholz war eine bunte, verspiegelte Glasscheibe eingelassen, durch die man von drinnen hinausblicken konnte. Es knarrte, dann stand sie offen.

Es roch nach Staub und Moder, und darunter nach etwas anderem, das sie noch nicht identifizieren konnte – vielleicht Schimmel, vielleicht auch Verwesung. Ein Tier, das durch ein kaputtes Fenster hineingelangt war und den Weg zurück nicht mehr gefunden hatte? Möglich wäre es, das Haus hatte jahrelang leer gestanden.

Fünf Jahre, genau genommen.

Du bist wieder da, dachte sie. *Nach all der Zeit bist du wieder da.*

Paul und sie betraten einen Vorraum, eine Art Windfang, der die Kälte im Winter aus den übrigen Räumen im Erdgeschoss fernhalten sollte. Ein gemauerter Kamin befand sich gegenüber der Eingangstür, darüber hing ein Bild in Ölfarben: ein altes Segelschiff, das über ein unruhiges Meer fuhr, die Rahsegel vom Wind gebläht.

Auf dem Boden und der Kommode lag eine Staubschicht, sodass Bonnie Pfotenabdrücke hinterließ, als sie neugierig durch den Windfang in Richtung Küche trottete. »Bonnie, zu mir.« Die Hündin kam gehorsam an ihre Seite zurück und sah erwartungsvoll zu ihr auf. Jasmin behagte es nicht, dass sie gleich durch das Haus jagte und womöglich irgendein Tier aufscheuchte, das sich in der Zwischenzeit hier eingenistet hatte. Zwar hatte der Hausverwalter regelmäßig nach dem Rechten gesehen, aber das Kehren hatte er offenbar nicht zu seinen Pflichten gezählt.

»Vielleicht sollten wir als Erstes den Staubsauger suchen«, sagte Jasmin. »Aber zuerst …« Sie drückte den Lichtschalter. Es summte, als wollten die alten, lange nicht genutzten Glühlampen protestieren – dann jedoch erhellte warmes Licht den Windfang. Eine Wandlampe flammte hell auf, dann erlosch die Glühlampe mit einem Knall, doch der Rest blieb hell.

Die Küche war gleich nebenan, ein Gasherd beim Fenster, das nach hinten auf den Garten hinausging, wo Silberpappeln und Birken sich sanft im Wind wiegten, daneben ein kleiner runder Esstisch. Noch immer lag die karierte Tischdecke dort, wo sie damals, als alles leichter und so viel unbeschwerter gewesen war, zusammengesessen hatten, während die milde Sommersonne durch die Sprossenfenster hereinschien. Gleich nebenan befand sich das Wohnzimmer, mit der Küche durch einen holzgetäfelten Flur verbunden. Jasmin warf nur einen kurzen Blick hinein – die grüne Couch mit dem Blumenmuster, von der Jørgen sich nicht hatte trennen wollen, stand noch immer auf den Nussbaumholzdielen vor der Fensterfront, die auf die Veranda hinausging, wo eine Treppe hinab in den Garten führte, und dann auf den Pfad immer weiter hinab durch das Wäldchen bis zum Strand.

Leichter Regen setzte ein, schlug gegen das Fenster und erzeugte ein leise plätscherndes Geräusch. Gänsehaut kroch über ihren Körper. Vor ihrem inneren Auge erschien ein grelles weißes Licht – ein Lichtblitz – und mit ihm kamen Erinnerungen, die sie am liebsten verdrängt hätte, weggesperrt in eine Truhe tief in ihrem Bewusstsein.

Quietschende Bremsen. Die Gestalt im Scheinwerferlicht, nah, viel zu nah. Der strömende Regen, der ihr die Sicht genommen hatte, das Trommeln des Wassers auf der Windschutzscheibe.

Wasser wie Blut, das über den Boden floss. Blut, das sich mit dem Regen vermischte und den Grund tränkte.

Ihr eigener Schrei, der in ihren Ohren widerhallte.

Dann der Aufprall.

»Mama?«

Jasmin schreckte hoch.

Paul stand vor ihr. »Ich hab den Staubsauger gefunden«, erklärte er und musterte sie mit großen Augen. »Ist rot und riesengroß.«

»Du hast …« Sie brauchte einige Augenblicke, um sich zu sammeln, ihre Gedanken zu sortieren. *Atmen*, ermahnte sie sich. »Danke, Schatz.« Wieder sah sie zu den Fenstern hinüber, den wiegenden Birkenkronen. »Magst du dir mit Bonnie den Garten hinterm Haus ansehen? Aber geh nicht weiter als bis zu den Bäumen da unten, damit ich dich sehen kann, einverstanden?« Sie öffnete ihnen die Tür zur Veranda und Paul und Bonnie sprangen hinaus.

Das vergnügte Lachen ihres Sohnes hallte herauf, während sie ihm nachsah. *Du musst für ihn da sein. Das ist alles, was zählt. Der Versuch, hier deine Erinnerungen wiederzuerlangen, all das, was du vergessen hast – das ist wichtig, zweifellos, aber nicht das Wichtigste.*

Das Wichtigste ist, dass du wieder zu dir selbst findest.

Nur so kannst du für Paul in der Weise da sein, die er verdient.

Und wenn du das geschafft hast, dann …

Nein. An Jørgen wollte sie jetzt nicht denken.

Sie fand den Staubsauger dort, wo sie ihn in Erinnerung hatte, in einer Abstellkammer neben der Küche. Eine dicke Spinne kroch aus dem Rohr, als sie ihn in Richtung Flur beförderte, doch funktionierte er einwandfrei. Nach einer Stunde sah das Erdgeschoss vorzeigbar aus, Jasmin ging einige Male zwischen Mietwagen und Haus hin und her und lud die Taschen und Koffer aus, während Bonnie auf der untersten Treppenstufe saß und ihr zusah. Paul hatte einen Stock gefunden und kämpfte gegen einen unsichtbaren Gegner.

Die Tasche mit ihren Unterlagen brachte sie zuletzt hinein, nahm die steile Treppe hinauf und warf einen Blick ins Schlafzimmer. Der Vorhang vor dem Fenster war halb beiseitegeschoben, als hätte vor wenigen Sekunden noch jemand dort gestanden und hinausgeblickt.

Es wird schon gehen.

Es muss.

Aus dem Wasserhahn im Bad kam eine rotbraune Flüssigkeit. Ein dicker, gluckernder Strahl, der Druck war gut, der Rest eher nicht. Sie ließ es einige Minuten laufen, bis der Rost aus den Rohren gespült war und nur noch klares Wasser floss, das sich jedoch beharrlich weigerte, warm zu werden.

»Tust du mir den Gefallen und packst deine Tasche aus? Das sind deine Sachen.« Das Zimmer, in dem Paul schlafen würde, ging Richtung Süden auf den Garten zu und lag ihrem gleich gegenüber. »Ich bin kurz unten im Keller und werf einen Blick auf die Heizung.«

Und hoffentlich, dachte sie, *weniger auf die Spinnen.*

Die Brettertür knarrte, als sie den einfachen Metallhaken anhob, der die Kellertür im Flur verschlossen hielt. Jasmin tastete nach dem Lichtschalter, doch als sie ihn fand, flammte eine Lampe kurz taghell auf, um dann wieder zu erlöschen. Die steil in die Tiefe abfallende Kellertreppe gleich vor ihr – und dort unten …

Für einen Moment war sie überzeugt, dass in diesem Bruchteil einer Sekunde etwas von dort unten zu ihr heraufgeblickt hatte. Etwas, das sich auf allen vieren dicht über dem Boden bewegte. Kein Tier.

»Oh verflucht«, sagte sie halblaut. In der Küche fand sie eine Schachtel mit Streichhölzern und Kerzen – *immer gut, so was in dieser Gegend im Haus zu haben*, hörte sie Jørgens Stimme in Gedanken – und ein Küchenmesser.

19

Die Stufen knarrten, als sie hinabstieg. Es klang wie das Ächzen eines Todkranken. Häuser so nah am Wasser sollten keinen Keller besitzen, hatte ihr einer der Nachbarn erklärt – aber hier scherte man sich nicht darum.

Hier muss man nur damit zurechtkommen. *Die Natur kümmert sich nicht um dich. Sie existiert nur.*

An der Wand lehnten Schaufeln, Spaten, eine Spitzhacke. Ein Waffenschrank, der ein rostiges Quietschen von sich gab, als Jasmin die grüne Tür berührte. Ein altes Jagdgewehr lagerte dort – eine Repetierflinte. Ihr Herz klopfte heftig. Der Warmwasserboiler ragte wie der übergroße Zylinder eines Zauberers aus dem Dunkel hervor, eines Zauberers, der hier unten ganz besonders seltsame Dinge probte.

Daneben befand sich der Heizkessel. Der große Schalter, der die Stromzufuhr zum Gasbrenner unterbrach, war umgelegt.

Natürlich ist er das. Jørgen hat sich immer um diese Dinge gekümmert. Oder war es der Hausverwalter?

Jasmin bewegte ihn in die Position »Betrieb« – und der Brenner erwachte mit einem Rumpeln zum Leben. So viel dazu. Aus einem Regal, das von Spinnweben übersät war, nahm sie einige Ersatzsicherungen für den Kasten im Flur und eine Stabtaschenlampe ohne Batterien.

Sie würde sich gleich morgen auf den Weg ins Dorf machen müssen, um den Rest zu besorgen. Das war nicht schlimm, so würde sie unter Leute kommen. *Genau das, was du brauchst.*

Oder?

Oder?

Jasmin schwenkte ihre Kerze herum. Ein Luftzug ließ die Flamme aufflackern. Sie hatte diesen muffigen, modrigen Keller nie gemocht. In einer Ecke stand ein Ruderboot hochkant gegen die Wand gelehnt, die rote Hülle schimmerte im Kerzenlicht wie frisches Blut. Irgendwo in der Dunkelheit knisterte und knackte es im Laub, das der Wind hereingeweht haben musste.

Die Tür im hintersten Winkel war nur angelehnt.

Das war sie *nie*.

Diese Tür war *immer* verschlossen gewesen, darauf hatte sie bestanden.

Jasmin spürte, wie sich ihr Puls beschleunigte und ein Schauer ihren Rücken hinabjagte, als wäre die Raumtemperatur jäh um einige Grad gefallen.

Sie trat einige Schritte zurück.

Durch den Türspalt blickte ein Auge. Silbern gerändert mit einer Pupille, in der es rötlich schimmerte.

Sie blinzelte: Es war fort.

Jasmin wirbelte herum und rannte die Treppe hinauf. Die Brettertür schlug mit einem Knall hinter ihr zu, sie hängte den Metallhaken ein und schob die niedrige Kommode davor, die im Flur ganz in der Nähe an der Wand stand. Die Schuhe, die sich im Inneren befinden mussten, polterten durcheinander.

Ihre Hände zitterten.

Da unten war nichts. Das ist nur deine Fantasie, die sich mit all dem, was du erlebt hast, vermischt hat.

»Ich hab es gefunden«, sagte Paul hinter ihr, was Jasmin mit einem halblauten Schrei herumfahren ließ. »Oben … da ist eine Scheibe kaputt«, erklärte er und machte ein etwas schuldbewusstes Gesicht.

Jasmin blinzelte. »Du hast *was* gefunden?«

»Es ist ein Fuchs.« Paul zog eine Schnute. »Na ja, in Wahrheit hat Bonnie ihn gefunden, nicht ich.«

Das Tier lag in einem Schrank in der Abstellkammer am Ende des Flures im Obergeschoss, wo die Dielen knarrten und die Umrisse des Wasserflecks, der einmal durch eine undichte Stelle im Dach entstanden war, sich noch immer auf der Tapete abzeichneten. Jørgen hatte das Dach geflickt, erinnerte sie sich, und wäre dabei einmal fast herabgestürzt, doch danach hatte er nur gelacht. Wie immer nahm er alle Schwierigkeiten mit einem Lachen und einem Schulterzucken. Für einen Augenblick sehnte sie sich nach ihm, wollte, dass er hier war, sie in seine Arme schloss.

Dann verdrängte Jasmin den Gedanken.

Du musst es allein schaffen.

Er glaubt dir nicht.

Niemand tut das.

Aber wie könnte ich es ihnen verübeln?

Der Fuchs konnte noch nicht allzu lange tot sein, vielleicht ein oder zwei Tage. Der Geruch, der von ihm ausging, war unangenehm, aber bei Weitem nicht so stark, wie sie es empfunden hatte, als sie das Haus zum ersten Mal betreten hatte. Nun war im Rest des Hauses nichts mehr zu riechen, der Wind hatte die alte Luft durch die geöffneten Fenster hinausgefegt. Jasmin holte die Arbeitshandschuhe aus der Abstellkammer und trug das Tier hinaus.

Das hohe Gras im Garten hinter dem Haus strich um ihre Beine und wisperte leise im Wind. »Wir müssen ihn begraben«, sagte Paul, der ihr gefolgt war. Bonnie lag auf der Veranda und sah ihnen hinterher, die dunklen Schlappohren aufmerksam in ihre Richtung gewandt, damit ihr ja nicht entging, was ihre Menschen da taten.

Begraben.

Jasmin warf Paul einen Blick zu. Er hatte eine kleine Schaufel mit hinausgebracht und gähnte mit der ganzen Müdigkeit eines Fünfjährigen nach einem anstrengenden Tag wie diesem. Sie strich ihm über den Kopf. »Lass mich das machen«, erwiderte sie ruhig, »später.«

»Versprichst du es?«

»Natürlich. Großes Indianerehrenwort.«

Paul griff in die Tasche seiner blauen Regenjacke und zeigte ihr eine kleine, aus Papier gefaltete Tierfigur, die einen kleinen Fuchs darstellen sollte. Seit ihm seine Schwester Origami gezeigt hatte, war Paul ziemlich begeistert davon; sein Buch und das schwere Papier, das sich so hervorragend falten ließ, hatte Jasmin als einige der ersten Dinge eingepackt. »Das habe ich gemacht. Für ihn. Ich finde, wir sollten es ihm schenken.«

»Ist das aus dem Buch? Ich wusste gar nicht …«

»Ist es nicht.« Paul schüttelte den Kopf. »Hab ich mir selbst ausgedacht.«

»Das ist sehr schön, mein Schatz.«

»Damit er nicht so allein ist, weißt du? Das soll er doch nicht, allein sein.«

»Nein«, erwiderte sie leise und schluckte, um den Kloß in ihrer Kehle zu lösen, der ihr das Sprechen erschwerte, »das sollte er nicht.«

Sie verbrachte den Rest des Nachmittags damit, das Haus zu säubern, die Spinnweben aus den Ecken zu entfernen, den Staub von den Vorhängen und den Möbeln zu wischen, die Betten frisch zu beziehen und das Feuer im Kamin neu zu entfachen.

Paul und sie nahmen ein leichtes Abendessen zu sich, Bonnie bekam ihr Lieblingstrockenfutter aus ihrem Napf. Dann probierte Paul aus, ob das Fernsehgerät im Wohnzimmer noch funktionierte.

Wie sich herausstellte, tat es das. Ihren kleinen Jungen dicht an sich gekuschelt, konnte Jasmin zum ersten Mal, seit sie aufgebrochen war, etwas entspannen. Es lief eine Quizshow und das leise Brummen der Waschmaschine vom anderen Ende des Flures machte sie schläfrig. Paul flüsterte nach einer Stunde leise im Schlaf vor sich hin, sie trug ihn behutsam nach oben und deckte ihn zu.

»Schlaf gut, mein Großer.«

»Liest du mir noch etwas vor?« Er blinzelte unter halb geschlossenen Lidern zu ihr auf und Jasmin musste lachen. Die Kiste mit den Büchern, die sie mitgebracht hatte, stand noch draußen im Flur. »Dir fallen doch sowieso schon die Augen zu. Schlaf jetzt.«

»Nacht, Mama.«

»Gute Nacht, Bär.«

Jasmin ließ das Licht im Flur eingeschaltet, als sie wieder nach unten ging, prüfte die Fenster und drehte den Schlüssel in der Haustür ein weiteres Mal herum. Das Geräusch des Riegels im Schloss klang sehr überzeugend nach widerstandsfähigem Metall und beruhigte sie ein wenig.

Knarrten da die Treppenstufen? Kam da etwas vom Keller herauf? Drückte etwas von innen gegen die Tür, rüttelte an der Kommode?

Jasmin dachte daran, was dort unten geschehen war. Sie hatte es nie vergessen, nie vergessen können: Der Mann, der ihnen das Haus präsentiert hatte, hatte sie herumgeführt, ihnen den Garten gezeigt, den Pfad hinab zum Strand, das Haus, vom Keller bis zum Dachboden – und dann, als sie zusammensaßen und eine Tasse des guten, frisch gebrühten Kaffees tranken, erzählte er die Geschichte. »Ich kann es Ihnen beiden nicht verkaufen«, begann er, »ohne das zu erwähnen, denn es wäre nicht richtig.«

Jasmin hatte Jørgen einen Blick zugeworfen, den er mit einem Lächeln erwiderte, als wollte er sagen: Jetzt kommen die Geistergeschichten, aber ganz gleich, was es ist, wir beide haben uns doch schon längst in dieses alte Häuschen verliebt. Doch was der Mann als Nächstes sagte, wischte jedes Lachen aus dem Gesicht:

»Jemand ist hier gestorben. Es war Selbstmord, unten, im hintersten Raum im Keller, da hat man ihn gefunden. Er hing an den Querbalken, die an der Decke entlanglaufen, und sein Gesicht war völlig …«

Jasmin war hinausgestürzt, die Hand gegen ihren Bauch gepresst, der sich unter der Strickweste spannte. »Wir müssen es nicht kaufen«, sagte Jørgen später, als sie wieder mit dem Wagen unterwegs waren. Jasmin hatte sich umgesehen. Das alte Kapitänshaus schimmerte im Licht der untergehenden Sonne.

Komm zurück, schien es zu locken.

Du bist einmal über meine Schwelle getreten, jetzt lass ich dich nie mehr los.

Jemand ist dort gestorben, hatte sie gedacht. *Das ist aber auch schon alles. Du warst nie abergläubig oder für irgendwelche Schwingungen empfänglich, so wie deine Mutter. Das Haus ist wunderschön und so nah am Wasser – wir müssten lange suchen, um etwas Besseres zu finden.*

Also hatte sie alle Zweifel beiseitegeschoben.

Eines hatte sie jedoch trotz allem nie mehr getan: den hintersten Raum unten im Keller betreten.

TEIL EINS

EIN ALTES HAUS AM MEER

KAPITEL 3

Die Nacht war klar, die Sterne glichen funkelnden Eiskristallen, eingewoben in eine weiche Decke aus blauschwarzem Samt, als Jasmin im Garten hinter dem Haus die Grube für den Fuchs aushob. Der Wind wisperte in den dürren Blättern der Pappeln und Birken, als wollte er eine längst vergessene Geschichte erzählen. Sie benutzte den Spaten, danach die Schaufel und grub gut einen halben Meter tief. Behutsam ließ sie den Fuchs hineinsinken und stellte zuletzt Pauls Origami-Figur neben ihn.

Damit er nicht so allein ist.

Auf welche Gedanken Paul doch manchmal kommt.

Im nahen Wäldchen knackte ein Ast. *Als wäre ein schwerer Stiefel darauf getreten*, dachte sie. Nervös suchten Jasmins Augen die Dunkelheit ab, doch konnte sie nichts entdecken, nur das blauschwarze, konturlose Nichts, in das diese Nacht die ganze Welt verwandelt hatte. Ein Strauch schwankte im Wind, die Zweige glichen den ausgestreckten Armen eines Fremden.

Jasmin wandte sich ab und ging zurück zum Haus, Spaten und Schaufel geschultert, und hinterließ kleine Erdklumpen auf den Treppenstufen.

Eindeutige Spuren, dachte sie. *Schuldig im Sinne der Anklage, Frau Hansen, und das Urteil folgt sogleich.*

Ihre Schultern und Arme protestierten schmerzhaft, aber es war eine gute, ehrliche Arbeit gewesen, wie ihre Mutter früher gesagt hätte, und es schien ihr richtig, das Tier nicht im Wald zu entsorgen – ganz davon abgesehen, dass Bonnie es womöglich abermals entdeckt, oder, Gott bewahre, wieder ausgegraben und angeschleppt hätte und Paul von ihr zutiefst enttäuscht gewesen wäre.

Und das wollte sie auf keinen Fall.

Jasmin betrachtete sich im Spiegel des kleinen, muschelschalenfarben gekachelten Bades. *Du bist müde. Und du bist immer noch längst nicht du selbst.*

Der Unfall.

Es steckt dir in jedem Muskel, jedem Knochen, ist tief in deine Seele eingebrannt.

Und niemand will dir glauben.

Dies war von allen Dingen am schlimmsten. Jasmin zog sich aus. Dort, wo man sie genäht hatte, hob sich die Narbe blass von ihrer Haut ab. Nur ein paar Monate war das her, erinnerte sie sich, aber die Narbe sah schon viel, viel älter aus. Durch den Aufprall hatte sich ein Teil der Armatur in ihre Seite gebohrt ... es war knapp gewesen, sehr knapp.

Aber du lebst.

Du lebst, der andere jedoch ...

Sie verdrängte den Gedanken, schob ihn beiseite wie eine unliebsame, schwere Kiste, die im Weg herumstand, und stieg unter die Dusche. Das Wasser war heiß, der Druck stark und eine Wohltat nach diesem Tag. Sie schloss die Augen, lauschte dem sanften Plätschern und dem Gluckern im Bodenabfluss, das sich mit dem schwachen Rauschen des Windes draußen vermischte. Ein Fensterladen klapperte gegen die Fassade, während der Strahl ihre verspannten Schultern massierte.

Das Licht hatte sich blutrot verfärbt, als wollte es ihre Schmerzen widerspiegeln. Jasmin war es, als hätte man ihre linke Seite mit glühenden Kohlen gefüllt, ein Schmerz, der hinauf zu ihrer Schläfe und hinab in den Unterschenkel strahlte; später sagte man ihr, sie hätte nach ihrem Mann und ihrem Sohn gerufen, als sie erwachte, immer wieder, panisch, verängstigt ... und immer wieder zudem etwas anderes: »Aus dem Weg, aus dem Weg!«, hatte sie gerufen, als hätte sie jemanden warnen wollen.

Der Mann, der sich während ihres Erwachens über sie beugte, dessen vertraute Gesichtszüge sich aus dem verschwommenen, nebligen Dunkel ihrer Bewusstlosigkeit herausschälten, war nicht Jørgen. Sie sah nicht in das Gesicht ihres Mannes, sondern blickte in Sven Birkelands nordisch blaue Augen, hinauf zu dem kühlen, prüfenden Blick des Oberarztes des Osloer Ulleval-Universitätsklinikums, des Mannes, an dessen Seite sie normalerweise Tag für Tag im OP stand.

Jasmin öffnete den Mund und spürte, wie ihre Mundwinkel vor Trockenheit einrissen, was ziemlich wehtat. Sie hatte Durst, ihre Kehle war ausgetrocknet, als hätte sie eine Wüste durchwandert. »Was ist mit mir?«

»Ruhig, Jasmin. Ganz ruhig.« Er berührte ihre Hand und musterte sie zu gleichen Teilen liebevoll und besorgt. Diese Sorge machte ihr mehr zu schaffen als die Schmerzen – doch am meisten war es die Tatsache, dass sie sich nicht erinnern konnte. Und dieser dumpfe Schmerz, woher kam er?

»Was ist denn passiert?« Jasmin räusperte sich und hustete, was sofort eine neue Welle von Schmerzen durch ihren Körper schickte. *Jemand muss deinen Kopf aufgesägt und Glassplitter gleich hinter deiner Stirn eingenäht haben, anders lassen sich diese Schmerzen nicht erklären.* »Das ... Es tut so weh.«

Sven Birkeland blickte ein Stück zur Seite und Jasmin bemerkte den Tropf, der mit ihrem Arm verbunden war. Der Rest ihres Körpers war unter einer weißen Decke verborgen. Sie roch den antiseptischen Geruch eines Desinfektionsmittels, der ihr so vertraut war wie Jørgens Berührungen.

31

Du bist im Ullevål. Aber nicht bei der Arbeit. Du ...

»Jasmin, du hattest einen Unfall. Wir haben uns um dich gekümmert. Es ist alles in Ordnung, du kommst wieder auf die Beine.«

Jasmin griff nach seinen Fingern. »Sag mir die Wahrheit!«

»Es war ein Autounfall. Ein Wildschaden.«

»Was? Wild?« *Das stimmt nicht,* kam ihr in den Sinn, *etwas stimmt hier nicht ...*

»Ja, Kleine. Ein Hirsch, und ein ziemlich großes Exemplar noch dazu. Du bist verletzt, aber das ist nichts, was wir nicht wieder zusammenflicken können. Du weißt doch, das ...« Er lächelte und es war diese Geste, die ihr wieder etwas Halt gab.

»Das machen wir doch immer«, beendete sie den Satz an seiner Stelle.

»Sieh es doch mal so: Du kannst all die Vorzüge dieser Klinik mal von der anderen Perspektive aus erleben. Ist das nicht großartig?«

Jasmin deutete schwerfällig in Richtung des Tropfes und der Schmerzmittelpumpe darunter. »Etwas mehr, mir tut alles weh.«

»Aber natürlich.«

»Was ist mit Paul? Mit Jørgen?«

»Alles gut.« Birkeland zögerte, doch war es ein solch kurzes, kaum merkliches Zögern, dass es Jasmin in ihrem benebelten Zustand nicht richtig wahrnahm. »Sie warten schon die ganze Zeit draußen. Aber ich würde sagen, du schläfst jetzt noch eine Runde, oder?«

Jasmin schloss die Augen. Selbst dieses kurze Gespräch hatte sie unglaublich angestrengt, sie spürte, wie sie nur noch einschlafen wollte, während der Schmerz, der von ihrer Seite ausstrahlte, sich mit jeder Sekunde in ein dumpfes, bedeutungsloses Hintergrundrauschen verwandelte. »Klingt gut. Sag Jørgen, ich ... ich bin bald wieder auf den Beinen.«

»Das bist du, Jasmin. Das bist du ganz bestimmt.«

KAPITEL 4

Eine regennasse Straße. Scheinwerferlicht leuchtete den dahineilenden Mittelstreifen aus. Die Scheibenwischer glitten über die Frontscheibe, als vollführten sie eine ewigwährende Verfolgungsjagd, die nie enden würde, weil es den Kontrahenten nie gelänge, einander einzuholen. Und währenddessen prasselte der Regen unablässig auf alles hinab und nahm ihr die Sicht.

Jasmin spähte hinaus. Sie hatte den Fuß vom Gas genommen und fuhr zehn Stundenkilometer unter der vorgeschriebenen Höchstgeschwindigkeit. Das letzte Straßenschild lag nun lange hinter ihnen und die Wälder, die die schmale asphaltierte Landstraße zu beiden Seiten begrenzten, rückten immer näher heran, alte, hohe Riesen mit dicken Stämmen.

Fernab von jeder Zivilisation, dachte sie. *Und fernab von jedem Mobilfunknetz.*

Funkelnde Augen warfen das Licht der Scheinwerfer am Straßenrand zurück. In dieser Nacht war viel Wild unterwegs, einmal entdeckte Jasmin einen Wolf, der seelenruhig den schmalen Kopf in ihre Richtung wandte, während der Regen von seinem grauen Fell tropfte.

Dann sah sie das Scheinwerferlicht im Rückspiegel.

Zwei große, gleißend helle Lichter wie ein Augenpaar. »Der Idiot hat aufgeblendet«, sagte sie zu sich selbst. »Merkt der das denn nicht? Nein, natürlich merkt er das nicht, sonst würde er's nicht machen.«

Näher und näher kamen die Lichter, ein großer Jeep, dessen Fahrer es offenbar sehr eilig hatte.

»Dann überhol mich doch, du Spinner!« Jasmin bremste weiter ab und steuerte ihren kleinen Wagen etwas näher an den rechten Straßenrand, um genügend Platz auf der schmalen Straße zu schaffen. »Überhol, hier ist niemand, und dann lass mich in Ruhe.«

Doch der Jeep machte keinerlei Anstalten zu überholen. Zuerst fuhr er in einem dichten Abstand hinter ihr, was Jasmin veranlasste, den Abblendhebel am Rückspiegel zu betätigen. Ihr Blick ging zum Beifahrersitz, wo sie ihre Handtasche abgelegt hatte. *Hast du dein Handy dabei? Oder hast du es liegen lassen? Was genau ist eigentlich los? Wieso bist du so durch den Wind?*

Der Jeep war abermals näher gekommen. Jasmin versuchte, den Fahrer auszumachen, doch konnte sie nur eine Silhouette erkennen, unmöglich zu sagen, ob es ein Mann oder eine Frau war. Nur eines war ihr klar: Die Person würde nicht aufgeben.

Schweiß trat auf ihre Stirn, Schweißtropfen liefen zwischen ihren Schulterblättern herab.

»Was willst du von mir?«

Ihr Magen zog sich zusammen, als ihr bewusst wurde, dass es nur eines kleinen Stoßes bedurfte, damit ihr Wagen, der dem Gewicht des Jeeps nichts entgegensetzen konnte, von der Straße abkäme, über den Seitenstreifen rumpelte und die Böschung hinabstürzte.

Sie wusste, was bei Unfällen wie diesen alles geschehen konnte. Sie hatte die Verletzten gesehen, hatte häufig genug in den Operationssälen gestanden und als Anästhesistin ihre Vitalfunktionen und die Betäubungsmedikation überwacht.

Plötzlich zog der Jeep nach links rüber, beschleunigte stark und überholte sie. Jasmin blickte hinüber, doch alles, was sie ausmachen konnte, war ein Paar Hände, die ein großes Lenkrad umfasst hielten. Kurz darauf konnte sie nur noch die Rücklichter vor sich erkennen, die rasch von der Dunkelheit verschluckt wurden. Jasmin atmete erleichtert durch.

Den bist du los, dachte sie und schmeckte Blut in ihrem Mund – vor Anspannung hatte sie sich auf die Lippe gebissen. *Jetzt nichts wie nach Hause. Ganz ruhig. Wer immer das war, er hat sich gewiss nur einen blöden Scherz erlaubt. Vielleicht war er betrunken.*

Darum werden sich andere kümmern.

Du bist ihn los.

Doch gleich, was sie dachte, ihr Pulsschlag wollte sich nicht beruhigen, als spürte ihr Instinkt, dass die Bedrohung noch immer nicht abgewendet war. In diesem Augenblick flammten erneut Lichter auf – weit vor ihr, auf der anderen Fahrbahn, am Ende der Straße.

Etwas schepperte, viel näher als der Jeep vor ihr – Jasmin schreckte auf. Wasser floss über ihren Kopf, ihre Wangen, ihren Körper. Irritiert fand sie sich in ihrer Dusche wieder, bemerkte, dass die große Flasche Shampoo mit einem lauten Poltern auf den Boden gefallen war, was sie zurück ins Hier und Jetzt geholt hatte. Sie hatte nur geträumt. Das Wasser, nun kaum mehr als lauwarm temperiert, hatte sie wohl schläfrig werden lassen, doch war die Tatsache, dass sie gerade in der Dusche vor Müdigkeit eingeschlafen war, in diesem Moment völlig nebensächlich: *Du hast dich gerade erinnert. An die Minuten vor deinem Unfall, da war ein Wagen, ein Jeep, und dann …*

Dann bist du aufgewacht. Jasmin hob das Shampoo auf. *Blöde Flasche. Aber ein Fortschritt, immerhin.*

Du bist auf dem richtigen Weg. Es war gut hierherzukommen. Die Umgebung regt deine Gedanken an und du wirst dich erinnern, so wie du es gehofft hast. Alles wird zurückkommen.

Auch die Wahrheit.

Ja, am Ende sogar die.

Du musst nur das Dreieck finden. Das Dreieck, das auf dem Kopf steht und oben rechts nicht geschlossen ist. Du weißt ganz genau, dass es aus der Nacht des Unfalls stammt – und dass du es hier auf dieser Insel schon einmal gesehen hast.

Bloß wo? Die Erinnerung an dieses spezifische Detail wollte sich nicht einstellen, als hätte dichter Nebel ihr Gedächtnis umhüllt.

Jasmin trocknete sich ab. Draußen auf dem Flur war die Luft vom würzigen Geruch der Holzfeuer erfüllt, die sie in den beiden Kaminen des Hauses entzündet hatte.

Sie sah nach Paul, der friedlich schlief. Durch sein Fenster fiel der kleine zunehmende Mond herein und tauchte die Decke mit den Astronauten- und Raketen-Motiven in schwaches silbernes Licht. Das Buch, aus dem sie ihm in den letzten Tagen vorgelesen hatte, lag auf dem Nachttisch: eine Geschichte, in welcher der Held Max sich in ein wildes Abenteuer stürzte, stets unterstützt von seinen besten Freunden.

Also war Paul noch mal aufgewacht und hatte es sich aus der Kiste geholt. Das war ungewöhnlich.

Auf der Fensterbank standen drei Origami-Figuren: ein Schwan, ein Vogel – ein Adler vielleicht – und eine Katze.

Er ist wirklich begabt. Mein kleiner Künstler.

Auf Zehenspitzen ging Jasmin hinaus. Aus ihrem feuchten Haar lösten sich kleine Wassertropfen und fielen auf die groben Dielen. *Plitsch-platsch* machte das Geräusch, während sie innehielt.

Etwas hatte ihre Aufmerksamkeit in ihren Bann geschlagen, ein Zusammenhang, der schon den ganzen Abend an ihr genagt hatte, auch wenn sie nicht recht den Finger darauf legen konnte, was es nun war.

Der Schrank am Ende des Flures stand noch immer offen.

Etwas ließ ihr keine Ruhe, ein Gedanke, der ihr Unterbewusstsein schon seit Stunden beschäftigt hatte, doch erst jetzt begriff sie, dass es mit dem toten Tier und diesem Schrank zu tun hatte. Jasmin ging hinüber. Es war ein Schrank aus hellem Birkenholz, abgeschliffen und kühl unter ihren Fingern. Die Tür knarrte leise, als sie sie berührte. Im Schloss steckte ein Schlüssel aus dunklem Messing, der nicht recht zu den anderen passen wollte.

Sie verharrte. Ein Schlüssel im Schloss ... Wenn der Fuchs dort drin war, kaum mehr als zwei Tage tot, bedeutete dies, dass ihn jemand dort eingesperrt haben musste. Oder gab es eine andere Erklärung? Aber natürlich gab es die: Jemand war hier gewesen und hatte das Tier dort hineingelegt ... jemand, der wusste, dass sie kommen würde.

Bist du dir wirklich sicher, dass der Schrank abgeschlossen war? Paul hat es nicht erwähnt, alles, was er sagte, war, dass Bonnie den Fuchs entdeckt hat. Nichts von einem Schlüssel. Aber wäre der Fuchs nicht geflohen, wenn die Tür nicht versperrt war?

Hat ihn wirklich jemand dort platziert, als er bereits tot war? Und falls ja, wäre das nicht sogar noch viel schlimmer? Wieso sollte jemand das tun?

Jasmin schlug die Bettdecke zurück, doch fühlte sie sich noch immer viel zu nervös und angespannt zum Schlafen, in ihrem Hinterkopf arbeitete es, als werkelten dort unzählige Zahnräder, die jeden Gedanken aufs Neue umwälzen mussten.

Du hast dich erinnert, dachte sie erneut. Der Grund, wieso du hier bist – endlich etwas Licht ins Dunkel zu bringen, endlich zu verstehen, was in jener Unfallnacht wirklich geschehen ist, und dieses Dreieck zu finden ... du hast dich erinnert. Ein bisschen jedenfalls, aber wo ein Bruchstück herkommt, gibt es gewiss noch mehrere ...

Ein Wildschaden. Sven Birkelands Worte kamen ihr in den Sinn. Man hatte an ihrem Wagen einige eindeutige Spuren gefunden, Tierhaare, Blut. Alles war so eindeutig, wie es nur sein konnte, und doch …

Du weißt, dass etwas nicht stimmt. Du kannst dich beinahe erinnern, irgendwann in den Momenten früh am Morgen zwischen Schlaf und Erwachen, da weißt du …

Dass es nicht so war.

Dass es nicht nur ein Hirsch war, dort auf der Straße, dort im Sturm, im Platzregen.

Es war ein Mann.

Du hast einen Menschen getötet in jener Nacht.

Abermals schreckte Jasmin auf und holte tief Luft, keuchend. Schweiß stand auf ihrer Stirn wie ein kühler feuchter Film, ihre Finger krallten sich zitternd in die zerwühlte Bettdecke.

Dann hörte sie es wieder.

Das Geräusch aus dem Garten, es kam von unten. Es war das schmale Türchen, das den Waldpfad hinter dem Haus von ihrem Grundstück abtrennte. *Du hast es hinter dir geschlossen, als du Meister Reineke begraben hast. Ganz bestimmt hast du das.*

Jasmin warf die Decke von sich und sprang auf. Der Boden war kalt unter ihren Füßen, die Holzmaserung rau und an manchen Stellen uneben, und sie wusste genau, dass sie sich den einen oder anderen Splitter einfangen würde, wenn sie nicht achtgab. Das scharfe Küchenmesser, mit dem sie früher am Tag in den Keller hinabgestiegen war, lag auf dem Nachttisch. *Hast du es dort liegen lassen?* Sie konnte sich nicht erinnern, doch nun packte sie es, nahm es mit und hielt es abwehrbereit vor sich gestreckt. Mit zitternden Fingern schob sie die Gardine ein Stück zur Seite und spähte aus dem Fenster: Unten, fast verborgen zwischen den Stämmen und doch verräterisch vom Licht des schmalen Streifen Mondes enthüllt, ragte die Silhouette einer Gestalt hervor.

Wer immer es war, er starrte zu ihr hinauf.

Sie war sich sicher.

Jasmin spürte, wie ein ängstlicher Schrei sich seinen Weg durch ihre Kehle bahnen wollte. Der Blick des Fremden kreuzte sich mit ihrem, und im letzten Augenblick schluckte sie den Schrei hinunter.

Er kann dich nicht sehen. Es ist dunkel im Schlafzimmer. Du siehst ihn, aber er – nein, er kann das nicht. Also schrei nicht, verrate dich nicht. Denk nach. Was machst du jetzt?

Doch ehe sie sich rühren konnte, machte die Gestalt kehrt. Abrupt verschwand der stille Beobachter im Wäldchen, folgte dem Pfad fort vom Haus, bis sie ihn zwischen den hoch aufragenden Birken aus den Augen verloren hatte.

Jasmin spürte einen stechenden Schmerz in ihrer rechten Hand: In ihrer Anspannung hatte sie das Küchenmesser ein Stück zu weit oben umfasst, war ihre Hand am Heft abgeglitten, sodass die Klinge in ihre Haut schnitt. Blut tropfte auf die Fensterbank, rot auf weiß, wie die Spuren eines Verwundeten in frischem Schnee.

In der Küche fand sie Verbandszeug, mit dem sie sich im Licht der 60-Watt-Birne am Küchentisch selbst verarztete.

»Du bist noch nicht bereit, das allein zu tun«, hatte Jørgen gesagt.

»Ich bin bereit. Ich *muss* es sein.«

»Lass mich wenigstens nachkommen. Lass mich wenigstens nach dir sehen. Du musst nichts davon allein durchstehen.« Er hatte sie lang und fest und zärtlich umarmt, als wollte er sie nie mehr loslassen.

»Ich weiß, dass du alles tun würdest, um mir über diese schwierige Zeit hinwegzuhelfen«, hatte sie erwidert. »Aber es gibt manchmal Zeiten, da muss man die Dinge allein in Ordnung bringen. Du kennst mich – fast besser als ich mich selbst.«

»Versprichst du mir, mich anzurufen, sollte irgendetwas geschehen, das dir Angst macht?«

Sie hatte genickt.

Drei Anrufe in Abwesenheit, vermeldete ihr Mobiltelefon. Sie hatte es auf den Nachttisch gelegt, nun drehte sie es unschlüssig in ihrer Hand, nachdem sie es von oben geholt hatte. Bonnie hatte sie bemerkt, war aus Pauls Zimmer gekommen und ihr herab in die Küche gefolgt, aufmerksam und wach, mit einem Ausdruck in den Augen, als wüsste sie genau, was Jasmin beunruhigte.

Du bist noch nicht mal einen Tag hier. Wenn du ihn jetzt anrufst, dann denkt er nur, dass du schwach bist. Außerdem wird er sich nur darin bestätigt sehen, woran er ohnehin schon die ganze Zeit glaubt: dass du dir etwas einbildest, etwas vormachst.

Für ihn hattest du in dieser Nacht einen Wildunfall, aber mehr nicht.

Als sie sich umsah, war Bonnie wieder fort.

»Bonnie«, rief Jasmin leise in den Flur hinaus. »Bonnie, zu mir!«

Sie hörte das leise Klicken der Krallen der Labradorhündin auf den Treppenstufen. Bonnie erschien schwanzwedelnd, neugierig, wieso man sie so spät noch einmal gerufen hatte. Jasmin streichelte sie lange. »Wir halten zusammen«, erklärte sie ihr, während Bonnie ihr Gesicht abschlecken wollte. Schließlich ging Jasmin wieder nach oben und klopfte in den zweiten Korb, den sie im Flur zwischen den Schlafzimmertüren aufgestellt hatte. *Damit sie uns beide bewachen kann.* Bonnie sah sie neugierig an, drehte sich ein paar Mal im Kreis und ließ sich dann mit einem zufriedenen Brummen auf ihren weichen Platz sinken.

»Du passt auf uns drei auf, nicht wahr?«

Bonnie sagte nichts, doch erwiderte sie den Blick aus ihren dunkelbraunen klugen Hundeaugen.

Jasmin schlüpfte unter die Decke. Kaum dass sie sich auf die Seite gedreht und die Augen geschlossen hatte, übermannte sie die Müdigkeit, die bisher am Rand ihres Bewusstseins gelauert hatte.

Nur ein paar Stunden, dachte sie noch. *Morgen sieht die Welt ganz anders aus.*

In den Wänden knackte und knisterte es.

Es gibt keine Geister. Das ist nur ein altes Haus, das sich wieder an seine Bewohner gewöhnen muss.

Das ist alles.

Kapitel 5

Die mit Reet und roten Ziegeln gedeckten Dächer von Skårsteinen schimmerten im Licht der Morgensonne. Ein strahlender Tag war angebrochen, als Jasmin, Paul und Bonnie mit dem Mietwagen ins Dorf fuhren. Einige Leute waren auf der Straße unterwegs, einige sahen ihr nach, weil ihnen das fremde Kennzeichen auffiel, gerade jetzt, da die Saison endete und man immer mehr unter sich sein würde. Und alle Sommergäste, die länger blieben, wurden argwöhnisch beäugt.

Sie waren Fremde. Außenseiter, mehr als sonst sogar.

Als Fremde fiel man auf, das hatten Jørgen und sie schon bei ihrem allerersten Besuch hier begriffen, doch während ihn es nicht gekümmert hatte, brauchte Jasmin eine Weile, um damit zurechtzukommen.

Der Wind der letzten Nacht hatte alle Schlechtwetterwolken vom Himmel gefegt. Vereinzelte, zerfaserte Schäfchenwolken sprenkelten nun noch den Himmel, die Sonne glänzte wie eine schimmernde, frisch polierte Goldmünze. Es war ein heller Tag, ein heiterer Tag, wie geschaffen, um alle dunklen Gedanken der vergangenen Nacht zu vertreiben.

Aber er war da. Du hast ihn gesehen. Und das darfst du nicht vergessen. Denn wer immer es war – er vergisst es gewiss auch nicht. Vielleicht wird er zurückkommen.

Jasmin parkte in der Hauptstraße, wo sich einige Herbergen, ein Supermarkt, ein kleines Kino mit roten Sitzen und einer kleinen Leinwand sowie der Krämerladen befanden, den Karl Sandvik und seine Frau betrieben. Ein Apfelbaum überragte das kleine Haus, vor dem Schaufenster, das spätsommerlich mit saisonalem Obst und Gemüse dekoriert war, standen drei Fahrräder.

Die Luft war mild und roch nach gemähter Wiese und allmählich hob sich Jasmins Stimmung. »Sehen wir uns mal um«, sagte sie zu Paul und eine Glocke über der Tür bimmelte, als sie eintrat.

»Ah, die Sommergäste.« Karl Sandvik stand vor einem Regal und räumte gerade ein paar große Kanister ein, in denen sich dem Aufdruck nach Pflanzenöl befand. An einem Ort wie diesem war es mehr als sinnvoll, auf Vorrat einzukaufen, hatten Jørgen und sie gelernt, und Jasmin hatte es nicht vergessen. Der Kofferraum des Wagens war groß, sie hatten Platz und genug Geld.

Für einen Moment dachte sie an Jørgens Reaktion, als er erfahren hatte, dass ihre Eltern mit ihrem Geschäft ein Vermögen gemacht hatten. Dass Jasmin und ihre Schwester, schon aufgrund der Anteile, die man ihnen übertragen hatte, in ihrem Leben nie wieder zu arbeiten brauchten – und doch tat sie es. Weil der Job sie erfüllte. Weil man etwas braucht, das den Charakter ebenso prägt wie den Geldbeutel – wie es ihr Vater formuliert hätte.

Aber Jørgens anfängliche Überraschung hatte sich schnell gelegt. *Er liebt dich, nicht dein Konto.* Davon war sie überzeugt.

Und heute, dachte sie, *ist das heute auch noch so? Oder hat, was geschehen ist, etwas verändert, einen Keil zwischen euch getrieben? Ist da etwas in den Blicken, die er dir zuwirft, wenn er sich sicher ist, dass du es nicht bemerkst? Was denkt er, wenn er manchmal nachts neben dir wach liegt?*

Jasmin schüttelte den Kopf und verdrängte diese Gedanken. Es war richtig hierherzukommen. So würde alles wieder ins Reine kommen.

»Darf Bonnie auch hereinkommen?« Jasmin hielt die Tür offen und Bonnie, ganz wohlerzogener Hund, wartete vor der Schwelle und sah zu ihr auf.

»Aber sicher, immer nur herein.« Sandvik schob sich die Brille auf den Kopf, dann streckte er Jasmin die Hand hin, die sie schüttelte. »Angekommen, wie ich sehe?«

»Noch nicht ganz«, erwiderte sie mit einem ausweichenden Lächeln. Der Händedruck war warm und kräftig. »Aber wir machen uns. Gestern war erst mal … ähm, Putztag.«

»Ist sicher nicht ganz einfach, da unten.« Sandvik bückte sich, um einen neuen Kanister von der Palette zu heben, und ließ dabei ein Ächzen hören. »Au«, sagte er, »die alten Knochen. Und das Wetter. Ist immer dasselbe.« Der Gesichtsausdruck, den er machte, als er sich mit der Hand über den Rücken fuhr, war Jasmin nur allzu vertraut. Sie dachte an das Rückenleiden ihrer Mutter.

Aus den Augenwinkeln bemerkte sie, wie Bonnie an einigen Dosen mit verführerischem Inhalt schnupperte – *Krabbenfleisch*, stand darauf –, während Paul die Bücher auf einem Verkaufstisch betrachtete. Ihr lesebegeisterter Sohn und ihre allzeit verfressene schokobraune Labradorhündin. *Wir sind schon ein seltsames Team.*

»Da unten?«, wiederholte sie.

»Am anderen Ende der Insel. Der Wind ist wie ein wütendes Biest da unten. Die Klippen sind gefährlich und der Untergrund … ihn hinterhältig zu nennen wäre wohl noch untertrieben.« Sandvik hustete, warf ihr einen Blick zu, den Jasmin als mild und väterlich empfand. »Und dann so allein, als Frau. Das Leben war schon immer hart hier, inmitten der ungebändigten Kräfte der Natur.«

»Ich suche nach einem Ort, an dem ich meine Ruhe habe.«
Kaum hatte Jasmin diese Worte ausgesprochen, empfand sie sie
als viel zu scharf und unfreundlich. »Ich meine … einen Ort,
an dem ich meine Gedanken sortieren kann. Ist schon okay so.«

»Sollte kein Vorwurf sein.« Sandvik griff nach einem neuen
Kanister und stöhnte abermals auf. »Einige hier werden sich
den Mund fusselig reden, wenn sie davon hören. Eine junge
Frau, ganz allein, ohne Mann. In manchen Dingen sind die
noch etwas altmodisch.«

»Und Sie nicht?« Jasmin nahm sich den Korb und begann,
ihn mit all den Sachen zu füllen, die auf der Liste standen,
die sie in der Früh am Küchentisch zusammengestellt hatte –
Glühlampen und Ersatzbatterien standen auch darauf.

»Ich versuche, über niemanden zu urteilen. Niemand von
uns hat es besonders leicht, wenn der Wind auf Nord dreht
und einem direkt ins Gesicht bläst. Diese Insel ist ein steiniger
Garten und nur die Stärksten können ihn bestellen. Wissen Sie,
wir hatten hier oben schon alle möglichen Menschen, die wie
Sie nach einem Weg gesucht haben, zu sich selbst zurückzufinden …« Er schob die Brille auf dem Kopf herum, als suchte er
nach Worten.

»Ich habe den Leuchtturm auf der Fahrt hierher gesehen«,
warf Jasmin ein.

»Das alte Ding? Na, ich schätze, das ist auch gar nicht
zu übersehen. Fahren Sie mal vorbei, Jan Berger gibt Ihnen
bestimmt eine Führung, wenn Sie ihm sagen, dass ich Sie
geschickt habe.«

»Ja? Danke, das ist lieb. Ist notiert, Herr Sandvik.« Jasmin
blickte auf ihren Zettel. »Haben Sie diese großen Batterien? Für
eine Stabtaschenlampe?«

Sandvik musterte sie, als wüsste er, was ihr gerade durch
den Kopf gegangen war.

»Die haben wir«, sagte jemand aus dem Hintergrund. Jasmin sah sich einer kleinen grauhaarigen Frau in den Siebzigern gegenüber, die in einem Rollstuhl zu ihnen herüberfuhr. »Grit Sandvik«, sagte sie. Ihre Hand war voller Schwielen. »Hören Sie nicht zu sehr auf den verrückten Alten da. Er liebt es nur, Leute von auswärts mit seinen Geschichten zu langweilen.«

»Oh, ich war gar nicht gelangweilt«, widersprach sie mit einem Lächeln. »Es war eigentlich sogar ziemlich spannend.«

Karl Sandvik warf ihr ein breites Grinsen zu. »Hören Sie auf, einem alten Mann Honig um den Bart zu schmieren, junge Frau. Wir wissen doch, dass sie recht hat. Alte Männer reden gerne und manchmal sind die Geschichten sogar interessant.« Er lachte, rau wie die See. »Aber eben nur manchmal. Machen Sie sich keine Gedanken, wenn man Sie mal etwas ruppig angeht. Die Menschen hier sind hart. Man kann an einem Ort wie diesem nicht überleben, wenn man nicht hart ist. Wenn einem nicht das kalte Nordmeer in den Adern fließt.«

»Ich glaube trotzdem, wir werden uns gut verstehen.« Jasmin sammelte die restlichen Sachen ein, die sie brauchte, ging zur Kasse und bezahlte.

»Hast du ihr von den Gerüchten erzählt?«, fragte Grit Sandvik, doch ihr Mann schüttelte den Kopf. »Das war nicht nötig. Sie ist erst einen Tag hier, wir sollten ihr …«

»Sie leben allein da unten?«, wollte Grit Sandvik wissen.

»Äh, nur meine Hündin Bonnie, mein Sohn Paul und ich.«

»Ihr Sohn?«

»Ja, er ist doch …« Jasmin wandte sich um. Paul war nicht mehr im Laden, doch sie entdeckte ihn draußen beim Wagen, wo er vor Bonnie kniete und sich von ihr die Pfote geben ließ. Die Sonne spiegelte sich auf dem grauen Lack des Volvo. »Er ist schon rausgegangen.«

»Ich finde, Sie sollten es wissen«, fuhr Grit Sandvik fort. »Gerade unter diesen Umständen. Ganz allein da draußen.«

»Schon gut.« Jasmin spürte, dass es hier um kein besonders erfreuliches Thema ging, doch nach den Ereignissen des letzten Tages war sie vorsichtig. *Besser, du weißt zu viel als zu wenig. Wissen kann nicht schaden.* »Erzählen Sie ruhig. Aber ich will Sie beide natürlich auch nicht drängen.«

Karl Sandvik warf seiner Frau einen »Ich hab's dir doch gesagt«-Blick zu. »Es ist ein – hm, wie soll ich ihn nennen – Herumtreiber. Ja, das ist wohl das richtige Wort. Ein Landstreicher, vielleicht. Man hat ihn hier und da gesehen in den vergangenen Wochen. Jon drüben vom Bootsverleih sagt, er wäre hinten bei den Lagerhallen herumgeschlichen. Hätte eine graue Plastiktüte mit sich herumgetragen und so einen löchrigen, langen grauen Mantel oder eine Art übergroße Windjacke.«

»Oh«, erwiderte Jasmin und dachte an die Gestalt am Waldrand. »Es ist gut, dass Sie mir davon erzählen.«

»Sag ich doch«, erwiderte Grit Sandvik. »Man kann nie vorsichtig genug sein heutzutage.«

»Boeckermann hat das schon alles im Griff. Und überhaupt, wie sollte der hier rübergekommen sein?«

»Mit der Fähre, Mann«, sagte seine Frau mit einem leichten Kopfschütteln. »Du weißt doch, wie das ist. Wie leicht man da untertauchen kann.«

Jasmin nahm ihre Einkäufe entgegen. »Wer ist Boeckermann?«

»Arne Boeckermann ist unser Polizist, der einzige hier. Unser Insel-Schutzmann, sozusagen.« Karl Sandvik schloss die Registrierkasse, die ein leises Klingeln von sich gab. Es war eine alte Kasse, wie man sie heute kaum noch zu Gesicht bekam, und wie alles in diesem Laden verbreitete dieses Ungetüm eine altmodische und doch sehr heimelige Stimmung. *Wie die Besitzer. Als wäre hier die Zeit ein wenig stehen geblieben. Aber auf eine sehr sympathische Art und Weise*, dachte Jasmin.

47

»Sie haben ihn gesehen, nicht wahr?« Grit Sandvik beugte sich vor und ihr Rollstuhl quietschte leise.

»Boeckermann?«

»Nicht den«, schnaubte sie. »Den Landstreicher. Verzeihen Sie mir, aber Sie sind ein bisschen … hm, nervös, nicht wahr?«

Jasmin schloss für einen Moment die Augen. Ihr kam die vergangene Nacht in den Sinn, all die Schatten und schnell vorüberziehenden Wolken am Himmel, all das Dunkel, das so endlos schien, als wollte es nie mehr vorübergehen. Doch dann hatte Bonnies nasse Hundeschnauze sie in der Früh geweckt und nach dem Frühstück hatte Jasmin sich einen Hammer und einige Bretter aus dem Schuppen geholt – die Tür dort klemmte, ganz wie der Verwalter erzählt hatte, doch das Problem ließ sich mit einem kräftigen Tritt beheben. Mit Nägeln und Eichenholzbrettern bewaffnet, hatte sie den Zugang vom Haus zum Keller verschlossen. Danach hatte sie sich schon um einiges sicherer gefühlt.

Vielleicht übertreibst du etwas, ging es ihr durch den Kopf, während sie hämmerte und die fingerlangen Nägel in die Wand schlug. *Mit Sicherheit übertreibst du. Dort unten ist ein Mann gestorben, aber das ist auch schon alles.*

Du könntest die Tür jederzeit offen stehen lassen.

Da unten ist nichts.

Dennoch befestigte sie Brett um Brett, bis sich die Tür keinen Fingerbreit mehr bewegen ließ.

»Wie kommst du jetzt runter?«, hatte Paul gefragt. Sie hatte ihn die letzten beiden Nägel einschlagen lassen, was er wunderbar hinbekommen hatte. »Es gibt doch noch die Tür hinten neben dem Schuppen«, hatte sie geantwortet. »Wenn wir den Holzstoß beiseiteräumen, kommen wir notfalls hinein. Das Holz werden wir noch brauchen, die beiden Öfen sind richtig gierig. Aber eigentlich ist da unten sowieso nichts, wo wir ranmüssten.«

Gar nichts.

»Ich …«, sie räusperte sich, »also, ich habe jemanden gesehen. Hinter dem Grundstück ist ein Pfad, der zum Strand hinabführt, und da stand jemand. Vergangene Nacht. Könnte sein, dass er einen Mantel getragen hat, wie Ihr Mann ihn gerade beschrieben hat … aber sicher bin ich mir nicht. Nicht ganz jedenfalls.«

»Oh Mädchen, das ist nicht gut.« Grit Sandvik warf ihr einen mitfühlenden Blick zu. »Und Sie sind sich sicher, dass Sie da draußen bleiben wollen?«

Ganz bestimmt, wollte sie antworten, tat es dann aber doch nicht. »Vielleicht war es auch nur ein Strauch, der im Mondlicht wie ein Mann ausgesehen hat«, sagte sie stattdessen. »Ich bin mir nicht sicher.«

Karl Sandvik riss ein Blatt von einem Notizblock ab, der neben der alten Registrierkasse lag, und notierte zwei Nummern in seiner großen Handschrift. »Das hier brauchen Sie vielleicht. Oben ist die Nummer von Boeckermann – und die untere ist unsere, drüben im Haus. Rufen Sie an, wenn Sie noch mal wen entdecken.«

»Haben Sie ein Gewehr?«, fragte Grit Sandvik besorgt.

»Mein Mann hat ein Jagdgewehr.« Jasmin blickte sich nach Paul um und sah, dass er sich die Nase am Schaufenster nebenan platt drückte. »Es steht noch immer im Haus.«

»Ich meine: Können Sie damit umgehen?«

»Nein«, erwiderte sie. »Das war mir immer … das war nie meins.«

»Und ich sage, es ist nie zu spät, etwas zu lernen. Wenn Sie schon mal nach dem Leuchtturm sehen, fragen Sie Berger gleich mal, ob er Ihnen zeigen kann, wie das geht. Ich würde es ja selbst tun, aber mein Rücken …«, brummelte Karl Sandvik.

»Es sei denn, man heißt Karl und müsste jetzt noch lernen, seine Hemden zu bügeln.« Grit Sandvik knuffte ihren Mann in

49

die Seite. »Aber recht hat er. Also, ich will Ihnen ja nicht vorschreiben, was Sie tun sollen ...«

Jasmin steckte den Zettel mit den Telefonnummern in ihre Brieftasche. »Ich werde es nicht vergessen«, sagte sie. »Vielen Dank.«

»Sie sind die Ärztin, nicht wahr?«, fragte Karl Sandvik.

Jasmin runzelte die Stirn. »Aber das sieht man mir doch wohl nicht auch noch an.«

»Nein, aber das hat Jüting erzählt. Er hätte einer Ärztin die Schlüssel gebracht, unten am Strand.«

»Dorfgeschichten«, warf Grit Sandvik ein. »Wie immer.«

Jasmin war sich sicher, dass Karl Sandvik nicht ohne Hintergedanken fragte. »Wie lange haben Sie das schon?«, wandte sie sich an ihn, doch war es Grit Sandvik, die ihr antwortete.

»In den letzten Wochen ist es besonders schlimm.« Sie schien erleichtert und auch mehr als dankbar, dass Jasmin nachfragte. »Manchmal ... manchmal ist es sogar schlimmer als das. Wie ein Stechen von rostigen Nägeln.«

»Ich kann es mir mal ansehen, wenn Sie wollen. Ist nicht ganz mein Fachgebiet, aber ...«

»Nein, das ist nicht nötig«, brummelte Karl Sandvik.

»Doch, ich denke schon.« Sie bemerkte, wie Grit Sandvik ihr ein dankbares Lächeln schenkte und andeutungsweise nickte, so knapp, dass ihr Mann es nicht bemerkte.

»Ist schon okay. Morgen, was meinen Sie?«

»Er meint, ja«, erwiderte Grit an Karl Sandviks Stelle. »Und er ist sehr dankbar.«

»Danke.« Karl Sandvik nickte Jasmin zu, doch seine Frau kam hinter dem Verkaufstresen hervorgerollt und begleitete sie zur Tür. »Er würde das nie zugeben«, sagte sie leise. »Er ist so ein Griesgram und für gewöhnlich lässt er sich nichts sagen. Und der Aufwand, deswegen auf das Festland zu fahren ...«

Beim Hinausgehen fiel Jasmin das Gemälde in der Nische auf. Es zeigte den Leuchtturm in einer stimmungsvollen Abendszenerie, während das helle Positionslicht weit aufs Meer hinausstrahlte. Vor dem Leuchtturm stand ein Mann, der über das Meer blickte, als erwarte er die Rückkehr eines Schiffes.

»Gefällt es Ihnen?«

»Es ist sehr hübsch. Ich verstehe zwar nicht besonders viel von Kunst, aber ja, es ist wirklich gelungen.«

»Und von hier.«

»Sicher der Leuchtturm, nicht wahr?«

Grit Sandvik deutete in Richtung des unteren Bildrands, wo eine Signatur stand, die Jasmin nicht entziffern konnte. »Die Künstlerin lebt schon lange Zeit hier. Oben am Nordzipfel bei den Steilklippen. Gabriela Yrsen.«

»Ungewöhnlicher Name.«

»Nicht wahr? Eine wahre Einsiedlerin. Yrsen geht heutzutage nur noch selten unter Leute. Ihr ist etwas zugestoßen und seitdem ist sie nicht besonders schön anzusehen. Es war ein Brand und seitdem lebt sie dort allein in der Wildnis. Wir haben das hier aufgehängt, weil manchmal immer noch Leute nach ihr suchen – und na ja, ein bisschen Geschäftssinn steckt schon noch in unseren alten Köpfen, nicht? Aber nach allem, was passiert ist …«

»Grit?«, rief ihr Mann aus den Tiefen des Krämerladens. »Hast du einen Moment?«

Die Frau wandte sich um, die Hände an den Rädern des Rollstuhls. »Wahrscheinlich hat er mal wieder vergessen, wo er seine Brille hingelegt hat, der alte blinde Bär.«

»Bis bald«, sagte Jasmin. »Es war wirklich sehr nett, mit Ihnen zu plaudern.«

Karl Sandvik erschien im Durchgang, der hinter dem Verkaufstresen tiefer ins Lager führte. »Ich hab hier noch was für Sie«, erklärte er, worauf Jasmin stehen blieb. Sie hatte den

Eindruck, als hätte Grit Sandvik ihr gerade nicht alles erzählt, was sie hatte sagen wollen, weil ihr Mann sie im falschen Augenblick unterbrochen hatte. *Wir haben das hier aufgehängt, nach allem … was?* Ehe sie sichs versah, hatte er Jasmin ein kleines Paket in die Hand gedrückt.

»Zwei Überwachungskameras. Und zwei Bewegungsmelder. Ein Touristenpaar hat die mal für sein Ferienhaus bestellt und dann nicht abgeholt. Hat mich eine ganze Weile gekostet, herumzutelefonieren und die Teile aufzutreiben. Sie können damit sicher mehr anfangen als wir und wir brauchen sie auch nicht. Sie da draußen dagegen … Also – hier.« Sandvik wackelte wieder ins Lager zurück, als wollte er gar keine Widerworte hören.

»Danke«, sagte Jasmin zu seiner Frau. »Und richten Sie ihm aus, dass …«

»Lassen Sie nur, dafür müssen Sie sich nicht bedanken. Ach ja, Frau Hansen?«

»Ja?«

»Passen Sie bitte auf sich und Ihren Sohn auf.«

»Das werde ich.«

Jasmin lud ihre Einkäufe in den Kofferraum. Im nahen Supermarkt kaufte sie einige Kisten mit Wasserflaschen und war gerade dabei, diese einzuladen, als ein Schatten auf sie fiel.

»Warten Sie, ich helf Ihnen damit.«

Jasmin sah sich einem blonden Mann gegenüber, dessen Wangen ein Drei-Tage-Bart zierte. »Neu hier?«, fragte er mit einer Stimme, die wie ein in Honig gegossenes Reibeisen klang, und nahm ihr eine der Kisten ab.

»Sieht man mir das an?« Allmählich war sie es leid, alle drei Minuten von Neuem darauf angesprochen zu werden – und zudem machte er sie nervös. »Ich glaube, man kann mir das mittlerweile an der Nase ablesen.«

»Ist aber eine hübsche Nase.« Er stellte die zweite Kiste neben die erste und hielt dann seine Hand hin. »Jan Berger.«

»Ach, Sie sind das. Der Leuchtturmwärter.« Sie schüttelte seine Hand. Noch eine mit Schwielen. *Eine Insel der körperlichen Arbeit,* dachte sie. *Und die Natur macht ihre Bewohner ebenso rau wie sie selbst.*

Berger lachte und winkte ab. »Nicht Leuchtturmwärter. Ich bin so was wie der Touristenführer hier und da gehört die Leuchtturmbesichtigung nun mal dazu.«

»Und Experte für … Schusswaffen, wie man mir sagte.«

Nun war es an Berger, die Stirn zu runzeln und irritiert dreinzublicken. *Du hast wirklich ein Händchen dafür, jedes Gespräch von der ersten Minute an in eine seltsame Richtung zu lenken,* dachte Jasmin peinlich berührt. »Hat Karl Sandvik erwähnt.« Überflüssigerweise deutete sie mit dem Daumen auf den Krämerladen hinter ihr und wurde dabei noch ein bisschen röter im Gesicht.

»Warten Sie, Sie sind die Ärztin?«

Jasmin seufzte und strich sich eine ihrer kornblonden Strähnen aus der Stirn. »Ja und allein mit meinem Sohn da unten, genau.«

Berger lächelte und Jasmin stellte fest, dass er verdammt attraktiv war. Sein Haar war windzerzaust und für einen Moment stellte sie sich vor, wie es wohl wäre, mit den Fingern hindurchzufahren und … »Hören Sie nicht auf die Gerüchte. Und vor allem machen Sie sich keine Sorgen.«

»Jemand stand vor meinem Haus«, erwiderte sie. »Vielleicht hat sich das im Dorf noch nicht herumgesprochen, aber eigentlich will ich nur meine Ruhe.«

»Ich hörte von einem Fremden auf der Insel. Ein blinder Passagier von der Fähre.« Berger blickte gen Norden, wo sich die Anlegestelle befand, während der Wind durch sein Haar fuhr. »Sandvik hat recht. Ich bin schon ein Experte in diesen Dingen. Wenn Sie möchten …«

»Danke für die Hilfe und jetzt muss ich los«, sagte Jasmin schnell und verhaspelte sich auch noch. Sie ließ ihn stehen, mit feuerroten Wangen, ärgerlich über sich selbst, und setzte sich hinters Steuer. Paul warf ihr einen neugierigen, schelmischen Blick zu, ehe er wieder auf seine Spielkonsole hinabsah, und Bonnie streckte ihren Kopf aus dem Fenster.

Das hast du ja großartig gemacht.

KAPITEL 6

Einige Kilometer von Skårsteinen entfernt fand Jasmin ein schönes Fleckchen unter Birken an einem kleinen Bachlauf, an dem sie anhielt und mit Paul ein kleines Picknick veranstaltete. Sie breitete die Leckereien, die sie im Dorf erstanden hatte, auf der rot-blau karierten Decke aus.

»Gefällt es dir hier?«, fragte sie ihn.

»Es ist schön. Aber ich vermisse Papa. Warum kann er nicht hier sein? Bei uns?«

Es war eine jener Fragen, wie sie Paul manchmal stellte, und sie traf sie mitten ins Herz. *Ja, warum? Warum rief sie ihn nicht einfach an und bat ihn herzukommen?*

»Es gibt da eine Sache, über die ich mir erst mal klar werden muss«, erwiderte sie. »Es wird nicht lange dauern.«

»Es geht um den Unfall«, sagte Paul. Er hatte sich ein Blatt Papier aus dem Handschuhfach mitgenommen und war schon wieder am Falten. »Du musst mir keine Märchen erzählen, ich merke das, bin doch kein Baby.«

Jasmin warf ihm einen langen Blick zu. Das blonde Haar, das ihrem eigenen so sehr glich – »noch ein paar Jahre und er wird allen Mädchen in seiner Schule den Kopf verdrehen«, hatte ihre Großmutter gesagt.

Vor fünf Monaten war das gewesen.

Kurz danach starb sie.

Beim Gedanken an Ingvild überkam sie noch immer Trauer. Immerhin hatte Paul sie wenigstens noch kennengelernt.

»Sieh mal, Mama.« Paul zeigte in nördliche Richtung auf den Pfad aus hellen, feinen Kieselsteinen, der sich gut fünfzig Meter von ihrem Picknickplatz um einen schrägen Felsen herumwand, der aus dem Gras aufragte wie der Zeiger einer gewaltigen Sonnenuhr. Eine Spaziergängerin kam in Sicht, die sich in ihre Richtung bewegte.

Wie eine Einheimische sieht sie jedenfalls nicht aus. Und dafür, dass diese Insel so abgeschieden liegt, sind hier ganz schön viele unterwegs.

Die Frau trug einen hellen Hut mit breiter Krempe, eine Strickweste aus moosgrün gefärbter Wolle und weite Stoffhosen in einem matten Bordeauxrot. Hervorstechend, um nicht zu sagen exzentrisch. Jasmin kniff die Augen zusammen und schirmte sie mit der flachen Hand gegen die tief stehende Sonne ab – sie entdeckte, dass die Spaziergängerin etwas unter dem Arm trug. War es ein Buch? Oder doch etwas anderes?

Die Frau kam näher. Nun erkannte Jasmin, dass sie etwas schwerfällig ging, als hätte sie einen Hüftschaden oder eine andere Verletzung, die ihre Bewegungen einschränkten. Das Buch war auch gar kein Buch, sondern ein kleiner Notizblock.

Oder, kam Jasmin eine plötzliche Eingebung, *ein Skizzenblock.*

Wie hat Grit Sandvik noch erzählt? Yrsen geht nur selten unter Leute. Ihr ist etwas zugestoßen und seitdem ist sie nicht besonders schön anzusehen. Es war ein Brand und seitdem lebt sie dort allein in der Wildnis.

Die Frau war nun so nah, dass Jasmin in das Gesicht unter der Hutkrempe blicken konnte. Sie war es. Musste es sein.

Yrsens Gesicht war von Verbrennungen entstellt, und wenngleich Jasmin erkannte, dass sie einer Reihe von Operationen unterzogen worden war, hatten die Ärzte ihr Gesicht nicht vollkommen wiederherstellen können. Nun wirkte es ein wenig wächsern, wie eine Maske.

Für einen Moment war es ihr, als hätte sie die Frau schon einmal gesehen – an einem Ort, an dem sich auch das Zeichen befand, das sie suchte, das auf dem Kopf stehende Dreieck.

Für einen Sekundenbruchteil vermeinte sie, etwas zu sehen, das der Wind herantrug, wie Rauch, der sich wie dünner Nebel über dem Gras kräuselte.

»Was ist mit ihrem Gesicht?«, flüsterte Paul.

»Psst«, machte Jasmin. »Nicht so laut.«

Die Frau war nun auf ihrer Höhe angelangt und blieb zu Jasmins Überraschung auch gleich stehen. Ihre Stimme war leise, wie ein Flüstern, als benutzte sie sie nicht besonders häufig – oder, ging Jasmin durch den Kopf, als versuchte sie, sich zu verstellen. »Es ist ein schöner Ort, nicht wahr?« Die Hutkrempe warf einen breiten Schatten über ihre Augen, doch konnte Jasmin dort ein dunkelgrünes Funkeln ausmachen. Wie ein jadegrüner Stein, durch den Licht fällt. Aus der Nähe war das Auftreten der Fremden trotz ihrer Verletzungen noch außergewöhnlicher, ja exzentrischer.

»Ein herrlicher Tag«, erwiderte Jasmin. Sie musste noch immer blinzeln, weil die Sonne ihr in die Augen schien.

»Es ist wunderschön«, erwiderte die Frau. »Die ganze Insel ist es.« Sie kam abermals näher. »Ich bin Gabriela Yrsen. Ich habe Sie hier noch nie gesehen«, sagte sie.

Jasmin warf Paul einen kurzen Blick zu, der Yrsen interessiert musterte. Die kleine Origami-Figur – ein vielzackiger Stern, den er gebastelt hatte – lag vor ihm auf der Picknickdecke. »Jasmin Hansen. Ich glaube, wir haben Ihr Bild gesehen, das in Sandviks Krämerladen ausgestellt ist.«

»Sicher haben Sie das.« Sie streckte die Hand aus und nach kurzem Zögern ergriff Jasmin sie. »Darf ich Sie beide zeichnen?«

Jasmin runzelte die Stirn.

Etwas war gerade geschehen, als sich ihre Hände berührt hatten. Wie ein winziger elektrischer Funke, der zwischen ihnen übergesprungen war.

»Etwas belastet Sie«, sagte Yrsen mit ihrer leisen, rauchigen Stimme. »Ich kann es sehen. Etwas, das Sie mit hierhergebracht haben.«

»Ich weiß nicht, was Sie damit meinen.«

»Darf ich Sie zeichnen?«, fragte Yrsen abermals. Ohne die Antwort abzuwarten, schlug sie den Skizzenblock auf und hatte von irgendwoher einen Bleistift hervorgeholt, der nun eilig über das Papier flog. Hierhin, dorthin, dünne Linien hinterlassend, die sich nach und nach zu einem Bild zusammenfügten.

»Ich finde …«

»Keine Angst, Frau Hansen. Sie kamen an diesen Ort, um Antworten zu finden. Sie *werden* sie finden.«

»Und wie?« Jasmin schluckte, ihre Kehle war mit einem Mal sehr trocken. »Ich weiß nicht mal, wo ich anfangen soll.«

»Glauben Sie mir, es wird alles zurückkommen. Alles, was Sie vermissen, was Sie vergessen haben. Dieser Ort«, Yrsen warf einen Blick über das Land hinaus, »er hat schon vielen geholfen. Er wird es auch für Sie tun.«

Wie kann sie nur davon wissen? Jasmin hatte nie einen zweiten Gedanken an Dinge wie das Zweite Gesicht verschwendet, Dinge, die die Grenze zwischen der Realität und dem Unerklärbaren überschritten, aber hier, mit dieser Frau – für einen aberwitzigen Augenblick war sie wirklich überzeugt, dass Yrsen etwas über sie erfahren hatte, als sie ihre Hand berührte.

Aber das war natürlich Unsinn, das war nicht möglich.

»Keine Angst, junge Frau. Früher haben mich hin und wieder Menschen besucht, oben, an den Steilklippen im Norden. Und wissen Sie, warum?«

Jasmin schüttelte den Kopf. Sie bemerkte, wie auch Bonnie Yrsen neugierig musterte, und dabei zeigte die Labradorhündin nicht die geringste Abwehrreaktion oder Beunruhigung. *Du vertraust Bonnie. Und wenn Bonnie so reagiert*, dachte sie, *dann kannst auch du Yrsen vertrauen.*

Nicht wahr?

»Weil man mir nachsagte, ich könnte in den Erinnerungen von Menschen lesen. In ihren Erinnerungen und – in der Zukunft.« Yrsen hatte sich von ihr ab- und der Sonne zugewandt, sodass sie mit ihrem Hut einen langen Schatten warf. »Man sagte, ich könnte ihre Erinnerungen in meinen Gemälden einfangen. Jemand kam und ich unterhielt mich mit ihm. Ich berührte ihn – nicht nur seine Hände, sondern auch seinen Verstand. Dann begann ich. Ich verstand nicht immer, welche Bedeutungen einem solchen Bild innewohnten. Häufig erkannte nur derjenige, für den es bestimmt war, die wahre Bedeutung. Und sie hat ihm Klarheit verschafft. Seelenfrieden. Innere Ruhe.«

»Das klingt … Verzeihung, esoterisch.« Jasmin biss sich auf die Lippe. *Das hättest du nicht sagen sollen.* Doch Yrsen musste lachen und schüttelte den Kopf.

»Nein, Sie haben ja recht«, erwiderte sie. »Ein Stück weit. So ist es, aber wissen Sie was? Manchmal hat es wirklich funktioniert. Vielleicht war es eine Art empathische Schwingung, die zwischen mir und dem Gegenüber entstand. Vielleicht war es auch nur der Fokus des Betrachters, der ihn dazu brachte, sich einmal mehr mit seinen eigenen Dämonen zu beschäftigen. Vielleicht habe ich ihnen nur geholfen, von selbst auf die Lösung zu kommen.« Sie lachte abermals. »Ich muss sagen, es ist eine ganze Weile her, dass ich jemandem das erzählt habe. Sie sind die Erste seit einer ganzen Reihe von Monaten, die wirkt, als könnte sie sich dafür wirklich interessieren.«

»Und heute? Ist es heute anders?« *Was in aller Welt verlangst du da zu wissen? Bemerkst du nicht, wie seltsam und schaurig sie ist? Bemerkst du nicht, dass du dir am besten Paul und Bonnie schnappen und zum Wagen zurückgehen solltest?* Doch etwas brachte sie dazu, sitzen zu bleiben, etwas zwang sie, sich nicht zu rühren und stattdessen gebannt auf Yrsens Antwort zu warten.

»Sie sehen doch mein Gesicht, Frau Hansen. Sie sehen doch, was mit mir geschehen ist.« Yrsen klappte ihren Skizzenblock zu. »Wer will heute schon noch etwas mit mir zu tun haben? Natürlich kommt niemand mehr. So wie ich jetzt aussehe, will niemand mehr etwas mit mir zu tun haben.«

»Mich würde es nicht stören«, hörte Jasmin sich antworten. »Ich habe schon Schlimmeres gesehen.«

Yrsen lächelte ein dünnes, belustigtes Lächeln. »So, haben Sie das? Und jetzt denken Sie wohl, ich wäre genau die Richtige, um Ihnen mit Ihrem kleinen Problem zu helfen? Mit dieser Bürde, die sie da mit sich herumschleppen?« Yrsen schüttelte den Kopf und war mit einem Mal sehr abweisend. »Vergessen Sie es. Das wird nie geschehen, wenn Sie sich nicht darauf einlassen können.«

»Ich wollte doch nicht …« Jasmin sah ihr nach, während sich Yrsen auf dem Pfad entfernte und ihre Schritte beschleunigte, als hätte sie es mit einem Mal sehr eilig. »Es tut mir leid! Das war doch nicht so gemeint! Frau Yrsen, hören Sie …«

Yrsen drehte sich nicht mehr um, sie ging den Pfad hinab, gebeugt, während der Wind an ihrem Hut zerrte, sodass sie ihn mit der Hand festhalten musste.

»Sei nicht traurig, Mama«, sagte Paul leise. Er sah über das vom Wind gepeitschte, hohe Gras hinweg. »Man kann es nicht allen recht machen, das weißt du doch. Das hat Oma immer gesagt.«

»Ich hätte nicht zu ihr … man sagt so was nicht. Es war mein Fehler.« Sie hielt inne. Ein Blatt Papier kam mit einer Böe zu ihnen herübergeflogen, der Wind trieb es auf, wehte es wieder herab und spielte mit ihm.

Das Blatt eines Skizzenblocks.

Jasmin sah sich nach Yrsen um, doch die war längst fort. Also sprang sie auf und fing es aus der Luft, ehe es außer Sicht geweht wurde. Paul klatschte begeistert in die Hände, während Jasmin mit nervösen Fingern das schwere Papier herumdrehte: Oben stand eine Adresse, darunter ...

Kommen Sie zu mir, wenn Sie es wagen.
Kommen Sie zu mir, wenn Sie Ihren Mut wiedergefunden haben.

KAPITEL 7

Die Nacht war kühl und der Himmel von tief hängenden Wolken bedeckt, es würde Regen geben. Vom nahen Strand zogen Nebelschwaden über den Wald zum Haus herauf. Von ihrer Veranda aus hörte Jasmin in der Ferne ein einsames Auto über die Landstraße fahren, kurz erleuchteten Lichter die in den Nebel gehüllten Büsche und Sträucher am Straßenrand, dann war wieder alles dunkel.

Sie hatte die Kameras angebracht, die Karl Sandvik ihr geschenkt hatte: eine an der Veranda, nach hinten zum Garten blickend, die zweite bei der Haustür. Es waren Kameras, die sie per Funk und mit einem passenden USB-Stick mit ihrem Notebook verbinden konnte. Die beiden Bewegungsmelder wurden aktiviert, sobald Haus- oder Kellertür geöffnet wurden, und gaben dann ein lautes Piepen von sich – sie hatte beide zunächst an der Haustür ausprobiert und den zweiten dann an der vernagelten Kellertür im Inneren installiert.

Das ist das Mindeste, was wir für Sie tun können – das waren Sandviks Worte gewesen. Sie war froh, in dem alten Ehepaar etwas Anschluss gefunden zu haben, dass jemand wusste, dass sie hier draußen lebte – jemand, der sich Sorgen um sie machen würde, sollte ihr etwas zustoßen. *Was natürlich nicht geschehen wird*, dachte sie, und dennoch – nur sie sowie natürlich Jørgen und der Hausverwalter wussten, dass sie hier draußen war.

Der Wind, der vom Nordmeer heranblies, trieb Blätter über den Boden und feine Wassertröpfchen heran. Irgendwo in der Ferne rief ein Kauz und dahinter, noch viel weiter weg, erklang das tiefe, lang gezogene Brummen eines Schiffshorns.

Paul schlief, sie hatte ihm vorgelesen und sanft seine Stirn geküsst, als er allmählich eingedämmert war. Für ihn waren diese Tage wie ein Abenteuer, für sie dagegen … Jasmin strich Bonnie, die zu ihren Füßen lag, über das dichte Fell, während sie den Waldrand beobachtete. *Komm nur*, dachte sie angestrengt. *Dieses Mal bin ich bereit.*

Natürlich war sie nicht bereit und sie redete sich nur gut zu. *Du hast es nicht mal gewagt, die alte Jagdwaffe aus dem Keller zu holen.*

Vor einigen Minuten hatte sie Sandviks Zettel noch einmal hervorgeholt und zwischen den Fingern hin und her gedreht, war drauf und dran gewesen, Jan Berger anzurufen und mit ihm – ja, was zu vereinbaren? *Was hast du ihn fragen wollen? Ob er dir doch zeigen kann, wie man mit dieser Waffe umgeht? Weil du erwartest, dass der Herumtreiber wieder auftaucht?*

Und dann Yrsen. Die Begegnung mit der Künstlerin ging ihr nicht aus dem Kopf. *Du wärst verrückt, wenn du wirklich zu ihr fahren würdest. Das kannst du nicht machen.*

Und was ist, wenn doch etwas an der Sache dran ist?

Was ist, wenn sie recht hat? Wenn sie dir helfen kann?

Jasmin schloss die Augen und versuchte, sich zu entspannen. *Atmen*, dachte sie, *ganz einfach gleichmäßig atmen, das kann doch nicht so schwer sein.*

Doch es war schwer. Hier draußen sogar ganz besonders.

Sie versuchte, sich den Abend ihres Unfalls ins Gedächtnis zu rufen. *Denk an das Geräusch, das der starke Regen auf dem*

Dach und der Windschutzscheibe machte. Denk an die nasse
Fahrbahn, an den Jeep, der so dicht an dich herangefahren ist.
  So dicht …
  Und dann war er mit einem Mal verschwunden.
  Das war alles.
  Bist du dir sicher?
  Du musst dir sicher sein!
  Nein. Das war nicht alles. Noch nicht. Etwas ist danach
geschehen … Da waren Lichter. Abermals helle Scheinwerfer,
nur – kamen sie dieses Mal von der anderen Seite.
  Direkt auf dich zu.
  Ihr Mobiltelefon läutete, so laut und unvermittelt, dass sie
erschrak. Das Geräusch ließ die Erinnerungsbruchstücke ver-
schwinden, wie ein starker Wind ein gerade entzündetes Feuer
löschen würde. Jasmin fluchte, weil sie diese Fragmente so gerne
festgehalten hätte, weil sie spürte, dass sie dabei gewesen war,
sich endlich zu erinnern.
  »Verdammt, was ist denn?«
  Es war Jørgen.
  Sieben Anrufe in Abwesenheit zeigte ihr Handydisplay an.
  Als sie sich nach dem Waldrand umsah, bemerkte sie, dass
die Dunkelheit bereits viel weiter vorangeschritten war, als sie
erwartet hatte. Wie ein dicht gewebtes Tuch war die Nacht über
das Gelände herabgefallen, als wollte sie jeden Laut ersticken.
Ihr war kalt, Gänsehaut kroch über ihre blanken Arme, ihren
Rücken hinab. *Wie lange in aller Welt sitzt du schon hier draußen?*
Wieso hast du nicht bemerkt, wie die Zeit vergeht?
  Sie war allein, Bonnie war fort, doch ob die Hündin mittlerweile hinab in den Garten gegangen oder durch die Verandatür,
die einen Spalt offen stand, ins Wohnzimmer zurückgekehrt
war, konnte Jasmin nicht sagen.
  »Bonnie?«, rief sie leise und die Worte flogen davon, ein
weißer Nebel, der vom Wind fortgeblasen wurde.

Ihr Handy hörte nicht auf zu klingeln. Es war die Melodie von Mozarts Klavierkonzert, die durch die blaugefärbte Nacht hallte.

Jasmin nahm den Anruf entgegen.

»Hey, Mienchen.«

Mienchen. Es war noch nicht besonders lange her, dass er damit begonnen hatte, sie so zu nennen, und sie hatte sich noch immer nicht an diesen Namen gewöhnt. »Du lässt dich zu sehr von ihm wie ein kleines, schwaches Weibchen behandeln«, hatte ihre Mutter manchmal gesagt. Jasmin hatte ihr nicht widersprochen.

Sie hatte ihr *nur selten* widersprochen, genau genommen.

»Hi«, erwiderte sie. Etwa im selben Augenblick stupste Bonnie sie an der Hand an und wedelte mit dem Schwanz – sie war von unten aus dem Garten gekommen und hinterließ erdige Pfotenabdrücke auf dem Fichtenholzboden der Veranda.

»Geh ja nicht rein«, ermahnte sie Bonnie.

»Sprichst du mit mir?«

Jasmin strich sich eine Strähne aus der Stirn. »Das war Bonnie.«

»Habt ihr euch gut eingelebt?«

»Ja, alles super«, erwiderte sie und bemerkte selbst, wie lahm das klang. *Du hast ihn gebeten, dich und Paul allein gehen zu lassen,* dachte sie. *Und jetzt stehst du hier und tust, als wäre alles in Ordnung und als wäre er nur gerade nach nebenan gegangen, um Brötchen zu holen.*

»Ist es das wirklich?«

»Nein. Nein, ich glaube nicht ganz.«

»Was ist denn? Soll ich vorbeikommen?«

Jasmin schüttelte den Kopf. »Musst du nicht. Ich habe alles im Griff. Wirklich. Es ist besser so.«

»Was ist passiert? Sag schon.« Irgendwo im Hintergrund auf Jørgens Seite spielte ein Radio und Jasmin überlegte, ob er sich gerade in einer Bar aufhielt – und wenn das so war, wer dann bei ihm war.

Zugleich fragte sie sich, ob sie das gerade noch kümmerte.

»Hier ist jemand. Auf der Insel. Die Einheimischen erzählen davon, irgendein Herumtreiber. Sag mal, hast du die Munition auch im Haus gelassen?«

»Munition?« Jørgen klang plötzlich sehr fern, doch als er fortfuhr, mit einem Mal wieder sehr nah, als hätte er das Telefon für einen Moment von sich weggehalten. Im Ernst, wo war er gerade?

»Munition für das Jagdgewehr, das immer noch im Keller steht.«

»Ach, das alte Ding. Die sollte auch dort liegen.«

»Liegt sie aber nicht.«

»Warum willst du das Gewehr?«

»Hörst du mir nicht zu?« Nun war sie sich sicher, etwas im Hintergrund zu hören, die Stimme einer Frau, die sie ganz bestimmt nicht erkannte. »Hier ist wer.«

»Soll ich vorbeikommen?«

»Nein. Nein, ich schaffe das.« Sie bemühte sich, so überzeugt zu klingen, wie sie nur konnte.

»Ich sollte wirklich vorbeikommen.«

»Schatz, ich sage dir, wenn …« Jasmin hielt inne. War dort eine Bewegung am Waldrand? Ragte dort die Silhouette zwischen den Sträuchern hervor, die bei den Pappeln wuchsen, ein Mantel, löchrig, wie der eines Landstreichers?

Sie blinzelte. Nein. Nichts.

»Gib mir einfach etwas Zeit. Ich sagte dir doch, dass ich nur etwas Ruhe brauche, um diese blöde Nacht endlich richtig einordnen zu können. Um mich zu erinnern.«

»Herrgott, es war ein beschissener Hirsch!«, rief Jørgen. »Mehr nicht. Du hast dir etwas in den Kopf gesetzt, einen gewaltigen Blödsinn.«

»Das weißt du nicht.« Jasmin schloss die Augen, doch nur einen Moment lang. »Wir haben diese Diskussion schon so oft geführt. Und weißt du, genau das ist der Grund, wieso ich das hier mache. Also hör auf damit. Du weißt, dass es nicht nur ein Hirsch war. Und jetzt …« Sie seufzte. »Jetzt werde ich auflegen.«

»Jasmin …«

»Gute Nacht. Und ruf erst wieder an, wenn du dich beruhigt hast.« Sie legte das Handy zur Seite. Es fühlte sich gut an, ihn so unterbrochen zu haben. Es fühlte sich richtig an.

Ich werde mir nicht länger vorschreiben lassen, was ich tun und lassen soll.

Wieder stupste Bonnie sie mit ihrer kühlen Nase an der Hand an. Jasmin sah, dass ihre Hündin etwas mitgebracht hatte: Es war eine Ratte mit langem, dünnem Schwanz, die sie ganz in die Nähe auf die Veranda gelegt hatte.

»Oh Bonnie, das muss doch nicht sein. Du sollst nicht jagen, weißt du das nicht?«

Bonnie sah freudig zu ihr auf, während ihr Schwanz auf den Dielenboden klopfte.

Jasmin seufzte. »Na schön. Bringen wir die noch weg und dann … gehen wir schlafen. Auch du, kleine Jägerin.«

Bonnie folgte ihr, als Jasmin wieder ihre dicken Arbeitshandschuhe anzog, die Ratte aufhob und sie in den Garten hinabtrug. »Du hast sie gefunden, hm? Du wirst sie doch nicht selbst gefangen haben?«

Bonnies Augen schimmerten im Licht des schmalen Mondes, der dunstig durch die Wolkenschleier hindurchschien.

»Na, ich weiß nicht. Du siehst vielleicht unschuldig aus, aber wahrscheinlich steckt doch eine Jägerin in dir.«

Jasmin öffnete die niedrige Gartenpforte, die auf den schmalen Weg führte, der durch das Wäldchen hinab zum Strand ging. »Bleib hier«, sagte sie und folgte dem Pfad ein Stück in den Wald hinein. Dort warf sie die Ratte ins Dickicht.

»Wag es ja nicht, die noch mal herzubringen«, ermahnte sie Bonnie, als sie mit ihr zurück ins Haus ging. Bonnie brummte leise.

Die regengetränkte Fahrbahn. Das Vibrieren des Lenkrads unter ihren Fingern. Sie hatte nichts getrunken, erinnerte sie sich. Sie trank nie, wenn sie wusste, dass sie noch fahren musste, und doch war die Feier, Birkelands vierzigster Geburtstag, lang, laut und sehr feucht-fröhlich geworden.

Die Lichter des Jeeps, die sich in ihre Netzhaut brannten.

Dann das Überholmanöver.

Die Erleichterung, die sie überkam, als sie für einen Moment überzeugt war, er wäre fort.

Dann tauchten die Lichter wieder auf, wie die Augen eines Raubtiers dort in der Ferne. Sie kamen näher. Zunächst auf der Gegenfahrbahn, dann auf ihrer eigenen.

Näher und immer … immer näher, das Licht am Ende eines schmalen Tunnels, das sich als heranbrausender Güterzug entpuppte.

Jasmin hörte, wie die Reifen quietschten, als sie das Steuer herumriss.

Im Schein ihrer eigenen Abblendlichter stand ein Mann am Straßenrand. Ihre Augen fanden seinen panischen Blick und sie sah – ein paar eisblaue Augen, wie ferne, verlorene, eisige Sterne. Auf seinem Mantel, der an seiner dürren, hoch aufragenden Gestalt herabhing wie ein Leichentuch, war ein Zeichen, ein auf dem Kopf stehendes Dreieck. Er schrie, als ihn ihr Wagen mit voller Wucht traf, und sie spürte, wie das Lenkrad unter ihren Händen herumgerissen wurde.

Jasmin erwachte abermals. Ihr Atem ging schnell und stoß-weise, Schweißtropfen standen auf ihrer Stirn, auf ihrer Haut unter dem dünnen T-Shirt.

Wieder der altbekannte Albtraum.

Und wieder … wieder hatte sie sich ein Stück mehr erinnert.

Du hast dich nicht getäuscht, dachte sie, schlug die Decke zurück und stellte die Füße auf den kühlen Dielenboden. *In dieser Nacht war jemand dort und du hast ihn mit dem Wagen erwischt.*

Du hast einen Menschen getötet.

Es war kein Tier, ganz bestimmt kein Hirsch, wie sie dir alle einreden.

Es war ein Mensch.

Jasmin trat zum Fenster, presste die Stirn gegen das kühle, glatte Glas und blickte hinaus. Die Wolken waren noch immer da, tief hängend verdeckten sie den sichelförmigen Mond. Die Umrisse der Pappeln und Birken glichen Scherenschnitten, die ein Kind grob ausgeschnitten hatte.

Du weißt, was geschehen ist.

Und dennoch sagen sie alle, es wäre ein Wildschaden gewesen.

Wieso? Was bezweckten sie damit? Sven? Jørgen? Die Polizisten, die den Unfallort untersucht und ihren Wagen begutachtet hatten? Was in aller Welt verheimlichte man vor ihr? Wieso wollte man, dass sie vergaß, was in jener Nacht geschehen war?

Darauf fand Jasmin keine Antwort.

Sie fuhr sich mit gespreizten Fingern durch das strähnige Haar und schüttelte den Kopf. *Wer immer in diesem Jeep saß, weiß, was geschehen ist. Und er hat dich bewusst von der Straße gedrängt.*

Er war dort. Du hast ihn gesehen.

Wenn du dich doch nur erinnern könntest!

Angestrengt versuchte sie, den Traum im Geist weiter abzuspulen, wie einen Film, den man an einer beliebigen Stelle anhalten und fortsetzen konnte. Der Jeep war zurückgekommen. Er hatte auf ihre Spur gewechselt wie ein wahnsinniger

Selbstmörder, der ihrer beider Leben beenden wollte – und sie war ihm ausgewichen. Panisch war sie ausgewichen, hatte die Kontrolle verloren und einen Landstreicher überfahren, der das Pech hatte, zur falschen Zeit am falschen Ort unterwegs zu sein, mitten in der Nacht.

Und danach …

Nichts.

Sie erinnerte sich einfach nicht.

Jasmin fluchte leise.

Im selben Moment piepte einer ihrer zwei neuen Bewegungsmelder.

Unten war etwas.

KAPITEL 8

Jasmin schlich auf Zehenspitzen und mit geballten Fäusten den Flur entlang. Ihre Fingernägel schnitten in ihre Handflächen. Der Boden knarrte wie ein altes, rostiges Türscharnier, und sosehr sie sich auch bemühte, es gelang ihr nicht, lautlos zur Treppe zu kommen, ihr schien, als wäre ihr ganzer Körper wie eine unter hoher Spannung stehende Feder, und so bewegte sie sich unbeholfen und verängstigt.

Die Luft roch nach dem anhaltenden kalten Regen, der draußen Stunde um Stunde gefallen war und noch immer fiel – sie roch nach feuchter Erde und Tod.

Ein Schritt nach dem anderen, dachte sie. *Leise, ganz leise, nicht ein Laut.*

Sie spürte, wie ihr Herz raste, als wollte es einen neuen Rhythmus kreieren. *Es war ein Fehlalarm, es kann gar nicht anders sein.*

Und wenn nicht?

Dann rennst du. So schnell du kannst. Schnapp dir Paul und lauf.

Bitte. Lass es nur einen Fehler sein.

Als sie die Treppe erreicht hatte, ärgerte sie sich, dass sie das Jagdgewehr nicht aus dem Keller geholt hatte. Oder wenigstens ein scharfes Messer aus der Küche, doch dann wurden beide Gedanken von jener unterschwelligen Panik fortgespült, bis kaum mehr etwas geblieben war als der drängende Instinkt zu fliehen. Bonnie blickte ihr aus ihrem Korb hinterher, dann sprang sie auf und folgte ihr. Die Krallen klickten leise, während ein tiefes Knurren ihrer Kehle entwich.

So dunkel war es, dass jemand am Fuß der Treppe hätte stehen und zu ihr heraufblicken können – und sie hätte ihn noch immer nicht bemerkt. *Sind das Atemgeräusche von dort unten? Oder nur dein eigener, gehetzter Atem und das Rauschen des Blutes in deinen Ohren?* Jasmin tastete nervös nach dem Schalter, um die Deckenleuchte unten im Flur anzuschalten.

Es klickte leise.

Nichts.

Schwang da eine der Gardinen vor den Fenstern? Waren da feuchte Fußspuren auf dem Teppichboden?

Als müsste sie eine unsichtbare Barriere überwinden, die sie vom Hinabgehen abhielt, setzte sie ihren Fuß auf die erste Stufe. Ihr war übel, doch dann nahm sie sich zusammen, stieg langsam hinab und sah sich nach der Haustür um. Von Panik schier überwältigt, streckte sie die Hand aus.

Verschlossen.

Also nicht die Haustür.

Dann blieb nur eine andere Möglichkeit.

Ein kalter Lufthauch streifte ihren Nacken. Sie wirbelte herum und stieß einen leisen Schrei aus. Bonnie bellte sie an und sprang an ihr hoch. Der Flur war auch zur anderen Seite hin leer, die Bretter vor der Kellertür waren noch immer fest vernagelt, so wie sie sie zurückgelassen hatte.

»Aber das ist nicht möglich ...«, flüsterte Jasmin leise vor sich hin. »Ich hab es doch gehört.«

Sie rüttelte an den Brettern und betrachtete die Nägel. Stabil und fest, wie es sein sollte, tief ins Holz eingeschlagen.

Die Statusleuchte am Bewegungsmelder, der den Türflügel mit der Zarge verband, leuchtete grün.

Du hast es gehört, dachte sie erneut. *Du hast es gehört, du bist nicht … du hast es dir nicht eingebildet.* Selbst in Gedanken mochte sie dieses Wort nur ungern formulieren: *Verrückt. Du bist nicht verrückt. Du wirst es auch nicht.*

Nicht mal allmählich.

Etwas hatte sie übersehen. Ihr Notebook, auf dem sie die Software für die Kameras installiert hatte. Es lag im Wohnzimmer auf dem Sofa und war ans Ladegerät angeschlossen.

Jasmin setzte sich mit untergeschlagenen Beinen neben das Notebook, das sie auf ihrem Schoß platzierte. Bonnie sprang mit einem Satz neben sie. Sie strich ihr über das dichte Fell, was Bonnie wie immer im Handumdrehen beruhigte.

»Ich bin so froh, dass du bei uns bist«, sagte sie leise. »Ich wüsste nicht, was wir ohne dich anstellen würden.«

Das Notebook war noch an, das Display halb zugeklappt, ein blauer Schein, der auf den Boden fiel. Jasmin öffnete das Programm und betrachtete eine Weile die Aufzeichnungen. Nichts war zu sehen, nur der Regen und der Wind, der durch das Gras strich und an den Birken rüttelte.

Ein Fehlalarm.

»Vielleicht war es Lenny«, sagte eine Stimme. Jasmin entdeckte Paul im Flur, von wo er zu ihr hereinsah. Unter dem Arm trug er die Stofflöwin, die sie ihm vor Jahren geschenkt hatte. *Sinta* hatte er sie genannt – und Lenny war Pauls unsichtbarer Freund, wie sie natürlich wusste.

Ihr Sohn hatte jetzt seit April nicht mehr mit ihm gesprochen, hatte ihn seit Monaten nicht mehr erwähnt. »Lenny also«, erwiderte sie. »Ist er wieder da?«

Paul nickte. Im Licht des Notebookdisplays funkelten seine Augen blau, seine Haut wirkte blass. Jasmin klopfte auf die Lücke zwischen Bonnie und ihr.

»Komm mal her.«

Paul setzte sich neben sie.

»Ich bin kurz aufgewacht«, erklärte er und ließ die Beine von der Couch baumeln, »und konnte nicht wieder einschlafen. Da klopft was gegen die Wand.«

»Ich weiß. Ein Ast.«

»Es klingt wie ein ... ich weiß nicht.« Paul rieb sich mit den Fingerknöcheln die Augen. »Als wenn jemand anklopft. Als wenn da draußen einer ist, der reinwill.«

Sie umarmte ihn und drückte ihn liebevoll an sich. »Lenny also«, sagte Jasmin leise. »Wie kommt das?«

»Na, er war halt eben wieder da. Du weißt doch, dass er auf einer langen Reise war. Aber jetzt ist er zurück, ist das nicht super?«

Jasmin betrachtete ihren Sohn lange, ehe sie vorsichtig nickte. »Klar ist es das.«

»Lenny sagt, hier ist was. Etwas, das nicht hier sein sollte.«

Jasmin spürte, wie sich ihre Kehle zuschnürte. »Wie ... wie meint er das?«

»Ein Geheimnis. Es ist ein Geheimnis, er wollte es mir nicht verraten. Noch nicht.« Paul gab ihr einen Kuss auf die Wange und rutschte vom Sofa.

»Paul ... das finde ich nicht besonders lustig. Falls das ein Scherz gewesen sein sollte.«

Paul winkte ihr zu. »War es nicht. Ich geh wieder schlafen.«

Jasmin blinzelte. Ihr Sohn war fort. Auch als sie aufsprang und draußen im Flur nach ihm sah, war er nicht dort ... er hätte doch nie im Leben so schnell nach oben gehen können! Jasmin stürmte die Treppe hinauf und in sein Zimmer: Paul schlief still unter seiner Astronautenbettdecke.

Du siehst immer mehr Gespenster, dachte sie.

Unten bellte Bonnie – und dieses Mal erkannte Jasmin sofort ihr drohendes Warnen. Dieses Mal war es kein Spiel.

Sie stürzte wieder nach unten, griff in der Küche nach dem langen Kochmesser und rannte zurück ins Wohnzimmer.

Bonnie hatte sich mit gesträubtem Fell vor den Verandafenstern aufgebaut. Wieder bellte sie.

Auf der Veranda lagen große Erdklumpen – Schuhabdrücke, tief in die frisch auf den Holzdielen verteilte Erde gepresst. Die Spur verlor sich irgendwo weiter unten im Garten. Täuschte sie sich oder schwang die Gartentür im Wind hin und her? Durch den Regenschleier war es nicht klar zu erkennen.

»Du verfluchter …« Sie stieg in ihre Gummistiefel, warf sich eine Jacke über und nahm Bonnie an die Leine. *Nur bis zum Gartenzaun*, dachte sie. *Aber bis dorthin wirst du mir keine Angst machen. Das lasse ich nicht zu. Nicht hier. Das ist mein Haus.*

Jasmin öffnete die Schiebetür und Bonnie zog sie hinaus, zerrte an ihrer Leine, schnüffelte an den Spuren und wollte weiter, über die knarrenden Holzstufen hinab in den Garten. Die Luft war kalt und der Regen, der augenblicklich auf sie einprasselte, drang bis auf die Haut.

Bonnie zog wieder an ihrer Leine und bellte, und Jasmin folgte ihr.

Die Pforte stand offen. Tief eingesunkene Stiefelabdrücke waren in der schlammigen Pfütze gleich hinter dem Zaun auszumachen, dann verloren sie sich auf dem schmalen Waldpfad und irgendwo dahinter zwischen den Bäumen.

Bonnie zog und zerrte.

Nicht weiter als bis zu dieser Grenze, dachte Jasmin. *Du solltest es wirklich nicht versuchen. Das ist kein Mut, das wäre blanker Irrsinn.*

Bonnie bellte – und als Jasmin zu ihr hinabsah, wedelte die Labradorhündin mit dem Schwanz. *Keine Bedrohung mehr*, schien sie sagen zu wollen, *wie wär's stattdessen mit einem kleinen Spaziergang?*

Jasmin schüttelte den Kopf. »Nein«, sagte sie. »Wir gehen ganz bestimmt nicht …«

Doch Bonnie sprang jäh vorwärts und riss ihr mit diesem Satz die Leine aus der Hand, ehe sie durch die offen stehende Pforte verschwand. Jasmin fluchte und rannte ihr hinterher, folgte dem Pfad in das schmale Waldstück hinein. Der Boden war an vielen Stellen aufgeweicht, es roch nach verrottendem Laub und Birkenrinde. Ein Regenwurm kroch über den Pfad, Bonnie, die ein paar Meter entfernt angehalten hatte, nahm ihn in ihr Maul und hob ihn auf, doch statt ihn zu verspeisen, trug sie ihn seelenruhig in der Schnauze herum, als wollte sie ihn nur am Waldrand ablegen, wo er ihrer Meinung nach womöglich hingehörte.

»Bonnie! Hierher!« Jasmin bekam die Leine zu fassen, doch Bonnie machte keine Anstalten, ihr zu folgen.

Die Spur war noch immer da, teils auf dem Pfad, teils daneben, als wäre der Mann – sie schätzte anhand der Größe der Abdrücke im Schlamm, dass es ein Mann war – in Schlangenlinien zwischen den Baumstämmen und dem Pfad umhergerannt.

Wie seltsam. War er betrunken? Oder täuscht er das vor … um dich … ja, um dich zu täuschen?

Das Rauschen der Wellen, die unablässig an den Strand getrieben wurden, wurde mit jedem Schritt lauter. Bonnie zog sie weiter voran, die Spur ging nun schnurstracks geradeaus – aufs Ufer zu.

Dann lag das Waldstück hinter ihnen. Eine sanft abfallende sandige Ebene, dahinter der von rauen Steinen und Felsen gespickte Strand. Die anbrandenden Wellen, die Gischt hell schimmernd im Mondlicht.

Das Nordmeer.

Die Spur wandte sich in einem scharfen Winkel nach links und führte den Strand hinab, doch Bonnie zog Jasmin weiter zum Wasser hin.

»Du spielst jetzt doch nicht im Meer?«, rief sie, doch zugleich machte Bonnie abermals einen Satz und entriss ihr erneut die Leine, die ruckartig durch ihre Finger glitt. Bonnie rannte davon, Jasmin stürmte hinter ihr her.

Sie hat es gesehen. Genau wie du, nur einige Sekunden später. Treibgut, dachte sie, doch dann korrigierte ihr Unterbewusstsein sie mit einer drängenden, warnenden Eingebung: *So sieht kein Treibgut im Mondlicht aus.*

Was du da siehst, ist bleiche Haut.

Menschliche Haut.

Es war ein Toter, der von der Brandung umspült wurde. Das Wasser schien nach seinen dunklen Haaren zu greifen, umspielte seine eingefallenen Wangen, den langen, löchrigen grauen Mantel.

Seine Schuhe hatten kein Profil.

Jasmin starrte auf den Toten hinab, starrte in sein Gesicht und ihre Beine wollten nachgeben. Während Bonnie an dem dunklen Strickpullover des Mannes schnüffelte, rang Jasmin nach Luft.

»Das ist – das ist nicht möglich«, hörte sie sich selbst sagen. »Du kannst nicht hier sein – nicht *hier*!«

Der prasselnde Regen floss unter den Kragen ihrer Jacke, über ihre Stirn, ihre Wangen, nahm ihr die Sicht. *Du musst dich irren, du musst …*

Sie bekam das Ende von Bonnies Leine zu fassen, rutschte aus und fiel der Länge nach in den harten Sand, der an ihr haften blieb, mühte sich zurück auf die Beine und zog Bonnie von dem Toten weg.

»Aus!«, rief sie. »Hör damit auf!«

Im Mondlicht wagte Jasmin noch einen zweiten Blick in jenes aufgedunsene Gesicht. Die Augen des Mannes standen offen, blau waren sie, eisblau, als hätten sie die Kälte des Meeres, das ihn angespült hatte, in sich aufgesogen. Ein Teil seiner Nase fehlte, ein Teil seiner Oberlippe war fort – Spuren von Krabben, die an ihm gefressen hatten. Die Haut war fahl und wächsern und seine Adern zeichneten sich bläulich darunter ab.

Aber diese Augen.

Jasmin zog Bonnie weiter mit aller Kraft von der Leiche fort und begann zu rennen … zurück zum Pfad, zurück hinauf zum Haus, während der Regen stärker und stärker wurde und der Wind heulte, als wollte er sie auf ihrem Weg, ihrer Flucht zurückbegleiten, ja verspotten.

Sie hatte den Toten erkannt.

Bei Gott, das hatte sie.

Jasmin rannte über die Veranda, schlug die Tür zu und schloss ab, schluchzend, zitternd, außer sich vor Entsetzen.

Unmöglich, unmöglich, ratterten die Gedanken panisch – doch sie fühlte immer noch seine starrenden eisblauen Augen auf sich gerichtet, als läge er noch immer vor ihr und sähe unentwegt zu ihr auf.

In jener Nacht, als der Jeep sie von der Straße gedrängt hatte, war kein Hirsch gestorben. Ein Wildschaden, hatte man gesagt … aber das war nicht die Wahrheit.

Etwas ist hier so falsch. Etwas hier stimmt überhaupt nicht. Etwas, das mit deiner Erinnerung zu tun hat … und mit dem Toten dort draußen.

Jasmin begriff, dass sie die ganze Zeit recht hatte: Sie hatte einen Mann überfahren in jener Nacht. *Er hat dich angesehen, und dieser Blick, dieser Blick, den hast du nun dort am Strand wiedererkannt.* Vorwurfsvoll war er.

Anklagend.

Der Obdachlose, den sie in jener Nacht getötet hatte, war nun doch endlich zurückgekehrt.

Wieder aufgetaucht, an den Strand gespült, hier, an diesem Ort, wie auch immer das möglich war.

Er hatte sie gefunden.

Kapitel 9

Das Rauschen des Regens weckte sie früh am nächsten Morgen, und als Jasmin ihre Augen aufschlug, war das Licht, das durch die zugezogenen Vorhänge hereinfiel, grau und trüb. Tropfen prasselten gegen die Scheibe und erzeugten dabei ein Geräusch, als würden knochige Finger von außen auf das Glas pochen und trommeln. Jasmin fröstelte. Es war ihr, als stecke die Erinnerung an die Ereignisse der vergangenen Nacht noch tief in jedem ihrer Knochen.

Ihr Kissen war nass. Sie hatte im Schlaf geweint.

Wieso auch nicht? Es war wie ein böser Traum, in den sie hineingeraten war. Dieser Tote am Strand … nichts davon war möglich, und doch hatte sie ihn gesehen.

Wirst du verrückt?

Oder geht hier etwas ganz anderes vor?

Und bist du nicht eigentlich genau deshalb hergekommen? Wolltest du es nicht verstehen? Warum liegst du dann herum und bedauerst dich selbst?

Verkatert stieg Jasmin aus dem Bett und streckte sich. Wieder schlug ein loser Fensterladen gegen die Hauswand, und wenn er nicht zu hören war, unterbrach das Rascheln der Äste, die über den Putz der Nordwand strichen, die Stille. *Das Mistding*, dachte sie. *Du musst dir eine Säge besorgen, die lang genug ist. Vielleicht im Dorf. Vielleicht kannst du es auch von hier oben machen.*

Im Garten hing ein diesiger Nebel, der die Sicht auf den Strand erschwerte. Silhouetten bewegten sich unten zwischen den Nebelschwaden.

Jasmin erschrak. *Deine Spuren! Du stehst hier und denkst über Blödsinn nach, dabei hast du letzte Nacht Spuren hinterlassen, die von deinem Haus hinab zum Strand führen und wieder zurück!*

Wenn jemand den Toten entdeckte …

»Paul«, sagte sie, als sie ihren Sohn in seinem Zimmer auf dem Teppich fand, wo er unter Bonnies aufmerksamem Blick an einem großen Lego-Raumschiff baute. »Ich muss noch mal kurz nach draußen. Runter zum Strand. Bleib hier, ja? Kein Ausflug, nicht mal in den Garten.«

Sie zog ihre Jacke und die Gummistiefel an und trat hinaus in den strömenden Regen. Die Spuren waren weggespült worden, was Jasmin etwas aufatmen ließ – der Pfad hinter dem Haus hatte sich in eine schlammige, dunkelbraune Brühe verwandelt.

Und am Strand?

Sie *musste* es sehen.

Jasmin stürzte den Pfad hinunter, während der Schlamm und der Regen bei jedem ihrer ausholenden Schritte zur Seite spritzten. Der Wind stieß in die Baumkronen der Pappeln und Birken hinab, einmal zersplitterte ein Ast dicht vor ihren Füßen.

Am Waldrand blieb sie stehen.

Sie war nicht allein.

Ein Mann in einer blauen Wetterjacke, auf deren Rücken das Wort *Polizei* geschrieben stand, ging den Strand ab. Eine Hand lag an seinem Ohr, er telefonierte.

Jasmins Herz begann, wie wild zu schlagen.

Ein Polizist. Wie hatte Sandvik ihn noch genannt? Boeckermann, das war es. Arne Boeckermann, der einzige

Polizist auf dieser Insel. Und er war vor Ort, er hatte den Toten bereits entdeckt. Jasmin kniff die Augen zusammen: Ja, die Leiche lag noch immer nahe der Stelle, an der sie sie gefunden hatte.

»Mist«, sagte sie leise, »Mist, Mist, Mist.«

Wenn Boeckermann bereits von der Leiche wusste, bedeutete dies, dass man auch mögliche Spuren suchen, finden und ihnen folgen würde. Und das wiederum hieß, man könnte ihre eigenen entdecken.

Was haben Sie da gemacht, mitten in der Nacht?

Und wieso sind Sie so panisch geflohen?

Wieso haben Sie niemanden informiert, sofort, sobald Sie wieder in Ihrem Haus waren, so, wie sich das gehört?

»Mist, ganz großer Mist«, flüsterte Jasmin leise. Sie machte einige Schritte zurück in das Wäldchen und hoffte, dass der Regen sie vor Boeckermanns neugierigen Blicken abgeschirmt hatte.

Du musst dir jetzt genau überlegen, was du als Nächstes unternimmst. Runtergehen und alles zugeben? Dass du ihn als Erste gefunden hast und, mehr noch, dass du ihn wiedererkannt hast?

Dass ein Obdachloser, den du viele Hundert Kilometer entfernt angefahren und vielleicht tödlich verletzt hast, mit einem Mal ausgerechnet hier auftaucht? An den Strand gespült, mit Schlick in den Haaren, ertrunken, mausetot?

Das glaubt dir kein Mensch.

Die halten dich alle für völlig irre.

Also, was jetzt?

Denk nach, Jasmin, verflucht, denk nach!

Alles in ihr schrie nach Flucht.

Also floh sie. Jasmin rannte über den schmalen Pfad zurück zum Grundstück, schloss die Gartenpforte und stürmte hinauf zum Haus. Die Gummistiefel waren voller Matsch und

81

schienen mit ihren Beinen verwachsen zu sein, sie brauchte eine halbe Ewigkeit, bis sie herausgeschlüpft war.

»Paul? Bonnie?«, rief sie. Das Wohnzimmer lag vor ihr, wie sie es zurückgelassen hatte, ihr Notebook auf der Couch, eines der bunten Kissen am Boden. Der Bewegungsmelder über der Tür piepte, bis sie hinauflangte und ihn abstellte.

»Paul?«

Es war Bonnie, die ihr entgegenstürmte und einmal freudig bellte. »Wo ist er denn?«

Natürlich gab ihr die Hündin keine Antwort, nur ein noch schnelleres Wedeln, das in ihren Augen vielleicht ebenso viel bedeuten sollte. Von oben drang ein lautes Poltern, das Jasmin zusammenschrecken ließ. Es klang nicht, als käme es aus dem ersten Stock. Es klang …

Sie stieg die Treppe hinauf. Das alte Fichtenholz knarrte unter ihren Schritten. Irgendwo schlug der Fensterladen wieder pochend an die Hauswand, irgendwo entdeckte ein Inselpolizist vielleicht gerade ihre Spuren.

Jasmin bemerkte, wie sie ein durchdringendes Schwindelgefühl überkam, so kräftig, dass sie eine Hand nach der Holzverkleidung an der Wand ausstreckte, sich abstützte und mit geschlossenen Augen durchatmen musste.

Dann wiederholte sich das Poltern. Dieses Mal war es viel näher … beunruhigt betrat Jasmin Pauls Zimmer und fand dort die Klappe in der Holzdecke offen; jene Luke, die hinauf zum Dachboden führte. Die Leiter war ausgefahren.

»Paul?«, rief sie erneut und blickte hinauf. Das Rechteck der Öffnung am oberen Ende der Leiter war dunkel, die Luft, die ihr entgegenschlug, roch alt und verbraucht, voll staubiger und spinnwebenverhangener Erinnerungen.

Bonnie stupste ihre Hand an, als wollte sie sie dazu auffordern, endlich hinaufzusteigen.

Jasmin setzte den Fuß auf die unterste Sprosse. »Paul? Wenn du da oben bist ...« Die Sprossen knarrten bedenklich. Nur dünnes Holz, das in zwei Querbalken eingelassen war ... und das seit weiß Gott wie vielen Tagen nicht mehr betreten worden war. Jasmin erinnerte sich dunkel, dass Jørgen dort oben einmal sauber gemacht und einige Kisten verstaut hatte; sie selbst war nur ein, zwei Mal oben gewesen.

Wieso hatte Paul diese Klappe geöffnet? Und vor allem – wie war es ihm gelungen? Auf halber Höhe sah sich Jasmin noch einmal um. *Das Bett*, dachte sie, *so hat er es gemacht, so ist es ihm gelungen. Er hat sich aufs Bett gestellt, obwohl er genau wusste, dass er dort oben nichts zu suchen hat.*

Schließlich war sie oben. Es war dunkel und im bläulichen Schein ihres Handydisplays warfen die Kisten, die unter den Sparren gestapelt waren, Schatten wie im Bau eines großen Tieres – oder einer Spinne.

»Paul?« Jasmin bemerkte, wie nervös sie klang. *Oh, verflucht, was tust du hier? Wieso sollte er denn da hochsteigen in all dieser Dunkelheit?*

Zu ihren Füßen raschelte etwas im Schatten zwischen zwei mannshohen Kisten. Jasmin sprang zur Seite, als eine Ratte vorbeirannte und auf der anderen Seite des Dachbodens durch eine Belüftungsöffnung nach draußen verschwand.

Hinter ihr fiel etwas mit einem leisen Geräusch zu Boden. Es kullerte, rollte über die Holzdielen, rollte auf sie zu.

Jasmin starrte hinab, hielt den Atem an. Das Ding schimmerte rötlich im Schein ihres Handys – es war eine Christbaumkugel.

»Was in aller Welt?«

»Buh!« Der Deckel der Kiste dicht neben ihr fiel herunter und Paul sprang heraus. Jasmin machte einen Schritt zurück und ließ einen leisen Schrei hören. Doch als sie erkannte, was Paul da auf dem Kopf trug, musste sie unwillkürlich lachen.

Es war eine rot-weiß gestreifte Nikolausmütze.

»Du kleiner frecher …«

Er sprang aus der Kiste und rannte an ihr vorbei. Jasmin langte nach seinem Arm, doch sie erwischte ihn nicht. Schnell war er die Leiter wieder herabgeklettert.

»Darüber sprechen wir noch, junger Mann!«, rief sie ihm hinterher. »Verlass dich darauf!«

Jasmin hob das Handy ein Stück höher und suchte nach dem Lichtschalter. Dort! Eine kleine Glühlampe flammte auf und entlockte den Schatten dieses Ortes all seine ordentlich gestapelten Geheimnisse: die Kisten mit den alten Weihnachtssachen, dem Christbaumschmuck, den Kränzen – Jørgen und sie hatten die Festtage einmal hier verbracht. Eine kleine Ewigkeit schien das nun her zu sein.

»Und vermutlich werden wir auch nie mehr zurückkommen«, sagte sie leise zu sich selbst. Einen Moment lang war sie überzeugt, dort auf einer staubbedeckten Kiste ein in buntes Papier eingepacktes Geschenk zu entdecken, das jemand hier oben vergessen hatte – doch es waren nur Überreste von zerrissenem Geschenkpapier.

Zerrissen. Wie passend.

Im hintersten Winkel verhüllte ein graues Tuch einen hoch aufragenden Gegenstand. Rechteckig, etwa mannshoch. *War das schon beim letzten Mal hier?*

Ganz bestimmt nicht. Was das ist? Vielleicht ein großer Spiegel?

Jasmin zog das Tuch mit einem Ruck weg und legte ein Ölgemälde frei. Im fahlen gelben Licht erkannte sie ein brennendes großes, mehrstöckiges Gebäude mit einem Ost- und Westflügel, von dem dicke Rauchschwaden aufstiegen und aus dessen Fenstern gelbe Flammen schlugen. Eine Menschenmenge hatte sich davor versammelt, die gestikulierend in Richtung der Ruine deutete, doch schien nicht einer von ihnen etwas unternehmen zu wollen.

Jasmin erkannte die Signatur sofort: *Yrsen*, stand dort. *Wie auf jenem Gemälde im Krämerladen der Sandviks,* dachte sie. *Gabriela Yrsen, die Künstlerin, die dir gestern begegnet ist.*

Sie dachte an das ausgerissene Blatt des Skizzenblocks mit der Aufforderung, sie doch zu besuchen, wenn ihr der Sinn danach stand.

Was wohl nie geschehen wird.

Dennoch: Was hatte dieses Gemälde hier oben verloren?

Als wäre sie bestimmt, dies zu tun, hob sie das schwere Gemälde von dem hölzernen Gestell herab und drehte es um. Auf der Rückseite klemmte ein dünnes Büchlein im Rahmen.

Jasmin nahm es an sich, schlug es auf und begann zu lesen. Yrsens Handschrift war schnörkellos und präzise, doch je länger sie schrieb – es waren kaum mehr als fünf kleine Seiten –, desto unsicherer, zittriger wurde die Schrift. Flecken verunstalteten das Papier, vielleicht hatte Yrsen geweint, als sie dies geschrieben hatte.

> Sie kommen.
>
> Immer wieder suchen sie meine Hilfe.
>
> Sie kommen und verlangen Dinge, die ich nicht zu leisten vermag. Es ist wie ein Lauffeuer, das sich ausbreitet, etwas, das ich nicht stoppen kann.
>
> Sie behaupten, ich würde helfen, aber ist es nicht etwas Widernatürliches, was ich versuche?
>
> Ich spreche mit ihnen. Ich lasse mir ihre Hände geben. Und manchmal geschieht nichts. Dann sind sie enttäuscht, manche von ihnen schimpfen und nennen mich eine Lügnerin, ehe sie gehen.

Doch das ist selten. Meistens … meistens gelingt es.

Ich kann nicht erklären, wie, aber etwas ist dort. Das Zweite Gesicht? Eingebungen, die mir wie Erinnerungsfetzen durch meine Gedanken ziehen, nachts, wenn ich nach Schlaf suche und er nicht kommen will? Wenn die Staffelei und das Öl das Einzige sind, was mich davon abhält, den Verstand zu verlieren?

Das Zweite Gesicht. Ja, so nennen sie es.

Und sie fragen.

Ich kann nicht antworten.

Aber ich kann ihnen Bilder erschaffen. Gedanken, für immer in Öl auf der Leinwand verewigt, das kann ich tun.

Und sie verstehen. Gott, sie scheinen wirklich zu verstehen, was ich erschaffe, auch wenn es mir selbst häufig unverständlich bleibt.

Weil es ihre Bilder sind, nicht meine. Sie sind nur für die anderen bestimmt, nie für mich.

Es ist keine Gabe. Es ist ein Fluch.

Wenn es das ist, wenn ich so mein Leben verbringen muss …

An dieser Stelle brachen die Worte auf der letzten Seite ab. Jasmin blätterte bis zum Schluss, doch außer einem großen Tintenklecks war dort nichts mehr zu entdecken.

»Das Zweite Gesicht«, wiederholte sie leise. »Yrsen hatte … Kunden, die von ihr Antworten verlangt haben wie von einer – hm, Hellseherin. Nur dass sie ihre Antworten in ihren Bildern geliefert hat …« Jasmin strich mit dem Zeigefinger behutsam über den alten, abgewetzten Ledereinband des kleinen Büchleins. »Ist das möglich? Und wenn ja – kann Yrsen es noch immer?«

Sie betrachtete das Gemälde erneut. Der Brand, die Schaulustigen … war auch dies ein Werk, das sie für jemanden angefertigt hatte? Sollte auch dieses Gemälde jemandem etwas zeigen, eine Wahrheit, etwas Zukünftiges oder Vergangenes, das nur für ihn bestimmt war?

Erinnerungen.

Ein Weg, sie zu durchdringen, ihr Geheimnis zu lüften.

Kommen Sie, wenn Sie es wagen.

Kommen Sie, wenn Sie Ihren Mut wiedergefunden haben.

Jasmin wusste, was sie als Nächstes tun würde.

KAPITEL 10

»Paul«, rief sie, stieg die Leiter nach unten und schloss die Luke, »wir werden jetzt reden. Mich so zu erschrecken …«

Paul hatte sich mit seiner Spielkonsole auf sein Bett zurückgezogen. Als sie sich neben ihn setzte, blickte er nicht auf.

»Paul?«

»Du willst nicht, dass er herkommt. So ist es doch. Du willst nicht, dass Papa hier … wohnt.«

Jasmin war für einige Augenblicke sprachlos. »Wie bitte? Wie bitte kommst du denn darauf?«

»Du denkst nur an dich selbst!«

»Paul …« Weiter kam sie nicht, das Läuten der Türklingel unterbrach sie.

Paul hatte Tränen in den Augen.

»Du weißt, dass das nicht stimmt«, erwiderte sie behutsam. »Aber wenn es dir lieber ist, dann sag ich ihm, er soll herkommen.«

Paul wischte sich über die Wange. Dann nickte er. »Ich wollte dich da oben nicht erschrecken, Mama. Hab die Klappe gesehen und …«

»Du wolltest es einfach mal ausprobieren.«

»Ja«, erwiderte er gedehnt und trotzig. »Na und?«

»Nichts, na und. Du wusstest, dass es verboten ist. Du weißt nicht – niemand von uns weiß das –, wie morsch dieser Dachboden ist, du hättest einbrechen können und es hätte Gott weiß was geschehen können ...« Jasmin streckte die Hand aus. »Gib mir das Gerät.«

»Was?«

»Du verzichtest jetzt mal einen Tag darauf.«

»Wegen dem blöden Dachboden? Das ist ungerecht!« Paul drückte ihr den Nintendo in die Hand und stürmte davon.

»Oh Mann«, sagte Jasmin leise. »Ich will doch nur ...« Dann läutete es erneut und sie ging zur Haustür, abermals nervös und beunruhigt. Sie öffnete, ließ die Sicherheitskette jedoch eingehängt.

Sicher ist sicher, dachte sie. »Diese Insel ist ein steiniger Garten«, hatte Sandvik gesagt. »Und nur die Stärksten können ihn bestellen.«

»Frau Hansen?« Der Mann, den sie durch den Türspalt erblickte, trug ein kariertes Jackett und eine offene grüne Barbourjacke darüber, an den Beinen Jeans und dunkelgrüne Gummistiefel. Der Wind hatte sein silbergraues Haar zerzaust, ebenso hell und grau waren seine Augen; Jasmin schätzte ihn auf Anfang fünfzig.

»Ja?«

»Bin ich richtig?« Er fuhr sich durch die nassen Haare, die daraufhin noch wilder von seinem Kopf abstanden, und schien etwas verunsichert – nein, nicht verunsichert, dachte sie gleich, etwas schusselig.

»Was meinen Sie mit richtig?«, erwiderte sie.

»Bei Jasmin Hansen. Der Hausverwalter erklärte, Sie bewohnen das Anwesen hier.«

»Das bin ich«, unterbrach sie. »Aber ich frage mich«, fügte sie in einem kleinen Aufkommen von Übermut hinzu, »wieso der Ihnen sagen sollte, wer hier wohnt. Das ist doch ... privat.«

Nun lächelte der Fremde und suchte einige Momente in seiner Jacke herum. »Wo haben wir … ah ja.«

Jasmin blickte auf einen Ausweis, den sie bisher nur zwei Mal in ihrem Leben gesehen hatte – einmal in der Unfallchirurgie, nachdem sie und Sven Birkeland einen schwer verletzten Bankräuber zusammengeflickt hatten, das zweite Mal nach ihrem eigenen Verkehrsunfall, noch in ihrem Krankenbett.

Es war ein Polizeidienstausweis.

Henriksen, Hendrik, stand darauf. Kriminalhauptkommissar.

Jasmin spürte, wie ihr Mut vom Wind davongetragen wurde und ihr der Magen in die Kniekehlen sank. »Polizei?«, fragte sie heiser, räusperte sich und kam sich dabei vollkommen albern und verdächtig vor.

Du bist die mieseste Schauspielerin der Welt. Du könntest nicht einmal lügen, wenn es um dein Leben ginge. Obwohl – vielleicht musst du das bald sogar herausfinden.

»Genau, Polizei.« Henriksen ließ den Ausweis wieder verschwinden, nachdem sie lange genug darauf geblickt und in Wahrheit doch kaum etwas gelesen hatte – in ihrem Kopf beherrschte Panik jeden vernünftigen Gedanken. »Darf ich hereinkommen? Ist ein ziemlich mieses Wetter. Keine Sorge, es wird nicht lange dauern. Wir befragen nur die Häuser in der Nähe des Strandes wegen einer gewissen … unangenehmen Sache.« Er schüttelte sich, als würde er frieren, und fuhr sich abermals durchs Haar. *Zerstreut oder nicht*, überlegte sie – *oder ist das hier eine Art Columbo-Nummer, um dich in Sicherheit zu wiegen?*

Beobachtet er dich nicht in Wahrheit ganz genau? Jede deiner kleinsten Reaktionen, jede Geste, jeden verräterischen Blick? Und verdammte Scheiße, hast du überhaupt aufgeräumt? Hast du die schmutzigen Stiefel beiseitegestellt?

»Sicher«, hörte sie sich sagen, »klar, gerne, ähm … ja, kommen Sie. Rein, meine ich, kommen Sie einfach rein.«

»Super. Das sind genau die Worte, die ich am liebsten höre bei dieser Wetterlage.« Er trat über die Schwelle, als Jasmin ihm Platz machte, und schloss die Tür hinter sich. »Das ist ein Unwetter. Furchtbar. Die Fähre vom Festland …«

»Sie kommen vom Festland?«

Henriksen nickte, während er seine Jacke auszog. »Klar, man hat mich als Allererstes in der Früh angefordert. Na ja, jemand muss es wohl machen, nicht wahr?« Er sah sich um. »Haben Sie …?«

Jasmin wollte ihm die Jacke abnehmen, dann bemerkte sie, dass sie Pauls Spielkonsole noch immer in der Hand hielt, und legte sie auf die Kommode nah beim Eingang, wo Jørgen die Schlüssel und die Notizblöcke aufbewahrt hatte.

»Das ist natürlich auch ein Weg, sich die Zeit während des Regens zu vertreiben«, sagte der Kommissar und deutete in Richtung des Nintendo 3DS.

Jasmin hängte seine Jacke auf. »Ist von meinem Sohn Paul.«

»Ich verstehe. Ja, der Verwalter sagte mir, dass sie nicht allein gekommen sind.«

»Wir haben auch noch eine Hündin …«

Als hätte sie auf das Stichwort gewartet, kam Bonnie die Treppe herabgeschossen und baute sich laut bellend vor Henriksen auf.

Der Kommissar trat einen Schritt zurück. Jasmin packte Bonnie am Halsband. »Tut mir leid«, entschuldigte sie sich sofort. »Ab mit dir nach oben!«, rief sie und deutete zur Treppe. Bonnie war folgsam, doch drehte sie sich auf halber Höhe auf den Stufen noch einmal um und knurrte.

Jasmin führte Henriksen in die Küche und kochte Tee.

»Frau Hansen, ich will nicht groß darum herumreden. Heute Morgen wurde ein Toter am Strand aufgefunden.« Der Hauptkommissar setzte sich und nahm den heißen Tee mit einem Nicken entgegen, rührte ihn jedoch nicht an. »Ein

Spaziergänger fand ihn und informierte den Polizeiposten der Insel. Nachdem der Kollege Boeckermann die routinemäßigen Abläufe durchgegangen war, informierte er uns auf dem Festland. Und na ja, hier bin ich.«

»Hier sind Sie.« Jasmin war stehen geblieben, ihre Teetasse zwischen den Fingern, die ihr beinahe die Haut verbrannte. Im Augenwinkel sah sie ein langes Kochmesser auf der Ablage funkeln. »Ein Toter ... das klingt sehr schlimm. Es ist sehr schlimm, meine ich.« Wieder räusperte sie sich und ärgerte sich über ihre verräterische Stimme. »Ist er ertrunken?«

Henriksen hob die Brauen. »Wie kommen Sie darauf?«

»Sie sagten am Strand«, gab Jasmin zurück. *So leicht kriegst du mich nicht.*

»Natürlich.« Wieder ließ Henriksen sein sanftes Lächeln sehen, noch immer rührte er die Tasse nicht an. »Der Mann konnte bislang nicht identifiziert werden, aber wir gehen davon aus, dass er ertrunken ist und danach angespült wurde.«

Jasmin versuchte, sich nichts anmerken zu lassen, wenngleich diese Neuigkeit sie ähnlich überraschte und schockierte, als hätte Henriksen ihr enthüllt, dass er sie jetzt augenblicklich und auf der Stelle festnehmen müsste.

Die Spuren sind alle weggewaschen, dachte sie. *Er kann es nicht wissen. Und selbst wenn? Du hast nichts getan.*

Es sei denn ...

Auf einmal waren die gleißend hellen Lichter des Jeeps aus jener unheilvollen Nacht wieder da, blitzten grell vor ihren Augen und blendeten sie. Jasmin seufzte. »Und Sie kommen zu mir, weil ...?«

»Weil wir uns erhoffen, dass jemand der Nachbarn etwas bemerkt haben könnte ... vielleicht ...« Henriksen sah sich um. »Sie haben ein zweites Geschoss und einen Dachboden, nehme ich an?«

»Ja.« *Aber dort oben ist nichts,* fügte sie in Gedanken hinzu, *nur ein wütender Fünfjähriger und ein seltsames Bild unter dem Dach ... und ein absurdes Notizbuch, das Sie vielleicht nicht sehen wollen.*

»Können Sie von dort das Meer sehen?«

»Ja«, sagte Jasmin ein zweites Mal und kam sich vor wie eine sprechende Puppe. »Das ist möglich und ich weiß auch, worauf Sie hinauswollen, aber ... nein, da muss ich Sie leider enttäuschen. Da war kein Schiff. Nichts, wovon man den Toten ins Wasser hätte stoßen können.«

»Und das wissen Sie genau?«

»Paul ... konnte schlecht schlafen. Ich habe ihm vorgelesen und stand dann noch etwas am Fenster in seinem Zimmer. Das geht Richtung Süden, zum Strand.«

»Ich verstehe«, erwiderte Henriksen, wirkte aber, als verstünde er überhaupt nichts. Doch Jasmin war sich nun sicher, dass es nur eine geschickte Täuschung war. Er wusste genau, worauf er hinauswollte, in welche Richtung er dieses Gespräch lenken musste.

Und sie konnte kaum etwas dagegen tun, ohne sich verdächtig zu machen.

Sag es ihm einfach. Sag ihm, dass du den Toten gesehen und wiedererkannt hast. Dass er dich an einen Obdachlosen erinnert – nein, nicht erinnert. Dass ein Obdachloser, den du an einem Ort weit entfernt angefahren hast, auf unfassbare Weise mit einem Mal hier auftaucht.

»Es besteht die Möglichkeit, dass es kein Schiff war. Wir prüfen die Strömungen, die dazu geführt haben könnten, dass der Mann genau an diesen Ort getrieben wurde, aber das braucht seine Zeit ...« Wieder der Griff zur Teetasse, wieder trank er nicht und drehte die Tasse stattdessen nachdenklich zwischen seinen Händen hin und her. »Zeit, die ich nicht habe.

Die wichtigsten Beweise verschwinden innerhalb der ersten zwanzig Stunden.«

»Klingt, als hätten Sie noch einen anstrengenden Tag vor sich. Ich will Sie nicht aufhalten.«

»Nein, das weiß ich.« Henriksen schob die Tasse über den Tisch. »Waren Sie heute schon außer Haus?«

»Nein«, erwiderte Jasmin. »Das Wetter, Sie wissen ja.«

»Aber etwas ist mir nicht klar. Der Tote – er war angezogen wie ein Obdachloser. Ich begreife nicht ...« Die grauen Augen richteten sich auf sie und Jasmin hatte das Gefühl, als wüsste er mehr, als er zugab. »Sie waren nicht letzte Nacht dort unten am Strand?«

Jasmin holte tief Luft. »Wieso sollte ich dort unten gewesen sein?«

»Vielleicht weil Sie etwas gesehen haben, das nicht hierhergehört.« Henriksen zog die Tasse wieder zu sich heran und nahm nun doch einen Schluck. »Schmeckt sehr gut«, stellte er fest. »Wissen Sie, Frau Hansen, als ich mit der Fähre anlegte, wollte mich der Kollege Boeckermann direkt zum Fundort der Leiche bringen, aber ich bat ihn zuvor um einen kleinen ... äh, Abstecher. Arne Boeckermann brachte mich zum Krämerladen des Dorfes, wo ich, nun, eine Kleinigkeit einkaufte. Aber wissen Sie was? Der Inhaber, ein gewisser Karl Sandvik, schien bereits zu wissen, was vorgefallen war. Sicher, werden Sie jetzt erwidern, Geschichten verbreiten sich schnell an Orten wie diesen und in einer eingeschworenen Dorfgemeinschaft ist es nichts Ungewöhnliches, dass der Inhaber des Dorfladens davon erfahren hat. Dann jedoch erwähnte Sandvik jemanden, den ich erst aufsuchen konnte, nachdem ich am Strand war.«

»Später ...?« Jasmin runzelte die Stirn. »Ich verstehe nicht ganz.«

»Sie. Er erwähnte Sie. Sandvik kannte die Lage des Fundorts und er erwähnte, dass das Haus in der Nähe erst vor Kurzem neu bezogen wurde. Er wähnte eine Jasmin Hansen, eine Fremde, eine Auswärtige, die zufällig kurz vor dem Verbrechen hier eingetroffen wäre. Und jetzt bin ich hier.«

Jasmin musste sich festhalten. »Was wollen Sie denn damit andeuten? Ja, es stimmt, dass ich erst seit Kurzem auf der Insel bin, aber es schockiert mich genauso, dass da drüben ...« Sie verstummte. Hatte sie sich durch ihre Reaktion gerade verraten?

»Sie *waren* dort unten am Strand, nicht wahr? Der Regen hat vieles fortgewaschen, aber Boeckermann ist sich sicher, dass er jemanden am Waldrand gesehen hat, früh im Morgengrauen. Wenn ich mir Ihre Schuhe oder Stiefel ansehen würde, wären sie dann sauber?«

Jasmin fühlte sich schlecht, ihre Kehle war zugeschnürt. »Ich ... ich dachte ...« Sie drehte sich um, stürmte in den Flur, öffnete die Kommode und nahm die Gummistiefel heraus.

»Hier«, sagte sie und ließ sie neben Henriksen auf den Boden fallen. »Meine Gummistiefel, und mit etwas anderem würde wohl niemand bei diesem Wetter rausgehen. Sauber. Reicht das?« Sie versuchte, sich nicht anmerken zu lassen, wie sehr ihr Herz pochte. Wie verräterisch es klopfte.

Henriksen lächelte wieder. »Ja, das reicht mir.« Er erhob sich. »Wenn Ihnen etwas einfällt ...«

»Melde ich mich.«

»Ich wollte Sie nicht unter Druck setzen, aber manchmal ist das nötig. Unter Druck reagieren Menschen anders. Sie verraten sich.«

»Dann habe ich die Prüfung wohl bestanden.«

Kaum war Henriksen aus dem Haus und die Tür hinter ihm geschlossen, sank Jasmin zu Boden. Sie musste sich auf die Faust beißen, um ihren Schrei zu ersticken.

Dann stürmte sie ins Wohnzimmer, wo sie die schmutzigen, erdverkrusteten Gummistiefel fand. Sie trug sie ins Bad, stellte sie in die Wanne. Das andere, *zweite* Paar trug sie zur Kommode zurück.

Es war knapp.
Verflucht, verflucht knapp.
Aber jetzt ...
In diesem Moment läutete es erneut an der Tür.

Es läutete und Jasmin streckte ein wenig nervös die Hand aus, um zu öffnen. Er ist es. Er muss es sein. Und während hinter ihr, aus der Tiefe des Anwesens, die Geräusche von vielen Unterhaltungen und halblauter Musik erschallten, schlich sich ein Lächeln auf ihre Lippen. Du benimmst dich wie ein Teenager, *dachte sie.* Dabei ist dieser Abend doch kaum mehr als eine etwas größere Feier unter Kollegen.

Sven Birkeland stand ihr gegenüber. Sein Mantel war feucht vom Regen, sein Haar klebte ihm am Kopf, und doch wirkte er vor dem Hintergrund des warmen Lichtes, das die Einfahrt und die efeubewachsenen Natursteinwände von Brechts Anwesen bestrahlte, unglaublich verwegen und attraktiv.

»Jasmin«, sagte er und klang dabei doch nicht ganz wie der Kollege, den sie von der Klinik und aus dem OP kannte. »Na, das macht den Abend doch gleich um einiges besser.«

Er umarmte sie und Jasmin half ihm aus dem Mantel. »Hält unser Chefarzt wieder seine Vorträge? Hat Brecht dir schon die Alkoven *gezeigt? Du kannst dir nicht vorstellen, wie ein Mann einen mit den architektonischen Details seines Hauses so dermaßen langweilen kann.«*

Jasmin musste lachen. »Hat er noch nicht, aber die Nacht ist ja noch jung.«

»Na, dann wollen wir uns mal hineinstürzen, nicht?«

»Wollen wir«, stimmte sie zu. »Und keine Gespräche über die Arbeit.«

Und dann, während sie Sven Birkeland folgte, verschwand diese Erinnerung, schwand ...

KAPITEL 11

… diese Party, diese Nacht, in der sie später den Unfall haben sollte. Wieso kam ihr ausgerechnet jetzt all das in den Sinn? Jasmin griff mit bebender Hand nach der Klinke und öffnete die Tür einen Spalt weit. »Haben Sie etwas vergessen?«, fragte sie irritiert und spürte, wie sich ihr Herzklopfen zu neuen Höchstleistungen steigern wollte. Vor ihr stand Henriksen, als wäre er nur zurückgekommen, um erst jetzt den wahren Grund seines Besuchs zu enthüllen.

Was macht er da? Greift er nach seinen Handschellen?

»Das nicht direkt, nur diese kleine Sache hier.« Eine schmale Visitenkarte erschien zwischen seinen Fingern, als wäre er ein Zauberkünstler, der Dinge aus der Luft heraufbeschwören konnte. »Ich dachte mir, Sie könnten das vielleicht gebrauchen. Wenn Sie etwas bemerken, das nur ansatzweise nach einer Bedrohung aussieht, rufen Sie mich gleich an. Da steht meine Handynummer.«

»Danke.« Jasmin bemerkte, dass sie die Türklinke so fest umklammert hatte, dass es wehtat – zum Glück konnte Henriksen ihre Hand nicht sehen.

Er ging und Jasmin dachte daran, dass sie ihn nach dem Herumtreiber hätte fragen können – ob es in dieser Sache etwas Neues gab, ob er auch bereits von ihm gehört hätte –, doch schließlich sah sie nur zu, wie Henriksen in seinen Wagen stieg und davonfuhr.

Erst dann konnte sie endlich wieder durchatmen.

Das war wirklich knapp. Verflucht knapp.

Die nächste Stunde verbrachte sie damit, die schmutzigen Gummistiefel von Sand und Erde zu befreien, dann stellte sie das Paar neben das andere in die Kommode.

Paul war noch immer sauer.

»Wenn du was essen willst, musst du schon runterkommen«, sagte sie, als sie nach ihm sah. »Ich mache mir jetzt jedenfalls was warm.«

Einen Teller mit Nudeln und Tomatensoße auf den Knien balancierend, setzte sich Jasmin auf die Couch. In der Küche wollte sie nicht bleiben, dort hing Henriksens Aftershave in der Luft.

In Gedanken ging Jasmin ihren Plan durch: Sie musste Yrsen besuchen, das lag nahe. Sie musste sie bitten, sie anzuhören. Vielleicht würde es helfen, vielleicht wäre dies der entscheidende Funke, der Punkt des Anstoßes, der ihr helfen würde, sich endlich an *alles* zu erinnern.

Und dann …

Du musst herausfinden, ob es stimmt.

Ob du ihn wirklich gesehen hast.

Wenn Henriksen dir die Wahrheit gesagt hat, wenn der Mann von einem Schiff ins Wasser gestoßen wurde – vielleicht hast du dich dann doch getäuscht?

Im Mondlicht von letzter Nacht hast du in seinen Gesichtszügen das erkannt, was du erkennen wolltest. Vielleicht war es nur ein Irrtum. Vielleicht ist er es nicht.

Es gab nur einen Weg, der Jasmin einfiel, um diese Zweifel zu beseitigen. Sie musste herausfinden, wohin man den Toten bringen würde. Wenn er von der Insel transportiert wurde, hatte sie ein Problem, doch daran glaubte sie nicht. Nein, bestimmt würden sie die Leiche zunächst an einem Ort irgendwo auf der Insel unterbringen.

Also finde einfach raus, wo das ist.

Leichter gesagt als getan.

»Hör auf zu schmollen«, sagte sie zu Paul. »Wir machen jetzt einen Ausflug ins Dorf, was meinst du?«

»Und was wollen wir da?« Er blickte von dem Buch auf, in dem er gelesen hatte. Jasmin bemerkte, dass er nur noch so tat, als wäre er sauer auf sie, das kam schließlich nicht zum ersten Mal vor.

»Wir werden ein bisschen Detektiv spielen«, erwiderte sie. »Wie Max und die Jungs in deinem Buch.«

Jasmin fand ein kleines, hübsches Café in der Hauptstraße von Skårsteinen, wo sie sich mit Paul an das Fenster setzte, von dem sie die Hauptstraße überblicken konnte. Gegenüber lag die einzige Bücherei des Zweitausend-Seelen-Örtchens, und gleich daneben der Polizeiposten.

Als sie zum ersten Mal hier entlanggekommen war, auf der Suche nach Sandviks Krämerladen, hatte ein Polizeiauto davor geparkt, ein VW, der seine besten Tage wohl schon hinter sich hatte.

Nun war Boeckermanns Wagen fort.

»Ich bin gleich bei Ihnen«, sagte die Bedienung. Die Frau trug eine geblümte Schürze und wischte mit einem Lappen über einen der Tische, doch Jasmin erhob sich und kam ihr zuvor. Außerhalb von Pauls Hörweite fragte sie: »Haben Sie davon gehört?«

Die Frau musterte sie prüfend. »Gehört?«

»Ich bin neu hier. Mein Mann und ich besitzen ein kleines Ferienhaus unten am Strand.«

»Oh.« Die Bedienung nickte verständnisvoll. »Klar. Und jetzt sind Sie besorgt, das kann ich verstehen.«

»Ich war da drüben bei der Polizei«, schwindelte sie, »aber es war niemand da. Ich meine, ist das normal?«

»Ist es nicht. Aber dass so ein Toter ausgerechnet hier bei uns auftaucht.« Die Frau verstummte. Als hätte sie schon zu viel gesagt. »Na ja, so ist das eben in einem kleinen Ort. Neuigkeiten machen schnell die Runde.«

»Sie meinen, jetzt ist jeder unterwegs? Die Station ist nicht besetzt?«

»Die sind alle draußen an der Küste. Hab ich gehört.«

Jasmin seufzte. Dann betrachtete sie die Karte und überlegte. Sie würde nicht mehr aus der Angestellten herausbekommen, aber Karl Sandvik würde vielleicht etwas wissen. »Zweimal die heiße Schokolade«, bestellte sie.

»Zwei?«

»Klar.«

Mit den Getränken ging sie zu Paul und ihrem Tisch zurück. »Ich muss mal ganz schnell rüber und nach Herrn Sandvik sehen, du erinnerst dich? Ihn etwas Wichtiges fragen. Warte mit Bonnie bitte ganz kurz hier.«

»Ist gut, Ma«, erwiderte Paul kurz angebunden.

Jasmin warf der Hündin, die unter dem Tisch Platz genommen hatte, ebenfalls einen ermahnenden Blick zu, dann ging sie hinaus und überquerte die Straße. Der Krämer war allein, er las in einem Buch: Homers »Odyssee«, erkannte Jasmin auf dem Buchrücken.

»Ah, die Strandgäste«, begrüßte er sie. »Wie haben Sie sich eingelebt, Frau Hansen?«

»Ist das nicht eine etwas schwere Lektüre für … hm, mittags?«

Sandvik klappte das Buch zu und legte es behutsam auf den Verkaufstresen. »Gute Lektüre ist nie schwere Lektüre. Sie haben es wohl schon gehört. Das kann ich Ihnen ansehen.«

»Herr Sandvik, würden Sie mir einen Gefallen tun?« Jasmin versuchte, ihm ihr einladendstes Lächeln zu schenken, was ihr schwerfiel. *Du bist etwas eingerostet*, dachte sie. »Ich kann keinen der Polizisten nebenan finden.«

»Nicht?« Sandvik kratzte sich mit dem Daumen am Kinn. »Sie sind alle in heller Aufregung. Boeckermann, na, der kommt allein damit sowieso nicht zurecht, und der Neue und seine Leute … hm, ich weiß nicht recht, was von denen zu halten ist.«

»Er heißt Hendrik Henriksen und kommt vom Festland.« Jasmin bemerkte, dass Sandvik diese Neuigkeit begeistert aufsaugte. Vermutlich würde der Name in Kürze im Dorf die Runde machen, sodass man ihn erkennen würde, noch ehe er sich bei dem einen oder anderen zur Befragung vorstellte. »Er hat mich schon befragt, aber mir ist noch eine Sache eingefallen, daher müsste ich wissen, wo ich ihn finden kann.«

»Vorhin waren alle unten am Anleger. Dort, wo auch die Lager von Bakke sind.«

»Bakke?« Dieser Name war Jasmin neu und sie konnte sich auch nicht erinnern, dort unten Lagerhallen gesehen zu haben.

»Der Fischereibetrieb«, erklärte Sandvik. »Nach allem, was ich so hörte, wurde der Mann nicht an Land umgebracht.« Er senkte die Stimme zu einem verschwörerischen Flüstern. »Also macht es ja Sinn, gleich mal bei denen nachzufragen, die hier die größten Boote haben und am weitesten rausfahren.«

Leichenentsorgung von einem Fischkutter. Jasmin musste blinzeln. Etwas daran kam ihr falsch vor. »Und das haben Sie gesehen? Ich meine, dass Henriksen und Boeckermann dort waren?«

»Spaziergang, wie jeden Vormittag. Hab's mit meinen eigenen Augen gesehen. Junge Frau, ich schicke Sie doch nicht umsonst im Ort herum.«

Jasmin musste lachen. »Nein, das würden Sie nicht. Sie sind ein Guter.« Dann wurde Jasmin wieder ernst. »Ich – na ja, ich würde gerne noch etwas fragen. Es betrifft eine Sache, die mir hier immer wieder begegnet.«

Sandvik reagierte freundlich. »Nur zu.«

»Es muss hier einmal einen Brand gegeben haben.« Sie dachte an das Gemälde, das sie auf dem Dachboden entdeckt hatte. »Einen schweren Brand. Etwas, über das man nur sehr ungern spricht. Mich interessiert, was damals geschehen ist – und wann genau.«

Und was mit Yrsen los ist. Ob sie damals verletzt wurde, ist das möglich? Diese Gedanken sprach sie jedoch nicht laut aus. Jasmin war es, als verhärteten sich die Züge um Sandviks Mund, doch als er fortfuhr, klang er gelassen wie eh und je. »Es gab wirklich mal einen Brand, das war drüben, im Westen der Insel. Aber das waren andere Zeiten. Und nichts, woran ich mich gerne erinnere.«

»Ich …«

»Manchmal sollte die Vergangenheit einfach vergangen bleiben. Manchmal sollte man sie ruhen lassen.«

»Ich verstehe.« In dieser Sache würde sie nichts von ihm erfahren, sosehr sie sich auch anstrengte, das las sie in seinen Augen. Ganz davon abgesehen, dass sie noch nie ein besonderes Talent dafür hatte, Fremden ihre Geheimnisse zu entlocken.

Sie verabschiedete sich von Sandvik, der die Hand zum Gruß hob, und winkte, bis er sich wieder seiner Lektüre widmete. Zurück im Café bemerkte Jasmin, dass Paul seine heiße Schokolade noch nicht angerührt hatte. Nachdenklich sah er aus dem Fenster hinaus.

»Probier sie doch, sie ist wirklich gut.« Jasmin tupfte sich mit einer Serviette über die Lippen.

»Ich hab nur überlegt«, sagte Paul, »was hier nicht stimmt.«

»Wie meinst du das?« Die Kellnerin war nicht in der Nähe, als sich Jasmin prüfend umsah, das war gut; Pauls Worte machten sie ein wenig nervös.

»Das sind nur Fassaden«, sagte er. »Es ist falsch.«

»Sag so was nicht. Das ist ein netter kleiner Ort.«

»Auf dem Dachboden«, fuhr Paul fort, »da hab ich nicht nur die alten Weihnachtssachen gefunden. Ich hab auch dieses Bild gesehen, wo das Tuch drüber war. Hab druntergeschaut.«

Der Brand, dachte Jasmin. *Das alte Gebäude, das in Flammen steht, die Schaulustigen davor. Yrsens verbranntes Gesicht und ihr Tagebuch. Wie hängt all das zusammen?*

»Und dann?«, fragte sie vorsichtig. »Ganz davon abgesehen, dass Papa und ich dir gesagt haben …«

»… dass ich nicht raufdarf, ja.« Paul schüttelte den Kopf. »Weiß nicht. Als ich es gesehen hab, da wurde mir ziemlich komisch. Als wär hier irgendwas, hier, draußen im Haus, am Strand, einfach überall auf der Insel – etwas, das uns nicht hierhaben will. Etwas, das ganz und gar nicht richtig ist, das ganz und gar nicht stimmt.«

Jasmin spürte, wie Gänsehaut über ihre Arme kroch.

Dann stand Paul plötzlich auf. »Können wir gehen, Mama?«

»Aber klar.« Jasmin bezahlte und stellte Pauls heiße Schokolade, die er nicht angerührt hatte, zurück auf den Tresen. »Tut mir leid, ich fand sie lecker.«

Als sie hinausging, bemerkte sie noch, wie die Bedienung ihnen einen äußerst merkwürdigen und irritierten Blick zuwarf.

Nach einem kleinen Spaziergang, der sie durch den alten Ortskern von Skårsteinen hinab in den Hafen führte, standen Paul und Jasmin vor den Lagerhallen, die Sandvik erwähnt hatte. Möwen kreischten und stritten sich in einiger Entfernung, es roch nach Meer und Fisch und der Wind, der vom Nordmeer herüberstrich, war kalt wie die Berührung des ersten, frühen Frostes.

An einer Anlegestelle lungerte ein Mann herum, der dem Klischee eines Seemanns entsprach: Jasmin fragte ihn, ob er die Polizeibeamten gesehen hätte.

»Die waren hier«, kam die knappe Antwort. »Und auch gleich wieder weg.«

»Dann haben die hier niemanden befragt?«

»Nö.« Er kratzte sich am Kinn. »Nur was abgeliefert. Und was das ist, kann man sich ja wohl denken, nicht? Bakke hat die einzigen großen Kühlhallen auf Minsøy.«

»Die einzigen …« Jasmin begriff und dieses Begreifen fühlte sich gut und beängstigend zugleich an, wie ein heiß-kalter Schauer, der auf sie niederging. »Danke. Vielen Dank.«

»Wofür denn?« Er deutete auf die Straße Richtung Norden. »Die sind da lang gefahren.«

Hier stimmt etwas nicht. Pauls Worte spukten ihr im Kopf herum, während Jasmin den Mietwagen Richtung Norden lenkte. *Und vielleicht wissen mehr Leute davon, als dir lieb ist. Wie sonst ist das alte Bild auf den Dachboden gekommen? Hat es der Verwalter dort abgestellt? Oder jemand anders, vielleicht um es zu verstecken?*

Wusste derjenige, dass sie es gefunden hatte?

Beobachtete man sie?

Was war mit dem Herumtreiber, der ständig erwähnt wurde?

»Wohin fahren wir, Mama?« Paul hatte sich auf die Rückbank gesetzt und kraulte Bonnie zwischen den Ohren, die daraufhin ein leises, zufriedenes Brummen hören ließ. »Es ist schön hier. Irgendwie schöner als in der anderen Richtung.«

»Im Süden, meinst du.« Jasmin warf immer wieder Blicke in den Rückspiegel, doch folgte ihnen niemand, die Straße war wie leer gefegt.

Und auch kein Jeep, der dich mit hellen, aufgeblendeten Lichtern jagt.

»Du erinnerst dich doch an den Zettel, den der Wind zu uns herübergeweht hat.«

»Du hast ihn gefangen. Das war ziemlich cool!«

»Ich glaube, wir sollten noch mal mit der Künstlerin sprechen. Ich meine, schon allein, weil ich mich bei ihr entschuldigen wollte, wegen der Dinge, die ich zu ihr sagte.«

»Und weil du denkst, sie hilft dir.«

»Wie kommst du darauf?«

Paul zuckte mit den Schultern. »Nur so eine Idee. Papa hätte das nicht gefallen.«

Papa ist nicht hier, dachte Jasmin. Aber Paul hatte recht: Jørgen mit seiner Abneigung gegenüber allem Esoterischen würde es definitiv nicht gefallen.

Eine Frau mit dem Zweiten Gesicht, eine Hellseherin? Das ist doch Unsinn, kaum mehr als Schwindelei.

Sie wusste Dinge, die sie nicht hätte wissen können, und das obwohl sie nur deine Hand berührt hat, nur einen winzigen Moment lang. Und alle im Dorf wissen von ihr. Denk an das Bild bei Sandvik, an das auf dem Dachboden. Ihre Geschichte muss stimmen. Sie muss tatsächlich einmal Leute an diesen Ort geführt haben, die sich von ihr Hilfe versprachen – und sie auch bekamen.

Bis zu jenem Brand.

»In meinem Zustand will niemand mehr etwas mit mir zu tun haben«, hatte Yrsen gesagt.

Wie traurig. Wie einsam sie wohl war, dort an der Nordspitze der Insel.

»Wir schauen nur mal kurz bei ihr rein«, sagte Jasmin. »Mehr nicht.«

»Machen wir heute Abend etwas ganz Leckeres?«, fragte Paul und klang dabei sehr begeistert.

Jasmin musste lächeln. Das war ihr Paul, wie sie ihn kannte. »Machen wir, versprochen.«

Und danach wirst du Jørgen anrufen und alles mit ihm klären. Ihn bitten, dass er nachkommt. So schnell wie möglich.

Nicht deinetwegen, sondern wegen Paul.

Das ist wichtiger als alles andere.

KAPITEL 12

Das Haus am Nordende der Insel, zu dem sie ihr Navi führte, lag dicht bei den Steilklippen. Das Haus, das Yrsen bewohnte, versteckte sich hinter einer Mauer aus Natursandstein, kargen Hecken und einem Zaun, zurückgesetzt von der Straße, in bordeauxrotem Holz verkleidet, das Dach reetgedeckt, aus dem zwei Schornsteine hervorragten. Jasmin nahm Paul bei der Hand, gemeinsam traten sie an das Geländer, das die Steilklippen sicherte, und sahen hinab. Die Wellen rollten gegen die schroffen blauschwarzen Felsen, die Gischtkronen obenauf schäumten.

»Wow«, sagte Paul ehrfürchtig.

»Ja, die Natur ist wahrhaft gewaltig«, sagte eine leise Stimme hinter ihnen. Als Jasmin sich umblickte, sah sie Gabriela Yrsen, die auf einen Stock gestützt zu ihnen herüberkam. Sie trug einen weißen Schal, der im Wind flatterte, doch keinen Hut. Ihr Haar war dunkel, fast schwarz, nicht von einer einzigen grauen Strähne durchzogen und schimmerte im Licht der niedrig stehenden Spätsommersonne. *Eine Perücke*, dachte Jasmin. Der Brand hatte ihr so viel mehr genommen.

Das Tosen und Brausen der Wellen war laut und so bedeutete Yrsen ihnen, ihr ein Stück in Richtung des Hauses zu folgen.

»Man rät mir schon seit so langer Zeit, dass ich das Haus verkaufen, meine Sachen packen und wegziehen soll, aber … nein. Ich kann mich einfach nicht von ihm trennen.«

»Das ist verständlich«, erwiderte Jasmin etwas lahm. »Es ist ja auch ein beeindruckender Ort.«

»Die Natur nimmt sich, was sie kann. Der Untergrund ist brüchig und nach den Ansichten eines Geologen, der mehr als einmal hier aufgetaucht ist und seine Messungen gemacht hat, könnte es gut passieren, dass alles einmal einbricht … und mein kleines Haus im Meer landet. Vielleicht sollte ich dann besser nicht in der Nähe sein, sagte er …« Yrsen sah aufs Meer hinaus. Die endlosen Wassermassen, die tief hängenden grauen Wolken, es war eine Stimmung wie in dem Gemälde eines depressiven Malers. »Vielleicht wäre es aber auch besser so.«

»Das sollten Sie nicht denken«, erwiderte Jasmin.

»Tee?«

»Gerne. Darf Bonnie …?«

»Sie darf mit hinein, solange sie nicht meine Katze jagen will.«

»Das macht sie nicht.«

Sie folgten Yrsen an einer Metallskulptur vorbei, die nah beim Hauseingang vor sich hin rostete. Die salzige Luft hatte ihr zugesetzt, doch noch immer konnte man erkennen, was sie darstellen sollte: einen Seemann, der Richtung Norden blickte, als halte er für alle Zeiten Ausschau nach Dingen, von denen nur er wusste. Er hielt ein Fernrohr in der Hand, durch das er hindurchblickte – durch das speziell geformte und durchlöcherte Metall der zylindrischen Röhre strich der Wind hindurch und erzeugte ein Heulen, das gespenstisch und fremdartig klang.

Yrsen hatte ihren Blick bemerkt. »Es ist ein Klang, der einem zunächst die Haare zu Berge stehen lässt, aber mit der Zeit wird er einem immer vertrauter.«

Jasmin konnte sich nicht vorstellen, dass sie sich jemals daran gewöhnen könnte.

Das Haus war geräumiger, als es von außen den Anschein hatte, und war von oben bis unten mit Drucken, Skizzen und Gemälden übersät, die die Wände bedeckten und sich auf dem Boden stapelten. In der Luft lag ein milder Duft nach Räucherstäbchen, vor den Fenstern wehten helle Vorhänge im Wind und in einem kleinen Ofen brannte ein Feuer. Gerade als Yrsen Jasmin einen Platz auf der Couch anbot, zerfiel ein Holzscheit mit einem lauten Knacken, das Jasmin zusammenschrecken ließ.

Verflucht, deine Nerven sind so angespannt in den letzten Tagen.

Paul setzte sich neben sie, während Bonnie sich zu ihren Füßen auf den Teppichboden legte und Jasmin nicht aus den Augen ließ. Sie hatte die Katze gewittert, schlug jedoch nicht an, als wüsste sie, dass sie hier nicht zu Hause war und sich daher benehmen musste.

»Ich hoffe, Sie mögen meine Kräutermischung«, sagte Yrsen und stellte ein Tablett mit den Tassen und der Kanne in die Mitte, ehe sie selbst in einem Ohrensessel mit hoher Lehne Platz nahm. Jasmin entdeckte den Skizzenblock vor sich. Das Letzte, woran Yrsen gearbeitet hatte, schien eine Szene in der freien Natur zu sein, ein Picknick, das eine Mutter mit ihrem Sohn genoss – eine Szenerie, die sie gut kannte. Jasmin kostete vom Tee. »Er ist gut. Wirklich sehr gut.«

»Also sind Sie doch hergekommen.« Yrsen warf ihr einen durchdringenden Blick zu. »Sie haben sich anders entschieden.«

»Vor allem bin ich hier, weil ich mich entschuldigen möchte. Für meine Worte. Das war unangemessen und … verletzend.«

»Akzeptiert«, erwiderte Yrsen, ohne nachzudenken. »Und jetzt sagen Sie mir, wieso Sie *wirklich* gekommen sind, und weichen nicht länger aus, reden nicht länger darum herum.«

Das war keine Frage, der man auswich, das wusste Jasmin. *Wenn du willst, dass sie dir wirklich hilft, dann wirst du das jetzt beantworten.*

»Weil ich Ihre Hilfe brauche.« Die Worte kamen schwer über ihre Lippen, doch kaum dass sie sie ausgesprochen hatte, fühlte sich Jasmin besser. Es war erleichternd, als hätte sie sich selbst von einer schweren Last befreit. »Weil ich mir große Sorgen mache. Und weil ich mittlerweile davon überzeugt bin, dass es kein Zufall ist, dass wir uns hier begegnet sind.«

»Ich weiß nicht, ob ich es noch kann.« Yrsen streckte die Hand aus und die plötzliche Geste überraschte Jasmin. »Aber einen Versuch ist es dennoch wert.«

»Wie geht das?« Jasmin fühlte sich, als wäre sie noch nicht bereit dafür, so schnell schien Yrsen zum Zweck ihres Besuchs zu kommen. »Kann Paul hierbleiben?«

»Vielleicht mag er draußen mit der Hündin spielen.« Yrsens Blick fixierte sie.

Was machst du hier? Hast du wirklich vor …? Diese mahnende Stimme in ihrem Kopf erinnerte sie an Jørgen und Jasmin drängte sie beiseite.

»Schon gut, Mama«, sagte Paul. »Bonnie und ich sind draußen. Komm, Bonnie!« Er sprang auf, doch Bonnie wollte sich zunächst gar nicht rühren. Yrsen öffnete die Tür, die zu einem kleinen, eingezäunten Garten neben dem Haus führte, in dem eine Birke aufragte, deren Zweige im Wind raschelten und hin und her schwangen. Jasmin begleitete Paul und Bonnie hinaus.

»Geh nicht zu den Klippen!«, rief sie ihm hinterher.

»Natürlich nicht!«

»Er ist ein guter Junge«, sagte sie zu Yrsen. »Er hat ein gutes Herz. Manchmal frage ich mich, ob ich auch die Mutter bin, die er braucht. Eine gute Mutter, die wirklich immer für ihn da ist.«

»Sie sind in alten Erinnerungen gefangen«, erklärte Yrsen. »Ich denke, es wird Zeit, sie beiseitezuschieben. Endgültig, ein für alle Mal. Das wird Sie befreien und danach ... danach wird es Ihnen besser gehen.« Sie senkte die Stimme. »Und ich denke, dass es etwas gibt, das Sie dringend erkennen sollten. Etwas, das Sie verdrängt haben, etwas, über das Sie sich dringend klar werden sollten.«

Jasmin holte tief Luft. »Etwas stimmt hier nicht. Es ist seltsam, aber mir kommt es vor, als hätte man an diesem Ort etwas vertuscht, etwas ... Schreckliches, das geschehen ist. Und dann werde ich das Gefühl nicht los, dass der Unfall – *mein Unfall* – damit zu tun hat.« Sie blickte auf ihre Hände hinab, auf ihre Finger, die nervös auf die Teetasse trommelten. »Heute wurde ein Toter gefunden, unten am Strand, nicht weit von meinem Haus entfernt.«

Wenn Yrsen diese Nachricht überraschte, ließ sie es sich nicht anmerken. »Das wusste ich nicht. In dieser Abgeschiedenheit erfahre ich erst spät von diesen Dingen, häufig erst dann, wenn ich mal einen seltenen Abstecher ins Dorf unternehme.«

»Mir bereitet es Angst.« Jasmin sah zu, wie Paul einen Stock für Bonnie warf und Bonnie ihn zu ihm zurückbrachte. »Es ist ... ich dachte ...« Sie suchte nach Worten, doch fand sie keine, die wirklich ausdrücken konnten, was sie fühlte. Die eisblauen, weit geöffneten Augen des Toten verfolgten sie, jagten sie bis hinab in ihre tiefsten Träume.

In ihren Albträumen richtete der Tote sich auf.

In ihren schlimmsten Albträumen sprach er zu ihr. *Du warst es, du hast mich getötet. Hörst du nicht immer noch, wie meine Knochen unter den Reifen deines Wagens brechen? Hörst du nicht immer noch, wie sehr ich schreie? Erinnerst du dich nicht an das, was du gesehen hast?*

»Frau Hansen«, sagte Yrsen leise. »Würden Sie mir Ihre Hand geben?«

Jasmin rührte sich nicht. »Ich habe Ihr Tagebuch gefunden. Oder eine Art Notizbuch, vielleicht ist es eher das.«

»Wie bitte?« Yrsens Stimme war nun kühl und distanziert, wie ein Gebirgsbach, der flache Kiesel umspülte. »Ich verstehe nicht.«

»Auf dem Dachboden des Hauses, den mein Mann Jørgen und ich seit Jahren nicht mehr betreten haben, entdeckte ich zwischen all den Kisten mit altem Krempel, den wir dort abgestellt hatten, ein Bild. Sie haben es signiert und hinten, in den Verstrebungen des Keilrahmens, da war ein dünnes, kleines Notizbuch eingeklemmt.«

Yrsen nickte bedächtig. »Haben Sie es hier?«

»Nein, es … es ist noch bei mir im Haus. Ich habe nicht dran gedacht, tut mir leid.«

»Und Sie sind sicher, dass das Gemälde von mir stammt?«

»Sie haben es signiert, das sagte ich doch gerade«, entgegnete Jasmin schärfer als beabsichtigt. »Es zeigt einen Brand, ein großes Gebäude lichterloh in Flammen und davor Menschen. Eine Menschenmenge, die johlt.«

Die Künstlerin ließ einen leisen Seufzer hören, der nach alten, schmerzhaften Erinnerungen klang. »Jetzt weiß ich, was Sie meinen. Oh ja, jetzt erinnere ich mich sehr gut.«

»Sie erinnern sich?«, fragte Jasmin mit hochgezogenen Brauen. »Wie kommt es auf den Dachboden in unserem Haus?«

»Dieses Gemälde wurde gestohlen, Frau Hansen. Vor langer Zeit schon. Ich wusste ja nicht … oh mein Gott.« Mehr wollte Yrsen offenbar nicht sagen, und weil sie schockiert, ja den Tränen nahe wirkte, wollte Jasmin keinesfalls weiter nachfragen.

»Es tut mir leid. Was immer geschehen ist, ich wollte nicht unhöflich sein«, antwortete sie behutsam. »Ich dachte bloß, Sie würden sich vielleicht freuen, wenn es wieder auftaucht.«

»Freuen? Ganz bestimmt nicht.« Yrsen schüttelte den Kopf. »Aber ja, ich verstehe diese Reaktion. Ich glaube, ich bin die

Einzige, die sie wirklich versteht.« Yrsen winkte ab, und als sie das tat, rutschte der Ärmel ihrer Strickweste zurück und Jasmin bemerkte, dass die Brandverletzung nicht nur Teile ihres Gesichts betraf, sondern auch die Haut ihres Armes verbrannt hatte. Sie erkannte Spuren einer Transplantation.

Für einen Moment sah sie wieder die grellen Scheinwerfer des Jeeps in jener schrecklichen Nacht vor Augen, wie Lichtblitze, und sie roch … roch etwas …

»Vielleicht sollte ich jetzt besser gehen.«

»Das rät Ihnen die Höflichkeit«, erwiderte Yrsen. »Aber was Sie wirklich wollen, ist etwas ganz anderes.«

»Ich will die Wahrheit. Mehr nicht.« Jasmin sah sich nach Paul um, doch er spielte noch immer mit Bonnie. »In dieser Nacht, als ich einen Unfall hatte …«

»Ja?«

»Wir gleichen uns«, sagte Jasmin leise. »Vielleicht war das auch der Grund, warum ich wieder zurückgekommen bin. Hierher.«

»Wir sind zwei Überlebende, meinen Sie. Wir beide.«

»Genau. Ich weiß nicht, wie es bei Ihnen dazu kam.« Jasmin senkte den Blick. Es fühlte sich gut an, dies auszusprechen, trotz allem. »Aber bei mir – ich war nicht erst seit der Nacht des Unfalls sehr traurig. Ich hätte die ganze Welt verfluchen können, und was in jener Nacht geschehen ist, war nur – der Punkt auf dem I, die Kirsche auf der Torte, sozusagen. Nur dass die Torte eine schlechte war.«

»Was ist geschehen?«

»Jørgen und ich …« Es fiel Jasmin schwer fortzufahren. »Wir erwarteten ein Kind. Unser zweites. Vor zwei Jahren war das – und ich habe es verloren. Fehlgeburt im dritten Monat. Seit diesem Tag, seitdem ging alles nur noch bergab.«

»Das tut mir sehr, sehr leid, Frau Hansen.«

Jasmin spürte, wie eine Träne über ihre Wange rollte. Der Verlust, sie hatte versucht, ihn zu verdrängen, ihn auszublenden, weil sie wusste, dass sie für Paul da sein musste, dass sie einen Sohn hatte, der ihre Kraft und Liebe und Aufmerksamkeit erforderte – und es war ihr auch gelungen, davon war sie überzeugt.

Du musst weitermachen, hatte sie sich immer wieder gesagt.

»Es war eine kleine Geburtstagsfeier. Einige der Kollegen von der Station waren da, unser Chefarzt Dr. Brecht feierte seinen Fünfzigsten. Ich habe nichts getrunken, keinen einzigen Tropfen.«

»Und doch kam es zu dem Unfall.«

»Weil man mich von der Straße drängte. Da war ein anderer Fahrer, ein großer Jeep, gegen den mein Wagen keine Chance hatte.« Jasmin hörte, wie ihre Stimme zitterte, und schämte sich dafür. *Reiß dich zusammen. Sei stark, verflucht noch eins.* »Jemand stand am Straßenrand, ein … ein Obdachloser, glaube ich. Mein Wagen hat ihn getroffen, muss ihn schwer verletzt haben, aber weiter erinnere ich mich nicht. Und dann …«

Yrsen streckte die Hand aus. »Nur Mut.«

»Wie funktioniert das?«

»Das weiß niemand. Nur wenige besitzen die Gabe und die allerwenigsten von ihnen können wirklich – *sehen*.«

»Aber …«

»Es gibt kein Aber. Keine Erklärung. Glauben Sie – oder gehen Sie, Frau Hansen. Anders kann ich es leider nicht ausdrücken.«

Jasmin griff nach Yrsens Hand. Im selben Moment stieß Yrsen einen Schrei aus, der durch das ganze Haus hallte. Sie taumelte zurück, starrte ins Leere. Die Teekanne fiel zu Boden, zersprang. Jasmin wich zurück.

»Sie haben ihn wiedergesehen. Sie haben … Was haben Sie getan?«

»Nichts«, erwiderte Jasmin. »Ich habe *nichts* getan.«

»Sie haben einen Mann getötet und ihm in die Augen geblickt. Jasmin, Sie sind – Sie sind verflucht! Bemerken Sie nicht, wie dieser Schatten auf Ihnen liegt? Sie haben ihn mit hierhergebracht. Auf dieser Insel ist das Dunkel nie fern und Sie … Sie ziehen es an. Es hat so lange geschlafen, doch Sie …«

»Das reicht jetzt!« Jasmin sprang auf. »Ich hätte nicht hierherkommen sollen.«

»Frau Hansen!«

Jasmin blinzelte. Als sie die Augen öffnete, sah sie, wie Yrsen vor ihr stand, den Skizzenblock in der Hand.

»Was ist geschehen?«

»Wir haben uns eine Weile unterhalten und dabei sind Sie offenbar eingenickt.«

Jasmin schüttelte den Kopf. Etwas umnebelte ihre Gedanken, etwas verhinderte, dass sie klar denken konnte. »Hat jemand gerade geschrien?«

»Niemand hat das getan.«

»Sind wir … sind wir fertig?«

»Ja.«

Yrsen schien unbeeindruckt, als sie nach Paul und Bonnie rief. »Soll ich es für Sie anfertigen?« Nun hatte ihr Tonfall wieder die gleiche Klangfarbe angenommen wie zuvor. »Das Gemälde. Die Lösung zu Ihrem Problem?«

»Machen Sie, was immer Sie wollen.« Jasmin rief Paul herein und Bonnie folgte ihm. »Wir werden jetzt gehen.«

Yrsen folgte ihnen zur Tür. Eine Windböe, so stark, dass sie Jasmin beinahe die Schlüssel aus der Hand gefegt hätte, stieß auf sie herab.

»Ich werde es tun. Ein allerletztes Mal. Für Sie, Jasmin Hansen.«

Jasmin packte mit zitternden Fingern nach dem Türgriff und versuchte, die Schlüssel ins Schloss des Wagens zu stecken, doch ihre Hände zitterten, sodass sie mehrere Anläufe brauchte.

»*Vier* Tage. Dann wird es fertig sein. Ich hoffe, dass Sie endlich verstehen werden, was geschehen ist, wenn Sie es sehen. Es ist für Sie bestimmt, für niemand sonst. Und, Frau Hansen?«

Jasmin blieb stehen und sah sich noch einmal nach der Künstlerin um. »Ja?«

»Hoffen Sie, dass es Ihnen Frieden bringen wird.«

KAPITEL 13

Jasmin war viel zu aufgewühlt, um gleich wieder zurück in ihr Haus am Strand zu fahren, also machte sie einen zweiten Abstecher ins Dorf. Paul war nach dem Ausflug zu Yrsen und all der frischen Luft ausgelassen und kein bisschen müde, im Gegenteil, er schien auf neue Abenteuer aus.

Auf dem Schaufenster der Buchhandlung stand in verschnörkelter bronzefarbener Schrift: *Inhaber Veikko Mattila – 1978.* Ein kleines Glöckchen bimmelte, als sie die Tür öffnete. Paul betrat den Laden vor ihr, Bonnie dagegen hatten sie im Wagen gelassen, Jasmin war sich sicher, dass man die Hündin mit den schlammigen Pfoten hier ganz bestimmt nicht gerne sah.

Die Buchhandlung war recht klein, die Decke niedrig und die Regale, die bis oben hinaufreichten, waren überfüllt und ächzten unter der Last. Es war ein Ort, an dem jedes Geräusch gedämpft klang und alles heimlich, geheimnisvoll und still zuzugehen schien – ein Ort, wie ihn Jasmin als Mädchen geliebt hätte, ein Ort, wie ihn Paul heute liebte.

Der Geruch von alten vergilbten Seiten lag in der Luft und Jasmin war es, als könnte sie das leise Knarzen von Buchrücken hören, das Rascheln von schwerem Papier, das vorsichtig umgeblättert wurde.

Ein Mann tauchte hinter einem der Regale auf, ein kleiner Mann mit grauem Haar und einer gelben Fliege auf einem erdfarbenen Jackett. Auf seiner Nase saß eine Brille mit runden Gläsern. Er musterte sie. »Ja?«

»Jasmin Hansen«, stellte sie sich vor. »Wir ... ähm, sehen uns nur mal um.«

»Wenn Sie etwas suchen, ich kann es bestellen. Dauert einige Tage, ist aber immer zuverlässig.« Seine Stimme hatte einen Klang wie das Rascheln von Buchseiten. »Veikko Mattila ist mein Name. Ich bin der Inhaber.«

»Wissen Sie, ich bin neu. Auf der Insel, meine ich. Bin auf der Suche nach Büchern, die sich mit der Geschichte dieses Ortes beschäftigen, mit der Dorfgeschichte und der ganzen Insel. Vielleicht hätten Sie ja etwas in dieser Richtung da?«

Seine Augen leuchteten auf, als er ihre Worte hörte. »Aber sicher. Interesse an geschichtlichen Dingen? Da sind Sie bei mir an der richtigen Adresse.« Mattila entnahm einem hohen Regal einige Bücher, murmelte leise etwas zu sich selbst und stellte sie wieder zurück. Einige legte er heraus, ehe er sich wieder zu ihr umwandte und die Brille auf seiner Nase justierte.

»Hier hätte ich eine umfassende Abhandlung der Inselgeschichte von einem noch immer hier lebenden Historiker. Johann Larsen, ein Däne. Da sollten Sie alles finden, was Sie suchen.«

»Er lebt hier auf der Insel?« Jasmin betrachtete das Buch. Ein großformatiger Wälzer, mit Bildern und kleingedruckten Texten, fast so schwer wie ein Ziegelstein.

»Oh, sicher. Aber er empfängt *niemanden*. Wissen Sie, die Geschichtsforschung ist selbst ein, äh, *kleines* Hobby von mir und auch ich habe nicht nur einmal versucht, Kontakt mit Larsen aufzunehmen. Aber nein, nicht eine Reaktion auf meine zahlreichen Briefe.«

»Sie sind kein Norweger.« Jasmin hörte es an dem Akzent, mit dem der Mann sprach. »Finne?«

»Gut erkannt, Frau Hansen. Aber darauf würde ich seine Ablehnung nicht schieben, nein, er mag einfach keine Menschen.«

»Es muss einmal einen großen Brand gegeben haben«, sagte Jasmin. »Ich habe jetzt schon mehrfach davon gehört und wollte daher …« Sie dachte an die Tränen, die Gabriela Yrsen in die Augen gestiegen waren, daran, wie die Frau nicht mehr hatte weitersprechen können. Was immer geschehen war, musste schrecklich gewesen sein.

»Einen Brand? Sie meinen sicher *den* Brand. Das große Feuer.«

»Und das heißt?«

Mattila tippte mit seinen Fingern auf das Buch. Jasmin sah, dass an seinem Zeigefinger Reste von Nagellack übrig geblieben waren – oder war es ein Bluterguss unter dem Nagel, vielleicht weil er sich mit einem Hammer verletzt hatte? »Steht alles da drin«, erklärte er und schien nicht zu bemerken, wie Jasmin seine Hand musterte. »Aber wenn Sie eine Kurzfassung wünschen: Sechzig Jahre ist es nun her. Sechzig Jahre auf den Tag … in fünf Wochen. Am letzten Tag des Oktobers geschah es, damals vor sechzig Jahren. Ein Sanatorium, das oben im Norden errichtet worden war, brannte bis auf seine Grundmauern nieder.«

Jasmin spürte, wie ihre Kehle austrocknete. »Ein Sanatorium?«

Mattila verschränkte die Hände hinter dem Körper und begann, auf und ab zu gehen, als würde er dozieren. »Die Psychiatrie steckte damals vor sechzig, siebzig Jahren in den Kinderschuhen und die norwegische Regierung fasste einen – heute zugegeben tollkühnen – Plan. Und zwar hier draußen, in aller Abgeschiedenheit, ein – nun, nennen wir es – *Pilotprojekt* zu beginnen. Eine Heilanstalt. Ein Sanatorium. Für die

118

Traumatisierten, die Heimkehrer des Weltkriegs. Die Opfer der Besatzer. Für die Nicht-Therapierbaren. Es wuchs, es zeigten sich erste Erfolge. Man lernte. Und dann brannte alles nieder.«

»Das wusste ich nicht.« Jasmin blinzelte. Für einen Augenblick war es ihr, als würden sich die Wände bewegen, die Bücher in ihren Regalen umherrücken, während ein Rascheln und Knistern aus den Tiefen des Ladens drang und das Licht immer rötlicher und gedämpfter wurde.

»Frau Hansen?«

Jasmin blinzelte und schüttelte den Kopf. *Du bist nur übermüdet. Zu wenig Schlaf und zu vieles, was in zu kurzer Zeit auf dich einprasselt.*

Wieder konnte sie die eisblauen Augen des toten Obdachlosen vor sich sehen. Wie er dort am Strand lag, mit zerfressenen Lippen. Wie er dort am Straßenrand stand, erschrocken im Licht ihrer Scheinwerfer.

»Ich verstehe«, sagte sie heiser. » Wissen Sie mehr darüber?«

»Über den Brand im Besonderen, meinen Sie? Nein. Ein Punkt in der Geschichte dieses Ortes, den die Werbebroschüren verständlicherweise gerne auslassen, über den die Alteingesessenen Stillschweigen bewahren, und Larsen – er könnte mehr darüber wissen, und, wenn er sich denn ein Herz für Neugierde bewahrt hätte, dieses Wissen auch mit uns teilen.« Mattila ließ ein kurzes, künstliches Lachen hören, das wie ein blechernes Schnauben klang. »Ein schlechter Zeitpunkt, würde ich sagen. Aber natürlich kommen immer wieder Menschen, die sich dafür interessieren.«

»Immer wieder?«, horchte Jasmin auf. »Soll das bedeuten, es war vor Kurzem schon mal jemand hier und hat nach der Geschichte dieses Ortes gefragt?« *Und solltest du Yrsen ihm gegenüber erwähnen? Solltest du ihn nach ihr fragen?*

»Aber sicher.« Mattila war angesichts ihrer Aufregung unbeeindruckt. »Natürlich war jemand hier, erst vor Kurzem.«

»Wer war das?« Jasmin wusste, dass sie sich auffällig verhielt und viel zu forsch nachfragte, aber sie konnte sich nicht beherrschen.

»Na ja, er hat sich mir nicht vorgestellt, nicht wie Sie, und da er auch sonst recht kurz angebunden war …«

»Sie wissen es also nicht? Was hat er gekauft? Können Sie ihn mir beschreiben?«

Mattila musterte sie belustigt. »Sie sind nicht von der Polizei, das hätte ich bemerkt. Sie spielen ein wenig Detektivin, nicht wahr?«

»Ich muss wissen, wer danach gefragt hat. Es könnte wichtig sein. Bitte tun Sie mir den Gefallen, wenn Sie sich an ihn erinnern. Beschreiben Sie ihn mir.«

Mattila schloss die Augen und runzelte die Stirn, als müsste er konzentriert nachdenken, sich fokussieren. »Er sah irgendwie abgerissen aus. Als wäre er auf der Flucht oder so. Eine Narbe im Gesicht, ein alter Mantel, der aussah, als würde er nur noch durch Flicken zusammengehalten.«

Wie der Mantel des Obdachlosen. Aber hatte er eine Narbe im Gesicht? Jasmin versuchte, sich die Bilder jener vergangenen Nacht ins Gedächtnis zu rufen, doch alles, woran sie sich wirklich erinnerte, waren diese seltsam blauen Augen.

Seine Augen. Als hätten sie den Polarstern selbst widergespiegelt, kalt, durchdringend und emotionslos. War er hier gewesen? War der Herumtreiber, der immer wieder aufzutauchen schien, niemand anders als der nun tote Obdachlose am Strand?

»Und dann bezahlte er das Buch und ging. Danach habe ich ihn nicht mehr wiedergesehen.«

»Das Buch? Dieses Buch hier? Die historische Abhandlung von Larsen?«

»Ich hatte zwei auf Lager. Er kaufte das eine, Sie sind gerade im Begriff, das andere zu erwerben.«

»Das bin ich«, sagte Jasmin nachdenklich. »Das bin ich in der Tat.« Dann traf sie ihren Entschluss. »Ja. Ich nehme es. Und noch eine Sache habe ich mir vorgenommen: Ich werde mit Larsen sprechen. Ist es nicht mal an der Zeit, dass jemand etwas mehr Licht in die ganze Sache bringt?«

Den Rest des Tages verbrachte Jasmin mit Paul und Bonnie, erst abends, nachdem er eingeschlafen war und Bonnie sich zu ihm vor das Bett gelegt hatte, fand sie Zeit für das Buch.

Das Sanatorium wurde erwähnt, sogar bebildert, und nach einer kurzen Google-Suche erfuhr sie sogar die Lage der Klinik – im Westen, in der Nähe einer Bucht, bei einer ganzen Reihe scharfkantiger Felsen, wo das Land steil über viele Meter zum Meer abfiel und es völlig unmöglich war, nach unten zu gelangen, ohne sich den Hals zu brechen. Heute standen dort nur noch die Ruinen des Sanatoriums, einige Häuser und ein Wasserkraftwerk. Johann Larsen lebte ein Stück weiter nördlich, doch war dieser Ort ebenfalls sehr abgeschieden gelegen, fast wie Gabriela Yrsens Haus auf der anderen Seite.

Wie hing all das zusammen? Gab es eine Verbindung?

Jasmin hatte die große Stabtaschenlampe mit frischen Batterien bestückt und einen Schraubendreher aus der Werkzeugkiste geholt – beide Dinge lagen nun auf dem Couchtisch bereit.

Willst du das wirklich tun? Paul allein hierzulassen könnte gefährlich werden – doch mitnehmen kannst du ihn auch nicht. Bonnie bleibt ja bei ihm. Sie wird ihn bewachen, und du wirst dich ganz besonders beeilen, nicht wahr?

Bist du dir wirklich sicher?

Sie kannte die Antwort nicht, da war nur ein vages Gefühl, dass sie endlich Licht ins Dunkel bringen, sich endlich Klarheit verschaffen musste – und dieses Gefühl kämpfte so sehr gegen den Instinkt an, Paul nicht allein zu lassen, dass ihr Herz schmerzte.

Verzeih mir, dachte sie. *Paul, verzeih mir, dass ich dich ein paar Minuten allein lassen werde.*

Noch einmal sah sie nach ihrem Sohn und küsste ihn sanft auf die Wange, worauf er im Schlaf seufzte und sich auf die andere Seite drehte, dann ging sie auf Zehenspitzen zur Tür. Die Taschenlampe und der Schraubendreher steckten in ihrer Jackentasche. Sie setzte sich eine kaffeebraune Strickmütze auf und zog sie tief ins Gesicht.

Die Fahrt zurück ins Dorf war lang, das Licht der Frontscheinwerfer wollte kaum die Dunkelheit auf der Landstraße durchdringen. Wieder hatte Regen eingesetzt und im Radio lief der Song einer regionalen Band, die Jasmin nicht kannte, doch gelang es der Musik, ihre aufgebrachten Nerven zu beruhigen. *Wenn jetzt irgendwo im Rückspiegel die Jeepscheinwerfer auftauchen,* dachte sie, *dann wiederholt sich alles. Dann schreist du.*

Skårsteinen kam in Sicht, die vereinzelten Gebäude, die am Ortseingang standen, als hätte sie ein Kind planlos in die Landschaft gesetzt wie ein paar Bauklötze. Niemand war unterwegs, niemand sah sie.

Sie bog Richtung Hafen ab und folgte der Straße, bis die grauen Gebäude des Fischereibetriebs in Sicht kamen, die aufragenden Schornsteine der Räucherkammern, die weißen Fahrzeuge mit der blauen Aufschrift *Bakke*. Dort hielt sie an, stieg aus dem Wagen, den sie ein Stück abseits geparkt hatte, und sah sich um. Niemand war in der Nähe, hinter den nahen Fenstern des alten Lagergebäudes aus rotem Ziegelstein lag nur Dunkelheit. Vom nahen Meer kam ein leises Rauschen, wenn die Wellen gegen die Kaimauern schlugen.

Sie haben den Toten hierhergebracht. Und wenn man ihn noch nicht abgeholt hat, muss er hier sein. Er muss einfach hier sein – und du wirst ihn finden und noch ein weiteres Mal sein Gesicht sehen. Überzeug dich, ob er wirklich dort war in der Nacht deines Unfalls. Ob er diese Narbe hat, die der Buchhändler erwähnte. Ob sie alle ein und dieselbe Person sind.

Ein Maschendrahtzaun versperrte den Weg auf das Gelände. Große Frachtkisten mit dem Aufdruck *Parkov International* standen daneben. Jasmin sah sich um. Noch immer war sie ganz allein.

Jetzt oder nie.

Zieh es durch oder kehr um. Wenn du erst mal über den Zaun gestiegen bist, ist es zu spät, noch einen Rückzieher zu machen.

Jasmin stieg auf die Kisten, die am Zaun standen, und griff nach dem Zaun. Sie setzte einen Schuh zwischen die Maschen, dann den zweiten. Der Zaun rappelte und klirrte, und all das war viel lauter und anstrengender, als sie erwartet hatte.

Irgendwo in der Ferne bellte ein Hund. Laut, warnend. Alarmiert.

Jasmin erstarrte. Ihr Herz hämmerte, ihre Finger, die die Maschen umklammert hielten, zitterten. Sie spürte, wie sie der Mut verließ, spürte, wie der Draht in ihre Haut schnitt.

Hoch oder runter.

Das entscheidet alles.

Du bist nicht die ganze Strecke gefahren, um jetzt umzukehren, dachte sie. *Komm schon!*

Jasmin gab sich einen Ruck und nahm all ihren Mut zusammen, dann kletterte sie hinüber und ließ sich auf der anderen Seite hinab. Ihre Schuhe machten ein leises Geräusch auf dem Betonboden, als sie aufkam.

Laut, viel zu laut, aber auch daran konnte sie nun nichts mehr ändern. Im Schein des Vollmonds hielt sich Jasmin geduckt und schlich vorwärts, eine Hand nach der grauen Fassade des Fischereigebäudes ausgestreckt, damit sie die Orientierung nicht verlor. Da waren die Kühlaggregate, die leise in der Nacht surrten, dort war eine Tür zu ihrer Rechten. In jener Halle verschwanden die Kühlleitungen, dort war sie richtig. *Wenn du Glück hast …*

Die Tür war verschlossen. Jasmin nahm den Schraubendreher aus ihrer Jackentasche und versuchte, ihn zwischen Türflügel und Rahmen anzusetzen – doch so leicht, wie sie es in Filmen gesehen hatte, ging es nicht. Sosehr sie sich auch dagegenlehnte, die Tür gab nicht einen Zentimeter nach.

Es funktioniert nicht. Kehr um, fahr heim und lass die närrische Aktion bleiben. Du versuchst, Detektivin zu spielen, ganz wie Veikko Mattila es gesagt hat – aber du hast nicht das Zeug dazu.

Jasmin wandte sich um, mit hängenden Schultern, gescheitert.

Im silbernen Mondlicht entdeckte sie das Schimmern eines Fensterglases, das nur gekippt war.

Wie ein Fingerzeig des Schicksals.

Einmal hatten Jørgen und sie sich aus ihrer Wohnung in Oslo ausgesperrt. Jørgen hatte einen Schraubendreher aufgetrieben und dann – mit einem kleinen, einfachen Trick – das gekippte Küchenfenster geöffnet.

Jasmin hatte ihm zugesehen und es nicht vergessen.

Vielleicht hast du Glück. Vielleicht funktioniert es auch hier. Aber zuvor … Sie sah sich nach einer zweiten Kiste um – und fand auch eine, die leer und offenbar zur Befüllung vorgesehen war. Mit einem leisen Schaben auf dem Betonboden stemmte sie sich dagegen und schob sie unter das gekippte Fenster, sodass sie hinaufsteigen und es erreichen konnte.

Jasmin setzte den Schraubendreher an. Dort, wo die Verbindung zwischen Fensterflügel und Rahmen lag, hatten bei Jørgen ein kurzer Druck, ein Ruck und etwas Wackeln genügt – Jasmin fluchte leise, als sich nach ihrem ersten Versuch nichts tat.

Noch mal.

Es muss gehen.

Der Schraubendreher rutschte ab, doch Jasmin fing sich und versuchte es erneut.

Ganz ruhig. Es ist … irgendwie … möglich.

Und schließlich gelang es ihr. Das Fenster gab mit einem leisen Ruck nach, der Flügel öffnete sich.

Jasmin steckte den Schraubendreher zurück in die Jackentasche und langte hindurch. Die Laibung des Mauerwerks bot ihr einen sicheren Halt, als sie sich hinaufzog und durch die Fensteröffnung ins Innere kletterte.

Geschafft.

Leise ließ sie sich auf der anderen Seite nach unten fallen, es war kaum mehr als ein Meter, den sie in die Tiefe fiel. Sie landete auf gekacheltem Boden in einer Art Halle, wo der gefangene Fisch weiterverarbeitet wurde: Lange Reihen aus glänzenden Tischen in mattem Edelstahl erstreckten sich vor ihr. Eine Art Seilbahn mit großen Haken daran, mit der schwere Fischkörper entlangbefördert werden konnten, Messer in großen Messerblöcken, elektrische Sägen, Bodenabflüsse.

Ein Durchgang mit einem herabhängenden Trennvorhang aus schweren Kunststofflappen lag zu ihrer Linken. Jasmin schob die Trennelemente beiseite und spähte hinein. Einzig der Schein der Taschenlampe durchdrang die tiefe Dunkelheit. In einem der Bodenabflüsse gluckerte und gurgelte es. Die Luft roch nach Fisch und Blut und scharfen Reinigungsmitteln.

Dann wurde es immer kälter.

Du bist auf dem richtigen Weg. Sie folgte den Kühlmittelleitungen, die sich weit oben unter der Decke entlangwanden wie reglose Schlangen, bis sie die Kühlräume gefunden hatte. Hohe Türen aus Stahl versperrten den Durchgang, an Ort und Stelle gehalten durch ein Verriegelungssystem mit einem Hebel an jeder Tür. Jasmin nahm das Mobiltelefon in die linke Hand und zog den ersten Türhebel nach unten. Mit einem leisen Zischen entriegelte sich die Tür und Jasmin zog mit aller Kraft am Griff, bis die Tür offen stand. Eiskalte Luft wehte ihr in dicken Nebelschwaden entgegen, augenblicklich begann sie zu frieren.

Wenn du da reingehst und die Tür fällt hinter dir zu, dann bist du morgen früh, wenn sie alle zurückkommen, nur noch ein steifgefrorener Eisblock.

Nein, das würde sie nicht riskieren. Jasmin hielt Ausschau nach etwas, das schwer genug war, um die Tür in ihrer geöffneten Position zu halten, doch entdeckte sie in den angrenzenden Hallen nichts, das sich leicht hätte bewegen lassen.

Im Inneren der Gefrierkammer dagegen …

Eine dieser großen Fischkisten genügt vielleicht.

Jasmin klappte die Kapuze nach oben und trat ein, und während sie mit einem Arm die Tür am Zuschlagen hinderte, zog sie mit der anderen eine der großen roten Kisten aus dem Kälteregal. Sie fiel zu Boden, es krachte und rumpelte, doch dann konnte Jasmin die Kiste mitsamt Inhalt zu sich heranziehen und in den Türspalt stellen, wo die Kiste und die darin liegenden tiefgefrorenen Nordmeerfische die Tür blockierten.

Jetzt zum wichtigen Teil.

Jasmin folgte dem mit gelben Pfeilen markierten Weg, der tiefer in die Gefrierkammer hineinführte. Bei all den Regalen, die bis unter die in Eisschichten erstarrte Decke ragten, den eisigen Nebelschwaden, dem mit Eis überzogenen Boden und den gefrorenen Wänden war es schwer, die Orientierung nicht zu verlieren. Das Innere der riesigen Kammer glich einem eisigen Labyrinth des Todes.

Jasmin spähte links und rechts, doch nirgendwo vermochte sie einen menschlichen Körper auszumachen.

Sie waren hier, dachte sie, während die Kälte sie allmählich am vernünftigen Denken hindern wollte, ihr zusetzte, jedes neue Luftholen unangenehmer werden ließ und bis tief hinab unter ihre Kleidung in ihren Körper drang.

Henriksen war hier, Boeckermann war hier und sie hatten einen Lieferwagen bei sich. Das hier ist der einzige Ort auf der Insel, an dem man eine Leiche vorübergehend lagern konnte, ehe sie ans Festland gebracht wurde.

Der Tote muss hier sein.

Jasmin ging noch ein Stück tiefer in die Kälte hinein und spürte, wie sie mit jedem Schritt geduckter ging, als ihr Körper instinktiv reagierte und sich vor der Kälte schützen wollte.

Verflucht noch eins, du musst hier raus. Was immer die hier lagern, mit der Temperatureinstellung haben sie es mächtig übertrieben.

Jasmin wollte gerade kehrtmachen, als sie es bemerkte: ein leeres Regal, in dem sich keine einzige der roten Transportkisten befand. Kein Fisch, nicht hier, stattdessen …

Sie traute ihren Augen kaum. War dies eine Täuschung, hervorgerufen durch ihr allmählich einfrierendes Gehirn?

So ein Unsinn, schalt sie sich selbst. *Sieh einfach genau hin.*

Dort im Dunkel in einer der unteren Regalebenen vor ihr lag ein schwarzer, großer Leichensack. Eine Art Transporttasche, wie sie die Polizei verwendete. *Du hast solche schon selbst in der Klinik gesehen. Du hast ihn gefunden.*

Jetzt musste sie nur noch erledigen, weshalb sie hergekommen war: den Leichensack öffnen – und abermals in sein Gesicht sehen.

Jasmin streckte die Hand nach dem Reißverschluss aus.

Kapitel 14

Das Licht der aufgeblendeten Jeepscheinwerfer im Rückspiegel blendete sie. Jasmin spürte, wie sie mit schweißnassen Fingern nach dem Drehknopf am Radio suchte, um es abzustellen. Sie tastete nach ihrem Handy.

Jemand verfolgt mich.

Jemand hat es auf mich abgesehen.

Diese zwei Gedanken beherrschten ihr Denken – dann beschleunigte der Jeep und überholte sie, beschleunigte weiter, bis seine Rücklichter, die den Augen einer Schlange glichen, in der Ferne verschwunden waren.

Jasmin ließ die Fensterscheibe ein Stück herunter. Kühle, frische Luft wehte ihr ins Gesicht. Sie war belebend, genau das, was sie jetzt brauchte.

Sie beschleunigte ihren Wagen wieder. Noch ein paar Kilometer. *Du bist bald zu Hause. Und Jørgen – er wird es verstehen. Dass du einen Abend einfach einmal für dich allein gebraucht hast. Den Kopf freikriegen wolltest.*

Und was er nicht weiß, macht ihn nicht heiß, nicht wahr?

Jasmin blickte auf ihr Handy hinab und öffnete WhatsApp, um ihm eine Nachricht zu schreiben, dann jedoch bemerkte sie, dass alle Balken vom Display verschwunden waren. Sie war zu tief im Wald, fernab von jeder Empfangsstation.

Als sie wieder aufsah, waren die blendenden Scheinwerfer zurück. Sie fühlte sich gebannt, wie ein verängstigtes Reh im Scheinwerferlicht, als rasten die Sekunden nun vorwärts, als gäbe es kein Ausweichen, keine Möglichkeit zu entkommen, während jenes Geschoss aus zwei Tonnen Stahl und Eisen direkt auf sie zuraste – bis Jasmin mit einem Schrei das Lenkrad herumriss.

Zu weit.

Zu *schnell*.

Der Wagen brach aus, da war der Geruch von verbranntem Gummi, ein furchtbarer Gestank und …

Da war er.

Der alte Mantel von Flicken und Mottenlöchern übersät, die Schuhe abgetreten, als wollten sie ihm beim nächsten Schritt von den Füßen fallen. Die Augen eisblau, starrend, vorwurfsvoll.

Voll Klage.

Jasmin hörte den dumpfen Schlag, als ihr Wagen den Mann erwischte, sie hörte ein Knacken und Brechen, die Stoßdämpfer ächzen, während der Fremde verschwand und die Motorhaube voller Blut war und die Windschutzscheibe brach, als tief hängende Äste einer Tanne das Glas durchbohrten, als bestünde es nur aus Papier.

Doch dieses Mal war da noch mehr.

Sie erinnerte sich – wieder ein neues Bruchstück, das sich aus dem Nebel herauslöste und zurück in den wachen Teil ihres Verstands trat.

Der Jeep – sie hörte, wie seine Reifen auf dem nassen Asphalt bremsten – stoppte dicht in ihrer Nähe. Jasmin spürte, wie Blut über ihre Stirn floss, auf ihre Lippen tropfte. Es schmeckte nach Eisen und Kupfer und war warm, ja sogar heiß.

Die Fahrertür des Jeeps schwang auf. Sie hörte das Geräusch von Schritten, die immer näher kamen. Jasmin wollte ihren

Kopf in Richtung des Fensters drehen, als ein entsetzlicher Schmerz ihren Körper durchfuhr. Es ging nicht, ihr Hals ... *bitte, lass mich nicht sterben ... keine Lähmung, bitte nicht ...* immer mehr Blut floss über ihre Nase, ihre Wangen ... jemand öffnete die Fahrertür.

Ein Schmerz an ihrer Halsbeuge, ein Schmerz wie ein Stich mit einer Nadel.

Noch während Jasmin das Bewusstsein verlor, war es ihr, als spielten sich vor ihren Augen seltsame Dinge ab: eine Gestalt in einem schwarzen Regenmantel, die Kapuze tief ins Gesicht gezogen, schleifte etwas über den Boden – etwas Tierisches, etwas, das vier Hufe besaß und ein dichtes Fell ...

Etwas wie einen Hirsch.

Das Alarmgeräusch ließ Jasmin erschrecken und einen leisen Schrei ausstoßen. Ihre Hand hielt noch immer das kalte Metall des Reißverschlusses, als wäre sie nun dort festgefroren – und sie starrte in das Gesicht eines Toten.

Eisblaue Augen.

Zerfressene Lippen.

Doch *keine* Narbe auf der Wange, so lag er vor ihr.

Der Tote am Strand ist derselbe Mann, den du in deiner Unfallnacht gesehen hast ... aber er ist nicht jener Herumtreiber mit der Narbe auf der Wange, von dem man mir erzählt hat.

Das sind zwei verschiedene Personen.

Sie schloss den Leichensack und fuhr herum. Die Kälte hatte sie bis auf die Knochen durchdrungen, ihre Jacke war voller Reif und Eiskristalle. Sie eilte zur Tür, fürchtete, dass jemand das schwere Stahlmonstrum von außen schließen und sie einsperren würde.

Dann erreichte sie den Ausgang, stieß die Kiste beiseite, die sie zwischen Tür und Rahmen geklemmt hatte, und trat hinaus in den Flur.

Noch nie zuvor war ihr dermaßen kalt gewesen. Das Atmen fiel ihr schwer, ihre Wangen und ihr Mund waren taub, als hätte sie Stunden dort mit dem Toten verbracht, während sie sein Gesicht betrachtet hatte.

Du weißt nun, was du wissen wolltest.

Er ist es.

Du hast dich nicht getäuscht.

Jasmin suchte nach einem Ausgang, streifte im Dunkeln durch die Flure und gekachelten Räume der Verarbeitungshallen, bis sie Minuten später eine Tür fand, die nur durch einen von innen vorgelegten Riegel verschlossen war, den sie zur Seite schob, hinauseilte und in Richtung ihres Wagens lief. Und die ganze Zeit über ging ihr immer wieder durch den Kopf: *Jemand hat den Toten verschwinden lassen. Jemand hat ihn hierhergeschafft. Jemand ist auf dieser Insel und hat nur Böses im Sinn.*

Und du bist die Einzige, die weiß, was vor sich geht.

Jasmin stieg in den Wagen und atmete durch. Nachdem sie den Motor gestartet und das Gebläse auf Warmluft gestellt hatte, hatte sie sich wieder so weit gefangen, dass sie fahren, ihre Finger bewegen und das Lenkrad umfassen konnte. Sie lenkte den Wagen zurück auf die Dorfstraße, hinaus aus Skårsteinen und auf den Weg Richtung Süden, während über ihr eisblaue ferne Sterne am kalten Nachthimmel schimmerten.

Du weißt, dass hier etwas vor sich geht. Du weißt es besser als Henriksen, besser als Boeckermann.

Nur einer weiß es ebenso gut.

Der Mörder.

Einer oder mehrere.

KAPITEL 15

Das Haus lag still und dunkel vor ihr, als sie den Volvo in die Einfahrt lenkte. Wieder fiel Regen und benetzte das Gras, ließ es im Scheinwerferlicht funkeln.

Ein Nachtvogel stieß einen leisen Schrei aus, als sich Jasmin der Haustür näherte. Sie hatte die Bewegungsmelder mit ihrem Handy verbunden – nun rief sie das Programm auf, mit dem sie sie vorübergehend abschalten konnte, und öffnete die Eingangstür.

Alles war still und in tiefe Dunkelheit gehüllt.

Nicht einmal Bonnie rührte sich.

Knarrten dort die Stufen der Kellertreppe?

Jasmin drückte die Lichtschalter. Das Flurlicht flammte auf. Sie sah nach den genagelten Brettern an der Kellertür, dann nach den Fenstern. Alles war, wie sie es zurückgelassen hatte – die Uhr über dem Küchentisch zeigte kurz nach elf.

Auf Zehenspitzen stieg sie nach oben – nun hatte Bonnie sie bemerkt und kam auf leisen Hundepfoten zu ihr herüber, stupste sie an und wedelte mit ihrem Schwanz. Paul lag auf der Seite und schlief.

Jasmin spürte, wie ihr Tränen in die Augen stiegen, als sie ihn so vor sich liegen sah, friedlich, leise atmend.

Wohin habe ich dich mitgenommen? Was geht hier nur vor sich? Ist es nicht am besten, wir reisen gleich morgen ab?

Diese Gedanken beherrschten einen Teil von ihr – der andere riet ihr, zu bleiben und Licht ins Dunkel zu bringen. *Wer immer in jener Nacht den Jeep gefahren hat – er ist hier. Hier auf der Insel. Und er ist noch nicht fertig mit dir. Was hat er vor?*

Wer hatte einen solchen Hass entwickelt, dass er ihr etwas Derartiges antun würde?

Keine Ahnung, dachte sie. *Da gibt es niemanden.*

Jasmin stieg unter die Dusche, um die Kälte, die von ihrem Körper Besitz ergriffen hatte, unter dem wärmenden Wasserstrahl loszuwerden. In eine flauschige Wollweste eingepackt, dicke Socken an den Füßen, kochte sie sich Tee und widmete sich im Wohnzimmer dem historischen Wälzer, der ihr mehr über die Inselgeschichte verraten sollte. Ihren Tee stellte sie auf den Couchtisch neben das Geschichtsbuch und die alte Metallschale, in die sie früher frisches Obst gelegt hatte – ein Erbstück von Jørgens Mutter –, und schob den Kauknochen für Bonnie ein Stück zur Seite, den Paul hier hatte liegen lassen.

Guter Hund, dachte sie. *Stiehlst nichts von Tischen.*

Der Brand, der das Sanatorium zerstört hatte, wurde nur mit einem knappen Nebensatz erwähnt. Ein unrühmliches Ende, nannte es der Historiker, ein nie aufgeklärtes Verbrechen, nach dem das Gebäude nie mehr aufgebaut wurde. Die Täter wurden aufgespürt und verurteilt – Jugendliche aus dem Dorf, die sich an eine Mutprobe gewagt hatten, die aus dem Ruder lief. Zwei von ihnen sollten in das Gebäude einbrechen und etwas anstellen. Sie legten Feuer. Menschen wurden verletzt.

Aber war das wirklich die Wahrheit?

Du musst mit ihm sprechen. Mit dem Historiker.

Jasmin dachte an Karl Sandvik und seine warnenden Worte. Vielleicht wäre es doch sinnvoll, diesen Jan Berger anzurufen und von ihm zu lernen, wie man mit dem Gewehr umging.

Sie blätterte um und entdeckte auf einer Seite, auf der eine Hochglanzfotografie zu sehen war, eine Luftaufnahme des Fjordes, einen gelben Klebezettel.

Sieben, nicht zwei, vergiss das nicht, stand dort.

Was soll das bedeuten? Diese Schrift – kommt sie dir nicht irgendwie bekannt vor?

Jasmin kramte in ihrem Geldbeutel nach dem Beleg, den Mattila ihr ausgestellt hatte, doch fand sie ihn nicht. *Du musst ihn im Handschuhfach gelassen haben.* Sie schlüpfte in die Gummistiefel und ging noch mal hinaus zum Wagen. Die Silhouetten der Bäume waren hoch aufragende, unruhige Wächter, die das Haus flankierten – nur wirkten sie zu dieser Stunde bedrohlicher als sonst. Der Beleg aus der Buchhandlung lag im Handschuhfach, wie sie es erwartet hatte.

Im Licht der Küchentischlampe verglich sie die Buchstaben – *neunundvierzig Kronen,* hatte Mattila auf den Beleg geschrieben – mit denen auf dem Klebezettel im Buch. *Sieben, nicht zwei, vergiss das nicht.*

Es war nicht dieselbe Schrift.

Aber was ist, wenn …

Sie blätterte weiter durch das Buch und fand eine Unterschrift des Historikers am Ende des Nachworts. *Verflucht, das muss er gewesen sein.* Das spitz zulaufende S – es war dasselbe wie auf dem Zettel.

Wie ist das möglich?

Jasmin suchte in der Kommode im Flur nach dem Telefonbuch und der Nummer der Buchhandlung.

»Mattila?«, meldete sich der Inhaber. Er klang, als hätte er getrunken.

Für einen Augenblick sah Jasmin im Glas der Fensterscheibe am Ende der Küche das grelle Aufblitzen von Jeepscheinwerfern. Doch als sie aufblickte, war dort nichts, nur die Dunkelheit jenseits des Glases. Sie roch Benzin und Rauch – und hochprozentigen Alkohol.

»Jasmin Hansen«, sagte sie leise. *Du musst achtgeben, was du sagst. Vielleicht versucht man, dich zu belauschen.* »Wir haben heute miteinander gesprochen. Ich habe das letzte Exemplar von …«

»Ich weiß. Ich erinnere mich.« Mattilas Stimme klang weit weg, als wären sie nicht nur ein paar Kilometer voneinander entfernt. »Ich erinnere mich sehr gut daran.«

»Jemand hat etwas in dieses Buch geklebt. ›Sieben, nicht zwei‹, auf einem selbstklebenden Notizzettel.«

»Ist das so?«

»Sie waren das nicht.«

»Ganz bestimmt nicht«, erwiderte der Buchhändler. »Und ich weiß, dass ich das Exemplar von Larsen persönlich geliefert bekam.«

»Von ihm persönlich?« Jasmin umklammerte den Hörer mit aller Kraft. »Das würde bedeuten …«

»Ich weiß nicht, was das bedeutet«, erwiderte Mattila, »aber meinen Sie nicht …«

Aus den Augenwinkeln nahm Jasmin eine Bewegung wahr, weit unten am Waldrand. Als hätte etwas Fremdartiges die Kontrolle über ihre Hand übernommen, öffneten sich ihre Finger und das Telefon fiel ihr aus der Hand und landete mit einem leisen *Pflumpf* auf der Couch.

Ohne einen weiteren Gedanken zu verschwenden, knipste sie das Licht aus, trat zur Verandatür und spähte hinaus, während ihr Herz seinen Schlag beschleunigte.

Dort unten war er.

Er war zurückgekehrt. Im Licht des Mondes konnte Jasmin den Mantel erkennen, der vom Wind sanft hin- und herbewegt wurde. Auf seiner Wange – ja, mit etwas Vorstellungskraft und schärferen Augen könnte man dort auch gut und gerne eine

Narbe ausmachen, die sich vom Auge bis zum Kinn zog, eine Wunde wie von einem Messerangriff, die nie sauber vernäht worden war, weil er damit nie ins Krankenhaus, nie zu einem Arzt gegangen war, wo man sich gewundert hätte, wo er sich diese schwere Verletzung denn zugezogen hatte.

Du brauchst dieses Jagdgewehr, ging es ihr durch den Kopf. *Das kann so nicht weitergehen. Wenn du bleiben und weiter Detektivin spielen willst, musst du dich verteidigen können.*

In einem Anflug von Mut – oder Übermut – öffnete Jasmin die Verandatür. Wenn er wirklich hier reinwollte, würde er ohnehin das Glas zertrümmern und nichts könnte ihn davon abhalten – außer vielleicht Bonnie.

Aber dass sich die Labradorhündin im Kampf gegen einen kräftigen Mann lange behaupten konnte, daran zweifelte Jasmin. »Was willst du von mir?«, schrie sie zum Waldrand hinunter. »Was willst du blöder Scheißkerl? Lass uns in Ruhe!«

Der Fremde hob die Hand. Zunächst dachte Jasmin, er wollte sie grüßen, doch dann deutete er Richtung Westen, wie sie begriff, während ihr heiß und kalt zugleich wurde.

Nur wenige Augenblicke später wandte der Fremde sich ab und verschwand über den schmalen Pfad.

Westen.

Dort, wo die Insel immer unbewohnter und karger wurde. Dort, wo man das Sanatorium errichtet und wohin sich der alte Historiker zurückgezogen hatte.

Als würden alle Spuren dort zusammenlaufen.

Denk nach, ermahnte sie sich. *Vielleicht ist es ein Trick. Vielleicht will er dich nur dorthin locken, vielleicht will er auch nur, dass du das Haus verlässt.*

Der wichtigste Anhaltspunkt war der Tote in der Kältekammer.

Wie war es möglich, dass man ihn die ganze Strecke hierhergeschafft und unten am Strand abgeladen hatte?

Mehr als nur eine Person musste davon wissen. Das war nicht allein zu bewerkstelligen. Hier sollte sie ansetzen. Hier musste sich alles Weitere herausfinden lassen, daran hatte Jasmin keine Zweifel.

Wenn du es denn wagst.

Jasmin nahm ihr Mobiltelefon und wählte den Eintrag mit Jørgens Nummer. Ihr Finger verharrte über der grünen Taste – doch sie drückte sie nicht.

Morgen wirst du mit dem Historiker sprechen. Es zumindest versuchen. Und danach Hendrik Henriksen besuchen. Es ist an der Zeit, dass du ihn einweihst, ihm erzählst, dass du den Toten vom Strand kennst, ihm erzählst, dass jemand auf der Insel ist, der ein böses, böses Spiel treibt – und ihm erzählst, dass der Herumtreiber schon wieder an der Grenze deines Grundstücks stand.

Sie legte das Mobiltelefon neben sich auf die Couch und blickte zum Fenster hinüber. Was war, wenn der Unbekannte zurückkam? War es nicht besser, die Jagdwaffe zu holen?

Aber die Jagdwaffe befand sich im Waffenschrank und das bedeutete, dass sie zurück in den Keller steigen musste – und das wollte sie nicht.

Auf keinen Fall.

Dort unten ist ein Mensch gestorben.

Dennoch stand Jasmin auf und näherte sich der Kellertür. Die Bretter, die sie befestigt hatte, waren noch immer so fest, wie sie sie zurückgelassen hatte. Jasmin nahm den Schraubendreher und hebelte sie eines nach dem anderen aus der Holzverkleidung.

Es ging viel leichter, als sie erwartet hatte.

Das war überhaupt nicht gut und bestärkte sie nur in ihrer Überlegung, sich nun doch zu bewaffnen.

Schließlich waren alle Bretter fort und die Tür war offen. Der Lufthauch, der ihr entgegenwehte, war kühl und erdig, wie ein altes Grab.

Jasmin knipste die Stabtaschenlampe an und stieg hinab.

137

Dort war die Tür zum hintersten Raum – nur angelehnt, doch nicht anders als bei ihrem letzten Besuch. Dort das rote Ruderboot, in der Ecke die Gasheizung. In den Rohren gluckerte es, leise und gespenstisch, als würde sich etwas Schleimiges im Inneren bewegen.

Jasmin öffnete den Waffenschrank, die ungeölten Scharniere quietschten. Die Jagdwaffe – dunkler Stahl und ein Schaft aus Nussbaumholz – stand vor ihr. Und tatsächlich – ein kleines Kästchen mit Munition lag daneben.

Du hast sie beim letzten Mal nur übersehen. So muss es sein.

Sie war die ganze Zeit hier gewesen, es gab keine andere vernünftige Erklärung.

Keine, die sie akzeptieren wollte, ohne verrückt zu werden.

Jasmin steckte die Munition ein und nahm das Jagdgewehr heraus. Die Waffe lag schwerer in ihren Händen, als sie erwartet hatte. Noch einmal sah sie sich nach der angelehnten hinteren Kellertür um. Ein schmaler Spalt – dort hinten hatten sie ihn gefunden, an einem fingerdicken Strick von einem Balken an der Decke baumelnd.

Etwas zog sie dorthin, sie spürte es.

Du musst hineinsehen.

Damit abschließen.

Die Angst überwinden. Es ist nur ein Kellerraum, leer, staubig, vielleicht mit einigen Spinnweben.

Jasmin machte einen Schritt in Richtung der Tür, tiefer in den Keller hinein, als ein dumpfes Geräusch von oben an ihre Ohren drang.

Es klang wie … Stimmen. Zwei Personen, die miteinander sprachen, und eine davon, das begriff sie mit wachsendem Entsetzen, war Paul.

Oh Gott.

Nein, nein, nein.

Jasmin rannte die Kellertreppe hinauf, rannte, wie sie noch nie gerannt war, und die Treppe ächzte und quietschte, als sie die zweite Treppe ins Obergeschoss hinaufstürmte. Pauls Zimmertür war angelehnt, sie streckte die Hand aus und stieß sie auf – riss das Gewehr hoch und …

Paul saß aufrecht in seinem Bett und starrte in Richtung der Wand. Er war allein.

»Mit wem hast du gerade gesprochen?«

Paul reagierte nicht. Sein Blick war starr auf die Wand gerichtet, und außer dass er heftig atmete, bewegte er sich keinen Zentimeter. Jasmin war sich nicht einmal sicher, ob er sie bemerkt hatte.

War es ein Albtraum?

»Paul?«, fragte sie zaghaft. »Paul, mit wem hast du gerade …«

Sie trat einen Schritt näher, dann noch zwei Schritte in den Raum hinein. Noch immer regte er sich nicht. Es war ungewöhnlich kalt im Zimmer und nun bemerkte Jasmin die Eisblumen, die sich auf der Innenseite des Glases gebildet hatten.

Auch auf Pauls Bettdecke waren Eiskristalle, in seinem Haar, auf seiner Haut.

Er war bleich, so kalt, so schrecklich kalt.

Er drehte sich zu ihr und Jasmin glaubte, seine Halswirbel knacken zu hören. »Er ist im Schrank«, sagte Paul mit einer Stimme, die nach Kälte und knirschendem Eis klang, und sein Atem war ebenso kalt wie die Luft im Raum, als sie an ihrer Wange entlangstrich wie die Berührung von tastenden Leichenfingern.

Jasmin drehte sich zum Schrank um, der hinter ihr in der Ecke stand. Ihre Muskeln wollten versagen, ihre Beine ihren Dienst aufgeben, am liebsten wäre sie auf der Stelle zusammengebrochen.

Lauf, solange du noch kannst, schoss es ihr durch den Kopf, doch lähmte sie die Kälte in diesem Zimmer auf eine grausame Weise, wie es nicht einmal das Eis in der Kühlkammer ein paar Stunden zuvor vermocht hatte.

Die Tür des Kleiderschranks schwang knarrend nach außen.

Der Obdachlose trat heraus. Seine Augen waren durchdringend und eisblau, sie leuchteten und er streckte die Hand aus.

Seine Geste galt nicht ihr, sie galt Paul.

»Sie werden ihn sich holen«, sagte er mit heiserer Stimme. »Sie werden ihn dir nehmen.«

Jasmin drehte sich nach Paul um. Ihr Sohn war fort.

Dann schrak sie hoch und alles, was sie gesehen hatte, löste sich auf. Jasmin hörte den Nachhall eines Schreies und begriff, dass es ihr eigener war.

Ihr Nacken schmerzte. Vor den Fenstern lag das helle Licht der Morgensonne, doch wirkte es nun fahl und seltsam verfärbt, als würde es durch eine Glasscheibe voller Ruß scheinen.

Du bist auf der Couch eingeschlafen. Es ist schon zehn Uhr am nächsten Tag!

Jasmin sah sich nach dem Gewehr um, doch konnte sie es nicht entdecken. Die Stehlampe bei der Verandatür hüllte das Wohnzimmer in ein gedämpftes buttergelbes Licht. Auf dem niedrigen Couchtisch lagen ihr Buch, die Obstschale, der Hundeknochen und im Schatten die beiden kleinen seltsamen Origami-Figuren, die Paul hinterlassen hatte: eine Art geometrische Figur, wenn sie sich nicht irrte, etwas wie ein Dreieck – und ein Hirsch. Als Jasmin die Kellertür kontrollierte und die Bretter an Ort und Stelle vernagelt vorfand, erkannte sie, dass auch dieser Teil nur ein Traum gewesen war …

Nur ein böser Albtraum.

Du steigst morgen noch mal nach unten, dachte sie. *Aber ich wette, dann wirst du keine Munition dort unten finden. Also ist doch alles, wie es sein sollte.*

Sie prüfte die Fenster, Türen, ihre Bewegungsmelder und die Kameras, ehe sie nach oben stieg, ihr neu gekauftes Buch unter den Arm geklemmt. Die Stufen knarrten leise.

Vielleicht kannst du ja noch ein bisschen darin lesen, um nach diesem Traum wieder runterzukommen. Wenn nicht, reißt du einfach eine Seite aus und bastelst eine Origami-Figur daraus, wie die, die Paul unten im Wohnzimmer ...

Jasmin glitt das Buch beinahe aus den Fingern.

Die Figuren da unten, begriff sie mit einem jähen, kalten Gefühl des Schreckens, waren gar nicht dort gewesen, als sie nach der Dusche ins Wohnzimmer gekommen war.

Keine Figuren. Nicht, bevor sie eingeschlafen war. Und das bedeutete, dass sie jemand hier hinterlassen hatte, während sie schlief.

Jemand war hier gewesen.

Jasmin rannte zu Pauls Zimmer.

Die Tür war geschlossen.

Sie riss sie auf, stürzte hinein.

Was sie sah, ließ ihr Herz aussetzen: Das Fenster war zerbrochen, die Splitter überall auf dem Teppichboden zerteilt. Bonnie lag auf dem Boden und rührte sich nicht, das Bett ihres Sohnes war zerwühlt, die Decke am Boden zerknüllt, und Paul war verschwunden.

Er war fort.

TEIL ZWEI

FEUERSTARTER

KAPITEL 1

Du hast es schon einmal gesehen, begriff Jasmin. *Das Dreieck, das auf dem Kopf steht und an seiner oberen rechten Seite nicht geschlossen ist.*

Es ist falsch. *Das darf nicht sein.*

Es gibt nur einen Weg, es wieder richtig hinzubiegen.

Du musst es umdrehen.

Dreh sie alle herum.

Es gibt einen Ort hier, an dem du es wiederfindest, das weißt du. Es gibt einen Ort, an dem du es schon einmal gesehen hast – als Jørgen und du beim ersten Mal hier wart.

Und es gibt einen Ort, an dem du es später wiedergesehen hast – nach deinem Unfall.

Wenn du die beiden verbindest – und nur deshalb bist du zur Insel zurückgekehrt –, wird das Dreieck wieder richtig stehen.

»Frau Hansen, konnten Sie erkennen, wer im Jeep saß und sie bedrängt hat?« Jene Worte des Polizeikommissars, der sie noch in ihrem Krankenbett befragt hatte, hallten durch ihre Erinnerungen.

»Nein. Das konnte ich nicht.«

»Sie erwähnten vorhin eine Frau namens Hanna Jansen. Wer ist das?«

145

»Das ist nur eine alte, schmerzhafte Erinnerung. Die Frau, mit der Jørgen mich einmal betrogen hat. Die Frau, die mich am liebsten aus dem Weg räumen möchte.«

»Denken Sie, Frau Jansen könnte den Jeep gefahren haben?«

»Vielleicht. Vielleicht ist sie immer noch irgendwo da draußen. Wartet auf ihre Chance, wartet darauf, mich endgültig … zu erledigen.«

Und dann veränderte sich diese Erinnerung, der Polizeikommissar und ihr Krankenzimmer verschwanden und Jasmin fand sich in Gedanken an einem anderen Tag wieder, an einem anderen Ort und …

KAPITEL 2

»*Mach dir keine Sorgen, das sagte ich doch schon*«, *sagte Jasmin und setzte den Blinker.*

»Wir wissen doch beide, wie sie wieder reagieren werden«, erwiderte Jørgen, der neben ihr auf dem Beifahrersitz saß, »wenn sie von der Sache erfahren. Du weißt, wie dein Vater denkt. Dass du besser ...«

»Hör auf.« Jasmin steuerte den Geländewagen, den sie vor zwei Jahren gekauft hatten, in die breite Einfahrt des Anwesens von Marit und Stale Adamsen. Hier, am Rand des Frognerparken in Oslo, wo man ausladende Stadtvillen errichtet hatte, wohnten Jasmins Eltern.

»Dass du vielleicht eher jemand anders hättest heiraten sollen«, schloss Jørgen. »Jemand, dessen Geschäfte ... besser laufen. Immer die gleiche Leier.«

Jasmin warf einen Blick in den Rückspiegel. Bonnie saß im Kofferraum und drückte die Nase abwechselnd an das Schutzgitter und an die Heckscheibe, während sie vor Vorfreude auf die Aussicht, gleich im Garten herumspringen zu dürfen, unruhig hin und her blickte. Paul dagegen bekam von alldem nichts mit, er schlief in seinem Kindersitz, der ihm inzwischen – immerhin wurde er bald fünf – allmählich zu klein wurde.

»Ich weiß«, erwiderte sie. Vor ihnen öffnete sich ein automatisches Tor mit hohen verschnörkelten Metallstangen, dahinter führte die Zufahrtsstraße zum Haus hinauf. »Und du weißt, dass mein Vater dich damit nur aufziehen will. Das ist sein ... na ja, besonderer Humor.«

»Humor.« Jørgen ließ ein Schnauben hören.

»Sei nicht so grantig. Es ist doch nur eine Stunde.«

»Eine Stunde, ja.« Jørgen setzte eine demonstrativ gequälte Miene auf, worauf Jasmin lachen musste und Bonnie bellte, als wollte sie sich in ihre Unterhaltung einmischen.

Ihre Eltern erwarteten sie vor dem Haus auf der Veranda. Es war ein milder Frühlingstag in Oslo, die Märzsonne war eine Wohltat nach dem langen grauen und kalten Winter, der die Stadt mit ungewöhnlichem Schneereichtum über mehrere Monate hinweg beherrscht hatte.

Jasmin schloss ihre Mutter und ihren Vater in die Arme. Als sie später auf der Veranda saßen, betrachtete Marit Paul, der mit Bonnie im Garten spielte. »Er wird allmählich richtig groß«, sagte sie. »Es tut wirklich gut, euch alle mal wieder zu sehen. Du weißt, ich sage immer ...«

»... wir kommen viel zu selten zu Besuch«, beendete Jasmin ihren Satz und warf Jørgen einen schnellen Blick zu. »Ja. Ich weiß.«

»Das Geschäft, Junge«, sagte Stale Adamsen nach einer Weile zu Jørgen – und Jasmin bemerkte, wie ein grimmiges Zucken über Jørgens Lippen huschte. »Wie läuft es?«

»Papa, müssen wir jetzt darüber reden?«

»Ich denke, das sollten wir«, erwiderte Stale unnachgiebig.

Also sagte Jørgen ihm die Wahrheit. »Die Geschäfte laufen gerade nicht besonders gut. Um ehrlich zu sein ... ich weiß nicht, wie lange sich die Firma noch über Wasser halten kann.«

Als Paul mit Bonnie in Richtung des noch offen stehenden Tores hinabrannte, sprang Jasmin auf. »Entschuldigt mich. Paul ...« Sie eilte die Verandatreppe hinab und ihre Mutter holte sie ein, gerade *als Jasmin ihren Sohn erreicht hatte. »Lauf nicht auf die Straße«, ermahnte sie ihn und warf dann Marit einen Blick zu. »Und? Kommt jetzt die Predigt?« Jasmin bemühte sich, ruhig zu bleiben, doch in ihr zog sich alles zusammen.*

»Du weißt, dass du mit deinem eigenen Geld tun und lassen kannst, was immer dir gefällt. Aber ... sag, wie oft hast du ihn jetzt schon unterstützt? Und wie viel davon kam aus deinen Anteilen an Stales Unternehmen? Von uns?«

Jasmin strich Paul durchs Haar. »Na, geh schon«, sagte sie, »aber bleib bei Bonnie.« Marit und sie sahen zu, wie Paul einen kleinen unreifen Apfel aus dem Gras unter einem der Bäume aufhob und ihn für Bonnie ein Stück weit warf. »Ein Teil kam auch daher, du hast recht«, antwortete sie leise. »aber das ist meine *Sache.«*

»Deinem Vater gefällt es nicht, dass seine jüngere Tochter ... so leichtfertig ist.«

»Sag doch gleich, was du eigentlich meinst. Er kann Jørgen immer noch nicht leiden, so ist es doch.« Jasmin verschränkte die Arme. »Und ich bin diese Diskussion leid.«

»Nicht in diesem Ton, Jasmin. Es ist, wie es ist. Man kann sein Wesen nicht ändern. Niemand kann das. Jørgen ist ... nicht wirklich erfolgreich. Eines Tages wirst du unsere Sorgen vielleicht verstehen.«

»Eines Tages?« Sie schnaubte. »Das wird nicht passieren.« Jasmin wandte sich ab und lief Paul und Bonnie hinterher. Von der Veranda waren laute Stimmen zu hören, als würden sie sich dort streiten. Eure Sorgen, *dachte sie.* Ihr begreift es nicht. Geld ist nicht alles.

Paul. Bonnie. Jørgen. Wichtig sind nur sie. Wenn man dir Paul wegnehmen würde, *dachte sie und spürte, wie der Frühlingswind über ihre Haut strich,* dann würdest du Himmel und Hölle in Bewegung setzen, um ihn zurückzubekommen.

Und Jørgen ... Jørgen würde es ganz genauso machen.

KAPITEL 3

Jasmin bemerkte die Tränen nicht, die auf ihre Wangen tropften, es hätte auch der Regen sein können, der nun in Strömen vom Himmel fiel und alle Spuren fortwusch, die der Entführer vielleicht hinterlassen hatte. Der Himmel hatte eine violettblaue Färbung angenommen und glich nun einer alten Wunde – das Vorzeichen des Herbststurms, der zu den aufgewühlten, panischen Emotionen in ihrem Inneren passte.

Nachdem sie Paul nicht in seinem Zimmer und das Fenster zerstört vorgefunden hatte, kniete sich Jasmin neben die reglose Labradorhündin, die auf dem Teppichboden vor Pauls Bett lag.

Bonnie lebte noch, doch ging ihr Atem langsam und unregelmäßig. Jasmins bebende Finger ertasteten Blut am Fell. Der Entführer musste sie niedergeschlagen haben, um sie aus dem Weg zu räumen, denn andernfalls hätte die Hündin Paul mit ihrem Leben verteidigt.

»Bonnie«, sagte Jasmin. »Komm schon, tu mir das nicht an.«

Die Hündin blinzelte. Ihr Schwanz klopfte sanft auf den Boden, doch noch immer wollte sie sich nicht bewegen. Jasmin wusste nicht, was sie zuerst unternehmen sollte, konnte keinen vernünftigen Gedanken fassen – Bonnie, Paul, das Fenster, die Spuren. So rannte sie hinaus in den strömenden Regen und drehte sich im Kreis, den Blick auf den Boden gerichtet, während ihr war, als legte sich die Panik wie ein Schleier auf ihre Augen und hinderte sie daran, die Spuren im Gras zu erkennen, die der Entführer hinterlassen hatte. Die Gartentür war nur angelehnt. An der Verandaüberdachung, an den hellen Pfosten, die das Vordach stützten, waren erdige Spuren. Schuhabdrücke, die der Regen in Windeseile wegwusch.

Jemand war hier hinaufgeklettert, war von dort zu Pauls Fenster gelangt, das direkt über dem Verandadach lag.

Schließlich bahnte sich ein Schrei seinen Weg durch ihre Kehle, sie schrie ihre Verzweiflung und Angst in den Regen hinaus, bis sie nicht mehr schreien konnte und heiser war.

Tropfnass rannte sie zurück ins Haus und suchte Hauptkommissar Henriksens Karte in ihrem Geldbeutel. Einen Moment lang fürchtete sie, sie verloren zu haben – dann entdeckte sie die Visitenkarte hinter ihrem Führerschein.

Jasmin wählte seine Handynummer mit zitternden Fingern. Ihr war übel, heiß und kalt zugleich, sie wollte weinen und auf die Wände einschlagen.

Du hättest damit rechnen können, ging ihr immer wieder durch den Kopf. *Seit du den Herumtreiber zum ersten Mal entdeckt hast, hättest du Paul mitnehmen und direkt wieder kehrtmachen können. Aber nein – du musstest ja Detektivin spielen.*

»Henriksen?« Die Stimme des Hauptkommissars kam leise aus dem Handylautsprecher und im Hintergrund konnte Jasmin leise Geräusche hören, es klang wie Musik und Gläserklirren.

»Jasmin Hansen«, erwiderte sie, »mein Sohn ist entführt worden.« Sie stieß die Worte so schnell und hastig aus, dass sie sich fragte, ob Henriksen sie überhaupt verstanden hatte.

»Augenblick, habe ich das richtig gehört? Ihr Sohn …«

»… ist verschwunden«, beendete Jasmin den Satz. »Er wurde entführt.«

151

»Entführt?«, wiederholte Henriksen. »Sind Sie sicher? Ist er nicht vielleicht einfach mit dem Hund draußen unterwegs?«

»Nein, Bonnie wurde niedergeschlagen. Das Fenster von Pauls Zimmer ist eingeschlagen, überall liegen Splitter.«

»Ich verstehe. Frau Hansen, Sie sind sicher, dass niemand mehr im Haus ist?«

Jasmin blickte den Flur entlang, zur Kellertür. Die Bretter waren noch immer so befestigt, wie sie sie an die Holzverkleidung genagelt hatte. »Ja, da bin ich mir sicher.«

»Wir sind unterwegs. Bleiben Sie im Haus, wenn Sie überzeugt sind, dort sicher zu sein, wenn nicht, dann verlassen Sie es umgehend, sobald Sie bemerken, dass Sie doch nicht allein sind. Ja?«

Jasmin spürte, wie ihr das Mobiltelefon fast aus der zitternden Hand glitt. »Ja. Beeilen Sie sich bitte.«

»Fünfzehn Minuten. Wir sind gleich bei Ihnen.«

»Warten Sie! Kennen Sie einen Tierarzt?«

»Einen Tierarzt? Wegen des Hundes? Aber natürlich. Ich werde mich umhören.«

Nachdem sie sich verabschiedet hatte, blieb Jasmin mitten im Wohnzimmer stehen. Sie war unfähig, auch nur einen Schritt zu gehen, als hätte die Angst ihren Körper von oben bis unten gelähmt. *Paul ist fort. Er ist fort* – immer wieder dieser Gedanke, der sie beherrschte. Erst nach einigen Minuten vermochte sie, noch einmal nach oben zu gehen und nach Bonnie zu sehen. Die Hündin stand wieder auf den Beinen und kam ihr entgegen, unsicher, doch offensichtlich nicht schwer verletzt.

Jasmin trug sie vorsichtig die Treppe hinab, legte sie auf der Couch ab und wartete dort auf das Eintreffen der Polizei.

Henriksen hatte nicht zu viel versprochen: Sie kamen vierzehn Minuten später an. Der Hauptkommissar selbst, Arne Boeckermann, den sie bislang nur aus der Ferne gesehen hatte, sowie drei weitere Kollegen, die Henriksen vom Festland mitgebracht haben musste: eine Frau mit kurzem roten Haar, die sie mit einem seltsam prüfenden Blick musterte, und zwei Männer, die weiße Overalls überzogen und damit anfingen, Haus und Umgebung abzusuchen.

Henriksen dagegen suchte zuerst die Küche auf und begann, wie Jasmin zu ihrer Überraschung feststellte, Tee zu kochen, den er ihr dann anbot. »Frau Hansen«, erklärte er, »das ist Margret Gundersen, die Dorfmedizinerin.«

»Eine Tierärztin?«

»Sowohl als auch, Frau Hansen. Sie hat beides studiert.«

Nun begriff Jasmin auch, warum die rothaarige Frau so in ihre Richtung blickte: Sie hatte nicht sie, sondern vielmehr Bonnie betrachtet.

»Würden Sie mir in aller Ruhe erklären, was geschehen ist, während sich Frau Gundersen Ihre Hündin ansieht?«

»Ja. Natürlich.« Sie folgte Henriksen auf die Veranda und begann zu berichten. Der Hauptkommissar schloss die Schiebetür hinter ihnen, trat ans Holzgeländer und blickte in den Garten hinab. »Wir werden ihn finden«, erklärte Henriksen leise und zuversichtlich. »Das ist eine Insel, es gibt nur eine begrenzte Zahl von Verstecken und die Kollegen der Wasserschutzpolizei und Küstenwache prüfen jedes auslaufende Boot.«

»Und wenn er ein kleines Schlauchboot benutzt, das in irgendeiner versteckten Bucht liegt?«, fragte Jasmin. Ihr Herz pochte gegen ihre Rippen, als wollte es aus ihrer Brust ausbrechen.

»Mit so etwas würde der Entführer es nicht bis zum Festland schaffen. Was die anderen angeht – die Kollegen werden Patrouillen fahren. Wir nehmen diese Entführung keineswegs auf die leichte Schulter.«

»Das bedeutet nicht, dass wir Paul finden werden.« Jasmin senkte den Kopf, als die Trauer sie übermannte. Tränen flossen über ihre Wangen und sie hob nicht einmal die Hand, um sie fortzuwischen.

Henriksen berührte sanft ihre Schulter, seine Hand war warm und behutsam. Ein Kriminaltechniker kam zu ihnen, beugte sich zu Henriksen hinab und sagte etwas leise in sein Ohr, das sie nicht verstand. Jasmin sah einen der Polizisten im Garten mit einer Taschenlampe umherleuchten, der Lichtkegel ließ die Nebelschwaden silbern schimmern wie dampfendes Trockeneis.

»Die Kollegen haben Fingerabdrücke und Haare entdeckt. Das geht nun alles ins Labor.«

»Wir müssen etwas tun«, hörte sich Jasmin leise sagen. »Wir müssen ihn suchen.«

»Das werden *wir*.« Sie bemerkte, wie er das Wort wir betonte – und begriff, dass er sie *nicht* damit einschloss. »*Sie* sollten hier warten.«

»Das kann ich nicht.« Sie wischte sich die Tränen von den Wangen. »Nein, ich will mitkommen. Helfen. Etwas tun, nicht einfach hier sitzen und abwarten. Das halte ich nicht aus.«

Henriksen warf ihr einen prüfenden Blick zu. »Sie schaffen das?«

»Ja. Ganz sicher.«

Dann nickte er. »Sie begleiten mich. Aber vorher rufen Sie Ihren Mann an. Er sollte erfahren, was geschehen ist.«

Jasmin deutete in Richtung der Origami-Figur, die auf dem Couchtisch stand. Durch den Tränenschleier sah es für sie so aus, als würde das gefaltete Papier über das gemaserte Holz zerlaufen, als wäre es aus Wasser …

»Diese Figur«, erklärte sie, »die hat nicht Paul gebastelt. Er macht das gerne, ja, aber die hat der Entführer hinterlassen.«

Henriksen streifte sich in seiner umständlichen Art einen dünnen Gummihandschuh über die rechte Hand und nahm die Origami-Figuren hoch. »Ein Hirsch und ein Dreieck«, sagte er nachdenklich. »Wieso ein Hirsch?«

Weil du in jener Nacht einen getötet hast. Nur dass das nicht stimmt.

Sag es ihm. Sag es ihm endlich.

»Letzte Nacht war er wieder hier. Dieser Herumtreiber, von dem alle reden. Ich konnte ihn sehen, unten im Garten. Dann bin ich auf der Couch eingeschlafen. Ich hatte einen Albtraum, und als ich wieder aufgewacht bin, war Paul verschwunden.« Jasmin sah zu Henriksen auf. Der Kloß, der ihre Kehle zu verschließen drohte, löste sich etwas, und doch fühlte sie sich hilflos, ein Gefühl, das sie so schnell wie möglich loswerden wollte. *Du musst etwas tun. Du kannst nicht zulassen, dass sie Paul etwas antun.*

»Auf dieser Insel stimmt etwas nicht.« Jasmin sah in den strömenden Regen hinaus, Silhouetten bewegten sich durch das Grau, gesichtslose Gestalten in Mänteln, die dem Fremden ähnelten. »Sie verheimlichen etwas.«

»Etwas? Wer? Was meinen Sie damit?«

»Ich weiß es noch nicht genau. Etwas Furchtbares, ein Brand, von dem viele wissen, und doch spricht niemand darüber. Es gibt einen Historiker, den ich besuchen wollte …« Sie verstummte, als sie begriff, wie belanglos ihre kleine Detektivarbeit mit einem Mal geworden war.

Paul war verschwunden und sie musste ihn finden und zurückholen – nichts anderes zählte mehr.

Es sei denn, es hängt beides miteinander zusammen. Es sei denn, alles steht in Verbindung. Yrsen. Paul. Der Brand. Der Historiker, der Herumtreiber, mein Unfall, der Tote vom Strand.

»Frau Hansen?«

»Wir sollten es herausfinden«, sagte sie. »Wer auch immer hier versucht, etwas zu verheimlichen, könnte mit der Entführung zu tun haben.«

»Haben Sie Anhaltspunkte, die Sie zu dieser Annahme verleiten?«, fragte Henriksen interessiert. »Haben Sie jemanden beobachten können? Gab es jemanden, der Sie oder Ihren Sohn bedroht hat?«

»Der Herumtreiber, aber …« Sie dachte an die Geste, die der Fremde vor ihren Augen gemacht hatte, wie er Richtung Westen deutete. »Aber er hat sich uns ja nicht genähert.«

»Aber das wissen Sie nicht sicher.«

»Nein.«

»Wir werden Spuren finden, sofern der Regen nicht alles weggewaschen hat.« Henriksen klang nicht besonders zuversichtlich. »Jeder Täter hinterlässt Spuren, *irgendwas* finden wir immer.«

»Das hilft Paul auch nicht weiter. Selbst wenn wir den Entführer kennen, könnte er sich doch hier überall verstecken. Wie groß ist die Insel?«

»Etwa siebzig Quadratkilometer. Wir werden jeden Stein umdrehen.«

»Wir? Sie meinen sich selbst, Boeckermann und die paar Kollegen? Das sind alle?« Jasmin schnaubte. »Das wird nicht genügen.«

»Ich werde mich um Verstärkung bemühen, aber das wird nicht einfach.«

»Nicht einfach?«, fragte Jasmin scharf. »Mein Sohn ist verschwunden.«

»Es gibt eine Reihe von Einsätzen auf dem Festland, die unsere Kräfte binden. Paul ist erst einige Stunden fort.«

»Na und? Denken Sie wirklich, er wäre – ich weiß nicht – ein bisschen spazieren gegangen und würde bald zurückkommen? Und das Fenster hat er zum Spaß eingeworfen?«

»Natürlich nicht. Frau Hansen, bitte beruhigen Sie sich.«

»Das werde ich nicht!« Es fühlte sich gut an, sich zu empören, viel besser, als nur untätig herumzusitzen. »Und wenn Sie nicht die Initiative ergreifen wollen, dann …«

»Frau Hansen ...« Henriksen hob die Hand, als wollte er sie zurückhalten, doch Jasmin schob die Hand energisch beiseite. Sie ließ Henriksen auf der Veranda stehen und kehrte ins Haus zurück, wo sie fast mit der Tierärztin zusammenstieß, die Bonnie gerade eine Spritze gab. Die Labradorhündin klopfte mit dem Schwanz auf die Couch und hob den Kopf, als sie Jasmin wahrnahm; ihr Kopf steckte in einem weißen Verband.

»Was ist mit ihr?«, fragte sie leise. »Wird sie es überstehen, oder ...?« Jasmin wollte die Worte nicht aussprechen, ihr kam es vor, als würde sie ihnen andernfalls Macht verleihen – *zu viel* Macht.

»Sie kommt wieder auf die Beine. Vielleicht schon in den nächsten Minuten. Ich habe ihr etwas gegeben, das sie wieder stabilisiert. Der Verband sollte mindestens drei Tage dranbleiben, am besten kommen Sie danach mit ihr noch mal bei mir vorbei. Meine Praxis ist gleich am Ortseingang, kaum zu übersehen.«

Jasmin nickte nachdenklich, während sie Bonnie streichelte und mit den Fingern durch das dichte schokobraune Fell fuhr. Sie hatte die Praxis schon gestern aus dem Wagen entdeckt, das große Schild mit dem schlappohrigen Hund war kaum zu übersehen.

»Danke«, sagte sie leise. »Wenn sie sterben würde ...«

»Bleiben Sie stark«, entgegnete Gundersen und berührte ihre Schulter. »Sie werden Ihren Sohn wiedersehen.«

Mit diesen Worten nickte ihr die Tierärztin zu und ging. Jasmin blieb neben Bonnie sitzen und streichelte sie. Als Henriksen von draußen hereinkam, sah sie nicht auf. Sie betrachtete seine festen Wanderschuhe, wie sie sich über die Dielenbretter in Richtung Flur entfernten.

Einige Minuten später hörte sie, wie jemand an der Kellertür rüttelte.

Jasmin sprang auf.

Henriksen hatte schon das oberste Brett entfernt.

»Was machen Sie da?«

»Ich wundere mich«, erwiderte er, als hätte er mit ihrer Reaktion bereits gerechnet. »Ich wundere mich, wer diese Bretter hier angebracht hatte. Scheint mir doch eine schnelle ... Notlösung gewesen zu sein.«

»Ich wollte nicht, dass von da unten etwas heraufkommt. Eine Ratte oder ein anderes Tier. Eines der Kellerfenster schließt nicht mehr. Bonnie wäre ganz nervös geworden, wenn sie etwas gerochen hätte, das sich in den Keller oder durch irgendein kleines Loch hier raufgeschlichen hätte.«

»Haben Sie denn dort unten etwas entdeckt?«

»Ich weiß nicht«, wich Jasmin aus. »Ich war nur einmal dort unten, seit wir wieder hier sind.«

Henriksen warf ihr einen seltsamen Blick zu. »Hätten Sie etwas dagegen, wenn ich mal nachsehe?«

Jasmin zuckte die Achseln. »Nur zu. Da unten ist nichts Besonderes. Der Boiler, die Gasheizung ... das alte Jagdgewehr.«

»Hatten Sie vor, es zu benutzen?«

Nur in meinem Traum. »Vielleicht«, erwiderte sie wahrheitsgemäß. »Ich bin kein Fan von Waffen. Aber hier draußen, allein mit Hund und Kind – da hat es mich beruhigt. Nachdem der Herumtreiber noch mal aufgetaucht ist, wollte ich es holen, aber dann habe ich bemerkt, dass Paul nicht mehr da war, und ...« Ihre Stimme brach, sie konnte nicht weitersprechen.

Henriksen nahm einen schweren Schraubendreher und hebelte die Holzbretter aus der Wand, bis sich die Tür schließlich wieder öffnen ließ. Der Kellerabgang war dunkel, der Geruch nach Fäulnis und Moder, der ihnen von unten entgegenwehte, war nun stärker als jemals zuvor.

Eine Spinne huschte in die Tiefe, als Henriksen seine Taschenlampe auf die dunklen Holzstufen richtete. Das Geräusch des fallenden Regens schien aus den Wänden selbst zu kommen. *Etwas steckt in ihnen,* dachte Jasmin, auch wenn sie sich bewusst war, wie verrückt dieser Gedanke war. *Etwas wohnt in den Wänden, macht nachts, wenn alles still ist und du nur deinen eigenen Herzschlag hörst, knisternde und trippelnde Geräusche.*

Etwas wohnt hier.

Etwas sehr Altes.

Und es ist nicht erfreut, dass du es gestört hast.

Henriksen setzte den Fuß auf die ersten Stufen der Kellertreppe, dann drehte er sich um und sah wieder zu ihr auf, als er bemerkte, dass sie ihm nicht folgte. »Begleiten Sie mich, Frau Hansen?« Seine Stimme klang matt, als würde die Dunkelheit sie aufsaugen und bald vollends verschlucken.

»Ich würde es vorziehen, hier oben zu warten«, erwiderte sie.

»Haben Sie Angst?«

Angst. Die Art, wie er dieses Wort aussprach, ärgerte sie. *Angst? Du hast doch keine Angst. Was immer hier geschieht, es gibt natürlich eine vernünftige Erklärung.* Diese andere Stimme erinnerte sie an Jørgen und zugleich begriff sie, dass sie ihn noch nicht angerufen und über Pauls Verschwinden informiert hatte.

»Natürlich nicht«, gab sie zurück und versuchte, so unbeschwert und stark zu klingen, wie es ihr möglich war. »Gehen Sie voran.«

Gemeinsam stiegen sie die Kellerstufen hinab, bis Jasmin und der Hauptkommissar den Boiler vor sich sahen. Der Gasbrenner entzündete sich mit seinem leisen Rumpeln, kaum dass sie einen Schritt in seine Richtung machten. Jasmin bemerkte, dass Henriksen zusammenzuckte.

»Nur der Brenner«, sagte sie leise. »Nichts Außergewöhnliches.«

Henriksen warf dem roten Schlauchboot einen langen Blick zu, ehe er sich dem Waffenschrank zuwandte. Die Tür quietschte leise. Er griff nach dem Jagdgewehr und nahm es heraus. »Sie wissen, dass ein Schrank dieser Bauart immer verschlossen sein muss?«

»Ja. Ich wusste, dass Paul nicht hier herunterkommen würde. Nicht mit den Brettern vor der Tür, aber auch sonst nicht. Er war ein guter Junge, er hat darauf gehört, was man ihm sagte.«

»War?«, fragte Henriksen scharf.

»Ist«, korrigierte sich Jasmin. Der Gedanke, dass sich ihr Unterbewusstsein auf eine seltsame Weise bereits auf die Möglichkeit einstellte, dass sie von ihm in der Vergangenheitsform sprechen musste, ließ sie erschaudern. »Das war nur ein Versprecher. Was den Waffenschrank angeht«, sie seufzte, »das tut mir leid. Ich war ziemlich durcheinander, als wir hier ankamen.«

Henriksen legte das Gewehr nicht zurück. Er deutete auf die Tür weiter hinten im Keller, die einen Spalt breit offen stand. »Und was haben wir da?«

»Das ist nur ein alter … Raum. Ein Abstellraum mit jeder Menge Zeug und Unrat. Jørgen wollte das alles hier unten ausbauen, aber …«

»Jørgen? Ihr Mann?«

Jasmin nickte. »Genau. Uns kam etwas dazwischen.«

»Etwas Negatives?«

»Das tut hier nichts zur Sache, oder?«

»Na ja, noch nicht«, sagte Henriksen. »Aber ich denke, wir werden uns in den nächsten Stunden einmal eingehender unterhalten müssen, Frau Hansen.«

»Ich wüsste nicht, worüber. Und ganz davon abgesehen: Für so was habe ich gerade keine Zeit.«

»Die werden Sie haben.«

»Wie bitte?«

»Ich habe Ihnen doch angeboten, dass Sie uns helfen können. Währenddessen werden wir das Gespräch fortsetzen.«

Jasmin erwiderte nichts und sah zu, wie Henriksen die Hand nach der Türklinke ausstreckte. Die Tür am Ende des dunklen, muffigen Kellers knarrte leise, als er sie aufstieß. Henriksen ließ seinen Blick langsam durch den Raum schweifen, dann wandte er sich ihr wieder zu und zog die Tür hinter sich ins Schloss.

»Nur ein alter Abstellraum«, sagte er, »ganz wie Sie gesagt haben.«

»Dort ist ein Mensch gestorben«, erklärte Jasmin, während sie wieder die Kellertreppe hinaufstiegen. Henriksen hatte das Jagdgewehr mitgenommen. »Er hat sich einfach an einem Balken erhängt, weil er es nicht mehr ertragen konnte.«

»Der Vorbesitzer?«

»Eher der Vor-Vorbesitzer«, korrigierte Jasmin. »Der Verkäufer hat uns die Geschichte erzählt, sonst hätten wir es wohl nie erfahren. Es ist schaurig, ja, aber letzten Endes ist es doch nur eine Erinnerung. Eine tragische Erinnerung. Ein alter Mann, der sich selbst tötete, weil er seinen Sohn und seine Frau auf dem Meer verloren hatte.«

»Eine *bleibende* Erinnerung.« Henriksen schloss die Kellertür hinter ihnen. »So ist das mit diesen alten Häusern. Etwas bleibt zurück. *Immer.*«

KAPITEL 4

»Er hat seine Jacke nicht dabei«, sagte Jasmin traurig, nachdem sie mit Henriksen in Pauls Zimmer zurückgekehrt war. »Er wird frieren. Die Temperaturen letzte Nacht – wir *müssen* ihn finden.«

»Was haben wir?«, fragte Henriksen Boeckermann. Der Inselpolizist stand am zerschlagenen Fenster und blickte hinab in den regennassen Garten. Der Wind trug das Geräusch der anbrandenden Wellen herüber und trieb feinen salzigen Sprühnebel in ihre Gesichter. Das Glas war scharfkantig gezackt, wie eine Wunde, durch die sie hinaus in eine kalte, abweisende Welt blickten. Jasmin schlang sich die Arme um den Körper, ihr war kalt, so schrecklich kalt, als wäre das eisige Nordmeer selbst tief hinab bis zu ihren Knochen gedrungen.

Etwas hatte sich verändert, seit Paul verschwunden war.

Die Menschen hier, hörte sie Sandviks Stimme in ihren Gedanken, *sind hart. Man kann an einem Ort wie diesem nicht überleben, wenn man nicht hart ist. Wenn einem nicht das kalte Nordmeer in den Adern fließt.*

»Wir haben nicht viel«, erwiderte Boeckermann. Jasmin bemerkte, wie er ihr einen nachdenklichen Blick zuwarf, ehe er sich Henriksen zuwandte, als wollte er andeuten, dass es nicht besonders klug wäre, vor der Mutter des Entführten offen zu sprechen. *Denken die etwa, du hättest etwas mit der Sache zu tun?* Jasmin war sich nicht sicher, ob sie diese Möglichkeit lächerlich fand oder ob sie sie nicht vielmehr zornig machte.

»Gibt es Spuren? Wer immer das getan hat, er muss aus dem Fenster auf das Verandadach geklettert und vom Verandadach mit Paul in den Garten gesprungen sein – und das größere Gewicht hat doch bestimmt dafür gesorgt, dass sich seine Schuhe tiefer in den nassen, matschigen Boden gegraben haben.« Jasmin sah von Boeckermann zu Henriksen. »Es muss Spuren geben. So ist es doch, oder?«

Henriksen nickte. »Sie haben einen guten Instinkt, Frau Hansen.«

»Zwei Schuhabdrücke«, bestätigte Boeckermann. »Der Regen hat das Profil zu einem großen Teil weggewaschen, aber ich denke, das, was die Kollegen fotografieren und vermessen konnten, ist besser als nichts.«

Besser als nichts? Jasmin schnaubte.

»Ein Mann, würde ich meinen, und der Tiefe der Abdrücke nach …« Boeckermann sah in ihre Richtung, doch nur einen kurzen Augenblick lang, als fürchtete er, mit ihr länger als den Bruchteil einer Sekunde Augenkontakt zu halten. »Vielleicht neunzig Kilo schwer, wenn wir den Jungen mit einrechnen.«

»Super. Und das bedeutet, wir können den Großteil aller Männer hier gleich als Verdächtige behandeln, oder was?« Jasmin schüttelte den Kopf. »Das führt doch zu nichts.«

Henriksen ließ ein kurzes Lachen hören, das augenblicklich abbrach, als er Boeckermanns schneidenden Blick bemerkte. Hinter ihnen knarrten die Dielenbretter.

»Hendrik?« Es war einer der Polizisten, die mit dem Hauptkommissar auf der Fähre angekommen waren. »Wir haben ein paar Spuren gefunden, mit Resten von Sand, die vom Strand zum Haus führten. Kleinere Abdrücke.«

»Das sind meine«, sagte Jasmin sofort. »Ich war unten am Strand.«

Du musst es ihm sagen, drängte sie eine innere Stimme, die vernünftig und wohlüberlegt klang. *Du musst ihm sagen, dass du den Toten vom Strand entdeckt hast. Dass du ihn belogen hast.*

»Und noch etwas anderes«, fuhr der Kollege fort und beugte sich näher zu Henriksen heran, um ihm etwas ins Ohr zu flüstern.

Henriksen hob überrascht die Augenbrauen. »Wirklich? Na, das ist eine Überraschung.« Er warf Jasmin einen verwunderten Blick zu, den sie nicht recht deuten konnte. *Was hat ihm der gerade zugeflüstert?*

»Was machen wir jetzt?«, fragte sie. »Und damit meine ich nicht Plakate aufhängen oder im Radio sprechen, denn das wird nichts nützen, nicht wenn man hier auf der Insel gegen uns arbeitet. Wenn es Menschen gibt, die etwas verheimlichen wollen …«

»Wir werden weiter nach Spuren suchen«, erwiderte Henriksen ausweichend. »Aber wie ich gerade erfahren musste, hat sich letzte Nacht noch etwas anderes zugetragen. Es gab einen Einbruch – man hat die Leiche des Toten vom Strand gestohlen.«

Jasmin war wie vor den Kopf geschlagen – hätte Henriksen ihr gerade verkündet, dass er die Suche nach Paul sofort einstellen wollte, sie wäre nicht überraschter gewesen.

Du hast ihn gesehen. Und als du die Gefrierkammer verlassen hast, lag er noch genau dort, wo du ihn entdeckt hast.

Jemand war nach dir dort.

Ihr wurde heiß und kalt zugleich, Schweiß trat auf ihre Stirn. *Wieso erwähnt er es direkt vor dir? Weiß Henriksen mehr, als er zugeben will? Versucht er, deine Reaktion zu testen? Und falls ja, bist du dann gerade durchgefallen?*

»Alles in Ordnung, Frau Hansen?«

Sie schluckte, um das unangenehme Gefühl in ihrer Kehle zu vertreiben, diese Trockenheit, als hätten sich ihre Stimmbänder in Schleifpapier verwandelt. *Du warst dort, und jetzt ist der Tote fort, und nach allem, was bislang geschehen ist, wäre es nicht besonders unwahrscheinlich, wenn man dir die Sache in die Schuhe schiebt.*

Du bist mit Anlauf in die Falle getappt.

Jasmin fluchte und ärgerte sich über sich selbst.

»Ich bin nur überrascht, dass so etwas möglich ist.«

»Ich denke, das sind wir alle«, sagte Boeckermann, musterte sie jedoch eindringlich. Sie bemerkte, dass seine Hand zu seinem Gürtel wanderte, wo er die Handschellen trug – und sie konnte in seinen Augen beinahe lesen, was er dachte, was in diesem Augenblick in seinen Gedanken vor sich ging.

Er traut dir nicht.

Er weiß etwas.

Oder sogar viel mehr als das.

»Ich werde mir die Sache ansehen. Alle anderen bleiben hier.« Henriksen ging zur Tür, während Jasmin ihm folgte, mit weichen Knien und schnellem Puls, und weder ein noch aus wusste.

Der Historiker, der auf der Insel lebt … mit ihm solltest du sprechen.

»Was haben Sie vor?«, fragte Henriksen. »Selbst nach Paul suchen?«

»Bei dem strömenden Regen draußen …« Jasmin schüttelte den Kopf. »Sosehr es mich drängt, nach draußen zu laufen und nach ihm zu rufen, die Gegend abzusuchen – es würde am Ende doch nichts nützen. Wenn er in der Nähe wäre, dann hätten Sie ihn bereits gefunden. Er hat sich nicht bloß versteckt, er wurde mir genommen und der Täter hält ihn bestimmt nicht in der Nähe gefangen.«

Henriksen trat einen Schritt näher. »Und Sie sind sich sicher, dass Sie nichts, ganz bestimmt auch gar nichts wissen, was uns womöglich weiterhelfen könnte?«

»Nein«, log Jasmin und wunderte sich, wie leicht ihr dies mittlerweile fiel. »Nichts.«

»Wie schade«, antwortete Henriksen. »Ich hoffe, Sie enttäuschen mich nicht.« Mit diesen Worten ging er zu seinem Dienstwagen und fuhr los, ohne sich noch einmal umzusehen.

KAPITEL 5

Der Regen nahm mit jedem Meter, den sie auf der Landstraße zurücklegte, an Stärke zu. Es waren gewaltige Wassermassen, die sich auf die Wälder und das schmale graue Band aus Asphalt ergossen, das durch sie hindurchführte. Die Scheibenwischer arbeiteten auf Hochtouren und kamen doch nicht gegen die Fluten an. Jasmin lenkte den Wagen Richtung Westen. Das Navigationsgerät wies ihr den Weg zur Adresse von Larsen, dem Historiker, die ihre Suchmaschine im Internet ermittelt hatte.

»Er lebt zurückgezogen und empfängt keine Besucher«, hatte Mattila, der seltsame kleine Buchhändler sie gewarnt. *Das wollen wir doch mal sehen.*

Im Radio spielte der Song einer lokalen Band. »Und am Wochenende wird es heiß hergehen, wenn die Jungs und Mädels in Skårsteinen spielen«, verkündete der Moderator anschließend. Jasmin entdeckte ein Plakat am Straßenrand. Wind und Wetter hatten ihm übel mitgespielt, das Papier hing an den Rändern in Fetzen herab.

Ob man nach dem, was geschehen war, noch immer daran festhalten würde? Der Mann im Radio schien noch nichts von den Neuigkeiten erfahren zu haben – was würde geschehen, wenn sich das änderte? Sollte sie ihn bitten, im Radio dazu aufzurufen, nach Paul Ausschau zu halten?

In einer Unebenheit, in der sich eine tiefe Pfütze gebildet hatte, kam der Wagen ins Schleudern. *Aquaplaning*, dachte Jasmin und packte das Lenkrad fester. *Und womöglich sind auch die Reifen des Mietwagens nicht mehr die allerbesten.*

Jasmin war so in Gedanken versunken, dass sie kaum bemerkt hatte, wie die Tachonadel auf über hundert geklettert war.

Du bist viel zu schnell unterwegs. Bei diesem Wetter ist das ... Gefährlich. Tödlich.

Ein greller Lichtblitz vor ihren Augen, wie aus Jeepscheinwerfern in einer kalten Nacht. Brandgeruch, der an ihre Nase drang, sie würgen ließ.

Für den winzigen Bruchteil eines Augenblicks war sie wieder dort in jener Nacht auf der regennassen Fahrbahn. Die durchdringenden Augen des Obdachlosen, der Schrei, als sie ihn überfuhr.

Jasmins Hände zitterten und umfassten das Lenkrad so fest, dass ihre Knöchel weiß unter der Haut hervortraten.

Das Ächzen der Stoßdämpfer, als der Wagen über den Körper hinwegrollte, es hatte sich für alle Zeiten in ihre Seele eingebrannt. Aber der Brandgeruch, den hatte sie beim letzten Mal nicht gerochen, das wusste sie. Was hatte das zu bedeuten?

Was immer es war, es konnte nichts Gutes sein.

Die Straße wurde schmaler und nach einigen Hundert Metern ging eine Seitenstraße zu ihrer Linken ab, kaum mehr als ein schlammiger Pfad, auf den ihr Navi sie führen wollte. Die Kiefern ragten hoch in den grauen Himmel auf und schwankten mit den Windböen hin und her. Kleine Äste lagen im Weg und knirschten beim Drüberfahren.

»Na, das wird ja großartig.«

Jasmin bremste ab und bog ein. Während sie das Steuer ruhig hielt und ringsherum die Bäume immer höher in den grauen Regenhimmel hinaufwuchsen, war es ihr, als rückten die Schatten in diesem dichten Waldstück bis ins Wageninnere vor. Jasmin schaltete das Abblendlicht an. Schroffe Gesteinsformationen ragten auf, moosbewachsene Felsen, denen der raue Seewind zugesetzt hatte. Nebel hing wie Dunst zwischen den Bäumen, alles tropfte, alles war nass.

Ein kleines Haus mit Spitzdach kam in Sicht, ein grauer Zaun, ein Tor, das von zwei Feuerschalen auf massiven Pfeilern flankiert wurde, aus denen selbst im dichten Regen noch immer hohe Flammen schlugen, die dicke Rauchschwaden in die Luft warfen. Der Anblick der Pfeiler und des Feuers ließ Jasmin an ein Leuchtfeuer denken – und an eine gewisse Ästhetik aus einer unseligen Zeit, als man unter solchen Feuerschalen auf- marschiert war.

»Du bleibst hier, oder?«, fragte sie Bonnie. Die Hündin hatte sich zum Schlafen auf dem Beifahrersitz zusammengerollt und ließ keinen Zweifel daran, dass sie sich nicht hinaus in den Regen wagen wollte. »Ich brauch nicht lange.«

Jasmin stieg aus und zog sich die Kapuze ins Gesicht. Der Regen prasselte scharf auf ihre Schultern, ihren Kopf. In der Zufahrt herumliegendes, frisch geschnittenes Gras hatte sich vollgesogen und wollte ihre Schuhe beim Laufen verschlingen.

Jasmin näherte sich den Feuerschalen. Es knackte und knis- terte. Was immer dort verbrannte, der Regen schien ihm nichts anhaben zu können. Die Pfeiler waren aus grauem Granitstein und glichen Säulen, die den Eingang zu einem nordischen Tempel flankierten; die Feuerschalen waren aus dunklem Stein gefertigt und glatt wie Marmor.

Jasmin kroch ein kalter Schauer über den Rücken, der nichts mit dem Regen und der Temperatur zu tun hatte. Dieser Ort wirkte so fremdartig, so unnatürlich, als entstammte er einer anderen Zeit.

Wie verrückt das doch alles ist.

Und du bist dir sicher, dass du wirklich mit dem Mann spre-
chen willst?

Es muss sein.

Was damals geschehen ist – es muss doch einen Zusammenhang
geben.

Jasmin hob die Hand und schlug den bronzenen Türklopfer, der wie ein Hammer – Thors Hammer – gefertigt war, gegen die Tür aus massivem Eichenholz. Im selben Moment bellte im Haus ein Hund – laut, tief und bedrohlich.

Bonnie hätte dieses Gebell augenblicklich erwidert, wäre sie an ihrer Seite gewesen. Jasmin hörte Schritte im Inneren, dicht bei der Tür, sie sah, wie sich eine Silhouette im Milchglas neben der Eingangstür bewegte.

»Wer ist da?«, drang eine barsche, gedämpfte Stimme aus dem Inneren. »Machen Sie, dass Sie fortkommen, ja?«

»Herr Larsen, mein Name ist Jasmin Hansen. Ich würde gerne ...«

»Ist mir ganz gleich, wer Sie sind. Verschwinden Sie. Ich empfange keine Besucher, und ganz besonders keine neugierigen Reporter.«

»Ich bin weder das eine noch das andere.« Jasmin bemühte sich, ihrer Stimme einen ruhigen Klang zu verleihen, ruhig und doch unbeugsam. »Ich bin hier, weil man meinen kleinen Sohn entführt hat. Das ist gerade mal einige Stunden her. Ich weiß, dass man hier etwas verheimlicht. Ich weiß auch, dass sie mehr darüber wissen und dass sie sich vor etwas fürchten ... was auch immer das ist. Aber ich gehöre nicht zu denen. Zu den *anderen*. Ich bin neu hier.«

Für einige Augenblicke war alles still im Haus. Dann klirrte eine Kette und die Tür öffnete sich einen Spalt. Jasmin blickte auf eine eingehängte Stahlkette, einen kleinen Mann mit dünnem blonden Haar im Wollpullover und mit einer Pfeife im

Mund, aus der Rauchkringel aufstiegen – und in die Läufe einer Schrotflinte.

»Was – hören Sie mal, das geht doch nicht!« Jasmin trat einen Schritt zurück. »Sie können doch nicht …«

»Ich kann, wenn Sie ungebeten mein Grundstück betreten.« Jetzt, wo sie ihm direkt gegenüberstand, klang die Stimme des Mannes wie das rauchige, trockene Knistern eines Holzscheits im Kamin. »Ich kann jederzeit die Polizei rufen.«

»Und wieso tun Sie es dann nicht?« Jasmin hatte die Fäuste geballt. *Wenn du dich jetzt von ihm einschüchtern lässt, kannst du gleich wieder umdrehen.*

»Weil Sie nicht ganz die Unwahrheit gesagt haben«, erwiderte der Mann. »Wer sind Sie? Jasmin Hansen, was ist das für ein Name? Was machen Sie hier?«

»Ich habe Ihr Buch. Es liegt im Wagen.« Jasmin ärgerte sich, es nicht mitgenommen zu haben, so argwöhnisch, wie Larsen sie betrachtete. »Ich versuche herauszufinden, was hier geschehen ist. Sie haben ein Buch über die Geschichte der Insel geschrieben, ich habe es entdeckt und gekauft, nur um festzustellen, dass Sie über den Brand ebenso wenige Worte verlieren wie alle anderen, die ich bis jetzt dazu befragt habe.«

Larsen rührte sich nicht, nur die Rauchkringel stiegen aus seiner Pfeife auf. »Das ist ja ein Ding«, sagte er. »Sie haben also mein Buch gelesen. Wie geschätzt Tausende andere Leute.«

»Ich bin Gabriela Yrsen begegnet. Die Spuren des Feuers waren bei ihr unübersehbar. Ich bin jemandem zu nahe gekommen. Sie haben mich bedroht, und als das nicht genügte, entführten sie meinen Sohn.«

»Das klingt ja nach einer abenteuerlichen Geschichte.«

»Es ist wahr. Es ist alles geschehen. *Wirklich* geschehen. Helfen Sie mir.«

»Die Entführung muss nicht damit zusammenhängen.« Der Lauf der Schrotflinte senkte sich ein Stück und Jasmin war froh, dass er so reagierte. *Er vertraut dir etwas mehr*, dachte sie. *Du bist auf dem richtigen Weg.*

»Muss sie nicht«, entgegnete sie, »aber es gibt einen klaren Zusammenhang. Der Täter hat etwas zurückgelassen. Eine Anspielung, die mit dem, was ich suche, zusammenhängt.«

»Verflucht«, ließ Larsen hören. Dann griff er nach oben und entfernte die Sicherheitskette. »Ich hoffe, Sie mögen Hunde. Die sind meine einzigen Freunde hier draußen.«

»Aber sicher. Ich habe selbst eine Labradorhündin.«

»Gut. Das ist gut.« Ein flüchtiges Lächeln huschte über seine furchigen Wangen. »Tierfreunde sind mir willkommen. Kommen Sie rein, wenn Sie mögen.«

Er trat zur Seite und gab den Eingang frei. Jasmin trat ein. Die Einrichtung war in dunklem Holz gehalten, Vertäfelungen überall, Schränke im Jugendstil aus den Dreißigern.

»Mögen Sie meine Dekoration?« Er wies mit einer knappen Handbewegung auf eine Lücke zwischen zwei Schränken, wo eine Vielzahl von Orden hing.

Kriegsorden.

Aber das war nicht möglich, er war nicht alt genug. Also war er ein Sammler.

»Das ist nicht, was ich erwartet habe.«

»Ich bin ein Kollektor«, sagte er. Seine Augenbrauen zogen sich zusammen, sodass sie beinahe aneinanderstießen. »Das ist nicht verboten, Frau Hansen.«

Er ging voran in ein kleines, überheiztes Zimmer, das er offenbar zugleich als Arbeits- und Wohnbereich nutzte. Weiter hinten schloss sich eine wintergartenähnliche Glaskonstruktion an, in der einige breitblättrige Pflanzen in großen Töpfen standen. Der Schreibtisch war mit Ordnern, Büchern und Zeitungen überladen. Es wirkte, als suchte Larsen noch immer nach etwas, das er bislang nicht finden konnte.

»Die Menschen hier waren schon immer Meister darin, Geheimnisse zu verbergen. Sie bewahren sie auf, hüten sie. Wissen Sie, uns Auswärtigen fällt es gleich auf ... aber nicht vielen gelingt es dahinterzukommen.«

»Ihnen ist es gelungen?«

»Vielleicht. Was wollen Sie wissen?«

Jasmin ließ Larsen nicht aus den Augen. »Was geschah damals? Was ist mit dem Brand und dem Sanatorium? Was genau ist passiert? Warum spricht niemand darüber?«

»Hier wurde eine schreckliche Untat begangen«, sagte Larsen und ließ Rauchkringel aus Mund und Pfeife zur Decke steigen. »Man hat sich gegen die Natur des Menschen versündigt.«

»Und das bedeutet?«

»Tod! Nichts anderes bedeutet das! Es gab die Heilanstalt, es gab Patienten. Es gab den Vorfall. Das ist alles.« Larsen nahm die Pfeife aus dem Mund und deutete zum Fenster hinaus. Der Regen schlug prasselnd gegen das Glas und in diesem Moment war Jasmin sehr froh, hier in diesem etwas überheizten Zimmer zu stehen. »Ein Mann aus der Anstalt überfiel ein junges Mädchen, misshandelte und tötete es. Daraufhin nahmen die Inselbewohner Rache.«

»Rache?« Jasmin erschauderte bei diesem Wort. »Sie haben Selbstjustiz geübt, die Patienten gelyncht. So war es doch.«

»Oh, das haben sie getan. Männer aus dem Dorf, der Vater der Toten, der Bruder, ihre Freunde. Aber, Frau Hansen, was ganz besonders interessant daran ist – man hat die Folgen in Kauf genommen. All die Kollateralschäden, all das Leid. All die Unschuldigen, die darunter leiden mussten.«

»Was haben die getan?«, fragte Jasmin, doch sie war sich sicher, die Antwort bereits zu kennen.

»Sie haben ein Feuer gelegt. Sie haben *getötet*. Den Mörder, aber auch viele andere.«

Wieder ein Lichtblitz vor ihren Augen. Jasmin spürte, wie ihre Knie weich wurden, sie taumelte, Halt suchend eine Hand ausstreckte. *Ein Feuer*, ging ihr durch den Kopf. *Ein Feuer in einer Anstalt.*

»Frau Hansen, was ist mit Ihnen? Begreifen Sie denn nicht? Man hat blind gemordet, den Tod von Unschuldigen in Kauf genommen, nur um Rache zu üben, und alle wussten Bescheid! Es gab nie einen Streich von Jugendlichen, man hat das Sanatorium in Brand gesteckt, es brannte nieder und alle, die darin waren.«

»Aber das kann nicht sein. Man hätte eine Tat wie diese nie all die Zeit verheimlichen können.« Jasmin hörte, wie heiser sie klang. Die Hitze in dem kleinen Raum war mit einem Mal unerträglich. »Die Polizei …«

»Die Polizei«, wiederholte Larsen höhnisch und mit einem Kopfschütteln. »Die Polizei hat weggesehen, wie sie es stets getan hat. Wie sie es auch heute tut. Deshalb werden Sie Ihren Sohn nicht finden. Nicht auf diese Weise.«

»Wie bitte? Das können Sie unmöglich ernst meinen.«

»Ich meine immer ernst, was ich sage. Was ich nicht ernst meine, sage ich nicht.« Larsen machte einen Schritt auf sie zu und Jasmin fragte sich einen Moment lang, ob es nicht doch ein Fehler war, allein herzukommen. Für einen Moment befürchtete sie, Larsen würde sie packen. »Sie sollten auf sich achtgeben, Frau Hansen. Mit diesen Leuten ist nicht zu spaßen. Sie tun alles, um ihre Geheimnisse zu bewahren.«

»Also gibt es noch mehr?«

Larsen lachte. Es war ein hämisches, ja bösartig klingendes Lachen, das tief aus seiner Kehle drang. »So viel mehr, Jasmin Hansen. So viel mehr.«

»Sieben, nicht zwei«, sagte sie und machte einen Schritt auf ihn zu, was wiederum Larsen veranlasste zurückzuweichen. »Was bedeutet das?«

»Ich weiß nicht, wovon Sie sprechen.«

»Ich glaube doch.« Jasmin starrte ihn an, suchte nach Anzeichen einer Lüge. »Ich hab Ihr Buch gelesen, das sagte ich doch schon. Und ich weiß, dass Sie es dem Buchhändler drüben in Skårsteinen persönlich geliefert haben. Gestern hab ich einen Zettel entdeckt und die Schrift – ich bin mir sicher, es ist Ihre. *Sieben, nicht zwei*, was meinen Sie damit?«

Larsen lachte nur und blies Rauch in die Luft. »War das alles, was Sie gefunden haben?«

Ein Dreieck. Ein Dreieck, aus Papier gebastelt. Sie sagte es ihm. Larsen trat zur Wand und nahm einen Aktenordner aus einem Eichenholzschrank, der bis unter die Decke reichte, und pustete den Staub, der sich darauf gesammelt hatte, weg.

»Ein Zeichen wie dieses hier?« Er hielt ihr ein Foto unter die Nase. »Das wurde drüben im Sanatorium aufgenommen. Damals, lange bevor es abbrannte.«

Jasmin starrte auf die Aufnahme. Dort war ein Mann zu sehen, der weiße Kleidung trug und dem Fotografen den Rücken zuwandte – doch vor ihm, auf dem Tisch, an dem er saß, lagen einige Origami-Figuren, die er gebastelt hatte. Eine davon, sie traute ihren Augen kaum, war ein Dreieck, das am oberen Ende nicht geschlossen war. Er hatte es in die Mitte der übrigen Figuren gestellt – ein Hirsch und ein Schwan, der seine Flügel ausbreitete.

»Dieses Zeichen da – ich muss unbedingt seine Bedeutung erfahren«, verlangte sie. Jasmin spürte, wie ihr Schweißtropfen zwischen den Schulterblättern herabrannen. *Verflucht, wieso ist es so heiß? Wieso reagierst du so? Etwas stimmt hier nicht, etwas an diesem Ort ist so falsch, so verdreht, aber du kommst einfach nicht darauf …* »Was ist mit Gabriela Yrsen? War sie dort? War sie selbst eine Patientin im Sanatorium? Hat sie den Brand deshalb so knapp überlebt? Wieso hat sie nie ausgesagt, was wirklich geschehen ist?«

»Yrsen?« Larsen lachte abermals. Die Rauchkringel, die von seiner Pfeife aufstiegen, schwebten lautlos zur Decke, der Tabak roch nach abgehangenen Kräutern und dem Inneren eines Whiskyfasses. »Sagen Sie mir, Frau Hansen, kommt Ihnen das alles nicht etwas zu … *passend* vor? Eine Frau mit verbranntem Gesicht? Ein Toter an einem Strand? Sieben, nicht zwei? Sie dazwischen, genau mittendrin? Das alte Sanatorium, der Brand – *erinnert* Sie das nicht an etwas?« Er deutete mit einer knappen Handbewegung auf das Regal an der Wand, wo Hochprozentiges und ein paar Gläser standen. »Wollen Sie etwas trinken?«

Jasmin starrte ihn an. »Wie … wie meinen Sie das? Was sollte hier passend sein? An was sollte mich diese Sache erinnern?« Wieder diese grellen Lichtblitze vor ihren Augen, als raste eine Reihe von Neonröhren, die an einer kahlen Decke angebracht waren, schnell über sie hinweg. War das die Klinik, in die man sie gebracht hatte, nachdem sie ihren Unfall erlitten hatte? Der Geruch, der in der Luft hing – er erinnerte Jasmin an Benzin und Feuer.

Sie rieb die Finger über die Handfläche. Einen Moment lang war ihr, als klebten ihre Finger an der Haut fest, ein furchtbarer, unangenehmer Augenblick. Sie zwang sich zu atmen und strich sich die Haare aus dem Gesicht. »Ich weiß nicht, wovon Sie reden«, gab sie zurück, als sie sich wieder einigermaßen gefangen hatte. »Aber ich werde mich nicht hinters Licht führen lassen. Entweder Sie rücken raus, mit allem, was Sie wissen – oder ich werde es selbst herausfinden.«

»Das werden Sie, Frau Hansen. Das hoffe ich wirklich für Sie.« Larsen deutete Richtung Norden. »Alle, die damals gestorben sind, wurden begraben, und zwar in aller Stille. Die Gräber existieren noch.«

»Wo soll das sein?«

»Das kann ich Ihnen nicht wirklich erklären. Aber ich kann es Ihnen zeigen.« Larsen kramte auf seinem überladenen Schreibtisch nach einer Landkarte und zog sie schließlich unter einem Stapel dicker, in Leder gebundener Bücher hervor. Mit dem Kugelschreiber malte er einen Kreis um die Stelle auf der Inselkarte. Ein ganzes Stück im Norden – nicht weit von Yrsens Haus entfernt.

»Und dort finde ich ...«

Er drückte ihr die Karte wortlos in die Hand, doch als sie ihm dann so nah war, beugte er sich vor und näherte sich ihrem Ohr. Jasmin lief ein Schauer über den Rücken, als sie seinen Atem roch, der nach Tabak und Alkohol stank.

»Sie müssen auf sich achtgeben«, flüsterte Larsen kaum hörbar. »Die werden Sie testen. Die ganze Zeit. Das hier – das ist vielleicht Ihre *letzte* Chance.«

Jasmin wich zurück. Ihr Herz klopfte. »Ich verstehe nicht ...«

»Das hier ist nicht das, wofür Sie es halten! Aber ich bin überzeugt, Sie werden es schaffen. Das werden Sie, ganz bestimmt.«

»Wer sind Sie?« Jasmin schrie nun fast. Sie stieß im Rückwärtsgehen gegen eine Schrankwand, einige der Orden fielen herab. Hakenkreuze, die im flackernden Licht des Kaminfeuers schimmerten. »Sie sind völlig verrückt. So ist es doch, nicht wahr? Sie spielen mit mir, es macht Ihnen Spaß, mich zu verarschen.« Sie kickte einen der Orden über den Boden. »Diese widerwärtigen ... Sie können mich mal!«

Jasmin sah aus den Augenwinkeln, wie ein Wagen vor dem Haus hielt. Es war Henriksens Wagen. *Was will er hier? Wie hat er dich gefunden?*

»Frau Hansen!«, rief ihr Larsen hinterher. »Sie müssen auf dem richtigen Weg bleiben, hören Sie?«

»Lassen Sie mich in Ruhe!«

Sie stürmte zur Tür und riss sie auf, prallte dabei beinahe mit Henriksen zusammen. »Frau Hansen«, sagte er mit seiner leisen, sonoren Stimme, »ich dachte mir, dass Sie hier sind.«

»Wie schön!« Sie ließ ihn stehen, rannte durch den strömenden Regen zu ihrem Wagen. Bonnie blickte auf, als sie einstieg. Jasmin drehte den Zündschlüssel herum – der Motor jammerte und knarrte, der Anlasser jaulte, doch der Motor sprang nicht an.

»So eine verfluchte Scheiße!«

Sie sah in den strömenden, sintflutartigen Regen hinaus. Dann nahm sie Bonnie an der Leine und stieg wieder aus.

»Sie müssen mich mitnehmen«, rief sie Henriksen zu. »Am besten, bevor wir beide hier weggespült werden!«

KAPITEL 6

»Wie haben Sie mich gefunden?«

Jasmin spähte in den Regen hinaus, während Henriksen fuhr und Bonnie sich auf der Rückbank zusammengerollt hatte. Wenn es den Kommissar störte, dass die Hündin nasse Pfotenabdrücke auf dem Polster hinterlassen hatte, ließ er es sich nicht anmerken.

»Das war leicht«, erwiderte Henriksen. »Ich habe das Buch gesehen. Das mit der Inselgeschichte. Ich hörte davon, dass der Autor hier lebt. Ich nahm an, dass der Besuch bei ihm Ihr nächster Schritt sein würde.«

»Sie denken zu viel«, erwiderte Jasmin und wunderte sich über ihre Verwegenheit. »Das ist nicht immer vorteilhaft. Warum haben Sie überhaupt gleich nach mir gesucht?« Sie drehte sich um und blickte durch die Heckscheibe auf die Straße. Niemand folgte ihnen, doch sie wollte sichergehen. »Wissen Sie, Larsen behauptet, die Leute hier hätten früher eine Heilanstalt niedergebrannt, aus Rache. Sie hätten Unschuldige sterben lassen und alles vertuscht – es soll einen alten, versteckten Friedhof geben, irgendwo im Norden der Insel.«

»Glauben Sie Larsen?« Henriksen war voll und ganz auf die Fahrbahn konzentriert, doch Jasmin wusste, dass er ihr genau zuhörte, sich kein Wort entgehen ließ.

»Er ist ein alter Nazi«, erwiderte sie. »Das Haus voller Orden und allerlei Wehrmachtskram und ich möchte gar nicht wissen, was er alles in seinem Keller hortet.«

»Ist das so?« Henriksen hob eine Augenbraue, die sich auf seiner hohen Stirn wölbte wie eine feine schwarze Linie.

»Aber egal, was er ist oder was er sammelt – ich denke, er hat die Wahrheit gesagt. Etwas ist hier vorgefallen und einige wollen es verheimlichen. Wir sollten den Friedhof suchen. Und wenn Sie mir nicht dabei helfen wollen – dann werde ich es eben allein tun. Wie alles andere auch.«

»Sie sind eine starke, unabhängige Frau, ohne Zweifel. Aber ich werde mitkommen.«

Jasmin dachte an Jørgen und die Panik, die sie verspürt hatte, als sie den Keller des Hauses nach all der Zeit wieder betreten musste. Wie ihr Instinkt ihr geraten hatte, Paul und Bonnie zu nehmen und zu fliehen.

Aber letzten Endes hast du es nicht getan. Du bist geblieben und hast dich daran gemacht, Licht ins Dunkel zu bringen. Du bist mutig genug, um all das durchzustehen. Sie nahm die Karte aus ihrer Jackentasche und zeigte Henriksen den Kreis, den der alte Historiker darauf gemalt hatte. »Es müsste einige Hundert Meter diese Straße hinunter sein«, sagte sie, »und dann links.«

Henriksen brummte etwas, das sie nicht verstand, doch lenkte er den Wagen in die gewünschte Richtung. Das Geräusch der Reifen auf dem Asphalt, das sich mit dem Trommeln des Regens auf dem Dach vermischte, beruhigte Jasmin. Es war ein gleichmäßiger Rhythmus, der sie schläfrig werden ließ. *Die wenigen Stunden, die du letzte Nacht auf der Couch verbracht hast, waren nicht genug, die Müdigkeit steckt dir in den Knochen. Wenn du das hier wirklich durchziehen willst, musst du zusehen, dass du fit bleibst, ausreichend Schlaf bekommst.*

»Haben Sie ihn angerufen?«, fragte Henriksen nach einer Weile. »Ihren Mann?«

Die Worte brauchten eine Weile, um durch ihren Dämmerzustand zu dringen. »Nein … das habe ich vergessen.« Jasmin kramte in der Jackentasche nach ihrem Handy. Die Zahl der entgangenen Anrufe lag bei über dreißig. Sie spürte, wie ihr das Blut in die Wangen schoss. »Bei all dem Trubel …«

»Ist es völlig verständlich.« Der Blick, mit dem Henriksen sie taxierte, sprach jedoch eine andere Sprache – prüfend war er, vielleicht sogar misstrauisch.

Weil er dich verdächtigt?

Als ihr Handy in diesem Augenblick erneut klingelte, meldete sie sich sofort. Jørgen war außer sich vor Sorge, und als sie ihm von Pauls Verschwinden erzählte, blieb er eine ganze Weile stumm, als hätte es ihm vor Schmerz und Schrecken die Sprache verschlagen.

Als er dann endlich sprach, klang seine Stimme alt und brüchig. »Paul? Du sagst, er ist …«

»Er ist verschwunden.« In diesem Augenblick hasste sie ihn für seine Schwäche. »Du bist nicht hier, also hör auf, mir Vorwürfe zu machen. Ich hätte es nicht verhindern können.«

»Ich mach dir keine Vorwürfe«, erwiderte Jørgen sanft. »Jasmin, bist du sicher, dass er nicht …«

»Sich irgendwo versteckt und das Ganze für ein Spiel hält? Ja, da bin ich mir ganz sicher. Das würde er nie tun und das weißt du ganz genau.«

Jørgen ließ einen Laut hören, der nach Verzweiflung klang. »Was hast du jetzt vor?«

»Ich werde ihn finden. Und diejenigen, die für seine Entführung verantwortlich sind. Die Polizei ist hier, ich bin also nicht allein.«

»Die Polizei?« Jørgen klang ungläubig, doch Jasmin ignorierte diesen Unterton. *Er denkt, du wärst nicht in der Lage, das zu tun. Er denkt, du würdest das Gesicht in den Händen verbergen und dich verstecken wollen.*

Wie früher.

»Vielleicht sollten Sie ihn fragen, ob er nicht herkommen will«, warf Henriksen ein. »Es könnte für Ihre emotionale Stabilität von Vorteil sein.«

»War das einer der Polizisten?«

»Hendrik Henriksen«, entgegnete Jasmin. »Er leitet die Ermittlungen.«

»Du meinst damit …« Wieder Stille. Dann: »Moment, Ermittlungen? Aber Paul ist doch nicht …«

Bei Gott, nein. Und das solltest du dir auch gar nicht vorstellen.

»Es gibt noch mehr, was hier geschehen ist. Seltsame Dinge, geheimnisvolle Dinge, die damit in Verbindung stehen. Jemand will etwas vertuschen.«

»Du meinst, man hat Paul entführt, weil du …«

»Vielleicht.« Jasmin sah in den dichten Regen hinaus, den Nebel, der heraufzog, das hohe Gras, das am Straßenrand unter den Windböen in hypnotisch wellenförmigen Bewegungen hin- und herwiegte. »Vielleicht hätten wir nie herkommen dürfen. Vielleicht war es aber auch Schicksal. Vielleicht musste ich genau hierher kommen, damit es endlich ein Ende hat. Damit ich endlich erkenne …«

Es gab ein Störgeräusch in der Leitung und Jørgen war fort. Jasmin hatte keinen Empfang mehr. Henriksen warf ihr einen scharfen Blick zu. »Damit Sie endlich was erkennen, Frau Hansen? Gibt es etwas, das Sie mir sagen wollen?«

Jasmin schüttelte den Kopf und ihr dicker blonder Zopf hüpfte hin und her. »Nein. Ich wollte nur sagen, damit ich endlich erkenne, was jene schreckliche Nacht zu bedeuten hat, aber es ist alles zu verrückt. Es ergibt keinen Sinn.«

»Vielleicht sollten Sie mich einweihen.« Henriksen lenkte den Wagen auf die Nebenstraße, bis das Navi anzeigte, dass sie das Ziel erreicht hatten. Birkenwälder, durch deren Äste und

Blätter beständig der Wind rauschte, ähnlich wie der Klang der Wellen.

Alles hier klingt nach dem Meer, dachte Jasmin. *Nur das Meer nicht, das klingt nach Kälte – und nach Tod.*

»Einweihen?« Das Wort schmeckte wie bittere Medizin auf ihren Lippen. Aber natürlich dachte Henriksen, sie meinte mit jener schrecklichen Nacht die vergangene – er wusste nichts von ihrer Vorgeschichte. »Es gibt nichts, was ich nicht schon erzählt hätte.«

»Nichts, Frau Hansen? Wirklich nichts?«

Sie sah ihn nicht an, als sie erwiderte: »Nein. Wirklich nichts.«

KAPITEL 7

Sie stiegen aus dem Wagen und Jasmin führte Bonnie an der Leine, die lebhaft an den Sträuchern und Gräsern schnüffelte, als wäre ihr nie etwas zugestoßen. Henriksen öffnete einen großen Schirm, der ihnen etwas Schutz vor dem Regen bot, und die Tropfen prasselten auf den dunklen Stoff im gleichmäßigen Stakkato eines Uhrwerks.

Ein verwittertes Holzschild mit einer Inschrift, die kaum mehr zu entziffern war, stand verloren und überwuchert von dichtem, dornigem Gestrüpp am Rand des Pfades. »Sind wir hier richtig?«, fragte Jasmin. Ihre Worte wurden vom Regen übertönt und mit jedem Schritt war es ihr, als nähme die Kälte zu, während die Nässe trotz ihrer Wetterjacke und Henriksens Schirm bis auf ihre Haut drang.

Sie musste niesen. Bonnie sah zu ihr auf und wedelte mit dem Schwanz, ehe sie sich wieder den Gräsern und einer interessanten Spur widmete, die tiefer ins Unterholz führte. »Wenn Larsen keinen Unsinn erzählt hat, müssen wir hier richtig sein«, versuchte Jasmin, sich Mut zu machen. »Es muss hier irgendwo sein.« Bonnie ruckte abermals an der Leine, als sie weitergehen wollte.

»Ich denke, sie wittert etwas«, erklärte Jasmin. »Vielleicht war vor Kurzem jemand hier. Sie würde sonst nicht auf diese Weise reagieren.«

»Jemand hier? Bei diesem Wetter kann Bonnie das riechen?«

»Vielleicht jemand, der weiß, dass ich hier auftauche. Jemand, der beobachtet, was ich unternehme. Und ja, das kann sie.«

Henriksen warf ihr einen kurzen Blick zu, während ein Schmunzeln seinen Mund umspielte. »Warum glauben Sie, dass jemand Sie so kurz nach der Entführung beobachten würde? Ist es für den Entführer so kurz danach nicht viel sinnvoller, sich zunächst einmal zu verstecken und abzuwarten, bis er sich wieder hervorwagen kann? Um sich erst dann an Sie zu wenden, Sie vielleicht zu erpressen?«

»Das kann schon sein. Ich weiß nicht, was in den Köpfen dieser Leute vor sich geht.« Jasmin schob einen niedrig hängenden Ast beiseite, an dem die Regentropfen wie winzige Kristalle herabhingen. Das bunte Laub, das den Boden bedeckte, war zu einer rutschigen, feuchten Masse geworden. Es roch nach Moder und Zersetzung, nach Baumharz und dem Meer. »Es muss hier sein. Larsen ist vielleicht verrückt, aber in dieser Sache hat er …«

Jasmin hielt inne.

»Was ist?« Henriksen hatte eine kleine Taschenlampe hervorgeholt, mit der er nun ins Unterholz leuchtete. Er sah sich ratlos um, als bereute er es schon jetzt, bei dieser Witterung aus dem Wagen gestiegen zu sein. »Sie haben etwas entdeckt, nicht wahr?«

Jasmin kratzte mit dem Schuh über den Boden. Hier, an dieser Stelle, war der Untergrund kein feuchtes, matschiges Laub-Erde-Gemisch – an dieser Stelle befand sich etwas Festeres.

Eine Steinplatte, die sie nun freilegte.

»Hier, sehen Sie mal. Granitstein. Das hier ist wie ein mit Platten ausgekleideter Gehweg.« Jasmin machte einige Schritte nach vorn und schob abermals Laub und Erde beiseite. »Ein Weg, der in diese Richtung führt. Hier sind noch mehr Steinplatten.«

»Tatsächlich.«

Jasmin beschleunigte ihre Schritte. Die Platten verliefen in einer geraden Linie und hier und da waren noch immer Spuren von menschlicher Hand auszumachen, wo man das Dickicht und die Bäume zurückgeschnitten hatte, um die Natur im Zaum zu halten – doch war all dies schon viele Jahre her, sodass die Wildnis sich wieder ausbreiten und diesen Ort zurückerobern konnte.

Henriksen hielt sie am Arm zurück und deutete nach vorn. Hier, unter all dem Blattwerk der Birken und Tannen und Buchen, war der Regen schwächer. Bonnie sah zu ihnen auf, als wollte sie fragen, warum sie ihren Weg nicht fortsetzten.

»Sehen Sie das? Ein Torbogen.«

»Und ein verwittertes Tor.« Jasmin berührte den Stein, der feucht und moosbewachsen war, sich wie eine pelzige Haut unter ihren Fingern anfühlte. Von den Eisenstäben, die einmal den Torbogen verschlossen hatten, war kaum mehr als ein rostiges Gerippe übrig. »Es ist ein Friedhof. Mitten im Nirgendwo, mitten im Wald.«

Henriksen, Bonnie und sie durchquerten den Torbogen. Jasmin entdeckte die Grabsteine, die von Moos bewachsen und von dichtem Gestrüpp überwuchert waren, viele waren umgekippt oder standen schief. Ein Ort, der seit langer Zeit nicht mehr betreten worden war, ein Ort, den man bewusst vergessen und wieder der Natur überlassen hatte.

Bonnie knurrte. Sie zog abermals ruckartig an der Leine und brachte Jasmin damit fast aus dem Gleichgewicht – die mit

Flechten bewachsenen Platten waren ein tückischer, rutschiger Untergrund.

Bonnie bellte in Richtung eines großen grauen Grabsteins, der wie ein Knochen schräg aus dem dunklen Erdreich ragte – ein Stein, groß genug, dass sich jemand hinter ihm verbergen konnte.

Vielleicht war dieser Ort doch nicht so verlassen, wie sie gedacht hatte.

Henriksens Hand lag an seiner Waffe. Er hatte einen Finger an die Lippen gelegt und bedeutete ihr zurückzubleiben.

Dann näherte er sich dem Grabstein, während Bonnie noch immer an der Leine zog und knurrte.

»Kommen Sie raus, sofort! Wir wissen, dass Sie dort sind!« Henriksen zog seine Dienstwaffe aus dem Lederholster, das er am Gürtel trug – was für Jasmins Empfinden erstaunlich lange dauerte und umständlich vonstattenging –, und richtete sie auf den Grabstein, während er mit kleinen Schritten vortrat.

»Kommen Sie raus, ich sage es zum letzten Mal!«

Im selben Augenblick sprang etwas hinter dem Stein hervor – Jasmin sah einen dunklen Schatten auf vier Beinen, der rasend schnell im Unterholz verschwand.

Ein Hund?

Bonnie bellte ein letztes Mal, dann war sie still.

»Nur ein streunender Hund«, sagte Henriksen, schien aber selbst nicht besonders überzeugt.

Jasmin wischte Blätter und Moos von einem Grabstein, der dicht in ihrer Nähe stand. Der raue Granit war wie Schleifpapier unter ihren klammen Fingern.

»Dieser Ort – ich weiß nicht, sind hier wirklich die Toten bestattet, die beim Brand des Sanatoriums ums Leben kamen? Aber wieso dann mit Namen? Wenn man versucht hat, all das unter den Teppich zu kehren, wieso hätte man dann eigens einen Friedhof angelegt?«

Henriksen war zu weit von ihr entfernt, um sie hören zu können, also waren diese Worte nur für den Wind bestimmt, und vielleicht für Bonnie, die sie jedoch nicht besonders interessant zu finden schien. Jasmin sah den Kommissar zwischen den Grabsteinen auf der anderen Seite des Geländes auf und ab gehen, während er seine Taschenlampe auf die verwitterten Inschriften richtete.

Etwas an diesem Ort bereitete ihr Gänsehaut. Nicht nur weil dies ein Friedhof war und die Opfer womöglich eines schrecklichen Todes gestorben waren. Etwas hier war falsch, so falsch, dass sich sämtliche Haare an ihren Armen aufrichteten.

Hatte Larsen sie betrogen? Hatte er sie an einen Ort geschickt, weitab von jeder Siedlung auf dieser Insel, damit man sie hier ausschalten konnte? Steckte er womöglich sogar mit denen unter einer Decke?

Christensen, dachte sie und fuhr mit dem Zeigefinger die in den Stein gravierten Worte nach. *Wer bist du?*

Sie überquerte den Friedhof und begab sich zu Henriksen, der vor einem gefallenen Grabstein in die Hocke gegangen war und mit seiner behandschuhten Hand das Moos beiseitewischte.

»Es sind fünfundvierzig Gräber.« Henriksen strich sich den Regen aus dem Gesicht. Sein Gesichtsausdruck war ernst. »Fünfundvierzig, Frau Hansen.«

Ein Lichtblitz vor ihren Augen. Jasmin streckte die Hand aus und stützte sich auf dem nächsten Stein ab. Als sie die Hand zum Gesicht hob, spürte sie, wie etwas Warmes auf ihre Oberlippe tropfte. Es war Blut, das aus ihrer Nase lief. Energisch wischte sie es ab, doch den Brandgeruch wurde sie so nicht los, ebenso wenig wie den Nachhall des Quietschens der Bremsen von jener verhängnisvollen Nacht.

»Fünfundvierzig Tote, die man vergessen wollte«, sagte sie leise, während ihre Worte sich im Regen verloren. »So ist es doch. Und in den offiziellen Dokumenten wird man nichts über diesen Ort finden, da bin ich mir sicher.«

»Das kann nicht sein. Das werden wir überprüfen.«

»Wir?«, fragte Jasmin. »Seit wann gibt es denn ein *Wir*? Ich dachte, Sie ermitteln in alle Richtungen.«

»Und das bedeutet?« Henriksen erhob sich und ließ dabei ein leises Seufzen hören, während er sich den Rücken hielt. Jasmin starrte ihn an – sie hatte ihn schon einmal gesehen, begriff sie.

Sie hatte Henriksen früher einmal gesehen – diese Geste kam ihr so vertraut vor, dass sie sich augenblicklich erinnert fühlte.

Aber wo das war, das weißt du nicht mehr.

Henriksen musterte sie mit durchdringendem Blick, als hätte er begriffen, welche Gedanken sie gerade beschäftigten.

»Das bedeutet«, erwiderte sie, »dass Sie davon ausgehen, dass ich irgendwie beteiligt sein könnte. Weil das immer so ist. Weil Sie in jede Richtung ermitteln. Und weil Sie es für äußerst seltsam halten, dass ich mich auf diese Insel zurückgezogen habe, allein, nur mit Sohn und Hund, und meinen Mann nicht an meiner Seite haben will. Vielleicht halten Sie Pauls Entführung nur für eine geschickte Inszenierung.«

Henriksen zögerte, ehe er zur Antwort ansetzte. Als er dann sprach, klang seine Stimme kühl und professionell. »Sie haben recht. Ich schließe niemanden aus. In dieser Sache gibt es noch zu viele Variablen, zu vieles, was unklar ist.«

»Der Tote vom Strand. Der Tote, der verschwunden ist.«

»Exakt. Vielleicht ein Hinweis, dass der Täter nicht allein handelt.«

»Vielleicht.«

»Ich bin froh, dass Sie so professionell arbeiten.« Jasmin ging zum nächsten Stein. »Wissen Sie was? Wir sollten jeden dieser Steine fotografieren. Die Namen müssten sich mit den alten Patientenlisten des Sanatoriums abgleichen lassen. Sofern die nicht alle im Feuer verbrannt sind.«

»Gute Idee.« Henriksen wollte nach seinem Smartphone greifen, das ihm dabei aus der Hand fiel und im Matsch landete.

Jasmin hob es auf und reichte es ihm. »Hier, Herr Hauptkommissar«, sagte sie mit einem Lächeln.

Auf der Rückseite des Geräts war ein Symbol eingraviert – Jasmin erhaschte nur für einen Sekundenbruchteil einen Blick darauf, ehe Henriksen es wieder in die Hand nahm.

Es war das Dreieck, das auf dem Kopf, auf der Spitze stand und im oberen rechten Eck nicht geschlossen war.

Wieso hatte Henriksen dieses Zeichen auf seinem Smartphone? Sie wusste, dass sie es schon einmal gesehen hatte … irgendwann in jener Nacht ihres Unfalls oder danach, das wusste sie nicht genau – und zuvor schon einmal hier an diesem Ort, auf dieser Insel.

Das wusste sie, weil sie es gesehen hatte, als sie mit Jørgen zuvor hier gewesen war.

Du kennst ihn, diese Geste, diese Haltung – und auch dieses Symbol. Woher kennst du ihn?

»Frau Hansen?«

Sie schüttelte den Kopf, schüttelte den Gedanken und das Déjà-vu-Gefühl ab. »Nichts. Ist es nicht manchmal schwierig, in solchen Fällen zu ermitteln? Wenn Menschen entführt werden, deren Angehörige in der Nähe sind?«

»Jede Entführung ist entsetzlich. Jeder Mensch reagiert anders darauf.«

»Und ich? Wie schlage ich mich?«

Henriksen wischte das Handy ab und steckte es in seine Hosentasche. »Sie schlagen sich besser als viele andere. Sie ertragen es nicht, untätig zu sein. Damit können Sie uns als Polizisten in die Quere kommen und sogar den Ermittlungen schaden, aber ich muss zugeben, dass ich nicht hierhergefunden hätte, hätten sie Larsen die Information über diesen Ort nicht entlockt.«

»Ich will ihn nur zurück.« Jasmin spürte, wie der Regen wie Tränen über ihre Wangen floss. »Wenn ich nur meinen Paul wieder in die Arme schließen könnte …«

»Ganz ruhig, Frau Hansen.« Henriksen machte einen Schritt auf sie zu und berührte sie sanft am Arm. Jasmin hielt sich an ihm fest, als sie spürte, wie ihre Beine zitterten.

Du hast versucht, es zu verdrängen. Du hast die Realität nicht an dich heranlassen wollen. Paul ist verschwunden, Paul wurde entführt und du versuchst alles, um dich abzulenken, aber allmählich wird dir klar, dass es nicht helfen wird.

»Ich will nicht, dass ihm etwas zustößt«, flüsterte sie verzweifelt, »ich will nicht, dass er …«

»Frau Hansen, wir werden alles tun, was in unserer Macht liegt, um ihn zurückzuholen.«

»Und wenn es nicht in unserer Macht liegt? Wenn wir es nicht schaffen? Wenn wir alles versuchen, aber am Ende – am Ende können wir doch nur zusehen?« Nun flossen ihr doch Tränen über die Wange, Tränen, die sie schon die ganze Zeit versuchte zurückzuhalten, doch nun gelang es ihr nicht länger.

Reiß dich zusammen. Durch Heulen wirst du ihn nicht wiederfinden. Mit Jammern wirst du Paul nicht helfen.

Sie begann, die Grabsteine zu fotografieren, und sah aus den Augenwinkeln, wie es ihr Henriksen auf der anderen Friedhofsseite gleichtat, bis sie schließlich in der Mitte des Friedhofs wieder zusammentrafen.

»Jemand war hier«, sagte Henriksen. »Da drüben – eine Reihe von aufgesprühten Buchstaben auf den Grabsteinen, als wäre hier eine Gruppe von Vandalen durchgezogen.

»Buchstaben?«

»Viermal N. Ein H, ein E, dreimal ein A, ein S und ein J.« Henriksen zeigte ihr die Fotos der Grabsteine. Die Buchstaben waren in roter Farbe aufgesprüht. Jasmin schluckte, als sie die Verunstaltungen sah.

»Mir ist kalt«, sagte Jasmin, »und ich fühle mich gerade, als würde ich nie wieder trocknen.«

»Geht mir ähnlich.« Henriksen schob sein Mobiltelefon schnell in die Tasche, als erwartete er, dass sie versuchte, erneut einen Blick auf das Dreieckssymbol auf der Rückseite zu werfen. Jasmin war sich sicher, dass er ihre Reaktion bemerkt hatte. »Was jetzt? Brechen wir ab? Zurück zum Wagen?«

»Ja. Fürs Erste. Vielleicht ist das noch nicht alles«, sagte sie, während sie gemeinsam mit Bonnie und Henriksen über den Pfad zurück zum Wagen ging. »Vielleicht hat man sie getötet, um mehr zu verheimlichen, als wir wissen. Larsen sagte, jemand sei aus der Anstalt geflohen und hätte ein Mädchen getötet. Was ist, wenn das nicht stimmt? Oder nicht alles war? Wenn man dort Dinge tat, die man vor den Augen der Öffentlichkeit verborgen halten wollte – und deshalb das Feuer inszenierte?«

Dieser Gedanke war Jasmin schon vor einiger Zeit gekommen und nagte an ihr. Nun, da sie ihn gegenüber Henriksen erwähnt hatte, fühlte sie sich erleichtert.

»Gibt es dafür Anhaltspunkte?«

»Sie meinen, ist es mehr als nur eine bloße Spekulation?«, erwiderte Jasmin. Sie stieg neben Henriksen in den Wagen und hielt die Hände vor die Lüftungsschlitze, während der Hauptkommissar den Motor anließ und die Heizung anstellte. »Es ist nur eine Idee. Eine Vermutung, weil ich diese Geschichte für konstruiert halte.«

»Sicher?«

Jasmin zögerte. »Nein. *Nicht* sicher.«

»Sie können mir vertrauen.« Henriksen beschleunigte, als der Wagen zurück auf der asphaltierten Landstraße war. Der Wind nahm weiter zu und trieb den Regen nun in Böen fast waagerecht gegen die Scheiben. Das Heulen klang, als würde ein Kind in der Ferne weinen – Paul? Als Jasmin sich umsah, glaubte sie, weit hinter sich auf der Fahrbahn zwei Lichter zu sehen.

Jemand folgte ihnen.

»Vielleicht hat uns jemand beobachtet. Irgendjemand ist dort hinten. Ein Wagen.«

Henriksens Blick wanderte zum Rückspiegel und seine Stirn legte sich in Falten. »Ja, ich sehe ihn. Wahrscheinlich nur …«

»Vorsicht!«, brüllte Jasmin. Ein Mann überquerte im dichten Regen die Fahrbahn und Henriksen, der auf die Bremse trat, konnte ihm nur um Haaresbreite ausweichen. Jasmin sah einen langen grauen Mantel an einer hoch aufragenden Gestalt, die rasch im Nebel verschwand – für wenige Sekunden nur, während die Reifen quietschten und sie in den Gurt geschleudert wurde.

»Das war er!«, rief sie aufgeregt. »Das war der Herumtreiber! Ganz bestimmt war er das!«

Henriksen stoppte den Wagen und wendete. Die Stoßdämpfer ächzten, als er zum Straßenrand fuhr, wo die Gestalt verschwunden war, und den Wagen erneut abrupt zum Stehen brachte.

»Bleiben Sie hier«, herrschte er sie an und sprang aus dem Wagen. Sie sah ihn ein Stück die Landstraße hinabeilen, sah, wie er seine Waffe zog – wieder umständlich, als hätte sich das Holster in seiner Jacke verhakt. Schließlich hielt er sie in der Hand und verschwand im Nebel.

Bonnie hob den Kopf und bellte in Richtung des Fensters, hinaus in den Regen, und wollte sich gar nicht mehr einkriegen. »Ruhig, Bonnie, ruhig!«, rief Jasmin. Ihr Herz raste. *Du hast dich nicht getäuscht*, redete sie sich ein. *Das war er, der Fremde, den du am Haus gesehen hast, der Fremde, von dem alle gesprochen haben.*

Jetzt war er hier, und das konnte bedeuten, dass er ihnen vielleicht sogar bis zum Friedhof gefolgt war. Vielleicht hatte er sie sogar belauscht und mit angehört, was Henriksen und sie besprochen hatten.

Ein grelles Licht im Rückspiegel. Der Jeep!

Verflucht.

Jasmin öffnete die Tür und stellte die Füße auf den Asphalt. »Warte hier«, sagte sie zu Bonnie. »Hendrik?«, rief sie in den dichten Regen hinaus, während sie ihre Kapuze ins Gesicht zog. »Wo sind Sie? Hallo? Hören Sie mich?«

Sie erhielt keine Antwort. Es war ihr, als würde die Welt von all dem Regen verschluckt werden, alles war so still, als hätte jemand all die Geräusche abgestellt, ein Tuch über die Insel geworfen.

»Stehen bleiben!«, hörte sie Henriksen schreien. »Sofort!«

Oh Gott, ging es ihr durch den Kopf. *Oh Gott, oh Gott, oh Gott.*

Danach nur Stille.

Was nun? Wieso hat Henriksen so geschrien? Und wenn ihm etwas zustößt? Läufst du zum Wagen zurück? Versteckst du dich? Rufst du die Polizei?

Jasmin machte einige Schritte zurück in Richtung des Wagens und packte den Türgriff. Der Regen lief ihr ins Gesicht, nahm ihr die Sicht. »Hallo?«, rief sie unsicher. »Hallo?«

Aus dem Regen kam keine Antwort, nichts als das unablässige Plätschern, die Fluten, die sich über die dunkel asphaltierte Straße ergossen.

Wieder dieses grelle Licht, ein stechender Schmerz, der es dieses Mal begleitete, ein Schmerz, der irgendwo dicht hinter ihrer Schläfe pochte.

Jasmin nahm ihr Handy hervor – und begriff mit einem kalten Gefühl des Entsetzens, dass sie hier draußen keinen Empfang hatte, nicht einmal einen Balken.

»Hallo? Kommissar Henriksen? Sind Sie da? Sind Sie irgendwo da draußen?«

Du musst nach ihm sehen. Henriksen müsste inzwischen längst wieder zurück sein. Da muss was nicht stimmen. Oder?

Jasmin machte wieder einige vorsichtige Schritte in die Richtung, in die Henriksen verschwunden war. Ihre Rechte verschwand in ihrer Jackentasche.

Es ist, wie es ist, sagte jemand in ihrem Kopf und klang dabei wie Marit und Stale zugleich. *Man kann sein Wesen nicht ändern. Niemand kann das.*

Sie streckte die Hände aus wie eine Blinde, die sich im Nebel vorantastete, und spürte, wie der Regen über ihre Finger floss. Schemen huschten um sie herum, Gesichter im Nebel. Jasmin wusste nicht, wie lange sie so umherirrte. Für einen Augenblick stellte sie sich vor, der Tote vom Strand würde aus den Nebelschwaden auftauchen und auf sie zuwanken ... und sie hob die Rechte, um sich zu verteidigen. Etwas knallte, dicht in ihrer Nähe, und Jasmin erschrak.

Dann lag jemand vor ihr, jemand lag auf dem Boden, zusammengekrümmt, verletzt. Jemand, der keinen grauen Mantel trug, sondern eine dunkle Regenjacke. Es war Henriksen.

Jasmin kniete sich neben ihn hin. Mit zitternden Fingern tastete sie nach seinem Puls. Der Regen lief über ihre Finger und seinen Hals, und doch vermochte Jasmin, einen Puls zu spüren. Er lebte. Dann entdeckte sie das Blut an seinem Hinterkopf, als wäre er gestürzt. Jasmin hatte schon einige Wunden dieser Art gesehen, und auch wenn sie als Anästhesistin nicht unmittelbar mit der Behandlung befasst war, wusste sie doch, was sie tun musste. »Hendrik? Hören Sie mich?«

Sie sah, wie seine Augen zu ihrem Gesicht wanderten, wie sein Blick sich an ihr festhielt. Er streckte eine Hand aus, als wollte er nach ihr greifen. »Sie werden wieder auf die Beine kommen«, rief sie ihm beruhigend zu, »es ist überhaupt nicht schlimm.«

Jasmin sprang wieder auf die Füße und eilte zum Wagen zurück. Bonnie blickte ihr entgegen und klopfte mit dem Schwanz auf das Sitzpolster, doch Jasmin entriegelte nur den Kofferraum und nahm den Koffer mit dem Verbandsmaterial heraus, mit dem sie zurück zu Henriksen rannte.

Während sie immer wieder nervöse Blicke in den Regen warf und fürchtete, der Herumtreiber würde zurückkehren, gelang es Henriksen, wieder auf die Beine zu kommen.

»Langsam, ganz langsam.«

Er schlang den Arm um sie und Jasmin führte ihn mit kleinen Schritten zum Wagen zurück.

»Ganz ruhig, Hendrik. Ganz ruhig. Sie kommen wieder auf die Beine, das ist kaum mehr als eine Kleinigkeit.«

Aber das weißt du nicht, dachte sie. *Eine Kleinigkeit ist manchmal doch mehr, als es scheint.*

»Was ist passiert? Da war ein … Knall?«

»Es ist nichts, ich bin nur gestolpert«, brachte der Hauptkommissar hervor. »Bleibt, wo ihr seid. Alles okay, keine … keine Aufregung.«

Ihr? Er weiß nicht, mit wem er spricht.

Jasmin ließ den Wagen an. Ihr fiel Dr. Gundersen ein, die Inselärztin, dort mussten sie hin, um sich um die Verletzung zu kümmern. Zum Glück wusste Jasmin, wo sie sie finden konnte.

»Fahren Sie langsam«, fuhr Henriksen fort, während Jasmin den Wagen durch den Regen lenkte. *Du musst dich beeilen. Ganz gleich, was er behauptet – es ist wichtig, dass er so schnell wie möglich gründlich untersucht und verarztet wird.*

Also halt dich ran.

Jasmin bretterte mit hoher Geschwindigkeit über die nasse Fahrbahn.

Henriksen neben ihr seufzte und jammerte leise, als der Wagen über eine Unebenheit hinwegschoss. »Tut mir leid«, rief Jasmin sofort, »aber wir sind gleich da. Er war es, er muss Sie angegriffen haben. Er hat bemerkt, dass Sie ihm folgen wollten. Jetzt wissen wir endgültig, dass er gefährlich ist.«

Sie folgte einer lang gezogenen Kurve, die sie auf ein gerades Straßenstück leitete, das dicht an der Steilküste entlangführte. Die Wellen schlugen zornig gegen das schroffe Gestein, die Gischt spritzte hoch hinauf, das Tosen des Wassers klang wie eine brüllende Bestie.

»Ein Sturm«, flüsterte Henriksen, sodass Jasmin ihn kaum verstehen konnte, »ein Sturm zieht auf, er kommt immer näher. Du musst achtgeben, wir alle müssen das …«

»Weshalb?« Jasmin sah einen Moment zu ihm hinüber, sie war nicht sicher, ob Henriksen halluzinierte oder klar war, seine Augen fixierten einen Fleck an der Wagendecke.

»Weil er dich fortspülen kann, Jasmin. Weil er dich mitreißen kann und du Gefahr läufst, nie mehr zurückzukehren, nie mehr zurückzufinden …«

Sie fluchte und beschleunigte abermals, als sich im selben Augenblick das Handy in Henriksens Tasche meldete – der Klingelton ließ Gänsehaut über Jasmins Rücken bis hinauf zum Nacken kriechen.

Du kennst dieses Stück.

Du hast es bereits gehört.

Es war Wagner, »Siegfrieds Tod«.

Dasselbe Stück, das der alte Historiker Larsen auf seinem Plattenspieler liegen hatte, als sie ihn besuchte.

Wie ist das möglich?

Verflucht, was geht hier vor?

Das Klingeln dauerte an, doch Jasmin fuhr unbeirrt weiter. Schließlich erreichte sie das Ortsschild, bremste und bog ab. Die Praxis von Dr. Gundersen lag am Dorfrand. Henriksen gelang es mit ihrer Hilfe, aus dem Wagen zu steigen und zur Tür zu gehen, wo Jasmin läutete. Daraufhin fing ein Hund in der Nachbarschaft zu bellen an und Bonnie stimmte im Wagen mit ein.

Dann schwang die Tür auf. Dr. Gundersen hatte ihr rotes Haar unter einer schwarzen Wollmütze verborgen, ihre Wangen waren gerötet – sie sah aus, als hätte sie gerade eine lange Zeit in der Kälte draußen verbracht. »Er blutet«, erklärte Jasmin. »Wir müssen uns das unbedingt mal anschauen.«

Gemeinsam brachten sie Henriksen in die Praxis, die im Erdgeschoss des Wohngebäudes untergebracht war, und halfen ihm, sich zu setzen. Dr. Gundersen löste den nassen Verband, während Jasmin Henriksens Handy und seine Brieftasche aus der regennassen Jacke nahm.

Dr. Gundersen warf ihr einen knappen Blick zu. » Sie sind Ärztin, richtig?«

Jasmin nickte. »Anästhesistin.«

»Sie bluten.« Dr. Gundersen deutete auf ihre Hand.

Erst jetzt bemerkte Jasmin, dass Blut über ihre rechte Hand floss und auch die Vorderseite ihrer Regenjacke verschmiert hatte.

Wann ist das passiert?

»Hier«, sagte Dr. Gundersen, »Verbandsmaterial.«

Jasmin nahm sich von dem Verbandszeug und begann, ihre Verletzung selbst zu versorgen. Nachdem der Verband gut an ihrem Arm angebracht war und die Ärztin sich abermals Henriksen zuwandte und den Verband an seinem Kopf erneuerte, drehte Jasmin das Handy des Hauptkommissars herum. Ihre Finger berührten das Display und sie sah nach, wer ihn zuletzt angerufen hatte – wer während ihrer Fahrt so vehement versucht hatte, ihn zu erreichen.

Larsen, stand dort.

Der Historiker.

Hatte Henriksen nicht behauptet, er würde den Mann nicht kennen? Wieso hatte Henriksen dann Larsens Nummer unter seinem Namen abgespeichert?

Und nur einige Zeilen darunter in der Anrufliste: *G. Yrsen.*

»Was machen Sie da?«, fragte Dr. Gundersen scharf. Als Jasmin schuldbewusst aufsah, bemerkte sie, wie die Ärztin sie durchdringend musterte.

Sie traut deiner Geschichte nicht. Sie ist sich nicht sicher, was sie von dir halten soll.

»Ich versuche, die Nummern der Kollegen herauszufinden, mit denen Henriksen auf der Insel ankam. Sie sollten erfahren, was geschehen ist.«

»Ich weiß, was hier los ist«, entgegnete Dr. Gundersen abwehrend, »aber dafür ist jetzt nicht die Zeit. *Jetzt*«, Dr. Gundersen winkte Jasmin näher, »sollten Sie dafür sorgen, dass er sich etwas ausruht. Sie sind hier, Sie sind Ärztin, Sie sollten nach ihm sehen. Es ist harmlos, eine kleine Verletzung am Hinterkopf.«

»Wie meinen Sie das?«

»Ich kann mich nicht um ihn kümmern«, gab Dr. Gundersen zurück. »Nicht jetzt. Ich habe noch dringende Hausbesuche zu erledigen. Nehmen Sie ihn doch mit zu sich nach Hause.«

»Oh«, begriff Jasmin. Sie zögerte einige Momente, überrascht von Dr. Gundersens Vorschlag, ehe sie eine Entscheidung traf. *Du schuldest es ihm, es war schließlich deine Idee, deine allein, er ist deinetwegen zu diesem Friedhof gefahren. Er wollte dich gleich nach Hause bringen, dein Umweg hat dafür gesorgt, dass er verletzt wurde.*

»Gut, dann nehme ich ihn mit zu mir und behalte ihn im Auge«, erklärte sie. »Ich werde seine Kollegen informieren, wenn wir bei mir sind.«

»Bei Ihnen?«

»Sie wissen doch«, erwiderte Jasmin. »Das Haus am Meer.«

»Aber natürlich. Wo man den Toten gefunden hat. Das *alte* Haus«, sagte Dr. Gundersen etwas gedankenverloren.

»Wie bitte?«

»Nichts. Nur so ein Gedanke.«

Mit einem Mal waren da wieder diese Lichtblitze, die vor ihren Augen erschienen, der Geruch von Benzin und Flammen, von brennendem Stoff und …

Schreie.

Zum ersten Mal nahm sie Schreie wahr, und es waren nicht jene des Obdachlosen, der in jener furchtbaren Nacht von ihr überrollt wurde … es waren die von jemand anders.

Sieben, nicht zwei, vergiss das nicht.

Jasmin fühlte sich, als wollten ihre Beine nachgeben, sie hob die Arme und streckte sie Halt suchend aus. Sie spürte das kalte Metall einer Nierenschale, die ihr Dr. Gundersen in die Hände drückte.

»Eine solche Reaktion ist völlig natürlich«, erklärte die Ärztin mit beruhigender, professioneller Stimme, »die Aufregung, die Fahrt hierher …«

»Das ist es nicht! Ich … ich weiß nicht, was mit mir los ist!« Jasmin stellte die Nierenschale mit einem lauten Scheppern zurück, das schmerzhaft in ihrem Kopf widerhallte.

»Frau Hansen, ist alles in Ordnung mit Ihnen?«

»Ich sehe immer wieder Dinge, die gar nicht da sein sollten! Ich rieche Dinge, die ich nicht riechen können sollte. Ich …« Sie holte tief Luft, versuchte, diese Gedanken zu vertreiben und wieder zurück ins Hier und Jetzt zu finden.

Du stehst in einer Arztpraxis, du hast gerade einen Kriminalhauptkommissar, den ein seltsamer Herumtreiber womöglich angegriffen hat, in höchster Eile hierhergebracht.

Und das ist alles.

Aber war es das wirklich?

Jasmin musste unwillkürlich an Gabriela Yrsen denken, an die Malerin und ihre Gabe des Zweiten Gesichts.

Und jetzt, so verrückt der Gedanke auch ist, fängst auch du an, Dinge zu sehen.

Ja, das ist wirklich verrückt.

Das ist mehr als verrückt.

Es ist etwas, an das du besser nicht einmal denken solltest.

Sieben, nicht zwei.

»Was, wenn sie hier ist? Was ist, wenn Hanna Jansen hier ist?«

»Wie bitte?« Die Ärztin drehte sich zu ihr um. Jasmin sah, dass sie eine gefährlich aussehende Spritze in der Hand hielt, an deren Spitze ein Tropfen im Licht funkelte. »Wer ist Hanna Jansen?«

»Eine Person aus meiner Vergangenheit. Jemand, mit dem wir alle dachten abgeschlossen zu haben.«

»Jemand, der Sie bedroht?«

Jasmin sah in den Regen hinaus, während sie Henriksens gleichmäßigen Atem hinter sich hörte. »Das werde ich herausfinden.«

KAPITEL 8

Die Stunden des Tages verstrichen und erst nach und nach begriff Jasmin, was es wirklich für sie bedeutete, dass Paul fort war, dass ihr Sohn verschwunden war. In ihrem Inneren klaffte eine große Wunde, die niemals heilen würde.

Als sie mit Bonnie und Henriksen an ihrem Haus am Strand ankam, traf sie diese Erkenntnis so hart, dass sie ihr für einige Momente die Luft raubte.

Etwas drängte sie, in den Regen hinauszulaufen und nach ihm zu rufen. Etwas wollte sie glauben lassen, dass Paul, wenn sie sich nur genug anstrengte, gleich um die Ecke gelaufen käme – das Haar etwas zerzaust, die Jacke und die Knie vom Hinfallen vielleicht etwas schmutzig, aber am Leben – und vielleicht würde er sogar lächeln, weil ihn sein Abenteuer begeistert hatte. Und sie würde ihm durch das strubbelige Haar streichen und ihn einfach in die Arme schließen, ihm erklären, wie lieb sie ihn hatte, wie sehr sie ihn vermisst hatte und dass er sich niemals würde Sorgen machen müssen, dass sie böse auf ihn wäre, wenn er nur immer zurückkäme.

Aber natürlich rief sie nicht nach Paul und natürlich war ihr Haus, als sie es mit Henriksen betrat, kühl und leer.

In den Wänden gluckerte ein altes Heizungsrohr, im Keller unter den Dielen sprang rumpelnd die Gasheizung an, wie ein Untier, das sich in seiner Höhle versteckt hatte.

Jasmin half Henriksen durch den Flur ins Wohnzimmer, wo sie ihn stützte, bis er sich vorsichtig in dem Sessel am Kamin niedergelassen hatte. Das Feuer war niedergebrannt und Jasmin legte einige Holzscheite nach.

»Hendrik? Wie geht es Ihnen jetzt?«

»Wie man sich eben fühlt«, er sah zu ihr auf, »wenn man so knapp mit dem Leben davongekommen ist. Wie war das noch gleich? Ich hab den Hauch des Todes gespürt.«

»Es ist nur eine kleine Platzwunde. Sieht schlimmer aus, als es ist.« Jasmin sah zu, wie Bonnie sich mit einem leisen Brummen auf dem Teppich niederließ. »Tut mir leid, dass es so gekommen ist. Wenn ich nicht diese blöde Idee mit dem Friedhof gehabt hätte …«

Henriksen schüttelte den Kopf, während er das Gesicht verzerrte, weil ihm selbst diese kleine Geste Schmerzen bereitete. »Das ist nicht Ihre Schuld.«

»Jasmin«, sagte sie leise.

»Informieren Sie meine Kollegen.« Er gestikulierte knapp in Richtung seines Handys, das sie auf den Couchtisch gelegt hatte. »Sie müssen wissen, was geschehen ist. Wählen Sie die oberste Nummer und stellen Sie auf Lautsprecher.«

»Natürlich. Aber danach ruhen Sie sich aus. Ich werd schon auf Sie achtgeben.«

»Das ist gut«, Henriksen hustete und stöhnte zugleich vor Schmerz auf.

Jasmin brachte ihm einen frisch gebrühten Kräutertee und ermahnte ihn, sich so wenig wie möglich zu bewegen, während sie seine Kollegen kontaktierte. Mit seinem Handy trat sie an die Verandafenster.

Larsen. Yrsen.

Ihre Nummern im Telefonbuch.

Und dazwischen, ganz wie er gesagt hatte, eine Kurzwahl zu einem seiner Kollegen. Sie drückte die Taste.

Die Männerstimme, die aus dem kleinen Mobiltelefon-Lautsprecher kam, war die von Arne Boeckermann. Sie erklärte ihm, was Henriksen zugestoßen war.

»Er hat auf ihn geschossen?«, wiederholte Boeckermann scharf. »Wahnsinn. Das ist Wahnsinn. Es hat noch nie etwas Derartiges hier gegeben.«

»Hat es nicht?«, fragte Jasmin scharf. »Hat es das *wirklich* nicht?«

»Wie meinen Sie das?«

Jasmin dachte an Larsens Worte: *Jeder hier ist auf die eine oder andere Weise in die Sache verwickelt. Familienangehörige wissen davon, und doch schweigen alle.*

»Man hört doch einige Dinge, wenn man nur lange genug unterwegs ist und die Ohren offen hält.«

»Geben Sie mir Henriksen. Ich muss mit ihm sprechen.«

Jasmin betrachtete die Spiegelung im Glas. Der Hauptkommissar hatte den Kopf gegen ein Kissen gelegt und seine Augen geschlossen.

»Er muss sich ausruhen«, sagte sie. »Das geht jetzt nicht. Leiten Sie einfach eine Fahndung ein. Es ist immer wieder derselbe Typ, dieser Herumtreiber, von dem alle sprechen, und es würde mich nicht wundern, wenn er auch hinter Pauls Verschwinden steckt. Also erledigen Sie Ihre Arbeit, und sobald Henriksen wieder auf den Beinen ist, wird er sich melden.«

»Frau Ha…«

Jasmin legte auf.

Es hatte sich gut angefühlt, so mit ihm zu sprechen, die Überheblichkeit aus seiner Stimme weichen zu hören – nun jedoch fühlte sie sich müde und erschöpft.

Sie dachte flüchtig an Karl Sandvik, den alten Krämer in seinem Dorfladen. Du hast ihm versprochen, nach ihm und seinem Rückenleiden zu sehen … aber nun, unter diesen Umständen, fand sie kaum die Kraft, ihn auch nur anzurufen und die Sache zu verschieben oder ihn zu bitten, bei der Suche nach Paul zu helfen.

Die Buchstaben auf den Grabsteinen kamen ihr in den Sinn. Jasmin rief die Bilder auf, die Henriksen gemacht hatte, und ging sie nacheinander durch.

N. N. N. N. H. S. J. E. A. A. A.

Es war ein Name, begriff sie. Es konnte nur ein Name sein.

Und er lautete …

Jasmin hielt den Atem an.

Nein, das durfte nicht wahr sein.

Wenn sie die Reihenfolge der Buchstaben umstellte – wenn sie alles richtig gemacht hatte –, dann stand dort *Hanna Jansen*. Auf den Grabsteinen in Rot gesprüht, der Name jener Frau …

Jener Frau, mit der Jørgen einmal eine Affäre hatte.

Das war lange her, längst vorbei.

Oder?

Wenn Hanna Jansen hinter alldem steckte, musste sie Jørgen kontaktieren. *Du vertraust ihm doch, nicht wahr? Er ist der Erste, den du über diese Sache informieren solltest.* Sie legte Henriksens Mobiltelefon auf den Couchtisch und nahm ihr eigenes hervor.

Sie musste Jørgen bitten, ihr die Wahrheit zu sagen.

»Hey, Schatz«, begrüßte sie ihn, als er sich schon nach dem zweiten Klingeln meldete.

»Jasmin, was …«

Sie dachte an die Geräusche, die sie bei ihrem Gespräch am Abend zuvor bei ihm im Hintergrund gehört hatte – als hätte er sich mit einer Frau in einer Bar befunden.

»Hanna Jansen«, sagte sie ohne Vorwarnung. »Schlägt das noch eine Saite bei dir an?«

Jørgen zögerte. Jasmin fand, es war zu lang, dieses Zögern, zu lang und zu schuldbewusst. »Was ist mit ihr? Das ist eine Sache, über die wir doch längst gesprochen haben. Wir hatten es geklärt. Ich habe mich entschuldigt, so oft, dass ...«

»Sie könnte hier sein. Sie könnte noch immer versuchen, mich aus dem Weg zu räumen.« Jasmin klang nun so kalt, dass sie ihr eigener Tonfall überraschte.

»Das kann nicht sein. Sie ist fort. Weggezogen, irgendwo nach Schweden. Sie ist weg, für immer.«

»Denk mal nach, Jørgen. Ich bitte dich, denk mal darüber nach.« Sie legte auf, noch ehe er etwas erwidern konnte.

»Sie fahnden nach dem Unbekannten«, erklärte sie Henriksen und setzte sich neben ihn auf die Couch. »Boeckermann wollte Sie sprechen, aber das habe ich ihm nicht erlaubt.«

Henriksens Kopf ruckte hoch und er warf ihr einen Blick aus müden Augen zu. »Sie haben was?«

»Ärztliche Anordnung«, erwiderte Jasmin mit einem schwachen Lächeln, doch sie war froh, als Henriksen ebenfalls lachen musste. Ihre Worte vertrieben die Anspannung, die zwischen ihnen geherrscht hatte.

»Ich mach uns jetzt noch eine Kanne Tee«, sagte sie. »Sie bleiben sitzen.«

»Wie Sie befehlen, Frau Doktor.« Er legte den Kopf zurück auf das Kissen und schloss die Augen.

Hanna Jansen.

Der Herumtreiber.

Dieser Ort.

Jasmin betrat die Küche, die Dielen knarrten unter ihren Schuhen. Der Küchentisch war verlassen, doch stand der blaue Teller, den Paul benutzte, noch immer in der Spüle, wo sie ihn zurückgelassen hatte.

Vielleicht wird er ihn nie wieder benutzen.

Bei dem Gedanken überkam Jasmin Verzweiflung, die in Schockwellen über den ganzen Körper verlief. *Er ist fort,* dachte sie, *und alles, was du bislang getan hast, war, einer Spur zu folgen, die ebenso seltsam wie unlogisch erscheint.*

Du musst entweder Henriksen oder Larsen mit der Wahrheit konfrontieren. Vielleicht auch Yrsen, wenn du dich wirklich noch einmal zu ihr traust.

Aber etwas davon musst *du tun.*

Jasmin brühte den Tee – eine Kräutermischung, die sie in Sandviks Krämerladen gekauft hatte – auf und brachte zwei Tassen und die große Porzellankanne ins Wohnzimmer. Der Wasserdampf stieg in silbrig drehenden Spiralen zur Decke.

Henriksen sah zum Fenster hinaus. Der Regen schlug gegen das Glas und der dichte Nebel machte es unmöglich, einen Suchhubschrauber einzusetzen. »Vielleicht haben Sie recht«, sagte er leise. »Vielleicht hat man sich doch gegen uns verschworen an diesem unseligen Ort.«

Jasmin nickte, doch um nicht antworten zu müssen, hob sie die Tasse an die Lippen und trank einen Schluck – der heiße Tee verbrannte ihr die Zunge. Das dreieckige Zeichen auf seinem Handy, die Anrufer, die Buchstaben, die den Namen Hanna Jansen ergaben.

Das war zu viel.

Du kannst ihm genauso wenig Glauben schenken wie allen anderen. Was er gerade gesagt hat, kann auch nur ein Versuch gewesen sein, dein Vertrauen zu gewinnen.

»Vielleicht sollte man sie damit konfrontieren. Mit der Wahrheit.« Henriksen wandte den Blick nicht von den Fenstern ab, als verberge sich hinter dem Regen ein Geheimnis.

Es gibt nur eine verbliebene Spur, die du verfolgen solltest. Ins Sanatorium – oder dorthin, wo die Überreste stehen. Das Symbol,

das der Täter als Origami-Figur zurückgelassen hat, es ist dort auf
dem Bild zu sehen, das dir Larsen gezeigt hat.

Aber kannst du das Henriksen verraten?

Schließlich entschied sie sich dafür. »Das alte Sanatorium. Der Westflügel steht noch immer.«

»Und was erwarten Sie dort?«

»Der Täter hat die Origami-Figur hinterlassen. Das Dreieck, das nicht geschlossen ist. Larsen zeigte mir Bilder des alten Sanatoriums, auf denen einer der Patienten«, fast hätte sie Insasse gesagt, »eine solche Figur bastelte. Etwas *muss* dort sein.«

»Sicher, aber das ist eine Falle. Oder kann zumindest eine sein.« Henriksen berührte seinen Hals und verzog das Gesicht.

»Nicht kratzen«, ermahnte Jasmin ihn. »Ich weiß, aber was bleibt mir denn übrig? Wenn er sich nicht meldet, keine Forderungen stellt?«

»Es ist noch nicht genügend Zeit vergangen.«

In diesem Augenblick quietschte es – und Jasmin erkannte das Geräusch sofort. Es war der Briefschlitz in der Haustür.

Henriksen und sie wechselten einen Blick.

Dann eilte sie hinaus.

Kapitel 9

Ein weißer Umschlag lag auf dem Holzboden gleich hinter der Tür. Regenflecken überzogen das Papier in einem unregelmäßigen Muster. Jasmin öffnete die Tür und spähte hinaus in den Regen, der den Weg und die Straße dahinter in ein diesiges Grau hüllte. Nichts.

In dem Fallrohr, das von der Regenrinne entlang der Hauswand zum Boden verlief, gluckerte es. Durch eine undichte Stelle in der Rinne tropfte es auf die Platten, die Jørgen vor Jahren vor dem Haus verlegt hatte. Nun waren sie an vielen Stellen von Moos überwachsen – und jetzt, wo Paul verschwunden war, würde er vielleicht nie mehr dazu kommen, das Haus wieder auf Vordermann zu bringen.

Vielleicht wird er dir die Schuld geben.

Du hättest ihm nicht von Hanna Jansen erzählen sollen.

Wenn Paul nicht mehr auftaucht – oder wenn er tot aufgefunden wird –, dann wirst du nicht nur ihn verlieren. Du weißt, dass es dazu kommen kann. Fang an, dich darauf einzustellen.

Mit zitternden Fingern griff sie nach dem Umschlag. Das Papier war feucht und wie die Haut eines Toten, kalt und klamm, von einer widerlichen wächsernen Konsistenz. Jasmin trug ihn in die Küche und öffnete ihn mit einem scharfen Messer.

Das Blatt, das sie auf den Küchentisch schüttelte, war mit Buchstaben beklebt, die jemand aus einer Zeitung ausgeschnitten hatte.

ICH WEISS, WAS DU BIST, stand dort in großen, schief zusammengeklebten Lettern. Einige waren bunt, andere schwarz, sie alle aus verschiedenen Seiten ausgeschnitten.

Jasmin spürte, wie die Panik sie wie eine Welle des eisigen Nordmeers überrollte, wie sie sich an einer Stuhllehne festhalten musste, um nicht auf den Boden zu kippen, als alle Kraft ihre Beine verließ. Sie ließ sich in einen Küchenstuhl fallen und starrte auf das Blatt.

Dann drehte sie es um, in der Hoffnung, dass auf der Rückseite etwas stand, das sie übersehen hatte, aber dort war nichts. Nur diese fünf Worte, höhnisch, schmerzhaft wie glühende Nadeln, die sich direkt in ihre Seele bohrten.

»Frau Hansen?«

Henriksen war hinter sie getreten, unbemerkt. Er war blass, doch schien er sich auf den Beinen halten zu können. Und natürlich war es zu spät, den Drohbrief vor ihm zu verbergen – er hatte ihn längst entdeckt.

»Ist das etwa gerade gekommen?«, fragte er und seine Augen weiteten sich.

Jasmin nickte. Sie spürte, wie ihr Tränen über die Wangen liefen, heiß wie kleine Lavatropfen. »Es muss von ihm stammen. Dem Herumtreiber, dem Entführer. Wieso sonst sollte jemand ... er verhöhnt mich.«

Von ihm oder von Jansen – oder vielleicht von beiden, wenn sie sich zusammengetan hatten.

»Haben Sie jemanden gesehen? Bei der Tür?«

Jasmin schüttelte den Kopf. »Nein. Das nicht. Es war niemand dort.«

»Verdammt.« Henriksen nahm sein Handy vom Küchentisch. »Dann werde ich jetzt die Kollegen informieren, dass er wieder hier war.«

Er erledigte seinen Anruf, und auch wenn Jasmin die Worte durch die geschlossene Verandatür nicht verstehen konnte, so fand sie doch, dass er gereizt war und es sogar danach klang, als würde er sich mit jemandem streiten.

Telefoniert er da wirklich mit Boeckermann und den anderen – oder doch mit jemand anders? Jasmin fröstelte bei diesem Gedanken.

»Wir werden uns noch mal umsehen und nach Spuren suchen. Auch auf diesem Papier.« Henriksen warf dem Drohbrief einen abschätzenden Blick zu. »Ich weiß, was du bist«, zitierte er. »Das begreife ich nicht.« Seine Augen wanderten zu ihr. »Sie dagegen, Frau Hansen, ich denke, Sie wissen, worauf diese Worte anspielen.«

Jasmin schluckte. Sie wollte es abstreiten, doch es gelang ihr nicht, die Worte herauszubringen, weil sie nicht noch eine weitere Lüge aussprechen konnte. Das konnte sie Henriksen nicht antun. Er war angeschossen worden, und das ihretwegen.

Aber die Anruferliste, meldete sich jene andere, nagende Stimme in ihr. *Was ist damit? Was verheimlicht er? Mit wem hat er sich gerade gestritten?*

»Nein«, erwiderte sie nach langem Zögern, »das weiß ich nicht. Ich hatte gehofft, er würde wenigstens etwas fordern, Geld oder – ich weiß nicht, irgendwas, das Paul betrifft. Und mir eine Chance geben, ihn zurückzubekommen!« Sie stand kurz davor zusammenzubrechen, das spürte sie. Ihre Hände zitterten nun unkontrollierbar.

»Wir müssen die Kameras prüfen«, sagte sie schwach. Jasmin sah sich nach ihrem Handy um und entdeckte es auf dem Couchtisch im Wohnzimmer. Die App, mit der sie die Kameras steuern und überwachen konnte, brauchte eine halbe Ewigkeit zum Laden – dann konnte sie endlich auf die Aufzeichnungen zugreifen.

Die Kameras hatten etwas bemerkt.

Bei Gott. Sie haben dich gesehen. Sie sind dir hierher gefolgt.

»Frau Hansen?«

Jasmin drehte den Bildschirm, sodass auch Henriksen die Aufnahme sehen konnte. Der Mann war natürlich niemand anders als der Herumtreiber in seinem Mantel und mit einer tief ins Gesicht gezogenen Mütze – und nun, wo sie ihn so sah, musste sie sich an Henriksen festhalten.

Im hellen Tageslicht sah der Mann aus, wie der Obdachlose im Scheinwerferlicht ihres Wagens ausgesehen hatte – er sah aus wie der Mann, den sie getötet hatte. Seine Haltung, sein Gang, wie er mit dem Umschlag auf ihre Tür zukam, wie er nicht einmal in die Kamera blickte, wie er krumm und ein wenig hinkend zum Wagen zurückging und davonfuhr – das war unmöglich. Das konnte kein Zufall sein.

Der Obdachlose war real, und du hast ihn überfahren. Er wurde am Strand angespült, du hast dich davon überzeugt, als du in der Kältekammer in sein Gesicht geblickt hast – und dann ist er verschwunden.

Dass dieser Herumtreiber sich nun so benahm, konnte nur eines bedeuten – er wusste, was sie getan hatte. Er musste den Toten an den Strand geschafft haben, und um sie weiter zu verängstigen, hatte er ihr diesen Brief gebracht, weil er wusste, dass nur *sie* seine wahre Bedeutung verstehen würde.

Und der Wagen, der dicht am Eingang parkte, war ein unmarkierter weißer Lieferwagen – und Jasmin wusste, dass sie ihn schon einmal gesehen hatte.

»Dieser Wagen stand gestern vor dem Fischereibetrieb unten am Hafen.« Jasmin fuhr sich nervös durchs Haar. »Ich bin mir absolut sicher. Ich hab mit Paul einen kleinen Spaziergang durch den Ort gemacht, und da ist er mir aufgefallen. Verflucht, er hat uns dort beobachtet, das kann doch gar nicht anders sein!«

»Beruhigen Sie sich.« Henriksen betrachtete die Aufnahme mit gerunzelter Stirn. »Kann ich mir das kopieren?«

»Ja, ich denke, das ist machbar. Ich hole nur schnell meinen Computer.«

Sie ließ Henriksen in der Küche stehen und stürmte ins Wohnzimmer – doch anstatt zu ihrem Laptop zu gehen, stürzte sie hinaus auf die Veranda und schrie ihre Panik, ihre Frustration und ihren Zorn in den Wind hinaus.

»Du wirst es nicht schaffen«, rief sie, »du wirst mich nicht in den Wahnsinn treiben!«

Jasmin ballte die Fäuste um das hölzerne Geländer der Veranda, sie zwang sich durchzuatmen. »Es wird alles gut. Es wird alles, alles gut.«

Ich weiß, was du bist.

Eine Mörderin.

War es das, worauf der Herumtreiber anspielen wollte? Wollte er, dass sie gestand, in jener Nacht einen Mann getötet zu haben?

Aber niemand wollte dir glauben, als du es damals versucht hast, es ihnen allen zu erklären. Niemand wollte davon etwas hören, sie alle haben nur von einem Wildschaden gesprochen, von einem toten Hirsch.

Will er, dass du Beweise suchst, Beweise für deine eigene Schuld? Aber wozu? Was bezweckt er damit? Wieso will er dich so sehr quälen?

Es muss Hanna Jansen sein, die dahintersteckt. Sie will dich aus dem Weg räumen, nichts anderes ergibt Sinn. Jørgen und sie zusammen – vielleicht.

Irgendwo draußen vor dem Haus bremste ein Wagen. Die Tür schwang auf – *hast du sie gerade einfach offen stehen lassen?*, wunderte sich Jasmin – und Boeckermann stürmte herein. Die

Haare hingen ihm in dunklen, nassen Strähnen ins Gesicht, von seiner Öljacke, die ihn wie eine übergroße Vogelscheuche wirken ließ, tropfte das Wasser auf die Dielenbretter.

Sie werden aufquellen, hörte Jasmin Jørgens Stimme in ihrem Kopf. »Das Wasser ist nicht gut fürs Holz«, sagte sie laut, »man muss es wegwischen, das Wasser ist nicht gut …«

»Er war hier«, sagte Henriksen. »Sieh dich um. Ich komme gleich nach.«

Jasmin spürte seine Hände auf ihren Schultern, nachdem Boeckermann die Küche verlassen hatte. Sie spürte, wie ihr Tränen über die Wangen flossen und zu Boden fielen, wo sie sich mit dem Regenwasser, das Boeckermann hereingebracht hatte, vermischten. »Das Wasser ist nicht gut für die Dielenbretter«, sagte sie noch einmal. *Paul, mein kleiner Paul, wie konnte das nur geschehen? Wie konntest du nur gehen? Wie konnte ich das nur zulassen?*

»Er ist weg«, hauchte sie. »Und es wird nichts, keinen Weg geben, ihn jemals …«

»Jasmin«, sagte Henriksen behutsam. »Ich bringe Sie jetzt ins Bett. Sie müssen sich ausschlafen. Es ist nur verständlich, dass Sie die Situation überfordert. Damit hat der Entführer gerechnet, er spielt mit Ihnen.«

Jasmin wollte nach dem Drohbrief greifen und ihn am liebsten in tausend Stücke zerfetzen, doch Henriksen nahm ihre Hand und löste den Brief sanft aus ihren Fingern. »Das ist nichts, was Sie jetzt tun sollten«, gab er zu bedenken. »Auch wenn ich die Reaktion verstehen kann.« Henriksen führte sie sanft, aber bestimmt nach oben. Der Regen trommelte aufs Dach, das Geräusch machte sie schläfrig. »Legen Sie sich hin. *Bitte.*«

»Ich will aber nicht«, hörte sie sich protestieren, mit einer Stimme, die so gar nicht nach ihrer eigenen klang. »Ich muss …«

»Nein«, erwiderte Henriksen. »Das müssen Sie nicht. Nicht jetzt zumindest. Sie brauchen Schlaf, wenigstens ein paar Stunden, und danach wird die Welt etwas heller aussehen.«

Jasmin ließ sich auf das Bett sinken. Die Daunendecke war so weich, dass sie darin versinken wollte wie in einer Wolke. Henriksen zog die Vorhänge vor das Fenster, das Licht wurde gedämpft durch den dicken blauen Stoff. »Sie dürfen wegen Ihrer Wunde nicht so viel herumlaufen«, ermahnte sie ihn leise, »das wissen Sie.«

Henriksen nickte. »Ich werde daran denken. Keine Angst, Frau Hansen. Ich werde hierbleiben, bis Sie sich ausgeschlafen haben, das verspreche ich Ihnen. Boeckermann und ich sehen uns nur ein wenig nach Spuren um und dann werde ich die Kollegen bitten, den Drohbrief nach Fingerabdrücken zu untersuchen.«

Jasmin nickte. Jetzt, wo sie in ihrem Bett lag, die Decke über sich zog, wollte sie der Schlaf mit aller Macht übermannen. Das Zimmer löste sich auf, die Wände zerfaserten und schließlich blieb nichts als dünner weißer Nebel … Rauch … und die ferne Stimme eines Kindes, das nach ihr rief.

Paul!

Jasmin streckte die Hand aus, doch waren ihre Muskeln schwer wie Blei und sie konnte den Arm nicht oben halten, während die nebelverhangene Silhouette ihres Sohnes verängstigt nach ihr griff, nach Halt suchte.

»Du musst kommen und mich retten!«, rief er – und auch wenn Jasmin begriff, dass dies nur Einbildung war, so erschrak sie doch, so realistisch war es.

»Wie«, fragte sie ihn. »Wie soll ich das anstellen?«

»Es gibt jemanden, hier auf dieser Insel. Er weiß es. Er weiß alles. Du musst ihn finden.«

Mit aller Kraft versuchte Jasmin, noch einmal ihren Arm zu heben. Ihre Finger tasteten nach Paul, doch driftete die

Silhouette des Jungen immer weiter von ihr fort, immer weiter in die Ferne. Schließlich schlossen sich ihre Finger, doch alles, was sie berührten, waren kalte Luft und Nebelschwaden.

Er war fort.

Das Dreieck, das auf dem Kopf stand. Dort, da war es! Sie sah es, gleich da auf der Wand, mit schwarzer Farbe aufgemalt. Jasmin spürte, wie ein Gefühl der Erleichterung ihr Innerstes durchflutete. Sie hatte es gefunden!

»Sind wir jetzt hier, um dieses Spiel zu Ende zu bringen, oder willst du lieber dieses NHI-Logo anstarren?«

Jasmin blinzelte. Ein Mann saß vor ihr, zwischen ihnen ein Schachbrett – weiße Figuren auf seiner Seite, die schwarzen führte sie. Er war nicht besonders groß, rauchte eine Pfeife und hatte dünnes blondes Haar, das sich allmählich am Vorderkopf zurückzog. Der Tabak roch würzig, der Rauch stieg zur holzgetäfelten Decke hinauf. Sie sah sich um: Da brannte ein Feuer in einem von Bücherwänden eingefassten Kamin, während Regen gegen das Fenster auf der anderen Seite der Bibliothek prasselte. Ein paar Sessel waren um den Kamin herum platziert, auf einem lag ein aufgeschlagenes Buch, und doch waren sie und der Mann allein. Eine Tür stand halb offen, draußen ging jemand auf und ab und redete leise vor sich hin, als führte er Selbstgespräche. Irgendwo donnerte es, doch war das Gewitter so fern, dass der Regen das Geräusch nahezu verschluckte.

»Ich …«, hörte sie sich sagen, »ich bin mir nicht sicher.«

Der Mann rückte seine Dame zur Seite. »Schach«, ließ er hören. »Und … Matt.«

Jasmin sah auf das Brett hinab. »Ich war abgelenkt.«

»Wie immer in letzter Zeit. Du hast doch was vor, Mädchen.« Wieder paffte er an seiner Pfeife, wieder stieg der Rauch auf. *»Ich hoffe, du verrätst mich nicht.«*

»Bei was sollte ich dich denn verraten?«

»Bei einigen der Lieferungen. Ich verstecke sie vor den anderen. Weißt du doch.«

»Lieferungen?«

»Spezielle Lieferungen.« Er beugte sich vor. »Für meine Sammlung. Und im Gegenzug verrate ich denen hier nicht, was du manchmal ...«

Jasmin spürte, wie sich jeder Muskel ihres Körpers anspannte. Nun war sie bereit zur Flucht. »Was?«, fragte sie scharf.

»Was ich manchmal höre. Deine Gespräche mit ihm, obwohl du ganz a...«

»Genug!«, rief Jasmin. Sie sprang auf, wich vor ihm zurück und näherte sich dem Fenster. Der prasselnde Regen am Glas wirkte beruhigend, ja hypnotisch. Jasmin lehnte die Stirn an die kühle Oberfläche und schloss die Augen. Ihre Finger tasteten in ihrer Hosentasche nach dem kleinen Gegenstand, den sie vor einiger Zeit im Raucherbereich eingesteckt hatte, und umschlossen ihn.

Er lügt, ging ihr durch den Kopf. Er lügt doch nur.

Du kennst die Wahrheit.

KAPITEL 10

»Frau Hansen«, drang eine Stimme in die Tiefen ihres Schlafes, »wachen Sie auf.«

Jasmin blinzelte. »Was?«, hörte sie sich sagen, doch klang diese Stimme gar nicht wie ihre eigene – sie klang heiser, als hätte sie kaum geschlafen. Dieser Traum, dachte sie, diese seltsame ... war es wirklich eine Erinnerung gewesen? Hatte sie von Johann Larsen geträumt? Hatte sie ihn früher schon einmal getroffen? Dieser Ort, an dem sie mit ihm Schach gespielt hatte ... wo war das gewesen? Wie war das möglich?

»Es ist neun Uhr.« Jetzt erkannte sie die Stimme dieses Mannes, der da beharrlich versuchte, sie aufzuwecken. Es war Henriksen.

»Neun?«, blinzelte Jasmin und wunderte sich über das helle Licht, das ihre Augen blendete.

»Neun Uhr am nächsten *Morgen*, Frau Hansen.« Henriksen klang belustigt. »Sie haben den letzten Abend und die ganze Nacht verschlafen.«

»Was?!« Jasmin schreckte hoch. Mit einem Mal war alles wieder da, die Erinnerung an Pauls Verschwinden, der Drohbrief, der Angriff auf Henriksen nach dem Abstecher zum geheimen Friedhof – und die Buchstaben auf den Grabsteinen.

Hanna Jansen.

Die Decke glitt geräuschlos auf den Dielenboden, sie bemerkte, dass sie noch immer die Jeans und den grauen Norwegerpullover vom Vortag trug – dann sah sie zum Fenster hinüber. Die Sonne war zwischen den grauen Regenwolken hervorgekommen, der Regen war versiegt, schräg fielen die Strahlen durch den dünnen blauen Stoff der Vorhänge – dann schob Henriksen sie beiseite.

»Neun am nächsten Morgen«, sagte er noch einmal. »Sie haben den Schlaf wirklich gebraucht.«

»Gibt es etwas Neues?« Fast wagte sie es nicht, diese Frage zu stellen, weil sie die schlechten Neuigkeiten, die da auf sie warten mochten, fürchtete – doch zugleich wusste sie, dass sie sich ihnen früher oder später ohnehin würde stellen müssen.

Wir haben ihn gefunden, konnte sie ihn bereits in ihrem Kopf sagen hören. *Wir haben seinen leblosen Körper ...*

»Wir konnten keine verwertbaren Spuren entdecken. Es tut mir leid. Der Drohbrief wurde untersucht, aber der Täter wusste, was er tat, er muss Handschuhe getragen haben. Auch kein Speichel, er hat den Klebestreifen mit Leitungswasser befeuchtet. Und im Zimmer Ihres Sohnes Paul – na ja, da gibt es etwas.«

Sie räusperte sich. »Und was ist das?«

»Haare. Lange blonde Haare.«

»Meine eigenen?«

»Könnte sein«, erwiderte Henriksen, »aber vielleicht ...« Er schüttelte den Kopf. »Vielleicht auch von jemand anders.«

Hanna Jansen. War sie wirklich hier gewesen?

»Es war doch sehr wahrscheinlich ein Mann, der im Zimmer war.«

»Ja. Ein Mann, der womöglich eines dieser Haare eingeschleppt hat. Aber das ist bisher nur eine vage Vermutung. Bis wir den DNA-Abgleich erhalten, braucht es zwei Wochen.«

Jasmin senkte den Kopf. »Also ist es jemand, der sich mit diesen Dingen auskennt? Wie man Kinder entführt, vor der Polizei flieht und unentdeckt bleibt? Wie man Drohbriefe schreibt, Spuren verwischt und sich vor den Augen aller anderen unsichtbar macht, als wäre man nur ein Geist?«

»So ungefähr«, bestätigte Henriksen mit einem betrübten Nicken.

»Das ist aber noch nicht alles, nicht wahr?« Etwas lag dort in Henriksens Blick, etwas, das sie nicht richtig einordnen konnte: Enttäuschung und große Sorge.

Worüber war er enttäuscht? Dass es ihnen nicht gelungen war, weiter voranzukommen? Oder gab es da noch mehr?

»Letzte Nacht gab es einen Brand. Ein großes Feuer, in dem ein Mensch ums Leben kam. Es ist entsetzlich. Im Augenblick müssen wir davon ausgehen«, er seufzte, »dass diese Tat mit der Entführung in Zusammenhang steht.«

»Haben Sie Paul etwa …« *Bitte lass es nicht wahr sein*, flehte es in ihrem Kopf, *bitte, lass es nicht zu.*

»Nein. Paul ist weiterhin verschwunden. Aber ich muss nun davon ausgehen, dass die Probleme hier weitaus größer sind, als wir bisher angenommen haben.«

»Wer ist gestorben?«, fragte Jasmin und schwang die Beine aus dem Bett. Sie fühlte sich wie gerädert, trotz all der Stunden des Schlafes, ihre Armmuskeln brannten und ihr Nacken schien mit Blei gefüllt. »Wer ist es?«

»Das darf ich eigentlich nicht sagen, aber …« Henriksen warf einen Blick zur Tür, die offen stand. Der Flur dahinter war leer. Jasmin erschien diese Geste seltsam verschwörerisch. »Es ist Johann Larsen. Der Historiker. Jemand hat ein Feuer gelegt und alles ging in Flammen auf. Sein ganzes Haus brannte nieder. Sein Haus, seine Bücher, seine Notizen, sein Computer, einfach alles. Ich kann nur hoffen, dass der Täter oder die Täter ihn getötet haben, ehe das Feuer gelegt wurde. Es wird wenigstens einen Tag dauern, bis wir Unterstützung durch den Brandermittler erhalten. Der muss vom Festland kommen.«

»Oh Gott.« Jasmin wusste nicht, was sie erwidern sollte. Sie dachte an den Mann – wie er sie in das kleine, überheizte Zimmer geführt hatte, mit all den seltsamen Wehrmachtsorden an den Wänden. Sie dachte an das Zeichen, das Dreieck, das der Täter als Origami-Figur zurückgelassen hatte, jenes Zeichen, das ihr Larsen auf einem alten Foto des Sanatoriums präsentiert hatte.

Wusste der Täter davon? Musste Larsen sterben, weil er mit ihr gesprochen hatte? Und bedeutete dies nicht, dass sie alles unternehmen sollte, um die Spur weiterzuverfolgen?

Wenn er Paul hat, dann musst du ihn finden. Koste es, was es wolle. Und du solltest nicht noch mehr Menschen in Gefahr bringen.

»Frau Hansen?«, fragte Henriksen, »Jasmin, wissen Sie, wer das getan haben könnte? Sie waren gestern bei ihm, hat er irgendetwas gesagt, etwas angedeutet, das jemand als Bedrohung betrachten könnte? Etwas, das den Täter zu einer Reaktion nötigte?«

Jasmin schüttelte den Kopf. »Er hat nur den Friedhof erwähnt. Das war alles, mehr hat er mir nicht verraten, und das wissen Sie auch.«

»Der Friedhof«, wiederholte Henriksen. »Ja. Das könnte es natürlich sein. Vielleicht war das der Auslöser. Aber ich verstehe das nicht: wieso all das? Was haben wir dort gefunden, das den Täter so in Aufregung versetzt hat? Die Buchstaben auf den Gräbern? Oder haben wir etwas übersehen?«

»Ja, vielleicht, aber … « Jasmin schüttelte den Kopf. »Die Frage sollte eher lauten: Woher weiß er, was wir finden oder nicht finden konnten?«

»Sie meinen …?« Ein Ausdruck der Verwunderung huschte über Henriksens Gesicht. »Sie meinen, er beobachtet uns? Und etwas ist dort, etwas, das den Täter in Gefahr bringen könnte, etwas, wofür er Larsen als Informant aus dem Weg räumen wollte – und wir waren nur zu blind, es zu entdecken? Vielleicht haben wir einfach nach dem Falschen gesucht.«

Jasmin nickte knapp. »Das denke ich.« Sie trat zur Tür. »Kommen Sie? Wir müssen uns noch mal dort umsehen.«

Der Friedhof lag vor ihnen, wie sie ihn zurückgelassen hatten, die moosbewachsenen Platten, das rostige Eisentor, die verwitterten Grabsteine unter den Birken, in denen es immerwährend rauschte und säuselte. Buntes Laub, vom Wind in kleinen Wirbeln über den Boden getrieben, huschte an ihren Schuhen vorüber, als sie zwischen den Grabsteinen hindurchstreiften – und obwohl Jasmin schon einmal hier gewesen war und all diese Namen fotografiert hatte, kam es ihr nun vor, als hätte sich etwas verändert.

Der Regen war versiegt, aber das war es nicht.

Die Luft war kälter. Der Geruch des Moders, der Erde stieg zwischen den Grabsteinen auf. Der Winter kam, oder zumindest seine ersten Vorboten.

Und im Radio auf dem Weg hierher …

»Was war das?«, fragte sie Henriksen. »Ich hab es nur am Rande mitbekommen, war in Gedanken ganz woanders, aber hat dieser Moderator nicht gesagt …«

»Die Insel wird ihren ersten großen Herbststurm abbekommen«, sagte Henriksen und klang dabei äußerst besorgt. »Heute Nacht, vielleicht morgen, es wird nicht mehr lange dauern, bis er eintrifft.«

»Und was bedeutet das?«

»Man merkt, dass Sie vom Festland sind«, lachte Henriksen.

»Sind Sie doch auch«, gab Jasmin zurück. »Und außerdem beantwortet das nicht meine Frage.«

»Das bedeutet, dass das bisschen Regen und Wind von gestern dagegen wie ein milder Sommertag wirken wird. Das bedeutet, dass sie besser alle Fenster schließen und hoffen sollten, dass das Glas dem Wind standhält und dass die Bäume nicht abknicken und aufs Dach fallen.«

»Klingt gar nicht gut.« Jasmin musste bei dem Wort Dach an ihren Ausflug auf den Dachboden denken und an das Bild mit dem brennenden Gebäude – dem Sanatorium –, das Yrsen gemalt und dort oben zurückgelassen hatte. Ewigkeiten schien ihr das nun her, als hätte sich seit Pauls Verschwinden ein Schleier über all das gelegt, was davor geschehen war, ein Schleier, der ihre Erinnerung in ein dunkles Grau tauchte.

Das Bild, das Yrsen ihr versprochen hatte – wenn sie den Worten der Künstlerin Glauben schenken konnte –, würde erst in zwei Tagen fertig sein. So lange konnte sie nicht warten. Wenn Yrsen das Zweite Gesicht besaß, hatte sie vielleicht vorausgesehen, was mit Paul geschehen würde …

Vielleicht solltest du sie noch einmal aufsuchen.

Am besten, noch ehe der Sturm hereinbricht.

»Wir übersehen etwas«, sagte Jasmin laut und schritt die Reihen zwischen den schiefen Grabsteinen ab. Eine Maus raschelte durch das Laub am Boden und verschwand in einem Haufen, den der Wind gegen die Rückseite eines fast mannshohen verwitterten Grabsteins geweht hatte – ein hoher Granitblock, in den die Buchstaben JH eingemeißelt waren.

Jasmin erstarrte. *JH … zwei Buchstaben wie … Jasmin Hansen.*

Sie blinzelte: Nun, beim zweiten Hinsehen, standen dort die Buchstaben JN – nicht ihre eigenen Initialen.

Etwas hier stimmt ganz und gar nicht. Du kannst es mit jeder Faser deines Körpers fühlen. Du wirst mit jedem Tag, den du hier verbringst, seltsamer. Als wirke die Insel selbst auf dich ein.

Das Sanatorium ging ihr nicht aus dem Kopf. Wie Larsen sie gemustert hatte, als erwartete er bei ihr eine Form des Wiedererkennens, als er ihr das Bild der alten Anstalt vorgelegt hatte.

Aber das war natürlich Unsinn. Larsen war halb verrückt gewesen, und nun war er tot. *Ermordet*, dachte Jasmin, und allein dieser Gedanke trieb ihr einen eisigen Schauer über den Rücken.

Jemand schreckt auch vor Mord nicht zurück. Jemand legt Feuer – eine schreckliche Art, jemanden zu töten –, jemand da draußen hat alle Skrupel und Hemmungen hinter sich gelassen.

Vor ihren Augen blitzte es auf – wie das Fernlicht eines Jeeps, der ihr mitten in der Nacht entgegenkam.

Du verlierst den Verstand. Finde Paul und verschwinde, es ist die einzige Lösung. Flieh, so weit wie nur möglich, flieh von hier.

»Frau Hansen?«, fragte Henriksen und sie wandte sich zu ihm herum. »Es gibt da noch eine Sache, die ich nicht verstehe.«

Ich verstehe mehr als nur eine Sache nicht, dachte sie, schenkte ihm jedoch ein schwaches Lächeln. »Und die wäre?«

»*Ich weiß, was du bist*, hat der Drohbriefverfasser geschrieben.« Henriksen betrachtete einen weiteren Grabstein, dann schüttelte er den Kopf. »Das führt doch zu nichts. Nein, ich frage mich vielmehr, was er damit gemeint haben könnte. *Ich weiß, was du bist* – er scheint Sie zu kennen, oder nimmt dies zumindest an.«

Jasmin nickte und machte einen Schritt zur Seite. *Falls Henriksen versucht, dich wegen irgendetwas zu verdächtigen oder festzuhalten*, dachte sie, *wirst du einfach fliehen. Du bist flink, er wird Schwierigkeiten haben, dich durchs Unterholz zu verfolgen …*

Und außerdem wirst du gleich heute noch zu diesem Jan Berger gehen, um schießen zu lernen, wenn dir dafür die Zeit bleibt.

Du musst dich verteidigen können.

Und wenn dieser Berger ebenfalls mit drinsteckt?

Tja, wenn. Wenn das so ist, dann hast du keine Chance. Aber um Pauls willen musst du es einfach versuchen. Weitermachen, immer weiter und es versuchen. Du musst ihn finden. Der Entführer muss gestoppt werden.

Und wenn du Paul wiederhast, dann solltest du ihn an die Hand nehmen und davonlaufen, weit, weit weg. Denn was immer hier vorgeht – irgendjemand scheint zu versuchen, dich mit alldem in den Wahnsinn zu treiben.

Jasmin spürte, wie ein unbarmherziger, unterschwelliger Zorn am Rand ihrer Seele lauerte – und sie erschrak, als ihr bewusst wurde, dass sie nicht genau wusste, wie sie sich verhalten würde, wenn sie Pauls Entführer gegenüberstand.

Wenn du allein mit ihm wärst – selbst wenn er Paul nichts angetan hätte, was mit jeder verstreichenden Minute unwahrscheinlicher wird –, dann würdest du ihm wehtun wollen. Du würdest versuchen, ihn einen Teil von jenem Schmerz, den du gerade durchleiden musst, spüren zu lassen. Du würdest ihm wehtun, und das ohne mit der Wimper zu zucken.

Was sagt dir das über dich selbst?

»Ich kenne ihn jedenfalls nicht«, erwiderte sie. »Ganz gleich, was dieser Typ sich einbildet.«

»Er behauptet, etwas zu wissen«, fuhr Henriksen fort. »*Weiß, was du bist*«, zitierte er. »Und von der Formulierung her würde ich annehmen, dass er damit auf nichts besonders Positives anspielt.«

Jasmin sah ihn an. In Henriksens Augen stand ein fragender, prüfender Blick, als wollte er bis in ihre Seele blicken. In den Birken rauschte der Wind. Viele der Bäume waren alt, andere viel zu jung, als dass sie einen derart gewaltigen Herbststurm, wie man ihn angekündigt hatte, überstehen würden.

Die Alten und die ganz Jungen fallen.

Wie im Krieg.

»Ich weiß nicht, worauf er anspielen will.« Jasmin steckte die Hände in die Taschen ihrer Regenjacke. »Ich weiß nicht einmal, wieso er mir so einen undeutlich formulierten Drohbrief schickt, mir als Mutter des Entführten. Warum kommen da keine Forderungen? Warum gibt er mir keine Chance, Paul wiederzubekommen?«

»Sie kennen die Antwort, Jasmin.« Henriksens Ausdruck war ernst. »Es besteht die Möglichkeit, dass er nicht auf Lösegeld aus ist, es besteht die Möglichkeit, dass er nie daran dachte, Paul freizulassen.«

Jasmin nickte traurig. »Das wird mir mit jeder Sekunde klarer.« Die Finger ihrer rechten Hand ertasteten in ihrer Tasche etwas, das sie dort nicht erwartet hatte. Es war ein Stück Stoff, etwas, das sich wie ein Einsteck- oder ein Stofftaschentuch anfühlte, das um etwas Festeres gewickelt war. Sie konnte sich nicht erinnern, es in die Tasche gesteckt zu haben. Als Henriksen ein Stück entfernt zwischen den Grabsteinen entlangging, drehte sie ihm den Rücken zu und zog beides hervor.

Der Stofffetzen war kariert, vielleicht ein Stück von einem Hemd, dessen Muster Jasmin nicht bekannt vorkam. Er war um eine Glasscherbe gewickelt, deren gezackte Kante blutverschmiert war. *Wie kommt das in deine Tasche?* Sie sah sich nach Henriksen um und ertappte ihn dabei, wie er einen verstohlenen Blick in ihre Richtung warf, sich jedoch schnell abwandte, als sie ihn bemerkte.

Deine Fingerabdrücke befinden sich jetzt auf diesem Stück Stoff und auf dem Glas, ging es ihr durch den Kopf. *Was ist, wenn dir das jemand untergeschoben hat? Was ist, wenn sie versuchen …*
Dann fiel ihr ihre kleine Schnittwunde an der Hand ein. Als Henriksen gestern aus dem Wagen stieg … *du hast später an der Hand geblutet. Hast du dich an dieser Scherbe verletzt?* Jasmin erschrak angesichts dieses Gedankens.

Was haben die vor, wenn du recht hast? Was wollen die dir unterschieben, was anhängen? Etwas mit Paul? Oder mit Larsen? Das wäre furchtbar! Und was kannst du dagegen unternehmen?
Jasmin ballte die Fäuste. Trotz der Kälte zitterte sie.

Du musst nachdenken. Denk nach und such einen Ausweg. Such einen Weg, um herauszufinden, ob deine Vermutung wirklich stimmt oder ob du nur Gespenster siehst.

Dann dachte sie wieder an die Nummern auf Henriksens Mobiltelefon – Larsen und Yrsen – und fühlte, wie alle Zweifel schwanden, vom Nordwind fortgeblasen wurden wie Nebel, der ihr Bewusstsein getrübt und sie am Sehen gehindert hatte. *Ganz gleich, wie sehr er sich darum bemüht, so zu tun, als würde er auf deiner Seite stehen – mit ihm stimmt etwas nicht.*

Jasmin steckte den Stofffetzen zurück in die Tasche, als Henriksen zu ihr zurückkam. »Etwas gefunden?«, fragte sie ihn und musterte ihn, um seine Reaktion genau zu verfolgen. *Du warst so blind. Aber wenn Henriksen dich für verdächtig hält, dann bedeutet das nicht, dass er dir was unterschieben will, oder? Er ist kein Einheimischer, nur ein Fremder, und er wurde von alldem ebenso überrascht wie du. Also muss es jemand anders sein, der versucht, dir etwas anzuhängen.*

Oder?

Jasmin wusste es nicht. Sie fühlte sich hilflos, allein auf dieser Insel, inmitten von Fremden, deren Motive sie nicht verstand.

»Nichts«, erwiderte Henriksen. »Ich begreife nicht, welches Motiv den Täter zu diesem grausigen Mord an Larsen veranlasst haben könnte. Was konnte er gewusst haben, das um jeden Preis geschützt werden muss, etwas, das sogar einen Mord rechtfertigt?«

Jasmin ließ ihren Blick ein letztes Mal über die grauen Grabsteine schweifen, die moosbewachsenen Felsen, die wie schiefe Zähne aus dem Waldboden herausragten. »Ich ebenso wenig.« Sie seufzte und gähnte demonstrativ, in der Hoffnung, dass Henriksen ihr die Erschöpfung abnahm. »Ich fühle mich, als müsste ich schon wieder schlafen, ich will mich eigentlich nur noch hinlegen und einfach aufgeben.«

»Das dürfen Sie nicht, Jasmin.« Henriksen berührte sie sanft an der Schulter. »Sie dürfen noch nicht aufgeben.«

»Noch nicht?«, wiederholte sie. Die Trauer, die in ihrer Stimme mitschwang, musste sie nicht spielen. »Soll das heißen, sobald wir Pauls Leiche gefunden haben, darf ich es endlich? Ja?« Am liebsten hätte sie all ihre Frustration und ihren Zorn in die Wälder hinausgeschrien und auf Henriksen, der so teilnahmslos bei ihr stand, eingeschlagen. »Sobald Paul tot ist, darf ich endlich aufgeben?«

»Sie dürfen niemals aufgeben. Das wissen Sie doch, Jasmin. Das haben wir doch schon so oft besprochen.«

Jasmin starrte ihn an. Henriksens Gesicht kam ihr mit einem Mal so vertraut vor. Wieder waren da diese grellen Blitze vor ihren Augen, wieder musste sie an das Symbol auf seinem Mobiltelefon denken, das auf dem Kopf stehende Dreieck, das rechts oben nicht geschlossen war.

Du hast all das schon einmal gesehen.

Der Gedanke machte ihr Angst, weil sie ihn nicht einordnen konnte. Er machte ihr Angst, weil sie begriff, dass es die Wahrheit war, dass ihr Unterbewusstsein etwas erkannt hatte, das ihr Verstand noch nicht zusammensetzen konnte.

»Ich will nach Hause«, sagte sie leise. »Ich muss nachdenken.«

»Aber natürlich.« Henriksen wollte die Hand ausstrecken, sie am Arm nehmen, doch Jasmin wich ihm aus. Schweigend machten sie sich auf den Weg zurück durch den Wald zum Wagen. Die Sonne war mittlerweile wieder hinter tief hängenden, schweren Wolken verschwunden.

Der Herbststurm.

Er kam näher.

Kapitel 11

»Jan Berger«, sagte die Stimme auf dem Anrufbeantworter. »Ich bin gerade abwesend, aber wissen Sie was? Hinterlassen Sie mir doch einfach eine Nachricht.« *Er geht nicht ran,* ging Jasmin durch den Kopf. *Ausgerechnet jetzt, wo du ihn wirklich brauchst.* Für einen Moment überlegte sie, ob sie zum Leuchtturm fahren und nach ihm suchen sollte. *Aber nein. Du kannst ihm auch nicht trauen.*

Eine feuchte Hundeschnauze stupste ihre Hand an. Vergiss mich nicht, schien Bonnie sagen zu wollen. »Natürlich nicht«, sagte Jasmin. Und so unternahm sie, statt zum Leuchtturm zu fahren, einen Spaziergang mit Bonnie zum Strand. Der kalte Wind, der vom Meer hereinwehte, ließ sie frösteln, doch ließ er zugleich ihre Gedanken klar werden.

Du solltest endlich den Ort aufsuchen, zu dem alle Spuren zu führen scheinen. Das alte Sanatorium – oder das, was von ihm noch übrig ist.

Sie waren allein hier unten, mit Ausnahme eines Mannes, der in der Ferne nah beim Wasser stand und aufs Meer hinaussah. Bonnie witterte ihn und knurrte leise.

Zunächst hielt sie den Fremden am Strand für Karl Sandvik – seine Größe, seine leicht gebeugte Haltung, als laste ein Gewicht auf seinen Schultern –, dann erkannte sie jedoch, dass es Veikko Mattila war, der seltsame Buchhändler aus dem Ort.

»Frau Hansen«, sagte er, als sie an ihm vorüberging. Jasmin, die keinerlei Interesse an einem Gespräch hatte, ganz gleich mit wem, wollte einfach wortlos an ihm vorübergehen, als er hinzufügte: »Sie sollten wissen, dass man nach Ihnen gefragt hat.«

Jasmin blieb stehen, eine Hand in der Tasche zur Faust geballt, während die andere Bonnies Leine umfasst hielt. Die Labradorhündin sah schwanzwedelnd zu Mattila auf. *Du bist auch keine besonders große Hilfe*, dachte Jasmin.

»Wer hat nach mir gefragt?«

»Die Polizei. Ich habe ihnen gesagt, dass ich Ihnen von Herrn Larsen erzählt habe und dass ich Ihnen sein Buch verkauft habe. Beides fanden sie höchst *interessant*.« Mattila trat einen Schritt zurück, als Bonnie sich ihm nähern wollte. »Bitte nicht. Ich bin gegen Hunde allergisch.«

Jasmin hielt Bonnie an der Leine zurück. »Na und? Was wollen Sie mir damit sagen?«

»Larsen ist tot, falls Sie es noch nicht gehört haben sollten. Im Dorf munkelt man, dass alles Schlechte, das gerade geschieht, mit Ihrer Ankunft zusammenhängt. Sie haben etwas zum Leben erweckt, das lange geschlafen hat. Sie schnüffeln zu viel herum. Das mögen wir hier nicht.« Mattila steckte die Hände in die Taschen. »Jemand hat erzählt, dass Ihr Sohn verschwunden ist, weil er es nicht mehr mit Ihnen ausgehalten hat.«

»Das ist ...« Jasmin schluckte. Ein Gefühl der Kälte breitete sich in ihr aus, als hätte sie vom eisigen Salzwasser getrunken. Da waren wieder die Lichtblitze, grell und blendend vor ihrem inneren Auge, und dahinter, verschwommen, tanzte Mattilas Gesicht hin und her. »Das ist eine Lüge. Jemand versucht, einen Massenmord zu vertuschen, und dabei sind ihm alle Mittel recht. Aber das wird ihm nicht gelingen, ich werde all das aufdecken.«

»Einen Massenmord?« Mattila klang belustigt. »Hier gibt es keine Mörder. *Sie* haben ihn umgebracht. Und jetzt gehen Sie, bevor ich die Polizei rufe.«

»Sie sind verrückt«, stieß Jasmin hervor. Bonnie, die ihre Stimmung spürte, begann, tief zu knurren, doch Mattila schien sich nicht davon beeindrucken zu lassen.

Er blickte Richtung Westen, den Strand hinab. Jasmin folgte seinem Blick – irgendwo dort in der Ferne standen Menschen und beobachteten sie. Die Sonne spiegelte sich in runden Ferngläsern. Dann entdeckte sie in Mattilas Ohr einen kleinen Kopfhörer, tief in den Gehörgang gesteckt, fleischfarben, sodass er nicht auffiel …

»Mit wem stehen Sie da gerade in Kontakt? Wer sind die Leute dort?«

»Das wissen Sie doch ganz genau.« Als Mattilas Hand aus seiner Tasche auftauchte, hielt sie eine gefährlich aussehende Spritze mit langer Nadel.

Jasmin machte einige Schritte zurück. »Was in aller Welt?«

»Beruhigen Sie sich! Frau Hansen, beruhigen Sie sich und bleiben Sie stehen!« Mattilas Stimme klang auf einmal anders, kühl und professionell.

»Das werde ich ganz bestimmt nicht – ich werde das Henriksen melden und er …«

»Henriksen?«, wiederholte Mattila spöttisch. Für einen Moment huschte Unglauben über sein schmales Gesicht. »Das ist doch Unsinn, und Sie wissen das! Lassen Sie das, Jasmin! Bleiben Sie stehen!«

Doch Jasmin dachte gar nicht daran. Sie machte kehrt und rannte los, während der Sand unter ihren Schuhen in alle Richtungen davonflog. Einmal knickte sie um und fiel hin, rappelte sich jedoch mit schmerzenden Knien und brennenden Handflächen wieder auf. Bonnies Leine entglitt ihr, sie sah, wie Bonnie mit lautem Bellen vorauslief, zurück zum schmalen Pfad durch das Wäldchen, zurück zum Haus.

Es sind mehr als nur einer. Mattila, der Herumtreiber, die anderen unten am Strand – du musst Henriksen warnen.

Doch als sie das Haus erreichte, sah sie nur noch die Rücklichter von Henriksens Wagen, die in der heraufziehenden Dunkelheit verschwanden, wie zwei rot glühende Kohlenstücke. Sie war zu spät, vielleicht nur eine Minute, und er erwiderte den Anruf nicht, Henriksens Handy war abgeschaltet. Jasmins Herz hämmerte. Sie packte die Autoschlüssel und sprang zusammen mit Bonnie in den Wagen.

Fort, nur fort von hier, dachte sie. *Aber wohin? Die Fähre ist eine Sackgasse. Dort werden sie dich finden, und im Haus kannst du nicht bleiben.*

Das alte Sanatorium. Auch wenn sie davon gesprochen hatte, wusste niemand, was Larsen ihr gezeigt und was sie entdeckt hatte.

Jasmin legte den Gang ein und beschleunigte mit quietschenden Reifen.

KAPITEL 12

Die Ruinen erhoben sich aus der Landschaft wie das Skelett eines verendeten Riesen aus einer nordischen Sage, der an diesem Ort erschlagen worden und liegen geblieben war, bis die Gebeine von der Meeresluft verwittert und die Knochen von der Vegetation überwuchert waren.

Ein Bauzaun versperrte ihr den Weg, doch Jasmin beschloss, sich nicht davon aufhalten zu lassen. Yrsen konnte sie nicht erreichen, Henriksen ebenso wenig, und obwohl sie immer wieder in den Rückspiegel geblickt und nach möglichen Verfolgern Ausschau gehalten hatte, hatte sie niemanden entdeckt – was freilich nicht bedeutete, dass sie nicht nach ihr suchten.

Wer immer die waren.

Mattila hatte sie betäuben oder sogar töten wollen. Der Schreck steckte ihr noch immer in den Gliedern, doch versuchte sie, jeden Gedanken daran so weit wie möglich zu verdrängen. Der Herumtreiber und die anderen mussten zusammenarbeiten – und wenn sie die Botschaft *Ich weiß, was du bist* richtig deutete, dann gab es dafür nur einen Grund: Man wollte ihr etwas anhängen. Denn der Satz *Ich weiß, was du bist* konnte für diese Leute, für Hanna Jansen, wenn sie wirklich involviert war, nur auf eine Weise beendet werden: Ich weiß, was du bist: eine Mörderin.

Da gab es den Obdachlosen, den sie getötet hatte. Vielleicht würde man ihr auch den Mord an Johann Larsen, die Brandstiftung an seinem Haus, in die Schuhe schieben. Doch was immer sie hier zu inszenieren versuchten, war kompliziert – zu vieles hätte im Voraus geplant werden müssen, zu vieles hätte schiefgehen können, zu viele Mitwisser hätten involviert sein müssen ...

Du übersiehst etwas.

Wenn sie dich als Mörderin dastehen lassen wollen, hätte es viele wesentlich einfachere Wege gegeben.

Sie hätten dich nicht hierherlocken müssen.

Selbst wenn Hanna Jansen dahintersteckt – du weißt, wie sehr sie Jørgen begehrt hat, wie sehr sie sich wohl gewünscht hat, dich aus dem Weg zu räumen ...

Der Gedanke nagte an ihr, während sie den Bauzaun, der die Zufahrt zum Sanatorium blockierte, beiseiteschob, zurück in den Wagen stieg und hineinfuhr. Das große Hauptgebäude war noch immer halbwegs intakt – die Flammen hatten an der roten Fassade geleckt und braune Rußflecken hinterlassen, die Fenster waren zerstört oder ganz verschwunden, die Eingänge mit dicken Brettern und Balken vernagelt. Zwischen den Gehwegplatten wucherten Unkraut und hohes Gras, ein »Betreten verboten«-Schild quietschte im Wind, das Metall von Rostflecken übersät.

Jasmin zog den Autoschlüssel ab, nahm Bonnie an die Leine und stieg aus. Ein heftiger Wind schlug ihr entgegen, als wollte er sie davon abhalten, sich dem maroden Gebäude zu nähern, doch sie stemmte sich gegen die Böen und ging weiter.

Der Wind erzeugte ein hohles, jaulendes Geräusch, als er über die krummen Dachfirste und die leeren Fensterrahmen hinwegstrich, die sie wie unzählige Augen zu beobachten schienen, während sie durch das kniehohe Gras um das alte Sanatorium herumging.

Du bist verrückt, wenn du das wirklich tust. Wenn du dort einsteigst, kann dir Gott weiß was passieren – falls du überhaupt einen Eingang findest. Das ganze Gemäuer ist einsturzgefährdet, die Balken im Dachstuhl sind morsch und an jeder Ecke lauern rostige Nägel.

Das kannst du nicht machen.

Und doch schritt sie weiter voran. Das Symbol, das umgekehrte Dreieck, das sie auf Larsens Fotografie gesehen hatte, es musste hier irgendwo sein. Jasmin spürte instinktiv, dass sie sich auf dem richtigen Weg befand, dass sie drauf und dran war, einen wichtigen Schritt nach vorn zu machen, dass sie dabei war, etwas zu entdecken, das lange verborgen gewesen war.

Es gibt einen Grund, warum alle versuchen, neugierige Blicke von diesem Ort fernzuhalten. Die Stimme des alten Historikers dröhnte in ihren Ohren, ihrer Erinnerung. *Es gibt einen guten Grund dafür.*

Bonnie schnüffelte im hohen Gras, doch nach einigen Metern setzte sie sich hin und wollte nicht weiter. Ihre Augen waren ängstlich auf das hoch aufragende Gebäude gerichtet, sie winselte leise.

»Was hast du? Das ist doch nur ein altes, leeres …« Jasmin hielt inne, als eine neue Windböe ein schauriges Jaulen tief aus dem Inneren des Sanatoriums erklingen ließ. Bonnie bellte einmal laut, doch klang es nicht munter wie gewöhnlich, dieses Mal klang die Hündin klein und verängstigt.

»Na gut. Du hast recht. Der Boden da drin ist zu gefährlich, ich will nicht, dass du in Glasscherben trittst«, sagte Jasmin zu ihr, »also bleibst du hier.« Jasmin führte die Labradorhündin zum Wagen zurück, nahm die karierte Picknickdecke aus dem Kofferraum und legte sie neben das Auto ins Gras. »Warte hier auf mich. Und pass gut auf, ja?«

Bonnie berührte ihre Hand mit ihrer feuchten Nase, als wollte sie ihr sagen, dass sich Jasmin keine Sorgen machen musste. Jasmin streckte ihre Taschenlampe wie eine Waffe vor sich aus und machte sich auf den Weg.

Die Eingänge und die meisten der ebenerdig gelegenen Fenster waren vernagelt, doch eines auf der Rückseite des Gebäudes war vielversprechend. Das Fenster ließ sich über einen Stapel von übrig gebliebenen Brettern erreichen – eines der vernagelten Bretter hing lose herab, schlug mit dem Wind gegen die Fassade, wo der Putz großflächig abgebröckelt war.

Jasmin stieg auf den Bretterstapel, balancierte ein wenig hin und her und griff nach der Fensterbank, wo sie Halt fand. Das Brett wehrte sich ein wenig, als sie danach griff und es aus der Wand ziehen wollte – schließlich gelang es ihr.

Aus der Öffnung schlug ihr feuchtkalte, abgestandene Luft entgegen. Jasmin zog sich auf die Fensterbank hoch. Gerade als sie durch die Öffnung kletterte und die Taschenlampe anknipste, kippte der Bretterstapel unter ihr um und fiel zu Boden.

Der Lichtkegel fiel auf einen gemusterten braunen Tapetenrest, der in Fetzen von einer feuchten Wand herabhing. Jasmin richtete die Taschenlampe auf den Boden, der etwa zwei Meter unter ihr lag.

Oh, verflucht, dachte sie.

Noch kannst du einen Rückzieher machen.

Noch ist Zeit ...

Jørgen anzurufen.

Jørgen. Da war er wieder, jener nagende Gedanke, der ihr durch den Kopf geisterte. *Was übersiehst du?*

Du hast gedacht, es wäre viel zu aufwendig, all dies zu inszenieren. Du hast gedacht, es wäre ... unmöglich.

Dabei hast du eines übersehen.

Denjenigen, der dich auf diese Insel geschickt hat. Denjenigen, der von deinen Plänen wusste. Die ganze Zeit über.

Jørgen wusste es.

Und wenn seine ehemalige Geliebte Hanna Jansen ebenfalls davon wusste – dann wäre es für sie beide ein Leichtes gewesen, alles vorzubereiten.

Oder?

In diesem Augenblick packte sie eine Windböe von hinten und brachte sie aus dem Gleichgewicht, Jasmin schrie auf und ruderte mit den Armen durch die Luft – dann fiel sie.

Sie kam mit den Beinen voran auf dem Boden im Inneren des Sanatoriums auf – und spürte, wie ein starker, stechender Schmerz durch ihren linken Fuß bis in den Knöchel schoss.

»Ah, verflucht«, stieß sie hervor und fasste an ihren Fuß. Beim Landen war ihr die Taschenlampe aus den Fingern geglitten, einige Meter weiter gerollt und ausgegangen. Jasmin lag nun inmitten von tiefster Dunkelheit. Mit einem schmerzerfüllten Seufzen setzte sie sich auf. Ihre Finger ertasteten Wasser, das sich am Boden gesammelt hatte, und darunter aufgequollene Dielenbretter. In der blauschwarzen Dunkelheit knisterte und raschelte es, als trappelten dort vielbeinige Kreaturen auf und ab.

Jasmin zog ihr Handy aus der Jackentasche und aktivierte die Taschenlampenfunktion. Ein heller Lichtfleck erschien.

Zwei glühende Augen starrten ihr aus der Dunkelheit entgegen.

KAPITEL 13

Jasmin schrie und das Tier stob davon – sie hörte, wie die Ratte ihren Schwanz hinter sich über den Boden schleifte, ehe sie in einem Spalt im Boden verschwand.

Sie war riesig gewesen, beinahe wie ein kleiner Hund.

Jasmin atmete schwer. Im Licht ihres Mobiltelefons fand sie die Taschenlampe, die ihr aus der Hand gefallen war, sie schleppte sich mehr über den Boden, als dass sie ging, bis sie sie erreicht hatte. Das Metall unter ihren Fingern war eiskalt.

Bitte, geh an, dachte sie flehend und drückte die Taste.

Ein heller Lichtkegel erschien.

Gott sei Dank. Jasmin steckte ihr Handy zurück in die Tasche und sah sich im Licht der Taschenlampe um. Der Korridor, in dem sie gelandet war, glich dem Inneren eines viktorianischen Herrenhauses – dunkle Holzböden, Ölgemälde in breiten, kunstvoll verzierten Rahmen und bodenlange Vorhänge an den Wänden, die schwer und feucht herabhingen. Wasserflecken übersäten die Wände, die Tapeten hingen wie faltige Haut herab, Käfer flohen vor dem Licht und Schimmel wucherte in den Ecken. Es roch nach Moder und Verfall, und einmal war es Jasmin, als könnte sie einen Schrei aus den Tiefen des Gebäudes hören – als wäre einer der ehemaligen Insassen für alle Ewigkeiten hier eingeschlossen, während er unablässig durch die Gänge schritt.

»Wunderschön und einladend«, sagte Jasmin zu sich selbst, um so die Stille, die auf ihren Ohren lastete, zu vertreiben.

Hoffentlich hat dich niemand gehört, war ihr nächster Gedanke. *Das wäre unschön. Und für die Zukunft – denk besser noch mal darüber nach, bevor du dich ein zweites Mal für einen solchen wahnwitzigen Plan entscheidest.*

Denk besser noch mal nach.

Als Nächstes widmete sich Jasmin ihrem Knöchel, betastete ihn vorsichtig. Die Wanderung durch das hohe Gras hatte ihre Jeans bis zu den Knien nass werden lassen, sie krempelte das Hosenbein ein Stück nach oben. Gebrochen schien nichts, doch konnte sie die Schwellung bereits deutlich spüren.

Da musst du jetzt durch. Sie sah zum Fenster hinauf, dem schmalen Streifen Rot der untergehenden Sonne, der gerade noch hereinfiel. Es war viel zu hoch oben, um dadurch wieder hinauszugelangen.

Nein, du musst jetzt einen anderen Weg hinaus finden.

Aber zuerst ... Jasmin holte tief Luft und nahm allen Mut zusammen, den sie aufbringen konnte ... *wirst du dich umsehen. Du wirst herausfinden, was an diesem Ort verborgen ist. Das Zeichen, es muss hier sein.*

Sie ging vorsichtig den Gang hinab, ließ den Lichtkegel über die abblätternden Tapeten schweifen, über die Pfützen, die sich am Boden gesammelt hatten, schmutziges dunkles Wasser, das wie ein öliger Film glänzte.

Bald mündete der Gang in eine größere Halle, deren Boden mit glatt poliertem Stein in einem schwarzweißen Schachbrettmuster ausgelegt war. Zu ihrer Rechten entdeckte Jasmin einen breiten Treppenaufgang, der in die höheren Stockwerke führte, zu ihrer Linken eine Reihe von Sitzgruppen, Sessel aus einst beigefarbenem Stoff, auf dem nun schwarzer

Schimmel wucherte. Auf dem Boden lagen lose Blätter, vom Wind zerstreut. In Regalen an der Südseite der Halle waren Bücher gestapelt, davor stand eine Leiter. Jasmin berührte sie – die Rollen gaben ein leises Knarren von sich. Sie wurde das Gefühl nicht los, als beobachtete sie etwas aus der Dunkelheit, und als sie sich herumdrehte, erwartete sie, die tierischen Augen inmitten der Schatten zu entdecken – doch nein, da war nichts. Nur der Wind blies durch einen handbreiten Spalt in einem vernagelten Fenster und erzeugte ein geisterhaftes Jaulen.

Über ihr hingen zwei ausladende Kronleuchter, die über und über mit Spinnweben behangen waren. Die Glassteine funkelten matt im Licht ihrer Taschenlampe.

Du musst den Ort finden, den du auf Larsens Foto entdeckt hast. Den Ort mit dem Zeichen. Den Ort, auf den der Täter mit seiner Origami-Figur angespielt hat – mit dem Dreieck, das er für dich zurückgelassen hat.

Und wenn er dich dort erwartet? Wenn es eine Falle ist?

Jasmin schob diesen Gedanken beiseite. *Du hast keine andere Wahl. Wenn du Paul wiedersehen willst, musst du dich ihm stellen. Seinem Entführer, koste es, was es wolle. Andernfalls ist Paul auf jeden Fall verloren.*

Jasmin ging zwischen den Sesseln hindurch. Ein Servierwagen stand verlassen im Weg, das Metall rostig. Obenauf lagen noch immer ein Teller und Besteck – Messer und Gabel aus Plastik, die Spitzen abgerundet, die Klinge stumpf – und eine zusammengefaltete Zeitung.

Es muss weiter oben sein. Jasmin näherte sich der Treppe. Die Holzstufen waren feucht von all der Nässe, an vielen Stellen brüchig und gerissen. Laub hatte sich auf den Stufen gesammelt und war zu einem gefährlich rutschigen Matsch geworden, der das Hinaufsteigen zu einem halsbrecherischen Manöver werden ließ.

Jasmin hielt sich am Handlauf des Geländers fest und stieg nach oben, setzte vorsichtig einen Fuß vor den anderen und horchte nach jedem Geräusch.

Waren da Schritte, die ihr folgten? Waren da Schritte, die just in dem Moment innehielten, wenn auch sie stehen blieb? Atemgeräusche aus der Dunkelheit, ein schwerfälliges, keuchendes Luftholen?

Jasmin richtete die Taschenlampe nach hinten. Nichts. Nur die Stufen, die sie hinter sich gebracht hatte, und dahinter die Halle.

Der Servierwagen stand ein paar Meter weiter links.

Jemand hatte ihn verschoben. Jemand, der nach ihr dort entlanggegangen war.

Jasmin zitterte. Ihre Hand, die auf dem Geländer lag, wurde schweißnass, wollte abrutschen. Sie stürmte voran, eilte die Treppe hinauf, während die Stufen unter ihren eiligen Schritten knarrten und ächzten.

Wasser tropfte von der Decke. Der Korridor, den sie erreichte, war mit einem schimmligen Teppichboden ausgelegt, über den sich eine dunkle Spur zog, so dunkel wie getrocknetes Blut.

Die Treppenstufen hinter ihr knarrten. Schwere, stampfende Schritte folgten ihr.

Jasmin patschte durch eine Pfütze, öffnete die erstbeste Tür zu ihrer Linken und stürzte hinein. Sie schlug die Tür zu und sah sich hektisch um – sie fand sich in einem Patientenzimmer wieder. Ein Bett vor einem Fenster, aus dem man auf das Gelände hinabblicken konnte, ein Nachttisch, ein Schrank, ein schlichtes Gemälde an der Wand, viel mehr gab es nicht. Jasmin packte den Nachttisch und schleppte ihn zur Tür, wo er sich genau unter die Türklinke klemmen ließ. Jasmin trat einen Schritt zurück, atmete heftig, während ihr Herz hämmerte.

Verängstigt horchte sie nach jedem Geräusch, das von jenseits der Tür drang – nach jedem Schritt, der sich näherte.

Nichts. Alles war still. Für einen Augenblick schien sogar der Wind den Atem anzuhalten.

Ist er fort?

Hoffentlich ist er fort.

Jasmin sah sich weiter um – auch hier klaffte eine Stelle in der Decke, wo das Dach undicht war und braunes Wasser herabtropfte, über die Wand floss und sich in einer schmierigen Brühe am Boden sammelte.

Sie wandte sich dem Bett zu. Die Decke war seltsam gewölbt, im letzten Tageslicht, das durch die Bretter am Fenster hereindrang, fiel Jasmins Blick auf etwas, das dort lag …

Die Bettdecke bewegte sich.

Jasmin stieß einen Schrei aus, als die Bettdecke zur Seite geschoben wurde und ein fauchendes Etwas darunter hervorsprang – dann musste sie hysterisch lachen.

Es war eine Katze.

Nur eine Katze.

»Du hast mir einen Riesenschreck eingejagt«, flüsterte sie vorwurfsvoll.

Die Katze schlich an ihr vorbei und glitt durch einen Spalt in den Schrank hinein. Jasmin öffnete die Tür. Ein leises Maunzkonzert kam ihr entgegen – die Katze hatte fünf Junge, die sich dort auf einer alten Decke aneinanderkuschelten. Die Mutter, die ihr entgegenblickte, fauchte abermals, schien Jasmin dann jedoch nicht länger als Bedrohung wahrzunehmen und legte sich zu ihren Jungen.

»Gib auf deine Kleinen acht«, sagte Jasmin leise. »Ich bin mir nicht sicher, ob das hier der richtige Ort für sie ist.«

Die Tür am anderen Ende des Raumes führte in ein kleines Badezimmer. Nichts geschah, als sie den Lichtschalter betätigte. Auch hier stand Wasser am Boden auf den Fliesen, der Spiegel war gesprungen, Jasmin warf einen kurzen Blick hinein und musterte ihr eigenes blasses, verängstigtes Gesicht.

Du siehst furchtbar müde aus. Du hast stundenlang geschlafen, den ganzen letzten Abend und die Nacht, wie Henriksen sagte, siehst aber aus, als hättest du dich viele Stunden unruhig und schlaflos herumgewälzt.

Und kannst dich nicht daran erinnern.

Hinter ihr knarrte etwas. Jasmin drehte sich um. Die Duschkabine war verschlossen, doch dahinter … Als sie den Lichtkegel der Taschenlampe darauf richtete, war es ihr, als würde sich hinter dem undurchsichtigen Glas etwas bewegen, sich vom Boden erheben. Jasmin taumelte zurück, stieß gegen das Waschbecken. Die Badezimmertür schlug zu.

»Was …?!«, stieß sie hervor. Die Duschkabine knarrte, die Scharniere quietschten wie Knochen, die in einem Mahlwerk zermahlen wurden. Jasmin wollte fliehen, wollte den Blick abwenden, sie tastete blindlings nach der Badezimmertür.

Eine Hand presste sich von innen gegen die Duschkabine. Blutig war sie, blutig und langfingrig, wie eine große bleiche Spinne.

Das ist nicht real. Der Gedanke war wie ein Rettungsanker, an dem sie sich festzuhalten versuchte. *Nicht real, nichts davon. Begreif das endlich!* Jasmin zwang sich, die Augen zu schließen.

Nicht real.

Als sie die Augen wieder öffnete, war die dunkle Silhouette hinter der Duschkabine fort. Jasmin wandte sich um und stürzte hinaus. Die Katzen waren aus ihrem Schrank verschwunden, im Patientenbett bewegte sich abermals etwas unter der Bettdecke. Jasmin griff danach und schlug sie zurück. Es waren schleimige blassweiße Maden, die sich mit einem schmatzenden Geräusch durch die Matratze fraßen.

Verschwinde von hier, dachte sie. *Mach, dass du rauskommst.*

Jasmin wollte nach dem Nachttisch greifen und ihn zur Seite schieben, als sie auf der anderen Seite der Tür ein leises Geräusch hörte. Schritte, so leise, dass sie sie beinahe überhört hätte. Jemand schlich auf Zehenspitzen.

Jasmin hielt den Atem an. Ihr Herz pochte so schnell und laut, dass sie überzeugt war, es würde sie verraten. *Er hört dich nicht. Er versucht, sich an dich heranzuschleichen, aber das wird ihm nicht gelingen.*

In diesem Moment traf ein heftiger Schlag die Tür, so kräftig, dass der ganze Türrahmen in der Wand erzitterte und Staub und Putz von der Decke herabrieselten.

Jasmin sprang zurück und stieß gegen das Bett. Ein neuer Schlag – die Tür erbebte. Ein Riss zog sich von oben durch das Türblatt, das Nachttischchen, das sie unter die Klinke geschoben hatte, war beiseitegerückt. Dann folgte ein dritter, noch kräftigerer Schlag.

»Nein«, schrie sie und stemmte sich gegen die Tür, »das wirst du nicht!«

Jasmin spürte, wie ein vierter Schlag die Tür erzittern ließ, wie das Holz riss und sich eine Axt durch den Türflügel bohrte. Dann wurde sie zurückgezogen, riss große Stücke des Pressspanholzes mit heraus. Eine Lücke klaffte in der Tür, durch die der Lichtkegel ihrer Taschenlampe fiel.

Dort draußen stand der Herumtreiber.

Er grinste.

Sie sah den grauen, langen Mantel schlaff an ihm herabhängen wie ein Leichentuch. Dann wanderte der Lichtkegel wie mechanisch hinauf zu seinem Gesicht.

Sie erkannte ihn.

Das war unmöglich.

Das durfte nicht sein.

Es war Jørgen.

Kapitel 14

Jasmin hörte, wie ein gequälter, panischer Schrei ihren Mund verließ. Jørgen stand ihr dort gegenüber, eine geschärfte, bedrohlich im Licht schimmernde Axt in der Hand, die Schneide scharf wie ein Tranchiermesser.

Er lächelte bösartig.

»Du kannst nicht hier sein!«, rief sie. »Das ist unmöglich!«

»Und doch«, sagte er und klang dabei überhaupt nicht nach Jørgen, wie sie ihn in Erinnerung hatte, »bin ich das.«

Wieder holte er aus und trieb die Axtklinge ins Holz, wieder und wieder, bis der Durchgang offen war. Jasmin war bis an die Wand zurückgewichen, sie zitterte am ganzen Körper, ihr Fluchtinstinkt trieb sie an, sich an Jørgen vorbeizudrängen, ein schwacher, verbliebener Teil von ihr, der vor Wut und Zorn bebte, wollte sich auf ihn stürzen.

»Ich begreife nicht, wieso …«, krächzte sie. »Wieso … was machst du hier?«

»Das verstehst du immer noch nicht?«

Jørgen kam näher. Er hob die Axt. »Komm her, ich will es dir erklären.«

Und dann schrie er. Jørgen ließ die Axt fallen und schrie, während seine Hände zu seinem Gesicht flogen. Sein Gesicht war verschwunden, ein wildes, pelziges, fauchendes Bündel hatte sich dort festgekrallt – die Katze, die ihn angesprungen hatte, bereit, sich und ihre Jungen gegen diesen bedrohlichen Angreifer zu verteidigen.

Jasmin sprang nach vorn, drängte sich an Jørgen vorbei zur Tür hinaus. Sie hörte seinen Schrei, dann rannte sie. Blindlings voran, die Treppe hinab. Vor ihren Augen schienen grelle Lichtblitze auf. Sie rutschte auf dem Laub, das sich auf den Treppenstufen gesammelt hatte, aus, verlor den Halt und stürzte etwa acht Stufen nach unten. Die Kanten der Treppenstufen bohrten sich schmerzhaft in ihre Seite, in ihre Rippen. Unten kam sie mit dem Fuß auf, knickte um und schrie. Ihr Fuß war wie mit glühenden Splittern gefüllt. Jasmin langte panisch nach dem Treppengeländer, zog sich hoch, versuchte, wieder auf den Beinen zu stehen.

Du musst hier raus. Raus, nur raus. Von oben hörte sie Schritte – Jørgen – und das Geräusch einer Axt, die über den Boden schleifte.

Jasmin schleppte sich voran.

Wieder durchquerte sie die große Halle mit dem Schachbrettmuster. Der Lichtkegel der Taschenlampe in ihrer Hand fiel auf all die losen, verstreuten Blätter am Boden – und dieses Mal erkannte sie, was dort stand.

Gefährliches Straftäter-Duo aus geschlossener Anstalt ausgebrochen!

Straftäter auf der Flucht!

Höchste Gefahr für die Allgemeinheit!

Darunter ein Bild von Hanna Jansen, wie sie sie in Erinnerung hatte. Jansen, die vollkommen verrückt wirkte.

Die Zeitung, die von dem Servierwagen herabgefallen war, trieb mit einer Windböe an ihren Schuhen vorüber.

Jørgens Gesicht war dort abgebildet.

Er grinste in die Kamera. Nicht viel weniger verrückt als Jansen.

Nein, das kann nicht sein. Er ist nicht ... er ist nicht das, wofür man ihn hier hält. Das kann nicht sein.

Jasmin suchte nach einem Ausgang, doch alles, was sie fand, war eine Tür mit einer schmalen Treppe dahinter, die tiefer ins Gebäude hinabführte. Der Schlüssel steckte, also trat sie hindurch, schlug die Tür zu und schloss ab.

Das Metall der roten Sicherheitstür beruhigte sie. Es war kühl und fest, und Jørgen würde es nicht so leicht einschlagen können.

Langsam begann sie, die Treppe in die Dunkelheit hinabzusteigen.

Denk nach, zwang sie sich. *Jørgen kann nicht hier sein. Du musst dich getäuscht haben.*

Aber du hast ihn doch gesehen.

Eine Sinnestäuschung. Das Licht, deine Anspannung. Deine Panik. Dieser Ort.

Es war der Herumtreiber. Es kann nicht Jørgen gewesen sein.

Und die Zeitung? All die Flugblätter dort oben?

Das ergibt alles gar keinen Sinn.

Aber es muss eine Erklärung geben. Es muss!

Jasmin fand sich am Ende der Treppe in einem Gang mit Backsteinmauern wieder. Zu ihrer Rechten und Linken gingen Stahltüren ab – Türen, in die kleine Klappen eingelassen waren, durch die man ins Innere blicken konnte.

Zellentüren.

Wen hat man hier unten eingeschlossen?

Die Allergefährlichsten?

Dann hörte sie das Pochen. Jemand schlug von innen gegen seine Zellentür, in einem langsamen, gleichmäßigen Rhythmus. *Klong. Klong.*

Klong.

Es war dicht vor ihr. Und noch etwas schimmerte auf den Wänden, auf den Zellentüren.

Endlich hatte Jasmin das Zeichen, das sie suchte, gefunden, das Zeichen von Larsens Foto. Da war es – das auf dem Kopf stehende Dreieck, das in der oberen rechten Ecke nicht geschlossen war. Gänsehaut kroch über ihren ganzen Körper. Das Zeichen war auf die kahle Backsteinmauer gemalt worden, in schwarzer Farbe, die in dicken Schlieren zum Boden herabgelaufen war, ehe sie erstarrte.

Jasmin schlug das Herz bis zum Hals.

Klong, ging das Geräusch. *Klong.* Immer wieder, als würde eine Eisenstange gegen die Mauern geschlagen, während sich die Geräusche zu einer Welle aus Lärm überlagerten, die durch den ganzen Gang hallte.

Er ist hier, schien eine Stimme zu sagen, zu flüstern, eine Stimme, die aus ihr selbst kam. *Er ist hier, der, den du suchst, er ist hier, der Verursacher all deines Leides, er ist gleich hier – und er hat Paul bei sich!*

Einmal warf Jasmin einen Blick über ihre Schulter, halb erwartete sie, dass dort der Herumtreiber in seinem langen grauen Mantel aus der Dunkelheit auftauchte – doch zugleich war es ihr, als wäre dieses Ereignis bereits unwichtig, fast vergessen, wie aus einem Traum. Alles, was jetzt noch etwas bedeutete, lag vor ihr und kam mit jedem Schritt, den sie über den fleckigen Betonboden zurücklegte, näher.

Das Geräusch drang aus einer Zelle gleich zu ihrer Linken. Jemand war darin und klopfte gegen die Wände. Mit zitternden Fingern griff Jasmin nach der Klappe in der Tür und öffnete sie, dann richtete sie ihre Taschenlampe ins Innere.

»Hah!« Ein Gesicht presste sich an die Öffnung, die breit genug war, um etwas hindurchzureichen, Jasmin trat instinktiv einen Schritt zurück. Es war ein Mann dort drinnen, sein Gesicht war mit Blut und Schmutz verkrustet, als hätte er sich schon Wochen oder gar Monate nicht mehr gewaschen. Er streckte die Zunge heraus und musterte sie aus eisblauen Augen – Augen, die Jasmin an jemanden erinnerten. Sein Gesicht war wie ein Stück Holz, an dem sich ein nur mäßig begabter Bildhauer zu schaffen gemacht hatte, Wangen und Lippen geschwollen, als hätte man ihn verprügelt.

An wen erinnern dich diese Augen? Denk nach, verdammt noch eins!

Dann fiel es ihr ein.

Nein, dachte Jasmin weiter, *das kann nicht sein. Das ist unmöglich.*

Die Augen erinnerten sie an Sven Birkeland – ihren Kollegen aus der Klinik, den Oberarzt, an dessen Seite sie so viele Menschenleben gerettet hatte.

Und dann war da noch etwas. Etwas, das am Rand ihres Bewusstseins lauerte, etwas, das einer Falle glich, bereit zuzuschnappen, wenn sie sich ihr unvorsichtig näherte. *Sven und du – was hast du vergessen?*

Wieder traten Lichtblitze vor ihre Augen, wieder dieser stechende Schmerz hinter ihrer Schläfe, als würde sich dort jemand mit einem Bohrer zu schaffen machen. Einen Moment lang war sie wieder dort, in jener schrecklichen Nacht auf der nassen Fahrbahn, und sah den Jeep, der auf sie zuraste. Sie wich aus – der Obdachlose war da, riss die Arme hoch – und sie überrollte ihn.

Etwas in dieser Nacht – etwas hatte sie noch immer nicht vollständig begriffen.

»Du erinnerst dich nicht«, sagte der Fremde in der Zelle. Seine Stimme klang rau, und als er sprach, sah Jasmin im Lichtkegel ihrer Taschenlampe, dass ihm auch Zähne im Mund fehlten, weil man sie ihm ausgeschlagen hatte. »Du erinnerst dich an gar nichts.«

»Wer bist du?«, fragte Jasmin, und als sie ihn so ansprach, zuckte der Mann zusammen. »Wieso bist du hier?«

»Kann ich dir nicht sagen, würdest es mir ja doch nicht glauben.« Es klang wie der weinerliche Singsang eines Kindes.

»Dieser Ort ist schon lange verlassen«, sagte Jasmin. Sie nahm allen Mut zusammen und machte ein paar Schritte vorwärts. Aus der Klappe drang ein saurer Geruch. Bei Gott, wie lange war dieser Mann schon da drin eingesperrt? »Wie kannst du noch hier sein?«

»Ich bin hier, weil du hier bist«, erwiderte er. »Verstehst du nicht? Ich bin überall, wo du hingehst.«

»Aber …«

»Kein Aber!« Seine Hand schoss vor und wollte sie packen, doch wich ihm Jasmin schnell genug aus und schlug mit dem Griff der Stabtaschenlampe zu, sodass er vor Schmerz aufjaulte und seine Hand zurückzog.

»Lass das«, sagte sie kühl. »Ich will Antworten. Das Zeichen hat mich hierhergeführt.«

»Ja, das hat es. Es ist immer wieder hier, nicht wahr, überall taucht es auf, aber du begreifst seine Bedeutung nicht. Weil du es verdrängst. Oh, darin warst du schon immer hervorragend.«

»Halt den Mund. Sag mir, was hier vor sich geht. Hier – und auf der Insel.«

»Und du denkst, ich weiß das? Was erwartest du von mir? Antworten? Du hast sie alle schon, deine Antworten, du musst dich nur erinnern.«

»Unsinn!«, rief Jasmin und spürte, wie sie mit jedem Wort, das dieser Unbekannte von sich gab, nervöser wurde. Und wütend, das wurde sie auch. *Dir entgleitet diese Sache.* »Rede endlich. Das hier ist alles so unfassbar verwirrend.«

»Verwirrend? Aber nein. Es ist nur ein Abbild einer Wirklichkeit, einer Wahrheit, die du verdrängt hast. *Jasmin.*«

Sie erstarrte. Ein Lächeln huschte über den blutigen Mund des Fremden. »Wie … wie kannst du meinen Namen wissen?«

»Ich weiß alles über dich.«

Jasmin umfasste den Griff der Taschenlampe fester. »Mein Sohn wurde entführt. Wenn du so viel weißt – weißt du dann auch, wer es getan hat und wo man ihn festhält? Ich wäre heute beinahe von einem Mann mit einer Spritze angegriffen worden ... ich ... ich weiß nicht länger, was hier vor sich geht. Es ist alles so ... unfassbar schrecklich.«

»Sie machen sich Sorgen. Du drohst ... *abzuweichen*.«

»Abzuweichen? Was soll das bedeuten?«

»Man hat deinen Sohn entführt, sagst du. Bist du dir da auch wirklich sicher?« Die Augen des Fremden verengten sich zu Schlitzen, während er sie nachdenklich und durchdringend musterte. »Bist du dir wirklich sicher, dass du deinen Augen und deinem Verstand trauen kannst?«

Nein, sagte eine leise Stimme in ihrem Kopf, die wie Jørgen klang, *das kannst du nicht. Du hast dir eingebildet, ich wäre hier mit dir in diesem alten Sanatorium gewesen, hätte dich sogar angegriffen*, sagte dieser Jørgen vorwurfsvoll. *Würde ich das jemals tun?*

Jasmin schluckte. Sie spürte, wie sich eine Träne von ihrem Auge löste und ihre Wange hinabfloss.

Auf der anderen Seite, ermahnte sie eine andere, energisch klingende Stimme, *hat man versucht, dich anzugreifen*. Mattila mit der Spritze, der Herumtreiber an ihrem Haus, der Drohbrief. Henriksen, der Geheimnisse vor ihr verbarg, Yrsen und ihre Anspielungen. Paul war entführt worden – der Historiker Larsen in seinem Haus verbrannt. Das Stück Stoff in ihrer Jackentasche. Alles Versuche, ihr etwas unterzuschieben? Einen Mord? Ein Versuch, ihr ihren Sohn wegzunehmen?

Und das alles ...

Wieso?

Als sie wieder aufblickte, schienen die Verletzungen im Gesicht des Fremden schlimmer geworden zu sein. Er blutete nun aus der Nase, aus dem Mund und schien sich kaum mehr auf den Beinen halten zu können.

»Du willst es wirklich durchziehen«, sagte er enttäuscht. »Das ist schade.«

»Rede endlich!« Jasmin schlug mit der Taschenlampe gegen die Stahltür, was ein lautes metallisches Geräusch erzeugte, das durch den ganzen Korridor hallte. »Rede, dann werde ich dich hier rauslassen.«

»Das wirst du nicht, und das wissen wir beide. Du hast Angst vor mir. Du weißt, was ich bin.«

Jasmin starrte ihn nur an. Für einen Moment war es ihr, als hätte der Fremde mit einer ganz anderen Stimme gesprochen – mit ihrer eigenen.

»Paul wurde entführt«, sagte der Fremde nun, obwohl es klang, als bereite es ihm große Schmerzen, diese Worte auszusprechen, »und wird an einem Ort festgehalten, den du kennst. Denk nach. Wer profitiert hier am meisten von allem? Wem bringt es was, wenn man dich als unzurechnungsfähig in eine Anstalt bringen wird, weil du das Leben deines Sohnes wieder und wieder riskiert hast? Weil du – eine *Mörderin* bist, Jasmin?«

Jasmin starrte den Fremden an. In ihrem Kopf arbeiteten die Gedanken wie Zahnräder eines Uhrwerks, die langsam ineinandergriffen. »Das bringt … mein Gott.«

»Nein, dem bringt es nichts! Denk nach.«

»Es bringt Jørgen etwas. Meinem Mann. Er hätte … alles.«

»Und? Wie wahrscheinlich ist es, dass er alles haben will? Du bist reich, Jasmin, deine Familie ist reich und er – hat er sich nicht immer wie ein Versager gefühlt, hat er sich nicht immer gedacht, er würde dir nicht genügen? Hat sich da nicht eine Wut aufgestaut, eine Frustration, immer nur der kleine Mann zu sein? Will er es dir nicht heimzahlen? Hast du *sie* vergessen? Hanna Jansen? Was ist, wenn sie all das hinter deinem Rücken ausgeheckt haben? Hm? Was ist damit?«

Sie. Jasmin musste eine Hand ausstrecken und sich an der rauen Backsteinwand abstützen, als sie begriff, worauf der Fremde da anspielte. »Es ist wahr«, erwiderte sie heiser, »Jørgen hatte eine Affäre. Aber das ist alles vorbei, Schnee von gestern, er würde nie – niemals würde er mir das antun, er liebt mich, er macht sich Sorgen um mich, immer wieder hat er mich angerufen, er wollte uns sogar hierherbegleiten …«

»Unsinn«, erwiderte der Fremde. »Das weißt du genau.« Nun lief Blut aus seinen Ohren. Er würde sterben, begriff Jasmin, genauso wie sie wusste, dass man ihm ohnehin nicht helfen konnte, weil dieser Fremde überhaupt nicht hier war – er war nur eine Projektion ihres Unterbewussten, ein Mahner, der – ja, der was von ihr verlangte?

Dich zu erinnern?

Und warum hast du gedacht, er hätte Ähnlichkeit mit deinem Kollegen Sven Birkeland?

»Jørgen hat das alles zusammen mit *ihr* geplant. Er hat dich getäuscht, die ganze Zeit schon. Und du musst zugeben, dass du dazu neigst, dich in Dinge hineinzusteigern. Als du dein zweites Kind verloren hast …«

»War Jørgen immer an meiner Seite.«

»Hast du begonnen, dir etwas zu erschaffen. Eine fiktive Welt, die immer weiter angewachsen ist. Begreifst du es nicht? Jørgen hat das gehasst. Er wollte, dass du in die Wirklichkeit zurückfindest. Und dann kam der Unfall. Du behauptest, einen Menschen getötet zu haben – obwohl niemand den geringsten Beweis dafür finden konnte. Also dachte er sich einen Plan aus … um dich endgültig loszuwerden. Und es musste ein guter Plan sein, denn sonst würde er nichts bekommen. Ihr habt einen Ehevertrag, nicht wahr?«

Jasmin spürte, wie ihr Träne um Träne auf die Wangen tropfte. »Ich habe gedacht, er wäre hier. Er wollte mich angreifen, ich dachte, er wäre der Herumtreiber in diesem grauen Mantel …«

»Weil dein *Unterbewusstsein* bereits begriffen hat, was wirklich vor sich geht. Weil du insgeheim verstanden hast, dass Jørgen dir *schaden* will.«

»Aber er ist nicht hier!«, rief sie panisch. »Du musst lügen!«

»Natürlich ist er nicht hier, aber es sind Leute in seinem Auftrag hier, die seinen Plan ausführen! Und natürlich lüge ich nicht, ich bin nämlich gar nicht da!« Wieder streckte der Fremde die Hand aus, bekam die Klappe der Zellentür zu fassen und zog sie zu – mit einem lauten, metallischen Knall war die Klappe wieder verschlossen und Jasmin allein im dunklen Korridor.

»Du … du Lügner«, schluchzte Jasmin. Sie griff nach der Klappe und öffnete sie wieder, doch als sie den Lichtkegel der Taschenlampe hineinrichtete, war die Zelle leer – der Boden war fleckig, die Wände waren mit wirrem Gekritzel übermalt –, niemand war darin, schon gar kein Fremder mit eisblauen Augen.

Du hast dich mit dir selbst unterhalten, dachte sie. *Und was sagt dir das über deinen Geisteszustand?*

Und dennoch – ihre Gedanken machten durchaus Sinn. Jørgen – sie musste dieser Spur nachgehen. Er konnte kaum allein gehandelt haben, er musste Helfer haben.

»Du weißt doch genau, wer ihm hilft«, sagte jemand. Als sie sich umsah, war der Fremde wieder da, nur lehnte er dieses Mal an der Rückwand, als wäre er durch die geschlossene Zellentür hindurchspaziert, weil sie für ihn kaum mehr war als dünne Luft. Nun erkannte Jasmin, dass er einen langen weißen Arztkittel trug. *S. Birkeland*, stand auf einem Namensschild. Der Kittel war blutverschmiert und zerrissen. »Du weißt, dass Hanna Jansen hier ist. Sie hat sich verändert. Du hast sie schon getroffen.«

»Was ist mit dir geschehen?«

»Das warst du, Jasmin. Du ganz allein.«

»Ich … ich begreife nicht.«

»Das ist jetzt auch nicht wichtig. Wichtig ist, dass du Paul findest. Dass du sie aufhältst, ehe sie ihren Plan beenden können. Bevor sie dir etwas anhängen, aus dem du dich nicht mehr befreien kannst. Wenn Jørgen gewinnt, wirst du alles verlieren und er wird sich mit seiner neuen Liebschaft ein schönes Leben machen. Willst du das?«

»Nein«, erwiderte Jasmin. »Dafür wird er bezahlen.«

»Und wo kannst du anfangen?« Birkeland kam näher. Jasmin bemerkte, dass er hinkte, als wäre sein Bein gebrochen. Und tatsächlich, ein Stück blanker Knochen ragte aus dem Unterschenkel heraus. Sie schloss die Augen. *Das ist alles nur Einbildung. Er ist nicht hier.*

»So funktioniert das nicht«, erklärte Birkeland. »Ich bin immer bei dir. Bin ein Teil von dir.«

»Verschwinde!«, rief Jasmin. »Was geschieht hier? Werde ich allmählich verrückt?«

»Na, du zeigst alle Anzeichen dafür, nicht wahr?« Birkeland verschränkte die Arme. »Hast du mich wirklich vergessen? Wie sehr wir uns doch an jenem Abend …«

»Halt den Mund!«

Birkeland lächelte und schüttelte den Kopf. »Wie du willst. Jetzt denk mal ganz in Ruhe nach, was du als Nächstes unternehmen willst.«

»Ich … ich weiß es nicht.« Jasmin fuhr sich über die Wangen, um die Tränen abzuwischen. »Ich weiß es wirklich nicht. Es gibt keine Spur, nichts, womit ich näher an Paul herankommen könnte. Der Entführer hat sich nicht mal gemeldet.«

»Hast du mir gerade nicht zugehört?«

»Du bist nicht real«, erwiderte sie und wandte sich ab. »Warum sollte ich dir zuhören? Ich suche jetzt einen Weg hier raus und dann werde ich Henriksen alles erzählen. Dass ich den Toten in der Kältekammer gesehen habe und dass es der Mann aus der Unfallnacht ist.«

»Oh, wie klug. Und als Nächstes werden sie dir nachweisen, dass du die Leiche entwendet hast, ja mehr noch, dass du für das Feuer verantwortlich bist, in dem Larsen starb. Sie wissen doch ganz genau, wie sehr du es liebst.«

»Wie bitte?« Jasmin erstarrte. »Was hast du gerade gesagt?«

»Der Ausgang ist gleich diesen Korridor hinab.« Birkeland deutete mit seinem blutverschmierten Arm in die Dunkelheit. »Geh, wenn du gehen musst. Lauf in dein Verderben.«

»Was bleibt mir denn übrig?«

»Du könntest dir ein Bild ansehen.« Birkeland legte den Kopf schief, während ein zynisches Lächeln seinen Mund umspielte. »Du weißt, wovon ich spreche.«

Gabriela Yrsen, dachte Jasmin. Die Frau mit dem Zweiten Gesicht, die Künstlerin, die ihr versprochen hatte, auch für sie ein Gemälde anzufertigen, das ihre Fragen beantworten sollte.

Ob sie damit schon vorangekommen war?

»Du könntest sie fragen, was sie dir verheimlicht. Und was Henriksen dir nicht sagen will. Und du könntest einmal darüber nachdenken, wer diese Frau *wirklich* ist.«

Die Anruferliste. Yrsen, Larsen, sie beide auf der Liste in Henriksens Telefon. Vielleicht war es einen Versuch wert.

Jasmin leuchtete den Korridor hinab. Der schmutzige, fleckige Beton, die Backsteinwände, aus denen hier und da Steine hervorstanden, als hätten Erdbewegungen im Lauf der Jahre dafür gesorgt, dass sich die Wände allmählich verschoben, und eine kleine Ratte, die über den Boden rannte, fort vom Licht – mehr war da nicht zu sehen. Sie war allein und alles war still.

Birkeland war fort und Jasmin folgte dem Korridor entlang, bis sie auf eine zweite Metalltür stieß, die mit einem Riegel gesichert war. Das Eisen war rostig, doch nach einigem Zerren und Ziehen gelang es ihr, den Riegel zurückzuschieben. Kühle, frische Luft kam ihr entgegen. Jasmin stand am Fuß einer Seitentreppe, die unter einer Überdachung hinauf zur Rückseite des Sanatoriums führte. Sie war draußen, sie war frei.

Alles, was du da drin gesehen hast, war nur ein Trugbild – an diesem Gedanken versuchte sie sich festzuklammern. *Vielleicht mehr als das, für gewöhnlich spricht man nicht mit eingebildeten Gestalten – aber dennoch, du kannst versuchen, es zu vergessen. Du kannst es aber auch als Reaktion deines Unterbewusstseins betrachten – und daraus lernen.*

Jasmin machte sich auf den Weg zurück zum Wagen. Die Sonne war ein ganzes Stück über den Horizont gewandert und schickte sich an, hinter den Baumwipfeln zu versinken. *Du musst einige Stunden im Inneren verbracht haben, obwohl es dir gar nicht so lange vorkam.*

Bonnie lag im Gras, sie schlief, wachte jedoch sofort auf, als sie Jasmin näher kommen hörte – freudig wedelte sie mit dem Schwanz. Jasmin umarmte und streichelte sie, dann stiegen sie in den Wagen.

Auf ihrem Handy rief sie Jørgens Nummer auf. Lange saß sie so da und blickte auf die Zahlen, während ihre Finger über der Anruftaste verharrten.

Es ist möglich, dass er wirklich lügt. Es ist möglich, dass er seine Affäre nicht beendet hat. Es ist möglich, dass er dich wirklich loswerden will. Aber würde er Pauls Leben riskieren? Nein, begriff sie, *das würde er niemals. Also muss die Entführung, wenn Jørgen und Hanna Jansen wirklich beteiligt waren, inszeniert gewesen sein. Paul lebt, Paul geht es gut.*

Es ging nur um sie. Es ging nur darum, ihr etwas anzuhängen.

Ihre Hand fasste mechanisch in ihre Jackentasche, wo noch immer das Stück Stoff lag, das sie dort früher am Tag entdeckt hatte. Jasmin hob es sich an die Nase und roch daran – nun war es ihr, als könnte sie einen deutlichen Benzingeruch wahrnehmen.

Benzin, das jemand verwendet hatte, um ein Haus anzuzünden.

Larsens Haus.

Ihr Herz schlug schneller. War es wirklich die Wahrheit? Waren diese Menschen wirklich so perfide, ihr einen Mord unterzuschieben?

Möglich war es. Menschen waren nicht immer das, wofür man sie hielt. Sie waren nicht so gut, wie sie es sich wünschte. »Du bist naiv«, hatte Jørgen einmal zu ihr gesagt. »Du schätzt diese Welt falsch ein. Du bist viel zu behütet aufgewachsen.«

Jasmin wischte weiter über das Handydisplay, bis sie die Nummer von Birkeland fand – und dann die ihrer Mutter Marit. Sie wählte, doch meldete sich auf der anderen Seite nur der Anrufbeantworter.

Es war wie verhext.

Zuletzt rief sie Henriksens Nummer auf, die sie von seiner Visitenkarte abgeschrieben und eingespeichert hatte. *Du kannst ihm die Wahrheit sagen. Du kannst versuchen, ihn um ein Treffen zu bitten, nur ihr beide allein. Du kannst versuchen, dich noch einmal von seiner Ehrlichkeit zu überzeugen.*

Sie drückte die grüne Taste und Henriksen meldete sich direkt nach dem ersten Klingeln.

»Wir haben uns Sorgen gemacht«, sagte er, »Sie sind seit Stunden verschwunden. Wo in aller Welt sind Sie?«

»Ich ... ich musste etwas überprüfen«, erwiderte Jasmin mit rauer Stimme. »Etwas, das ich nur allein tun konnte.«

»Wir haben gehört, dass Sie unten am Strand waren. Als ich zum Haus zurückkam, traf ich auf Boeckermann, der am Strand auf einen Herrn namens Veikko Mattila getroffen war – und der hätte ihm erzählt, dass sie unten am Wasser versucht haben, etwas im Meer zu entsorgen.«

Jasmin traute ihren Ohren nicht. »Ich soll was getan haben?«

»Papiere, Frau Hansen. Verbrannte Papiere, die Sie in den Wind gestreut haben. Dokumente, die aus dem Haus des Historikers stammen.«

»Das ist nicht wahr. Das ist eine Lüge.«

»Sie waren also nicht am Strand?« Henriksen klang völlig unberührt; sie wusste nicht, ob er ihr nun misstraute oder Glauben schenkte. Im Hintergrund hörte sie in den Momenten der Stille ein leises Geräusch bei ihm.

Du kennst es. Meine Güte, du weißt, wo er gerade ist. Von wo er telefoniert.

»Ich war am Strand«, entgegnete sie, »und ich habe den Mann getroffen, aber ganz bestimmt nichts im Wind verstreut.« Er wollte mich angreifen, hätte sie beinahe gesagt, verkniff sich den Satz jedoch.

»Sind Sie jetzt wieder bei mir am Haus? Gibt es neue Spuren?«

»Ich bin im Dorf. Bei der Polizeistation.« Henriksen zögerte. »Sie sollten herkommen. Wir müssen uns treffen und uns unterhalten.«

»Na gut«, erwiderte Jasmin schnell. »Einverstanden. Aber das geht jetzt noch nicht. Sagen wir … heute Abend. Um acht. Bei mir im Haus.«

»Um acht?«, wiederholte Henriksen. Jasmin war es, als würde er ihre Worte für jemanden wiederholen, der neben ihm stand und versuchte, alles mit anzuhören. »Das passt wunderbar. Dann bis um acht.«

Jasmin legte auf. Ihre Hand zitterte. *Ganz bestimmt nicht bis um acht*, ging es ihr durch den Kopf.

Du hast das seltsam klingende Geräusch im Hintergrund auf seiner Seite erkannt. Du weißt, wo er sich gerade aufhält.

Das Geräusch entstand dadurch, dass der Wind durch ein ausgeklügelt geformtes Röhrensystem strömte – dieses Geräusch hatte sie schon einmal gehört. Es war die Skulptur in Yrsens Garten. Der Seemann mit dem Fernrohr.

Henriksen war dort, er war bei ihr.

KAPITEL 15

Die Dämmerung zog herauf, als Jasmin den Volvo ein Stück vor Gabriela Yrsens Grundstück parkte, versteckt hinter dem dichten Grün einiger Büsche, in denen der Wind rauschte, der die Äste und Blätter, die noch nicht zu Boden gefallen waren, über ihr tanzen ließ. Schon zweihundert Meter zuvor hatte sie die Scheinwerfer abgeschaltet, damit man ihr Herankommen nicht bemerkte. *Du benimmst dich wie eine Verbrecherin*, dachte sie, und wie sie zu ihrem eigenen wachsenden Entsetzen bemerkte, ging ihr all dies recht leicht von der Hand. Bonnie betrachtete sie aufmerksam und mit wachem Blick, doch Jasmin schüttelte den Kopf.

»Hier kann ich dich nicht mitnehmen. Das geht einfach nicht. Du bist klug, wahrscheinlich sogar so klug, dass du mich nicht verraten würdest. Aber ich wage es trotzdem nicht.« Sie streichelte der Hündin über den Kopf und Bonnie schleckte mit ihrer rauen Zunge über ihre Hand. »Tut mir leid. Aber ich bin bald zurück. Ganz bestimmt.«

Jasmin stieg aus, und während sie geduckt in Richtung Haus schlich, kam es ihr vor, als hätte sie Bonnie gerade belogen. *Vielleicht siehst du sie nie wieder*, wurde ihr schmerzhaft bewusst. *Vielleicht war das gerade das letzte Mal.*

Wenn sie dich verhaften ...

Ja, wenn.

Wenn du nichts dagegen unternehmen kannst.

Diese Machenschaften aufdecken.

Jasmin überwand das Gartentor, das in den Zaun eingelassen war, mit einem kleinen Sprung. Die Dunkelheit, die nun heraufgezogen war, hüllte sie schützend ein und verbarg jede ihrer Bewegungen.

Hoffentlich.

Sie musterte die Fenster im Erdgeschoss, die schwach erhellt waren, während der obere Stock im Dunkel lag – wenn jemand hinaussah, würde man sie vielleicht doch entdecken, und sie würde es nicht einmal bemerken. Das war wie mit dem Herumtreiber unten im Garten, nur dass dieses Mal die Rollen vertauscht waren.

Sie blickte auf die Straße zurück. Dort parkte Henriksens Wagen, versteckt zwischen den Bäumen am Anfang eines schmalen Pfades, doch das Licht einer nahen Straßenlaterne verriet ihn durch ein verräterisches Glänzen auf dem Lack. Hatte er mit Absicht so geparkt, dass man ihn nicht auf den ersten Blick entdeckte, wenn man sich aus Richtung Süden auf das Haus zubewegte?

Ganz bestimmt hat er das.

In der Luft lagen der salzige Geruch des nahen Nordmeers und das leise Heulen, das der Wind in der Röhre der seltsamen Metallkonstruktion erzeugte, die neben dem Haus stand.

Der Wind hatte an Kraft zugenommen – im Radio, das sie auf der Fahrt hierher angestellt hatte, um ihre Nervosität zu übertönen, hatte der Moderator des lokalen Senders eine Warnung ausgegeben: Der Herbststurm kam immer näher heran. Der Fährbetrieb war eingestellt und in den nächsten Stunden würde niemand mehr die Insel verlassen können.

Was bedeutete, dass sie alle gemeinsam hier festsaßen. Wahrscheinlich würde es heute Nacht enden, und jetzt, da man sie mit dem Rücken zur Wand gedrängt hatte, blieb ihr nicht viel mehr anderes übrig.

Jetzt oder nie, dachte Jasmin. *Dir bleibt nicht mehr viel Zeit.*

Jasmin drückte sich gegen die Hauswand. Das Heulen war hier viel lauter, während sie um das Gebäude herumschlich. Sie hob eine Hand, um sich den Schweiß von der Stirn zu wischen. Trotz der Kälte war ihr heiß, ihre Hände zitterten. Sie ließ ihren Blick über das Gebäude schweifen – da war ein kleines Fenster, das auf der Nordseite offen stand.

Zufall?

Vielleicht. Aber jetzt bist du hier.

Jetzt wirst du nicht mehr umkehren.

Sie war nicht direkt vom Sanatorium hierhergefahren. Zunächst war Jasmin zu ihrem Haus am Strand zurückgekehrt – und obwohl sie befürchtete, dass man dort auf sie wartete und sie festhalten wollte, hatte sie Haus und Garten leer vorgefunden. Sie kontrollierte die Kameras, die Bewegungsmelder. Henriksen hatte zumindest hierbei die Wahrheit gesagt: Er hatte das Haus verlassen und war seitdem nicht mehr zurückgekehrt.

Es war leer, es war still, und als Jasmin die kleinen Bilder betrachtete, die Paul gemalt und die sie aufgehängt hatte, als sie die grüne Couch im Wohnzimmer sah, die Veranda aus den langen Holzbalken, die Jørgen damals selbst gebaut hatte, überkam sie ein solches überwältigendes Gefühl der Traurigkeit, dass sie sich am liebsten in einer Ecke auf den Boden gesetzt und das Gesicht in den Händen verborgen hätte.

Es wird nie wieder sein, wie es einmal gewesen ist.

Du kannst alles versuchen, aber du kannst die Zeit nicht zurückdrehen. Niemand kann das.

Jasmin stieg die Treppe zu ihrem Schlafzimmer hinauf, öffnete die unterste Schublade des Nachttischs und kippte sie auf den Boden. Ein paar Schachteln mit Medikamenten, einige Haargummis, Splitter eines zerbrochenen Handspiegels und ein

Lippenstift fielen heraus, kullerten über den Boden und blieben verstreut liegen. Es war so still im Haus, nur das leise Klicken von Bonnies Pfoten auf dem Dielenboden war zu hören, als die Labradorhündin nebenan in Pauls Zimmer ging, schnüffelte und nach ihrem kleinen Freund suchte.

Als sie ihn nicht fand, ließ sie ein kurzes, wehmütiges Heulen hören.

Jasmin griff in die Ecken des Schubladenbodens und hebelte ihn heraus. Darunter befand sich ein zweiter Boden und darauf wiederum lag ein kurzläufiger, silberner Revolver – wie ein Fremdkörper, der nicht hierhergehörte.

Das war *ihr* Geheimnis, eines ihrer *dunklen* Geheimnisse, die sie gehütet hatte, und es war in ihrer Erinnerung herangewachsen wie eine geheime Pflanze, die erblüht war in den vergangenen Tagen, als sie nachts wach gelegen und nach den Geräuschen gelauscht hatte, die das alte Haus und das alte Gemäuer von sich gaben.

Eine Erinnerung, dass das alte Gewehr im Keller nicht die einzige Waffe war, die sie besaß.

Dieser *spezielle* Revolver gehörte nicht Jørgen. Es war ihr eigener, ihrer ganz allein.

Jørgen wusste nichts davon, sie hatte ihn besorgt und hier versteckt, vor Jahren schon, als sie Nächte allein hier verbracht hatte. Seitdem lag er hier, seitdem hatte sie ihn vergessen – bis jetzt. Jasmin hatte den Revolver und die kleine Schachtel Munition an sich genommen, Neun-Millimeter-Patronen, die wie kleine silberne Schätze darin herumrollten, hatte ihn geladen und in die Jackentasche gesteckt.

Und dann bemerkte sie es: die winzigen Kratzer auf dem Schubladenboden. Die Fingerabdrücke auf der Waffe. Die Blutspuren.

Jemand ist vor Kurzem hier gewesen, ging ihr durch den Kopf. Jemand, der von der Waffe wusste.

Und jetzt, da sie vor Yrsens Haus stand, gegen die Wand geduckt, und durch den Stoff ihrer Regenjacke jede Unebenheit im Mauerwerk spürte, fühlte sich das Gewicht in ihrer Tasche beruhigend an.

Nur für den Fall, dachte sie. *Nur für den Fall.*

Jasmin streckte die Hand nach dem Fenster aus, öffnete den Flügel ein Stück weiter und griff dann in ihre Jackentasche, um sich ein Paar Handschuhe überzuziehen. Nicht der Kälte wegen, die war ihr in diesem Moment völlig gleich, es ging ihr um die Fingerabdrücke. Als das erledigt war, kletterte sie hinein.

KAPITEL 16

Das Haus der Künstlerin glich einer Höhle, in die sie sich nun vorwagen musste, eine Höhle, in der eine Raubkatze schlief, oder der letzte Rückzugsort eines lang gesuchten Verbrechers. Es war ihr, als atmeten die Wände, während der Boden, lange Dielenbretter aus Eiche, unter ihren Schritten knarrte.

Nur Mut. Du bist so weit gekommen.

Sie folgte dem Flur und fühlte sich dabei von all den Bildern und Zeichnungen, die an den Wänden hingen, beobachtet. Eine Reihe von Türen gingen zur Linken ab, sie waren allesamt verschlossen. Irgendwo tiefer im Haus erklangen leise Stimmen – zwei, wenn sich Jasmin nicht irrte.

Henriksen und Yrsen, daran zweifelte sie nicht.

Einen Moment hielt sie inne, blieb mit klopfendem Herzen auf dem dicken cremefarbenen Teppichboden stehen und dachte darüber nach, welch ein Irrsinn ihre nächtliche Aktion darstellte. *Du willst Leute belauschen, die beschlossen haben, dir Schaden zuzufügen. Anstatt zu fliehen, lässt du dich immer weiter hineinziehen.*

Aber tief im Inneren spürte Jasmin, dass sie es leid war, weiter davonzulaufen. Sie wollte *kämpfen*.

Die erste Tür zu ihrer Rechten verbarg ein kleines Arbeitszimmer, einen Schreibtisch, auf dem sich eine ganze

Reihe von Briefen neben halbfertigen Skizzen in einer Ablage stapelten – es waren Anfragen von Menschen, die Yrsen um einen Termin baten.

Menschen, die sich noch daran erinnerten, was sie früher für andere getan hatte.

Jasmin blätterte die Briefe durch – keiner davon war älter als fünf Monate. Das war seltsam, nicht wahr?

Neben dem PC, der einen Großteil des Schreibtischs einnahm, entdeckte Jasmin einige geöffnete Umschläge, die wie Rechnungen aussahen – und darunter einige Bücher. Sie nahm eines davon in die Hand – *Kunstmalerei für Anfänger*, stand darauf. *Einführung in die Kunst des Ölgemäldes*, auf dem anderen.

Jasmin bemerkte, wie ihre Hände zitterten.

Landschaftsmalerei für Dummies.

Das große Handbuch der Kunstgeschichte.

Jasmin traute ihren Augen nicht. Es war kaum zu fassen.

Also ist es wahr. Sie hat gelogen. Sie ist eine … ja, was? Wie in aller Welt ist das möglich?

Jasmin zog die Schubladen des Schreibtischs auf, während sie auf Geräusche horchte, Schritte, die womöglich draußen den Flur herabkamen. Doch noch war alles still, nur die leisen Stimmen von Yrsen und Henriksen, die sich im Wohnzimmer am anderen Ende des Hauses aufhalten mussten, waren zu hören.

Wenn man dich hier ertappt, bist du verloren. Und dennoch – hier fand sie eindeutige Beweise. Eine Stromrechnung, eine Neuanmeldung des Stromanschlusses, die nur vier Monate zurücklag.

Als wäre Yrsen gerade erst hier eingezogen.

Oder – begriff Jasmin erschaudernd – die Yrsen, der sie begegnet war, war keineswegs die Frau, die sie vorgab zu sein. Sie war jemandem begegnet, der ihr nur etwas vorgespielt hatte.

Eine falsche Identität? Was war geschehen? Was war mit der echten Künstlerin passiert?

In der untersten Schublade stieß sie auf ein kleines Notizbuch, das nahezu unbenutzt war – und während sie es mit zittrigen Fingern durchblätterte, entdeckte sie ein Foto von sich selbst, das vermutlich damals im Krankenhaus aufgenommen worden war. Daneben hatte Yrsen – oder wer immer sie war – den Namen Jasmin Hansen geschrieben, und eine Abkürzung: MPS. F44.81.

Was hatte das zu bedeuten?

Wie kam diese Frau an ein Bild von ihr? Am liebsten hätte Jasmin das Notizbuch eingesteckt oder die Seiten herausgerissen, doch konnte sie dem Drang gerade noch widerstehen.

Sie blätterte weiter und stieß auf ein zweites Bild – ein großer, hagerer Mann, der in die Kamera lächelte. Es war ein kleines Passfoto, wie eines, das man sich in den Geldbeutel steckte, sodass man seinen Liebsten immer bei sich trug.

Sie kannte den Fremden nicht, wurde zugleich jedoch das Gefühl nicht los, ihn doch schon einmal irgendwo gesehen zu haben.

Das ist seltsam, nicht wahr? Wie alles an diesem Ort.

Sie blätterte weiter und stieß auf einen dritten Eintrag, der ihr einen halblauten Seufzer entlockte. *Hanna Jansen*, stand dort, Jørgens alte Affäre. Yrsen hatte kein Foto eingeklebt, jedoch ein großes Fragezeichen neben den Namen gemalt.

Ein schrecklicher Verdacht schlich sich in ihr Bewusstsein. Gabriela Yrsen war nicht echt, dachte sie. Vielleicht war es nur ein Name, ein Schauspiel, mit dem man sie täuschen wollte, vielleicht war Gabriela Yrsen in Wahrheit niemand anders als Hanna Jansen selbst. *Sie sind ein und dieselbe Person.* Ihre alte Feindin war hier, vor ihren Augen, und verhöhnte sie.

Kann das sein?

Aber natürlich.

Hanna Jansen war schon immer gefährlich, verschlagen und bösartig.

Und dann sah sie es, weit hinten im Dunkel des Raumes verborgen, stand es noch auf der Staffelei – unter einem Tuch, das über den Rahmen hing. Das Gemälde. *Ihr* Gemälde, ebenjenes, das Yrsen für sie anfertigen wollte.

Jasmin streckte die Finger aus. Sie zitterte, als sie nach dem Tuch griff und es vorsichtig zu Boden fallen ließ.

Sie sah sich selbst – unscharf und nicht besonders gut getroffen – und erkannte, dass sie ein brennendes Feuerzeug in der Hand hielt. Hinter ihr brannte ein Gebäude, das wie eine moderne, im 21. Jahrhundert erbaute Variante des alten Sanatoriums wirkte.

»Du Miststück«, sagte Jasmin heiser. »Du versuchst wirklich, mir Dinge anzuhängen, die ich nie getan habe.«

Auf dem Schreibtisch entdeckte sie eine Schere. Sie packte sie und stach wütend auf das Bild ein, bis es völlig zerfetzt war. Dann verließ sie das Büro, zog die Tür hinter sich zu und schlich durch den Flur zurück zum Fenster, das noch immer offen stand. Der Wind hatte buntes Laub hereingeweht, das sich wie kleine Farbtupfer auf dem Teppichboden gesammelt hatte.

Yrsen ist nicht Yrsen. Das weißt du jetzt, und deshalb solltest du verschwinden. Außerdem gibt es da dieses F44.81, dachte sie, *du musst herausfinden, was das sein soll.*

Jasmin stieg auf die Fensterbank, die bedenklich unter ihr schwankte, schwang ein Bein hinaus und sprang auf der anderen Seite wieder hinab.

Mit einem leisen Geräusch landete sie im hohen Gras.

Geschafft.

Sie erstarrte.

Mit einem Mal waren die Stimmen aus dem Inneren deutlich zu hören, so nah, dass sie erschrak, so nah, als stünden sie gleich neben ihr. Die eine gehörte Yrsen, die andere Henriksen. Jasmin hielt den Atem an, während sie horchte. Die beiden schienen zu streiten, Henriksen wollte Yrsen beruhigen, während Yrsen aufgebracht war, außer sich, wie Jasmin sie bislang noch nicht erlebt hatte. Licht wurde eingeschaltet, ein matter buttergelber Lichtschein fiel durch das Fenster nach draußen und malte einen hellen Streifen auf das Gras und die Hecken. Jasmin spürte die harte Mauer im Rücken, während sie die Ohren spitzte.

»... es ist zu gefährlich, und das weißt du selbst ganz genau«, sagte Yrsen gerade. »Es muss enden. Wir können nicht länger abwarten. Heute Nacht ist das *Finale*, heute Nacht ist Schluss mit alldem, Schluss mit ihr. Ich bin es leid, länger zuzusehen. Es ist zu gefährlich.«

»Es ist gefährlich, das weiß ich selbst«, hörte sie Henriksen erwidern. Die sonore Stimme hatte noch immer ihren beruhigenden, einschmeichelnden Klang, doch war sich Jasmin sicher, darunter auch noch etwas anderes herauszuhören – Zweifel, Beunruhigung und Sorge.

»Es ist mehr als das. Dein *Kopf*, Hendrik. Du bist verletzt worden.« Nun klang Yrsen fast schon zärtlich. Jasmin traute ihren Ohren kaum. Ihre Stimme war kehlig, wie von Honig überzogen, als wären Henriksen und sie ... *mehr* als nur Bekannte.

Gott, was geht hier vor sich? Wenn die beiden sich kennen, sie sogar mehr sind als das ...

»Mir ist nichts zugestoßen«, erwiderte Henriksen ruhig. »Es war nur ein Unfall. Wir haben es hier mit einem außergewöhnlichen Fall zu tun, hier gibt es kein Lehrbuch, das man befolgen kann, wir haben damit keine Erfahrung, auf die wir zurückgreifen könnten.«

»Sie muss herkommen.«

»Ich werde sie heute Abend treffen, das weißt du doch. Sie hat mich angerufen, wir haben vereinbart, uns bei ihr im Haus zu treffen. Ich habe mit ihrem Mann gesprochen und er war einverstanden. Sie bekommt noch eine letzte Möglichkeit, danach ...«

»... beenden wir es. Und es ist mir auch ganz gleich, ob Jørgen damit einverstanden ist. Das hier läuft allmählich aus dem Ruder. Wir hätten uns nie auf all das einlassen sollen. Es gibt einfachere Wege, Wege, die viel weniger kompliziert und unauffälliger sind.« Yrsens Stimme war nun so kalt und emotionslos, als gehörte sie ihrer Figur im Garten neben dem Haus.

Sie haben gerade Jørgen erwähnt. Jasmin ballte die Fäuste und ihre Fingernägel schnitten schmerzhaft in ihre Handfläche. *Also hattest du recht. Sie wollen es beenden. Und Jørgen ist wirklich involviert. Gott, nein. Du hattest mit allem recht.*

Jasmin wäre am liebsten in Tränen ausgebrochen, hätte sich an Ort und Stelle hingesetzt und die Welt vor ihren Augen ausgeblendet – doch etwas tief in ihrem Inneren ließ es nicht zu.

Etwas anderes, das in ihr herangewachsen war.

Etwas Stärkeres.

Eine Stimme, die nicht ganz nach ihrer eigenen klang.

»Was ist mit diesem Bild?«

»Was weiß ich denn?«, erwiderte Yrsen scharf. »Das ist nur eine Rolle, wie soll ich denn plötzlich künstlerisches Talent entwickeln ...?«

Jasmin spürte, wie ihr Herz gegen ihre Rippen hämmerte. *Alles war eine Lüge. Yrsen, Henriksen, Jørgen und wer weiß, wer noch darin involviert ist.*

Du musst fliehen. Du wirst Paul nicht finden können, nicht auf diesem Weg. Sie haben dich in eine Falle gelockt, und du hast es viel zu spät begriffen. »Was ist, wenn sie sich noch dafür interessiert?«, fragte Henriksen weiter. »Wenn sie dich deswegen sprechen will?«

»Dann werde ich ihr ausweichen. Nichts einfacher als das.«

Einen Augenblick sagte niemand von beiden auch nur ein Wort. Dann fuhr Yrsen leise fort: »Wenn wir sie hierherholen könnten, wäre vieles einfacher. Diese Kameras, die sie bei sich installiert hat, machen jede Vorbereitung unmöglich. Wir gehen da ohne Vorbereitung rein und du weißt nicht, wie sie reagiert.«

»Stimmt. Aber es war ihr Vorschlag. Wenn ich sie um eine Ortsänderung bitte, würde sie bestimmt misstrauisch.«

Das bin ich schon jetzt, ihr verfluchten Arschlöcher, dachte Jasmin. *Wenn ihr wüsstet, wer draußen vor dem Fenster steht und alles mit anhört. Wenn ihr nur wüsstet.*

»Dann sollten wir es vielleicht doch anders handhaben. Du hast mich gerade auf eine Idee gebracht.« Schritte waren zu hören, als Yrsen durch den Raum ging. »Ich werde sie anrufen und ihr sagen, dass das Gemälde fertig ist. Ich werde sie bitten, mich hier zu treffen. Und dann werden wir es beenden.«

»Hm.« Henriksen schien nicht überzeugt. »Das könnte funktionieren.«

»Warte – ich erledige es gleich jetzt.«

Jasmin erschrak. Mit zitternden Fingern tastete sie nach dem Mobiltelefon in ihrer Jeans. *Wenn sie dich anruft, dann klingelt es – und das werden sie hören. Und wenn sie das zerstörte Gemälde entdeckt …*

Scheiße, sie werden wissen, dass du hier bist, draußen vor dem Fenster stehst und zuhörst. Dass du alles mit angehört hast. Das wirst du nicht überleben!

Das Handy entglitt ihren bebenden Händen und fiel ins nasse Gras.

»Ihre Nummer«, hörte sie Yrsen von drinnen sagen, »warte, ich hab sie gleich hier …«

Verfluchter Mist. Verfluchter ... Jasmin ging in die Knie und tastete im Dunkel nach ihrem Mobiltelefon. Das hohe Gras war scharfkantig und der Raureif eiskalt unter ihren Fingern.

»Ich hab sie«, sagte Yrsen.

Im selben Moment leuchtete das Display ihres Handys im Gras auf. Jasmin machte einen kleinen Hechtsprung vorwärts, bekam es zu fassen und drückte auf »Ablehnen«, gerade als der Klingelton leise hörbar wurde.

Scheiße, scheiße, scheiße.

»Sie geht nicht ran«, hörte sie Yrsen aus dem Hausinneren sagen. »Hm, das ist natürlich ungünstig.«

»Hast du das gehört?«, fragte Henriksen.

»Was?«

»Dieses Geräusch. Von hinten. Als wäre da ...«

Sie hörte Schritte. Sie kamen näher, immer näher. Jasmin steckte ihr Handy ein und sprang auf. Sie rannte vom Haus weg, duckte sich in die Hecken, die den Garten umfassten. Dornen stachen durch den Stoff ihrer Jacke, bohrten sich in ihren Rücken. Die Haustür schwang auf, ein breiter Streifen Licht fiel heraus. Yrsen und Henriksen erschienen im Eingang, zwei dunkle Silhouetten im gelben Licht. Als Yrsen sich Henriksen zuwandte, konnte Jasmin sie im Profil sehen. Ihre Wangen waren nicht verbrannt. Sie war völlig unversehrt.

»Niemand hier«, sagte Henriksen. »Gehen wir wieder rein.«

»Ja«, erwiderte Yrsen. »Das sollten wir.«

Kaum hatte sich die Tür hinter ihnen geschlossen, kletterte Jasmin zurück über das niedrige Tor im Zaun und rannte zu ihrem Wagen zurück.

Yrsen ist nicht das, wofür du sie gehalten hast. Sie ist nicht mal ein Opfer, sie – sie ist etwas völlig *anderes.*

Jasmin startete den Wagen. Die Abblendscheinwerfer bohrten grelle Lichttunnel in den heraufziehenden Nebel, ehe eine kräftige Windböe ihn hinwegfegte. Jasmin weinte, doch wischte sie sich die Tränen immer wieder energisch von den Wangen.

Du darfst sie nicht gewinnen lassen. Das darfst du nicht.

Vor Tränen fast blind lenkte Jasmin den Wagen in die Dunkelheit. Der Sturm, der stetig näher kam, beugte die Baumkronen der Tannen am Wegesrand unter seiner unbarmherzigen Kraft – Blätter und kleine Äste fegten über die Straße, Jasmin spürte, wie die Böen gegen die Seite des Wagens drückten und ihn von der Fahrbahn schieben wollten.

Wieso war ihr Gesicht nicht verbrannt?

Wieso?

Du weißt doch, wieso. Weil sie nicht Yrsen ist. Weil sie …

Das Dorf war dunkel, als die Lichter ihres Wagens das Straßenschild streiften, als hätten sich bereits alle Bewohner in ihren Häusern verschanzt, sich zurückgezogen und warteten auf das Eintreffen des Sturmes. Die Straßenbeleuchtung, die an Leitungen quer über die Straße hing, schwang wild hin und her, einige Funken sprühten aus den elektrischen Leitungen. Ein faustgroßer Stein knallte gegen die Seitenscheibe. Jasmin erschrak und zuckte zusammen, der Wagen machte einen Schlenker über die Straße, ehe sie ihn wieder unter Kontrolle brachte. Die Räder holperten durch ein Schlagloch und die Stoßdämpfer quietschten. Erneut setzte der Regen ein, zuerst war es kaum mehr als ein Nieseln, das die Windschutzscheibe benetzte, dann wurde er immer kräftiger.

Etwas lag auf dem Beifahrersitz. Als Jasmin abbremste und dieses Ding genauer betrachtete, stellte sie fest, dass ein Teil der Verblendung oberhalb der Tür herabgefallen war – und entdeckte Kabel, die mit einer winzigen Kamera verbunden waren, die man anscheinend nachträglich hinter der Blende installiert hatte. Darin befand sich ein kaum sichtbares Loch für die Linse.

Eine Kamera, mit der man sie überwachen konnte.

Eine Kamera, die aufzeichnete, was sie im Wagen getan hatte.

Jasmins Finger umklammerten das Lenkrad, als wollten sie es erwürgen.

Wenn sie dich hier beobachtet haben – dann auch im Haus.

Oder vielleicht hast du auch selbst dazu beigetragen. Vielleicht waren Sandviks Kameras nur ein Trick.

Bonnie bellte in Richtung des Fensters und riss sie aus ihren Gedanken. Jasmin griff nach der Kamera, doch dann sah sie im Licht ihrer Scheinwerfer, dass sich eine Gestalt im grauen Mantel über die Straße bewegte und in einem verwilderten Garten verschwand – hier, nah beim Ortsausgang standen einige Häuser leer, teils waren sie unbewohnbar, windschief, vom Wetter angegriffen.

War er das?

Hatte sie den Herumtreiber gesehen?

Jasmin bremste. Mit einem Ruck gelang es ihr, die Kamera von den Kabeln zu reißen. Sie packte Bonnies Leine und sprang aus dem Wagen, dann zog sie den Revolver aus der Tasche und warf die winzige Kamera ins Gebüsch. Zorn brannte in ihr, ihr Finger lag am Abzug.

Sie haben dich beobachtet. Die ganze Zeit haben sie dich verfolgt.

Ein rostiger Lattenzaun versperrte den Weg, doch gab das Türchen beim ersten Tritt dagegen nach. Unkraut wucherte zwischen den Steinen hervor. Das windschiefe Häuschen wirkte verlassen, das Dach war an der Ostseite eingestürzt, das Reet zusammengesunken. Jasmin schaltete ihre Taschenlampe ein und stemmte sich gegen den Wind.

Dann betrat sie das Haus. Es roch nach fauligem Holz und einem rauchenden Feuer.

Gänsehaut kroch über ihren Nacken, ihren Rücken, jeder ihrer Instinkte warnte sie – du bist nicht allein, wollten sie ihr zurufen.

An der Wand fiel ihr Lichtkegel auf das Zeichen, das umgedrehte Dreieck, das oben rechts nicht geschlossen war …

Vor ihren Augen blitzte es. Eine nüchtern weiße Wand. Ein Fenster mit Gittern. Ein Korridor, durch den sie ging, das Dreieck auch dort.

Feuer. Flammen. Der Geruch von Benzin.

»Frau Hansen«, sagte eine Stimme aus ihrer Erinnerung, die wie Henriksens klang, »wer sind Sie heute? Spreche ich mit Jasmin Hansen oder mit … Hanna Jansen?«

Jasmin blinzelte, verdrängte diese Bilder vor ihrem inneren Auge, zwang sich durchzuatmen.

Der Herumtreiber war hier, das spürte sie.

»Ich weiß, dass du in der Nähe bist«, sagte sie leise. »Und ich warne dich. Dieses Mal bin ich bewaffnet. Zeig dich endlich.«

Jasmin spannte den Hahn des Revolvers. Die Trommel klickte leise, als sie sich drehte. »Ich warne dich nur noch einmal.«

»Ich dachte, Sie können nicht schießen, Frau Hansen.« Die Stimme aus der Dunkelheit, so nah bei ihr, ließ sie zusammenfahren. Jasmin wirbelte herum. Da war er, stand im Durchgang der Tür hinter ihr und hatte sich ihr zugewandt. Sie hob die Taschenlampe.

Er blinzelte, als der Lichtschein direkt in seine Augen fiel.

Der Herumtreiber war nicht Jørgen. Er war auch nicht Sven Birkeland und weder der Tote vom Strand, der auf seltsame Weise wiederauferstanden war, noch war er Jan Berger vom Leuchtturm. Sie kannte ihn nicht, es war einfach nur ein Mann, groß und dünn, mit einem langen Bart und einer Narbe im Gesicht. Der Mantel war an vielen Stellen geflickt und seine Jeans waren schmutzig und am Saum zerrissen.

Er hustete.

»Du warst dort. Im Garten. Du hast Paul und mich beobachtet.«

»Ich habe dich die *ganze* Zeit beobachtet. Es war eine richtig miese Sache, aber jemand musste es ja tun.«

Jasmin starrte ihn an. Sein Gesicht – so vertraut und doch fremd –, sie hatte es zuvor schon einmal gesehen. Nach einigen Augenblicken fiel es ihr ein. »Du bist derjenige, den ich auf diesem zweiten Foto bei Yrsen gesehen habe. Mein Gott. Diese Frau – sie hat auch eines von dir. Ein *Foto*. Was soll das, was hat das zu bedeuten?« Jasmin hatte den Revolver auf ihn gerichtet, nun ließ sie den Lauf ein wenig sinken. »Wer ist diese Frau?«

»Sag du es mir.« Er hob die Hände, sie waren leer und in einer friedfertigen Geste ausgestreckt, als wollte er sagen, wozu brauchst du den Revolver, ich bin doch nur ein einfacher Herumtreiber, ein Stalker, der ein paar Nächte lang um dein Haus geschlichen ist. »Ich muss wissen, ob ich dir trauen kann.«

»Entweder seid ihr Komplizen – oder du stehst auf meiner Seite. Wenn sie *mich* beseitigen will …«, brachte Jasmin heraus.

»Du meinst, der Feind deines Feindes ist dein Freund?«

»Ich weiß es nicht«, gab Jasmin zu. »Ich weiß nicht mehr, was ich noch glauben kann.«

Der Fremde hob den Arm und krempelte den Mantel zurück. Dort, an seinem linken Unterarm, sah sie eine Verbrennung, die er sich erst vor Kurzem zugezogen haben musste.

»War sie das? Hat sie versucht … dich *auszuschalten*? Wie mich? Bist du jemand, der ihr entkommen konnte?«

»Denkst du, das wäre ich? Ein weiteres Opfer?«

Jasmin erwiderte nichts, doch sie fuhr herum, als die Tür hinter ihnen knarrte. Im Durchgang erschien ein Mann, der eine Stabtaschenlampe auf sie beide richtete. Es war Arne Boeckermann. Von seinem Mantel tropfte der Regen.

»Frau Hansen, wir haben Sie alle gesucht, ich hab den Wagen von der Straße aus gesehen und ...«

Jasmin bemerkte, wie er einen Blick mit dem Fremden wechselte, der leicht den Kopf schüttelte. Als würden sich die beiden kennen.

»Gehen Sie von ihm weg, Frau Hansen. Sofort.« Boeckermann griff an seinen Gürtel, wollte seine Waffe ziehen, doch Jasmin kam ihm zuvor. Sie richtete den Revolver auf ihn. Das Metall war kalt wie ein Stück Eis in ihrer Hand, doch wusste sie, dass es tödliches Feuer spucken konnte. »Oh, das werden Sie nicht tun!«, rief sie. »Sie stecken doch mit den anderen unter einer Decke. Er hat mir gerade gezeigt, was Yrsen ihm angetan hat.«

»Yrsen? Die Künstlerin? Was hat die denn damit zu tun?« Boeckermann schien ehrlich verunsichert.

»Tun Sie nicht so scheinheilig. Zurück!«

Boeckermann hob die Hände. »Frau Hansen, beruhigen Sie sich! Es gibt keinen Grund für Gewalt.«

»Zurück, sagte ich.« Sie machte einen Schritt nach vorn und Boeckermann kam ihrer Aufforderung nach. Er schien verunsichert, sein Blick ging nicht zu ihr, sondern zu dem Fremden hinter ihr.

»Und Sie auch«, forderte Jasmin den Herumtreiber auf. »Gehen Sie da rüber.«

Der Fremde, dessen Bild sie bei Yrsen entdeckt hatte, gehorchte ihr – doch als er neben Boeckermann trat, klaffte der Mantel, den er trug, ein Stück auf und enthüllte ein Pistolenholster an seinem Gürtel. Er war bewaffnet und hatte bemerkt, dass sie es gesehen hatte.

»Ganz ruhig, Frau Hansen«, sagte er. Seine Stimme klang mit einem Mal professionell und ruhig. »Sie befinden sich nicht in Gefahr.«

Jasmin spürte, wie ihr Tränen in die Augen schossen. Der Lauf des Revolvers zitterte in ihrer Hand, ihr Zeigefinger lag am Abzug. Boeckermanns Funkgerät meldete sich und knisterte. »Wir können sie nicht finden«, sagte eine Männerstimme, die Jasmin nicht kannte, »sie muss irgendwo unterwegs sein. Und der Sturm wird immer stärker.«

»Wer ist das? Was habt ihr vor?«

»Nichts, Frau Hansen. Legen Sie jetzt die Waffe weg, ich bitte Sie.«

»Nein, das werde ich nicht. Und wenn mich einer von euch aufhalten will, dann ...« Sie blickte noch einmal auf den verbrannten Unterarm des Fremden. Etwas an diesem Anblick jagte ihr einen Schauer über den Rücken, etwas daran war so entsetzlich, dass sie die Augen gleich wieder abwenden musste. »Wenn Yrsen das getan hat, dann begreife ich nicht, wieso du mir nicht hilfst. Wir könnten sie zu Fall bringen, all diese Machenschaften aufdecken.«

Boeckermann schnaubte, als wäre er gerade nicht sicher, ob er lachen oder ungläubig dreinblicken sollte. »Sie basteln sich etwas zurecht. Soll er etwa Yrsen hierhergefolgt sein ...?«

»Die Leute im Dorf haben mir erzählt, dass er erst in den letzten Monaten hier aufgetaucht ist. Yrsen kam ebenfalls erst vor vier Monaten an, das beweisen die Briefe in ihrem Haus! Ich kann das alles beweisen!«

»Ich gebe es zu«, sagte der Fremde mit einem Mal, als hätte er eine Entscheidung getroffen. Jasmin bemerkte, wie Boeckermann ihn ungläubig musterte. »Ich hätte sterben sollen. Yrsen wollte mich töten. Aber es schlug fehl.«

»Wer ist diese Frau?« Jasmin umklammerte den Revolver nun mit beiden Händen. »Eine ... ich weiß nicht, Auftragsmörderin?«

Oder doch eine alte Feindin, die du gut kennst? Hanna Jansen?

»Ich überlebte den Anschlag. Ich kam davon und … folgte ihr. Ich werde mich rächen, das habe ich mir geschworen.«

»Was reden Sie da, Mann? Wir sollen doch nicht …«

»Mund halten«, ging der Herumtreiber dazwischen. »Jetzt wissen Sie es. Nehmen Sie die Waffe herunter.«

»Noch nicht«, gab Jasmin zurück. Sie schwenkte die Waffe auf Boeckermann. »Ihm können wir nicht trauen. Nimm seine Waffe und die Handschellen. Leg sie ihm an und«, Jasmin sah sich um, »fessle ihn dort an das alte Heizungsrohr.«

»Aber das ist doch …«

»Ruhe!«, schrie Jasmin in Boeckermanns Richtung. Sie spürte, wie das Handy in ihrer Hosentasche läutete. *Nicht jetzt.*

Sie sah zu, wie der Fremde die Waffe aus Boeckermanns Holster zog und ihm die Handschellen abnahm. Dann bugsierte er ihn durch den Raum in Richtung des rostigen Rohres, wo er seine Linke fesselte. Die beiden Männer tauschten einen Blick, als würden sie sich schon länger kennen und gerade stumm etwas verabreden.

»Jetzt kommen Sie her. Gehen Sie langsam vor mir nach draußen.«

Der Fremde gehorchte. Draußen hatte sich der Regen zu einer Sintflut entwickelt und klatschte mit Eiseskälte in ihr Gesicht. Die Sichtweite war auf unter zwei Meter gefallen und der Wind zerrte an ihnen, als wären sie kaum mehr als Spielzeugfiguren, die er mit sich reißen wollte.

»Wieso bist du bewaffnet?« Jasmin deutete in Richtung ihres Wagens. »Steig ein. Fahrersitz.«

Der Fremde gehorchte. Jasmin setzte sich neben ihn auf den Beifahrersitz, und als die Türen geschlossen waren, verstummte das Heulen des Windes zu einem Hintergrundrauschen, doch der Regen hämmerte noch immer auf das Wagendach.

»Weil ich damit rechnen musste, dass Yrsen noch nicht mit mir fertig ist.«

»Und wieso hast du nicht gleich etwas unternommen? Wenn du von ihr wusstest – von ihrer *wahren* Identität, wieso bist du nicht zur Polizei gegangen?« Jasmin starrte ihn an. »Es ist, weil sie alle mit drinhängen, nicht wahr? Weil es nichts genützt hätte.«

Der Fremde sah sie nur mitleidig an, als wäre er über ihre Schlussfolgerung enttäuscht. »Was jetzt, Jasmin? Was haben Sie jetzt mit mir vor?«

Wieder meldete sich Jasmins Mobiltelefon. Während sie den Revolver auf ihn gerichtet hielt, zog sie es aus ihrer Jeans. Die Nummer war unbekannt, doch die Vorwahl war von hier, von der Insel.

»Ja?«

»Frau Hansen«, sagte die leise Stimme von Gabriela Yrsen, »ich bin es.« Auch auf ihrer Seite war der Sturmwind zu hören und das Prasseln des Regens, der auf ein Dachfenster fiel. Ein Dachfenster wie das in ihrem Haus am See. Und tatsächlich – im Hintergrund kratzte der Ast der Tanne, die draußen dicht an die Hauswand herangewachsen war, deutlich hörbar über den Putz.

Jasmin ballte die Faust. »Was wollen Sie?«

»Das Bild ist fertig. Es ging viel schneller, als ich erwartet habe. Ich wollte es Sie wissen lassen, bevor … bevor dieser Herbststurm mit aller Kraft zuschlägt. Genau genommen bin ich bereits zu Ihnen runtergefahren.«

»Sie sind was?« Jasmin gab sich bewusst überrascht. »Sie sind …?«

»Es war nicht schwer, das Haus zu finden.«

Sie lügt, dachte Jasmin, das war so offensichtlich und schlecht gespielt, dass es ihr fast wehtat. Jasmin deckte das Handy mit der Hand ab. »Fahr los«, wies sie den Fremden neben sich an. »Wir nehmen die alte Landstraße. Wir fahren zurück Richtung Süden, zurück zu meinem Haus am Strand.«

»Aber der Sturm ...«

»Fahr einfach los.«

Er gehorchte, ließ den Volvo an und lenkte ihn auf die Straße.

»Und jetzt?«, fragte Jasmin wieder ins Telefon. »Stehen Sie vor meiner Haustür in diesem Regen und Wind?«

»Nein, ich bin *im* Haus. Die Tür war nicht abgeschlossen. Ich hoffe, das stört Sie nicht, aber ich wollte das Gemälde unbedingt vor dem Regen in Sicherheit bringen.«

Du elende Lügnerin. Ich habe die Tür abgeschlossen, als ich gegangen bin. Ganz bestimmt habe ich das.

»Dann treffen wir uns dort«, antwortete Jasmin und gab sich alle Mühe, gleichgültig zu klingen.

»Ich freue mich schon darauf.« Yrsen legte als Erste auf, und als Jasmin das Mobiltelefon wegsteckte, zitterte ihre Hand heftig.

»Ich freue mich auch«, sagte sie leise in den Wagen hinein, »ich freue mich ganz besonders, du Miststück.«

Kapitel 17

»Wir sind da«, sagte Jasmin. Der Regen, der gegen die Windschutzscheibe schlug, wollte ihre Worte ersticken. Der Fremde neben ihr warf ihr einen langen Blick zu. Prüfend. Abwägend. »Sie müssen das nicht tun.«

»Was muss ich nicht tun?«

»Mit der Waffe dort hineingehen. Menschen bedrohen. Sie könnten auch ... nachdenken.«

»Ich habe genug nachgedacht. Ich weiß, was ich wissen muss. Yrsen ist gefährlich. Yrsen muss von Pauls Verschwinden wissen.«

»Vielleicht weiß sie das. Vielleicht wissen wir das alle.«

Der Lauf der Waffe zitterte, doch hielt sie ihn weiter auf den Mann, dessen Name sie nicht einmal kannte, gerichtet. »Steig aus.«

Er gehorchte. Der Regen war nun so sintflutartig, dass er Jasmin trotz ihrer Regenjacke innerhalb von Sekundenbruchteilen bis auf die Haut durchnässte. Es war ein eiskalter Regen, dessen Berührung sich wie der Tod selbst anfühlte.

Das Meer in der Nähe war unruhig und rauschte und brüllte in der Nacht.

»Zur Tür!«, schrie sie, während sie sich dem Wind entgegenstemmten. In all dem Grau in Grau, in das alle Welt gerade gehüllt war, konnte Jasmin einen Wagen ausmachen, der ein Stück den Weg hinab geparkt war.

Vielleicht war das Yrsen. Vielleicht auch Henriksen. Vielleicht auch jemand anders. Vielleicht sie alle.

Der Fremde streckte die Hand nach der Tür aus, worauf sie aufschwang. Er verschwand im Inneren, im Dunkel, das ihn verschluckte.

Jasmin folgte ihm, die zitternde Hand, die den sechsschüssigen Revolver hielt, vorangestreckt. Sie tastete nach dem Lichtschalter, doch als sie ihn betätigte, blieben die Lampen im Flur kalt und dunkel. Das war der Sturm, er musste die Stromleitungen umgeknickt haben.

Sie dachte an die Fahrt vor Tagen hierher, an den Song der Stones im Radio, in dem ein Reisender Schutz vor dem Sturm suchte. Das war eine kleine Ewigkeit her. Wie aus einem anderen Leben. Damals – zuvor, auch wenn sie an dieses Wort nicht mal denken wollte – war alles so viel leichter gewesen. Paul war bei ihr und sie hatte geglaubt …

Einen Weg zu finden.

Und jetzt war alles, was ihr geblieben war, Dunkelheit.

Aber noch nicht. Du wirst ihn wiederfinden. Sie werden dir Paul zurückgeben.

Jasmin warf einen Blick ins Wohnzimmer. Die Verandatür stand offen, der Regen hatte die Dielenbretter aufquellen lassen, der Wind hatte Blätter auf den Teppich geweht, als hätte sich dieser Raum in den letzten Stunden zu einem Teil des Waldes verwandelt. Feine Regentropfen hatten die Couch benetzt, überzogen den Stoff wie Morgentau.

Niemand war hier.

Die Kellertür hingegen war nur angelehnt.

Aber natürlich, begriff Jasmin. Es würde enden. Und welcher Ort wäre dafür passender als dieser Keller? »Wir gehen jetzt da runter. Wir gehen zusammen.«

»Frau Hansen«, wollte der Fremde noch einmal anfangen, »Jasmin – Sie müssen das nicht tun. Sie können noch umkehren.«

»Was soll das bedeuten?«

»Zunächst legen Sie die Waffe weg. Und dann ... dann können wir über alles reden.«

Er blieb auf halber Höhe auf der Treppe stehen und wandte sich zu ihr um. Er schien traurig und enttäuscht, der Ausdruck auf seinem Gesicht schlug eine Saite in ihrem Bewusstsein an, die sie nicht benennen konnte.

Du kennst ihn. Und das nicht nur, weil er auf diesem Foto in Yrsens Notizbuch war – da ist noch mehr.

Viel mehr.

Wieder Lichtblitze, dicht vor ihren Augen, als würde draußen ein Gewitter toben, das nur sie wahrnehmen konnte. Ihre Hände zitterten. Ihr war es, als könnte sie Benzin riechen, spüren, wie es kalt über ihre Finger floss.

»Geh weiter«, herrschte sie ihn an.

Und dann waren sie unten.

Die Gastherme brummte, doch schenkte ihr Jasmin keinen zweiten Blick. Die Tür am anderen Ende des Kellers stand weit offen – und ebenso der Waffenschrank. Als hätte vor Kurzem erst noch jemand einen Blick hineingeworfen – etwa um sicherzustellen, dass in keinem Fall eine Waffe dort im Inneren lag.

Aber mit deinem kleinen Geheimnis, dachte sie, *mit dem haben sie nicht gerechnet. Mit dem hat niemand gerechnet, nicht mal Jørgen.*

Und wenn er es nicht wusste, dann wussten auch die anderen es nicht. Yrsen, die er beauftragt hatte.

»Nach hinten«, sagte Jasmin, »zur Tür.«

»Das ist genug«, sagte eine leise Stimme hinter ihnen. »Guten Abend, Jasmin.«

Sie fuhr herum. Hinter ihr, als hätten sie sie die ganze Zeit über beobachtet, standen Henriksen und Yrsen – und hinter ihnen, weiter oben auf der Treppe, zwei Männer in weißen Kitteln. Henriksen trug einen Anzug, den sie bisher noch nicht an ihm gesehen hatte – und Yrsens Gesicht war nicht verbrannt, wie sie es zuvor schon bemerkt hatte. Sie trug eine eckige Brille und das dunkle Haar zu einem Pferdeschwanz zurückgebunden.

»Das ist kein guter Abend«, gab sie zurück. »Nicht für euch.«

»Nimm die Waffe runter, Jasmin.«

»Das werde ich nicht tun.« Jasmin sah aus den Augenwinkeln, wie der Fremde sich einige Schritte zur Seite bewegte, als wollte er sie umgehen, damit er schnell nach ihrer Waffe greifen und sie überrumpeln konnte.

»Na, wo ist das Bild?« Jasmin warf Yrsen ein höhnisches Lächeln zu. »Ist es fertig?«

»Das Bild ist gleich dort drüben. Und da ist auch Paul.«

»Er ist …« Diese Worte brachten sie nun doch aus dem Gleichgewicht, weil sie mit dieser Offenheit nicht gerechnet hatte. »Paul?«, rief sie. »Paul?«

Er gab keine Antwort. »Was hast du mit ihm gemacht? Ich schwöre euch, wenn ihr beide …«

»Jasmin, was weißt du? Was hast du herausgefunden?«, fragte Henriksen und hob die Hände in einer Geste, die offenbar friedlich wirken sollte, sie jedoch nur noch wütender machte.

»Du hast mich die ganze Zeit verarscht. Das habe ich herausgefunden. Und die da«, Jasmin schwenkte die Waffe in Yrsens Richtung, »ist nicht mal die, die sie vorgibt zu sein.«

»Das hast du gut erkannt«, erwiderte Yrsen. *Nein, nicht Yrsen,* korrigierte Jasmin sich – *nur die Frau dort drüben, die vorgibt, eine andere zu sein.* »Und was noch?«

»Ich weiß, dass ihr beide mit Jørgen in Kontakt steht. Ich habe alles mit angehört. Und ich weiß, dass ihr versucht, mir den Mord an Larsen anzuhängen. Ich weiß, was hier geschehen ist und was ihr alle zu vertuschen versucht. Der Brand im Sanatorium. Die Morde. Die versteckten Gräber im Wald.« Ihre Hand zitterte, als sie die Waffe auf Henriksen richtete. »Und dir habe ich vertraut. Du warst mit mir dort. Du Lügner. Was bist du, bist du überhaupt bei der Polizei? Was … wie in aller Welt ist das möglich? Ihr kriegt mich nicht, das ist euch doch wohl klar?«

Yrsen und Henriksen tauschten einen Blick. Dann sagte Henriksen: »Kommen Sie rüber, Kollege.«

Der Fremde warf ihm einen langen Blick zu. »Das halte ich für keine besonders gute Idee. Sie wird instabil. Wir müssen eingreifen.«

»Ihr müsst … hey!« Jasmin wich einen Schritt zurück, als der Fremde nach ihrer Waffe greifen wollte. »Ich werde abdrücken«, schrie sie, panisch und vor Entsetzen zitternd. »Ich werde …«

»Lassen Sie das, Jasmin«, sagte Henriksen ruhig. »Lassen Sie diesen Unsinn. Sie werden niemanden erschießen.«

»Ihr kriegt mich nicht«, gab sie zurück. »Ich nehme Paul und wir verschwinden, und niemand von euch wird mich aufhalten. Und ich werde alles, was hier vertuscht wird, aufdecken. Mein Kollege Sven Birkeland – seine Frau arbeitet bei einem großen Nachrichtenmagazin, was glaubt ihr, was passiert, wenn all das hier publik wird? Ihr seid am Ende. Oh, ich verstehe gut, wieso ihr mich hierhergelockt habt. Ihr habt Angst. Das ganze Lügenkonstrukt bricht in sich zusammen.«

»Jasmin, darf ich Ihnen einige Fragen stellen?« Henriksen trat einen Schritt vor. »Wir sollten dazu nach oben gehen. Hier unten ist es doch sehr ungemütlich.«

Jasmin sah sich zu der Tür um, die hinter ihr weit offen stand. Einen Moment lang war sie überzeugt, das Knarren des Strickes zu hören, mit dem sich der Vorbesitzer an einem Deckenbalken aufgehängt hatte.

Weil er seinen Sohn und seine Frau im Meer verloren hatte.

Weil er es nicht verkraften konnte.

»Ich gehe nicht ohne Paul.«

Sie machte einige Schritte rückwärts, ohne die anderen aus den Augen zu verlieren. Kälte streifte ihren Nacken, tastete nach ihr wie die starren, klammen Finger eines Toten.

»Jasmin, das hat doch keinen Sinn.«

»Ich gehe nicht ohne ihn.« Sie drehte sich um und blickte zum ersten Mal seit langer Zeit, zum ersten Mal, seit sie zurückgekehrt war, in den hintersten Kellerraum. Er war leer – Spinnweben zogen sich über den gemauerten Naturstein. Durch schmale Ritzen zwischen den Steinen drang das Pfeifen des Windes herein. An den dunklen Balken, die sich unter der Decke quer durch den Raum zogen, waren an einer Stelle die Spuren des Strickes noch deutlich auf dem Holz zu erkennen.

Paul war nicht hier. Stattdessen lag auf dem Boden in der Mitte des Raumes eine große Kiste – wie ein Überseekoffer. Das Schloss fehlte. Jasmin erkannte sie wieder – dieses alte Ding gehörte Jørgen.

Jasmin wirbelte herum. »Wo ist er?«

»Wer?«, fragte Henriksen. Er war abermals näher gekommen und Jasmin richtete den Revolver auf ihn. »Wir sind hier, Sie und ich, Frau Yrsen und … die anderen. Sonst niemand.«

»Paul«, wiederholte Jasmin, »wo ist er?«

»Er war nie hier.« Henriksen deutete mit einer knappen Geste auf die Überseekiste. »Das ist alles. Sehen Sie hinein. Erinnern Sie sich nicht? In dieser Kiste sind Ihre Sachen, Frau Hansen. Sie haben sie mit Ihrem Mann gemeinsam gepackt, ehe Sie sich freiwillig bei uns in Therapie begeben haben.«

»Nein. Nein, das werde ich nicht.« Der Revolver zitterte nun so sehr in ihrer Hand, dass sie ihre linke dazunehmen musste, um ihn zu stabilisieren. »Ich will jetzt meinen Sohn sehen.«

»Jasmin, bitte. Lassen wir das. Wir waren schon so oft genau an diesem Punkt und immer wieder fangen Sie damit an. Ich hatte gehofft, Sie würden endlich realisieren, was wirklich geschehen ist.«

Henriksen wollte noch einen Schritt auf sie zutreten, die Hand nach dem Revolver ausgestreckt – da drückte sie ab. Jasmin wusste nicht, was sie tat, es war kaum mehr als eine unbewusste, instinktive Reaktion, weil sie sich bedroht und gegen die Wand gedrängt fühlte.

Sie drückte ab – und der Revolver spuckte sein Projektil mit einem ohrenbetäubenden Knall aus. Henriksen taumelte zurück, hielt sich die Brust. Die Kugel hatte ein Loch in sein anthrazitfarbenes Jackett gerissen – und nun quoll Blut heraus. Yrsen stürzte an seine Seite, hielt ihn aufrecht, als seine Beine nachgeben wollten.

Jasmin stürmte vorwärts, richtete die Waffe auf die beiden weiß gekleideten Männer auf der Treppe. »Aus dem Weg!«, schrie sie. Die Männer wichen zurück, gaben den Weg frei, worauf Jasmin nach oben gelangen konnte.

Draußen tobte der Herbststurm – und vor der Haustür, die noch immer offen stand, sah sie Blaulicht blitzen.

Jasmin machte kehrt und lief ins Wohnzimmer, hinaus auf die Veranda. Im Garten wartete Boeckermann in seinem langen Allwettermantel, eine Kapuze tief ins Gesicht gezogen.

Wie ist er hierhergekommen? Wer hat ihn befreit?

»Es hat keinen Sinn, hier entlangzulaufen«, rief er durch den Regen. »Bleiben Sie im Haus!«

Jasmin hob den Revolver.

»Bitte lassen Sie das«, sagte eine Stimme hinter ihr. Als sie herumfuhr, erkannte sie Henriksen. Er kam auf sie zu, das Jackett war vollkommen unversehrt. Kein Blut, nicht ein Tropfen.

»Ich … ich habe gerade …«

»Es sind Platzpatronen in der Waffe, Jasmin. Wir konnten nicht zulassen, dass Sie sich oder andere in Gefahr bringen.«

Jasmin klappte die Trommel aus dem Revolver. *Du hast die Patronen selbst geladen*, ging ihr durch den Kopf, doch als sie eine herausnahm, sah sie, dass Henriksen die Wahrheit sagte. Es war keine scharfe Munition.

»Sie haben … Sie haben davon gewusst?«

»Natürlich. Sie haben mir selbst mal davon erzählt, Jasmin.«

»Das kann nicht sein, das wüsste ich doch …«

»Nicht hier. *Früher.*«

»Früher? Es gibt kein Früher. Wir kennen uns erst seit Pauls Verschwinden.«

»Das ist nicht wahr.« Henriksen schüttelte den Kopf. Er deutete zur Couch. Erst jetzt bemerkte Jasmin, dass er einen Aktenordner in der Hand trug. Er war allein und wirkte traurig und zugleich zutiefst besorgt.

»Wollen wir uns setzen?«

»Ich … was geht hier vor?«

»Niemand will Ihnen etwas tun. Das verspreche ich Ihnen.«

»Aber ich habe Sie doch gehört!«, brach es aus Jasmin hervor. »Sie und Yrsen, und ich habe gehört …«

»Was Sie gehört haben, haben Sie ohne Zweifel gehört. Aber Sie haben die Bedeutung der Worte missverstanden.«

Jasmin spürte, wie er ihr eine Hand auf den Arm legte. Sie setzte sich auf die Couch, rückte jedoch, so weit sie konnte, von ihm weg. Die Waffe behielt sie in der Hand. Die Patronen, die herausgefallen waren, schimmerten auf den Holzdielen wie silberne Münzen.

Henriksen bedachte sie mit einem langen, nachdenklichen Blick. »Ich muss zugeben, dass hier nicht alles so abgelaufen ist, wie es geplant war. Ich muss meine eigenen Fehler eingestehen. Vielleicht haben wir es übertrieben. Ja, ganz bestimmt haben wir das. Sie waren immer wieder sehr geschickt darin, gewisse Dinge zu erfahren und uns zu umgehen.«

»Wo ist Paul?«, fragte sie wieder. Die Worte schienen in dem Raum widerzuhallen, als hielten sie sich in einer mächtigen Kathedrale auf.

Dann sagte Henriksen jene Worte, die sie nie mehr vergessen würde: »Jasmin, Paul ... Paul ist *tot*. Er ist schon so lange tot. Seit fünf Jahren lebt Ihr Sohn nicht mehr.«

KAPITEL 18

Es regnete.

Draußen.

In ihr.

Die Worte bahnten sich nur mühsam ihren Weg durch den Regen, durch das weiße Rauschen in ihrem Kopf. »Jasmin, haben Sie mich verstanden?«

»Unsinn. Er kam mit mir hierher.« *Paul kann nicht tot sein, Henriksen lügt, er muss lügen, das kann gar nicht anders sein.*

Doch als er den Kopf schüttelte, war es ihr, als würde er mit bloßen Händen Stücke aus ihrem Herzen herausreißen, Stücke von ihrer Seele abbrechen. »Das stimmt nicht. Das war nur in Ihrem Kopf, Jasmin. Sie waren allein, als Sie mit Ihrem Mietwagen hier ankamen, nur Sie und Bonnie, Ihre Hündin.«

Jasmin fühlte sich, als würden diese Worte etwas in ihrem Inneren verbrennen – verbrennen und einfrieren zugleich, bis nichts mehr von ihrem Herzen übrig war.

»Das kann nicht sein. Er war bei mir. Und auch später, es gibt Leute im Dorf, die ihn gesehen haben. Es gibt Leute, die mit ihm gesprochen haben. Es gibt … Beweise!«

»Er ist tot.«

»Nein!«

»Er hat mit niemandem gesprochen, wurde von niemandem im Dorf gesehen. Denken Sie nach. War er nicht immer zufällig draußen vor einem Geschäft oder in einem anderen Teil davon, während Sie mit den Inhabern sprachen? Hat er nicht alles, was Sie für ihn bestellt haben, nicht angerührt?«

Jasmin schluckte. Ihre Kehle war staubtrocken und fühlte sich an, als wäre sie mit Nägeln gefüllt, ihre Zunge war wie Sandpapier überzogen. »Ich ... ich hab für ihn gekocht. Ich hab ihm vorgelesen. Er hat mit Bonnie gespielt.«

»Die Vorstellungskraft des Menschen ist häufig beeindruckend. Von einer geradezu ungebremsten, grenzenlosen Kraft.«

»Sie lügen.«

Henriksen lächelte mitfühlend, doch Jasmin hätte ihm in diesem Augenblick am liebsten eine Ohrfeige verpasst und das Lächeln von seinem Gesicht gewischt. »Denken Sie nach, Jasmin. Woran können Sie sich noch erinnern? Bevor Sie hierher aufgebrochen sind?«

»Ich ...« Jasmin schloss die Augen. Da war Jørgen gewesen, der ihr einen Kuss auf den Mund gegeben hatte, ihr half, die Taschen in den Wagen zu laden. Jørgen ... der mit jemandem gesprochen hatte. Jemandem, der zu ihnen ins Haus kam. Oder war es anders gewesen? War sie selbst es gewesen, die ins Haus zurückkam, in Begleitung jenes anderen Mannes?

War dieser andere Henriksen gewesen?

Und würde das bedeuten ...

Deine Erinnerung ist voller Lücken. Deine Erinnerung ist anders. Du hast – bei Gott, du hast dir etwas eingebildet. Ist das möglich?

»Ich weiß es nicht«, flüsterte sie.

»Erinnern Sie sich an die Nacht Ihres Unfalls?«

Jasmin räusperte sich. Sie warf einen Blick durch den Raum, zum Verandafenster, wo die Regentropfen über das Glas perlten. »Kann ich – kann ich etwas zu trinken haben, bitte?«

»Sicher.« Henriksen warf ihr einen Blick zu, der gleichermaßen vorsichtig und mitfühlend war. »Sie bleiben doch hier und versuchen nicht wieder, jemanden anzugreifen?«

»Habe ich – habe ich das getan?« Sie dachte daran, wie sie auf Henriksen geschossen hatte und überzeugt war, ihn verletzt zu haben. All das Blut … »Davon«, sie deutete auf sein Jackett, »abgesehen?«

»Ja, Jasmin. Das haben Sie. Früher schon.« Henriksen erhob sich und verließ den Raum, doch es dauerte nicht lange, bis er zurückkam, eine Tasse in der Hand, aus der es nach Jasmintee duftete.

»Wie Sie ihn mögen.«

»Jasmintee«, sagte sie leise.

»Der beste Tee …«

»… für die beste Jasmin«, beendete sie seinen Satz. Das war etwas, das Jørgen zu ihr gesagt hatte, als sie noch so verliebt gewesen waren. Sie umklammerte die Tasse und nahm einen kleinen Schluck.

»Die Nacht Ihres Unfalls«, begann Henriksen von Neuem, »erinnern Sie sich?«

»Ich … ich war unterwegs. Mit … mit meinem Wagen. Jørgen und ich haben den ausgesucht, das war, bevor Paul … wir waren so glücklich gewesen, damals.« Wieder nahm sie einen Schluck und spürte kaum, dass der Tee so heiß war, dass er ihre Zungenspitze verbrannte. »Es hat geregnet, ein so starker Regen …«, sie blickte hinaus, »wie heute. Vielleicht sogar mehr. Ich kam von der Feier der Belegschaft, es war spät geworden. Der Regen hatte Erde auf die Straße gespült, ich wusste, dass ein Stück der Landstraße durch einen Wald führt, und bin dort besonders langsam gefahren.«

»Und dann?«

»Dann kam dieser Jeep. Er bedrängte mich. Fuhr viel zu dicht auf.« Jasmin warf Henriksen einen Blick zu und versuchte herauszufinden, ob er sie beurteilte, doch schien er nun tatsächlich nur damit beschäftigt, ihr zuzuhören. »Ich wurde nervös. Man hört allerlei Sachen, man erfährt allerlei, wenn man in einer großen Klinik arbeitet. Von Frauen, die nachts überfallen werden. Sven und ich haben Opfer von Gewalttaten zusammengeflickt, Sie können sich kaum vorstellen, was …« Sie hielt inne. »Das können Sie tatsächlich nicht, nicht wahr? Sie sind kein Polizist, Hendrik. Ich glaube, ich weiß das jetzt. Ihre Unsicherheit, als wir uns zum ersten Mal gegenüberstanden, Ihr Verhalten, als wüssten Sie nicht, was genau zu tun wäre, als würden Sie das alles … nur schauspielern.«

Henriksen nickte. »Das ist wahr. Ich bin kein Polizist.«

»Aber – aber was sind Sie dann?«

»Ich bin Psychiater, Jasmin. *Ihr* Psychiater. Die ganze Zeit schon. Das ist der alleinige Grund, warum ich hier bin. Warum ich auf Sie geachtet habe.«

Jasmin spürte, wie ihre Hände zu zittern begannen. Wieder sah sie die Lichtblitze, wieder war es ihr, als dränge Rauch in ihre Nase, als hörte sie das Knistern eines Feuers und spürte das kalte, klebrige Gefühl von Benzin, das über ihre Finger floss.

Aber der Fuchs, ging ihr durch den Kopf. *Paul hat den Fuchs dort oben im Schrank gefunden und er hat eine seiner Origami-Figuren gebastelt – und du hast die Figur in die Grube hineingelegt, die du auf Pauls Wunsch hin ausgehoben hast.*

Damit er nicht so allein ist.

Dieser Gedanke war wie wärmendes Licht nach einer kalten Nacht, wie ein Rettungsring, der über ihr auf der dunklen Wasseroberfläche trieb, während sie drauf und dran war, im eiskalten Meer zu ertrinken, und sie klammerte sich daran fest.

Du kennst die Stelle.

Sie beweist, dass du die Wahrheit sagst.

Jasmin sprang auf und stürmte zur Verandatür, als neue Energie, neue Kraft sie durchflutete.

»Jasmin!«, rief Henriksen ihr hinterher. »Jasmin, bleiben Sie hier!«

Doch sie hörte nicht auf ihn, *wollte* nicht auf ihn hören.

Es musste einen anderen Weg geben, eine Wahrheit, die *einzige* Wahrheit, dass Paul noch lebte.

Boeckermann stand noch immer im Regen, der von seinem Allwettermantel auf den Boden tropfte, doch dieses Mal ließ sie sich nicht von ihm aufhalten. Jasmin richtete den Revolver auf ihn, während sie die Verandatreppe hinabrannte. Ihre Schuhe rutschten über das feuchte Holz und Jasmin musste sich an den Handlauf klammern, um nicht zu stürzen.

»Lassen Sie sie durch«, hörte sie Henriksens Stimme hinter sich, dann eilte sie den Garten hinab und rannte den schmalen Pfad entlang, der durch das Wäldchen führte, während sie Boeckermanns stechenden Blick im Rücken spürte.

Der Regen prasselte in den Baumkronen, der Wind fegte ihr kleine Äste und Steinchen entgegen, während die Böen mit der Lautstärke und Kraft eines startenden Jets dröhnten, eine wütende Urgewalt, die beschlossen hatte, nichts als Zerstörung zurückzulassen. Jasmin bedeckte ihr Gesicht mit einer Hand und zog die Kapuze tief ins Gesicht, das Atmen fiel ihr schwer, es war ihr, als saugten die Windböen die Luft aus ihren Lungen.

Ein armlanger Ast krachte vor ihre Füße. Jasmin sprang zur Seite und prallte mit der Schulter gegen den Stamm einer Weißtanne. Die Rinde, rau und aufgequollen unter ihren Händen, erinnerte sie an den ersten Abend, als sie in der Nacht mit dem Fuchs nach draußen gegangen war und ihn ganz in der Nähe begraben hatte.

Dort war die Stelle. Sie sah die Tannenzweige, die sie in die weiche schwarze Erde gesteckt hatte, und die flachen grauen Steine mit der glatten Oberfläche, die das Grab begrenzten.

Jasmin sank auf die Knie und begann, mit bloßen Händen zu graben.

Kapitel 19

»Frau Hansen!«, hörte sie Henriksens besorgte Rufe irgendwo zwischen den Bäumen. Er folgte ihr. *Du musst es ihm zeigen*, ging ihr durch den Kopf, *er muss den Fuchs sehen, die Origami-Figur, die Paul gebastelt hat, er muss es glauben!*

Ich bin Psychiater, hörte sie seine Stimme in ihren Gedanken, blechern, als käme sie aus einem alten Transistorradio. *Ihr Psychiater.*

Jasmins Finger bluteten schon nach einigen Minuten, während sie die nasse, schwere Erde zur Seite warf. Sie hörte sich selbst Worte flüstern, die sie kaum verstand, spürte, wie die Windböen mit aller Kraft nach ihr griffen, sie packen und umwerfen, sie aufhalten wollten.

»Jasmin, lassen Sie das!«

Sie starrte auf zwei Herrenschuhe, die sich ihr über den dunklen Waldboden näherten, starrte auf die feuchten Erdklumpen, die an dem dunklen Leder klebten. Das war Henriksen, der in einigen Metern Entfernung stehen blieb und besorgt auf sie hinabsah, während der Regen über seine Wangen lief und sein Haar wie ein nasser Schwamm auf seinem Kopf festklebte. »Lassen Sie das. Sie bluten ja, Jasmin.«

»Er ist hier«, schrie sie ihm und dem Sturmwind entgegen, »ich täusche mich nicht!«

»Was ist hier?«

»Der tote Fuchs! Den ich auf Pauls Wunsch hin begraben habe, mit einer der Figuren, die er gebastelt hat.«

»Jasmin …«

Nun spürte sie, wie ihre Finger über etwas anderes strichen, nach etwas tasteten, das nicht nur feuchte Erde und Steine waren – Haare, Fell, Papier.

»Er ist hier … er ist wirklich …«

Jasmin wischte einige Erdklumpen beiseite und starrte auf einen kleinen Fleck roten Felles hinab. »Er ist hier!«, rief sie noch einmal und ihre Stimme zitterte vor Aufregung. Sie grub ihn aus, ihre Hände und Finger arbeiteten wie mechanisch, und Jasmin ignorierte die Schmerzen, ignorierte den eiskalten Regen, der ihr über den Nacken unter die Regenjacke lief und sie bis auf die Haut durchnässte, bis sie den Fuchs freigelegt hatte, ihn und die Origami-Figur, deren Papier von der nassen Erde so durchtränkt war, dass sie kaum mehr als ein schmutziger Zellstoffklumpen war.

Dann betrachtete sie den Fuchs.

»Damit er nicht so allein ist«, flüsterte sie. »Das hat Paul zu mir gesagt. Das ist die Figur, der Fuchs, aber … aber wie …«

»Kommen Sie, Jasmin«, hörte sie Henriksen sagen. Seine Hand lag schwer auf ihrer Schulter.

»Ich begreife es nicht«, flüsterte sie. »Ich verstehe nicht, wie … wie das sein kann. Ich habe ihn doch selbst vor Tagen gefunden.«

»Sie haben gefunden, was Sie hier begraben haben«, sagte Henriksen. »Ein Fuchs, ja … aber …« Er langte hinab in die Grube und holte das Tier heraus.

Jasmin sah sogar in der Dunkelheit die Metallniete, die im Ohr des Tieres befestigt war. Sah die Knopfaugen, künstlich, wie alles an ihm.

»Aber nur ein Stofftier«, flüsterte sie. »Nein – nein, das ist nicht möglich.«

»Doch, Jasmin. Das ist es. Und die Origami-Figur …« Er schüttelte den Kopf. »Die haben Sie selbst angefertigt. Wie all die anderen.«

KAPITEL 20

Sie spürte, wie der Regen über ihre Wangen, ihr Gesicht floss, unter den Kragen ihrer Jacke kroch. Sie spürte, wie er die Erde von ihren Händen wusch, als Henriksen sie behutsam zum Haus zurückführte. Ihre Beine bewegten sich mechanisch, als gehörten sie einer Fremden. *Der Fuchs war nicht echt. Die Origami-Figuren ...*

Henriksen bat sie, wieder auf der Couch im Wohnzimmer Platz zu nehmen. Er schloss die Verandatür, sperrte das Brausen des Sturmwinds und das Rauschen des Regens aus, nahm eine Decke und legte sie über ihre Schultern.

»Ich wollte doch nur ...«

»Ganz ruhig. Ich verstehe das.« Er setzte sich zurück auf den Platz gleich neben ihr, die Federn der Couch knarrten leise, und als er sie mit einer Mischung aus Vorsicht und Mitgefühl musterte, war es ihr, als wäre nichts geschehen, als wären ihr kleiner Fluchtversuch hinaus in den Regen und ihre blutenden Finger nicht länger wichtig.

»Ich bin Ihr Psychiater«, hatte er gesagt. Vielleicht waren es auch diese Worte gewesen, die sie hinaus in den Sturm getrieben hatten – weil sie irgendwo tief in ihrem Inneren gespürt hatte, dass er die Wahrheit sagte.

»Was … was habe ich getan? Etwas ist passiert, nicht wahr? Ist Jørgen da? Kann ich mit ihm sprechen?«

»An was erinnern Sie sich noch aus jener Nacht?«

Jasmin versuchte, sich zu beruhigen, die panischen Gedanken, die sich wie Gift in ihrem Kopf ausbreiteten, zu verdrängen – aber ganz gelang ihr das nicht. Henriksen – ihr Psychiater? War er ihr deshalb so bekannt vorgekommen? Log er? Was passierte hier gerade?

»Das Zeichen auf der Rückseite Ihres Handys«, sagte sie mit zitternder Stimme, »ich wusste, dass ich es erkenne … dieses Dreieck, das auf der Spitze steht.«

»Dazu kommen wir gleich noch, Jasmin, nur die Ruhe. Bleiben wir zunächst bei der Nacht des Unfalls.«

Jasmin strich sich eine nasse Strähne hinter das Ohr zurück. »Der Jeep … ja, irgendwann hatte er genug und überholte. Er fuhr davon, viel zu schnell für dieses Wetter, und schließlich war ich wieder allein. Bis …«, sie holte tief Luft, »bis er dann wieder zurückkam. Mir entgegen. Auf meiner Fahrbahn. Ich bekam Angst, wich ihm aus und … na ja, da war jemand am Fahrbahnrand. Ein Obdachloser. Ich konnte ihm nicht mehr ausweichen. Mein Auto hat ihn voll erwischt. Ich kann das Brechen der Knochen immer noch in meiner Erinnerung hören.«

»Wann ist all das geschehen? Was geschah danach?«

»Vor … hm, vor ein paar Monaten. Danach …« Jasmin bemerkte, dass die Erinnerung an all das, was direkt nach dem Unfall geschehen war, wie von dichtem grauen Nebel eingehüllt war. »Weiß nicht. Ich erinnere mich, wie ich im Krankenhaus aufgewacht bin. Niemand wollte mir glauben. Kein Mensch wäre das gewesen, nur ein Hirsch, es war nur ein Wildschaden …«

»Aber Sie haben nie daran geglaubt. Sie haben nie daran gezweifelt, dass in jener Nacht wirklich ein Mensch ums Leben gekommen ist.«

»Nein … nie.« Jasmin verbarg ihr Gesicht in den Händen und roch die feuchte Erde an ihren Fingern, die Nässe, den Moder. »Ich dachte, ich könnte hier Antworten finden. Ich erinnerte mich an das Dreieck, das auf dem Kopf steht. Der Obdachlose trug es auf seinem Mantel. Ich wusste, dass ich es schon mal gesehen habe, und zwar hier – hier irgendwo. Und wie sich herausstellte, hatte ich recht – es gehört zum alten Sanatorium. Und es passt zu dem Symbol auf Ihrem Handy. Ich begreife das alles nicht.«

»Sie haben in jener Nacht einen großen Schmerz erfahren, einen großen Verlust. Um das zu verarbeiten, um es zu verdrängen, erschafft sich der menschliche Verstand manchmal eine Art … Alternativkonstrukt. Eine alternative Realität.«

»Aber ich kannte diesen Mann gar nicht«, sagte sie leise. »Wie kann das also sein?«

»Sie haben in dieser Nacht nie einen Obdachlosen getötet. In dieser Nacht, Jasmin …« Henriksen schüttelte betrübt den Kopf. »In *dieser* Nacht haben Sie Ihren Sohn Paul verloren. *Er war das Unfallopfer.*«

Jasmin starrte ihn an. Für einen Augenblick vergaß sie zu atmen. »Paul war nicht mit mir im Wagen.«

»Doch. Das war er. Es war an jenem Abend nicht geplant gewesen, aber er war dort.«

Für einen Moment war sie wieder zurück in jener Partynacht, jener Nacht vor ihrem Unfall, sah die bunten Lichter in der Parkanlage hinter dem Anwesen des Chefarztes durch das Fensterglas, hörte die Musik, die dumpf durch die Wände drang, und schmeckte den Alkohol, der in ihrem Cocktail enthalten war – spürte, wie er sie benebelte, sie betrunken machte.

»Du solltest das nicht tun«, hörte sie Sven Birkelands Stimme hinter sich. Er deutete auf ihr Getränk. Nachdem sie ihn an der Tür empfangen hatte, hatten sie sich wieder aus den Augen

verloren – bis er sie nach einer Weile wiedergefunden hatte und sie beide irgendwie hierhergelangt waren.

»Sollte ich nicht? Man muss sich auch mal amüsieren. Und nachher ... nachher rufe ich uns ein Taxi.« Jasmin spürte die Kälte der Eiswürfel in dem langstieligen Glas und in diesem Augenblick fühlte es sich richtig, fühlte es sich gut an, hier zu sein. »Der Schwerverletzte von letzter Nacht ...«

»Schsch«, machte Birkeland. Er sah ziemlich gut aus heute Abend, fand Jasmin, in diesem Anzug, den er ohne Krawatte so lässig trug. »Lass uns nicht über die Arbeit reden.«

»Ja. Klar. Lass uns lieber ...« Sie beendete den Satz nicht.

»Und Paul?«, fragte er.

»Paul ist draußen mit Sophie und den beiden älteren Kindern der Bergers und deren Kindermädchen.« Jasmin bemerkte, wie Birkeland etwas näher kam, und sah zu ihm auf. »Eigentlich sollte er heute Abend bei seinen Großeltern sein, aber dann kam den beiden etwas dazwischen, also hab ich ihn einfach mitgebracht. Das bedeutet aber nicht, dass ich ihn nicht mal für einen Moment allein lassen kann, oder? Ich meine ...« Jasmin hielt inne. Täuschte sie sich oder war da ein Funkeln in Birkelands Augen? Sie beide waren allein in der Küche, während sich die Party irgendwo nach draußen unter die Bäume dieses weitläufigen Anwesens der Brechts verlagert hatte, und niemand sonst war in der Nähe. Dieses Funkeln, die Frage nach Paul ... »Du willst also gerade wirklich von mir wissen, wie lange wir zwei«, Jasmin musste kichern, »ungestört sind, was?«

»Ungestört klingt doch ganz gut.«

Jasmin machte einen Schritt auf ihn zu und dabei war es ihr, als bewegten sich ihre Beine von ganz allein. Irgendwie war da plötzlich ein Arm von Birkeland, eine Hand, die sie auf eine Weise berührte, wie sie es eigentlich nicht sollte ... und für einen Moment dachte sie an all die endlosen Stunden, die sie beide zusammen verbracht hatten, im OP, immer unter Anspannung, immer dabei, Leben zu retten, immer so nah, zu nah ... und die

Abende mit Jørgen, ihre zermürbenden Auseinandersetzungen, diese Frustration, die sich in den Alltag geschlichen hatte …

Als Birkeland sie küsste, erwiderte Jasmin den Kuss. Er schob sie sanft, aber bestimmt nach hinten, bis sie gegen eine Wand stieß, und küsste sie abermals. Der nächste Kuss war weitaus länger und inniger, und als Jasmin ihre Hand wandern ließ, spürte sie seine Erregung.

»Nicht«, seufzte sie, »wir sollten das nicht …« Doch als Sven seine Lippen von ihren löste, war sie es, die sich nach vorn lehnte, sich an ihn drängte und ihn aufs Neue küsste. »Ich weiß von einem Gästezimmer oben unter dem Dach«, flüsterte sie schnell atmend.

»Sag bloß.«

Jasmin lachte, dann schob sie ihn zur Tür und weiter zur Treppe … und so geschah alles, wie es geschehen musste.

Später nahm Jasmin Paul an die Hand und lief mit ihm zum Wagen … und irgendwo hinter sich hörte sie Birkelands Stimme. Vergiss, was gerade passiert ist. Wir hätten das nicht tun dürfen, *ging ihr durch den Kopf.* Verflucht, was hast du dir dabei nur gedacht? Bist du verrückt geworden?

Es war ein Gefühl, das sie zugleich ein wenig ängstigte. Da war Scham, Wut über sich selbst und Birkeland, aber zugleich auch eine tiefer empfundene heimliche Freude darüber, dass sie wirklich etwas getan hatte, von dem Jørgen nichts wusste. Als hätte sie nur darauf gewartet, ihm seinen ein paar Jahre zurückliegenden Seitensprung einmal heimzahlen zu können. Diese Empfindung ängstigte sie ein wenig.

»Mama, warum weinst du?«

»Es ist nichts, Schatz.« Sie setzte Paul auf seinen Kindersitz und stieg ein. Ihre Hand zitterte, als sie nach dem Schalthebel griff, der Wagen machte einen großen Satz die Einfahrt hinab. Dann war sie auf der Straße.

Irgendwo hinter ihnen blieb Birkeland in der Dunkelheit zurück, allein auf der Straße.

Regen setzte ein.

Jasmin wischte sich über die Wangen.

Dinge, unumkehrbare Dinge, waren geschehen.

Okay. Beruhige dich.

Sie fuhr weiter und die Nacht umfing sie. Die Wälder rückten näher an die Straße heran, bald waren sie allein auf der Straße in ihrem kleinen Wagen, Paul und sie.

Reiß dich zusammen.

Dann tauchte im Rückspiegel Licht auf.

War das Birkeland? Folgte er ihr? Oder war es jemand anders? Sie bog ab, wählte einen Umweg, doch wer immer dort hinter ihr fuhr, nahm dieselbe Straße.

Er verfolgte sie.

Das Licht der aufgeblendeten Jeepscheinwerfer im Rückspiegel blendete sie. Jasmin tastete mit nervösen Fingern nach ihrem Handy, als der Jeep beschleunigte und sie überholte.

Sie erkannte ihn nicht.

Jasmin ließ die Fensterscheibe ein Stück herunter. Kühle, frische Luft wehte ihr ins Gesicht. Sie war belebend, genau das, was sie jetzt brauchte.

Du bist bald zu Hause. Und Jørgen – denk nach. Denk nach, wie du mit dieser Sache umgehen wirst.

Jasmin blickte auf ihr Handy hinab, dann jedoch bemerkte sie, dass alle Balken vom Display verschwunden waren. Kein Empfang. Wir sind wohl zu tief im Wald.

Als sie wieder aufsah, waren die blendenden Scheinwerfer zurück. Und dieses Mal gab es keinen Zweifel – er war wieder hier, weil er sie suchte …

Und mit einem Mal war dort ein dunkler Schemen auf der Straße. Ein Hirsch mit zottigem Fell, massig, riesig …

Mit einem Schrei riss Jasmin das Lenkrad herum.

Zu spät.

Der Wagen brach aus.

Sie hörte den dumpfen Schlag, als ihr Wagen das Tier erwischte, sie hörte ein Knacken und Brechen, die Stoßdämpfer ächzen, dann war die Motorhaube voller Blut und die Windschutzscheibe brach, als etwas aus dem Wageninneren nach draußen geschleudert wurde.

Der Jeep stoppte neben ihr, Reifen quietschten auf dem nassen Asphalt – und Jasmin spürte, wie Blut über ihre Stirn floss, auf ihre Lippen tropfte.

»Jasmin!«, hörte sie einen Schrei. Irgendwie kam ihr die Stimme bekannt vor, doch hatte der Schock jeden zusammenhängenden Gedanken aus ihrem Kopf verdrängt, und in diesem Augenblick erkannte sie nicht, wer da aus dem Jeep gestiegen war, in diesem Augenblick gab es nur den Schock, der ihr Herz rasend schnell schlagen ließ. »Jasmin, was ...«

Dann Stille. Selbst die Schritte verstummten.

»Oh Gott, nein! Jasmin, was ... Was ... was hast du ...?«

Jasmin wollte ihren Kopf in Richtung des Fensters drehen, als ein entsetzlicher Schmerz ihren Körper durchfuhr. Bitte, lass mich nicht sterben ... *immer mehr Blut floss über ihre Nase, ihre Wangen ...*

»Paul«, hörte sie die Männerstimme rufen, »Paul, verflucht, komm schon ...«

Aus der Ferne näherten sich Sirenen, helles Blaulicht.

Dann umfing sie endlose Dunkelheit.

KAPITEL 21

Paul ist tot. *Er ist schon so lange tot.*

Diese Gedanken, diese Erinnerung in ihrem Kopf ...

»Woher ... woher wollen Sie das wissen? Dass er in dieser Nacht im Wagen war?« Jasmin fühlte sich, als riss der Boden unter ihren Füßen auf, und alles, was darunter lag, war abgrundtiefe Schwärze, die sie verschlucken wollte.

»Sie selbst haben es mir erzählt.« Henriksen tippte auf den Aktenordner, den er auf den Couchtisch gelegt hatte. »Wir waren schon so häufig an diesem Punkt, Jasmin. Wir drehen uns im Kreis, und das ist sehr, sehr bedauerlich.«

»Was meinen Sie damit ...?«

»In jener Nacht hatten Sie Alkohol getrunken. Viel Alkohol. Sie hatten einen Seitensprung mit Ihrem Arbeitskollegen Sven Birkeland. Aus Angst und Scham angesichts dessen, was geschehen war, fuhren Sie viel zu schnell. In ihrem emotionalen Aufruhr hielten Sie den Jeep Ihres Mannes Jørgen, der nach Ihnen suchte, weil er es vor Sorge um Sie nicht mehr zu Hause ausgehalten hatte, für einen Verfolger, einen Angreifer. In Ihrem Unbewussten, voller schlechten Gewissens, fürchteten Sie seine Reaktion. Sie kamen im Regen von der Straße ab und rammten einen Hirsch, der die Straße überqueren wollte. Bei diesem Unfall, Jasmin, wurden Sie so schwer verletzt, dass

Sie Ihren fünfjährigen Sohn verloren, den Jungen, den Sie nach der Fehlgeburt und dem Tod Ihres zweiten Kindes behütet und beschützt hatten wie nichts sonst auf dieser Welt – Paul.«

Jasmin schüttelte den Kopf. »Nein, nein, so war das nicht, es war anders, es …«

»Jasmin, welches Jahr haben wir?«

»Wir … wir haben 2013. Paul ist 2007 geboren … er wird sechs dieses Jahr. Der Unfall war im Frühjahr, vor ein paar Monaten. Vor mehr als zwei Jahren verloren Jørgen und ich unser zweites Kind …«

Wieder schüttelte Henriksen den Kopf. »*Sieben, nicht zwei*, erinnern Sie sich? Ein Teil Ihres Unterbewusstseins hat es wahrscheinlich auch erkannt: Seit dem Verlust Ihres zweiten Kindes im Jahr 2011 sind nicht zwei, sondern *sieben* Jahre vergangen. Wir haben mittlerweile das Jahr 2018. Sie lagen nach dem Autounfall mehr als drei Jahre im Koma und haben danach viele Monate in einer geschlossenen Einrichtung verbracht, weil Sie die Wahrheit einfach nicht akzeptieren konnten. Paul wäre heute nicht mehr fünf, er wäre bereits zehn Jahre alt, doch in der Realität … hat er seinen sechsten Geburtstag nie erlebt. Ihre Familie und Ihr Mann haben alles versucht, um zu Ihnen durchzudringen, doch es war immer wieder vergebens. Ihr Zustand – wissen Sie, etwas setzt Ihr Bewusstsein immer wieder auf den Zeitpunkt des Unfalls zurück. Sie haben sich eine Vorstellungswelt erschaffen, in der Paul am Leben und aufgewachsen ist, ja sogar mit Ihnen diese Insel besucht hat. Sie haben alles getan, um sich in dieser Welt zurechtzufinden. Die Bilder, die er hier gezeichnet hat – das waren Sie. Sie haben für ihn eingekauft, haben sein Zimmer hergerichtet. Ihr Mann liebt sie noch immer, aber verstehen Sie doch, es wird immer schwerer, Ihnen die Realität begreifbar zu machen. Das belastet alle in Ihrem Umfeld sehr schwer, Jørgen am allermeisten.«

Jasmin spürte, wie Tränen über ihre Wangen flossen. Was Henriksen gerade erzählt hatte, war nur eine Lüge – und doch begriff sie in einer Kammer, die sich weit hinten in ihrem Verstand befand, dass er recht hatte. Es war ein Raum, den sie gut verschlossen hatte, deren Schlüssel sie weit hinaus aufs Meer geschleudert hatte – doch sie existierte noch immer.

»Aber das Sanatorium hier, der Brand … Yrsens Gemälde … was damals geschehen ist, was sie alle zu vertuschen versuchen … das Symbol …«

»All das ist wirklich geschehen. Es gab eine Einrichtung hier, aber es ändert nichts an der Wahrheit. Das Symbol ist das Logo von Nordic Health Invest, dem skandinavischen Betreiber einiger ausgewählter, exklusiver Privatkliniken. Das Sanatorium an diesem Ort wurde vor Jahrzehnten aufgegeben. Gabriela Yrsen lebte tatsächlich hier, bis sie vor zwei Jahren in hohem Alter starb, aber die Frau, die sich Ihnen so vorgestellt hat, war jemand völlig anders. Das, Jasmin, war Solveig Moen, niemand anders als die ärztliche Direktorin der Klinik, in der Sie lebten. Wir mussten die natürliche Geschichte dieses Ortes in unser Projekt einbauen … und ich hoffte, dass gewisse Eigenheiten in der Vergangenheit dieser Insel in Verbindung mit diesem kleinen Schauspiel Ihnen helfen würden, sich zu erinnern. Also bat ich Solveig, mir zu helfen. Was hier geschehen ist, war ein nie zuvor unternommener Feldversuch, eine Schocktherapie, um Sie ein für alle Mal mit der Wahrheit zu konfrontieren. Ein einzigartiges Experiment, das wir mit Zustimmung Ihres Mannes und der finanziellen Unterstützung Ihrer Eltern begonnen haben, ein Experiment, das uns vielleicht eines Tages die Anerkennung der ganzen Fachwelt eingebracht hätte. Alles, was Sie hier erlebt haben, fußt auf Dingen, die Sie aus Ihrer eigenen Vergangenheit kennen. Sie sind einer Erinnerungsspur gefolgt, von der wir uns erhofft hatten, dass es Ihnen allein dadurch gelingen würde, die Wahrheit zu entschlüsseln. Wir hatten uns erhofft, dass Ihre Psyche sich auf die Wahrheit einstellen kann, wenn sie radikal mit ihr konfrontiert wird.«

Jasmin versuchte, die Puzzlestücke zusammenzusetzen, eines nach dem anderen. »Der Tote am Strand war also nicht real? Wenn in meiner Unfallnacht niemand starb …«

»In einigen Durchläufen Ihrer zurückgesetzten Erinnerung erschufen Sie einen Toten am Straßenrand, dessen Identität variierte, aber der zunehmend Ähnlichkeit mit Sven Birkeland entwickelte – eine Maßnahme Ihres Unterbewusstseins, um mit der verdrängten Schuld aufgrund Ihrer Affäre und Ihres Alkoholkonsums umzugehen. Der Tote, mit dem wir Sie hier konfrontiert haben, war eine direkte Anspielung darauf. Sie haben ihn nicht als das erkannt, was er war – nur eine Inszenierung, eine Puppe. Immer wieder ist es ein Toter wie er oder eine ähnliche Beobachtung, die Sie machen, die dafür sorgt, dass Ihr Unterbewusstsein alarmiert wird … was wiederum eine Fantasie, ein Szenario wie dieses heraufbeschwört, in der Ihr Sohn Paul entführt wird. Wir haben das schon früher mehrfach erlebt und ich hatte so sehr gehofft, dass es dieses Mal anders sein würde. Ich hatte gehofft, dass Sie begreifen, Jasmin.«

»Aber Yrsens Gesicht … Larsen … sein verbranntes Haus …«

»Sie waren viele, viele Monate in einer privaten Einrichtung zur Therapie untergebracht, Jasmin. Es gab Zeiten, in denen Sie versucht haben auszubrechen, zu fliehen, auch weil Sie dachten, Paul wäre wieder einmal entführt worden. Sie haben gewisse gewalttätige Tendenzen entwickelt – auch hier auf der Insel ist uns dies wieder aufgefallen. Sie haben in der Klinik Feuer gelegt. Fünfundvierzig andere Patienten wurden durch das Feuer verletzt und teilweise entstellt. Zum Glück kam niemand ums Leben.«

Jasmin nahm eine Hand zum Mund und biss sich auf die Knöchel. *45.* Die fünfundvierzig Namen vom Friedhof.

»Auch das Feuer in Johann Larsens Haus hat niemand anders als Sie gelegt. Erinnern Sie sich? In jener Nacht haben Sie dieses Haus hier verlassen, anstatt zu schlafen … Sie haben einen Benzinkanister aus dem Wagen genommen, den Sie mit der Fähre herübergebracht haben, und das Feuer entzündet. Wir wissen das, weil wir Sie dabei beobachtet und all das aufgezeichnet haben.«

Der Stofffetzen in ihrer Regenjacke, begriff Jasmin. Die Glasscherbe. Aber nein. Er musste lügen … das durfte nicht die Wahrheit sein, die sie all die Zeit gesucht hatte.

»Wieso sollte ich das Larsen antun?«

»Sie haben versucht, die Wahrheit zu verbrennen. Oder sollte ich sagen, Hanna Jansen wollte das? Er konfrontierte Sie mit dem Zeichen von Nordic Health Invest, dem umgekehrten, nicht geschlossenen Dreieck. Er konfrontierte Sie mit einer verdrängten Wahrheit. Sie selbst haben in der Zeit, als wir Sie betreuten, immer wieder auch dieses Symbol als Origami-Figur nachgestellt und andere Figuren angefertigt – und haben diese Bastel-Leidenschaft dann auf Ihren Sohn projiziert.«

»Aber wieso sollte ich dann …?«

»Johann Larsen war zusammen mit Ihnen eine Zeit lang freiwillig in derselben Einrichtung von Nordic Health Invest untergebracht«, fuhr Henriksen fort. »Sie wussten aus dieser Zeit von seiner Neigung zu gewissen Dingen, von seinen politischen … Ansichten. Wir hatten gehofft, wenn wir Sie hier mit ihm konfrontieren, würde sich ein Teil Ihrer Erinnerung wieder einstellen. Er hat sich bereit erklärt, dieses außergewöhnliche Experiment zu unterstützen.«

»Ist er …?«

»Tot?«, fragte Henriksen. »Nein. Das ist er natürlich nicht. Nur das Haus brannte nieder. Dennoch musste ich in dieser Nacht all meine Überzeugungskraft aufwenden, damit man das Experiment nicht sofort beendete und Sie nicht wieder zurückbrachte.«

»Und der Herumtreiber«, sagte sie schwach, »war er ...?«

»Christian Sunderberg. Eine Pflegefachkraft der Klinik. Der Mann, der sich all die Jahre um Sie kümmerte. Ihr engster Vertrauter. Er wollte Sie nur beschützen, Sie die ganze Zeit über im Auge behalten. Die Narbe in seinem Gesicht – die stammt von Ihnen. Die haben Sie ihm mal verpasst.«

»Er hat ... hat er wirklich auf mich ...?«

»Es gibt Kollegen, die diesen Versuch für untauglich halten. Die in Ihrem Fall dafür plädieren, dass man Sie dauerhaft mit Medikation ruhigstellen und wegschließen sollte. Sie sind an der Grenze zur Unzurechnungsfähigkeit, Jasmin, und häufig gewalttätig. Einem von diesen Zweiflern sind Sie zuletzt am Strand begegnet. Mattila wollte eigenhändig eingreifen.«

»Er wollte mir wehtun!«

»Er weiß, was Sie sind, Jasmin. Sie erschufen sich eine dritte Persönlichkeit – neben der Jasmin Hansen, die an Pauls Weiterleben glaubte, und der, die in seltenen Momenten der Klarheit die Realität anerkannte, entwickelten sie eine Persönlichkeit, die Sie *Hanna Jansen* nannten – eine angebliche Affäre Ihres Mannes. Aber Hanna Jansen sind Sie selbst, es ist ein gewalttätiger Teil ihres Unterbewusstseins, der immer häufiger hervorzutreten droht ... Aber ich konnte das nicht akzeptieren. Ich nicht – und Ihre Familie und Ihr Mann ebenso wenig. Wir haben immer daran geglaubt, dass noch etwas in Ihnen übrig ist, ein Teil, der die Wahrheit erkennen und akzeptieren kann.«

Schritte kamen durch den Hausflur. Jasmin sah auf.

»Jasmin, Ihr Mann ist gleich hier. Wollen Sie ihn sehen?«

»Ja. Will ich.«

»Sie müssen uns zu verstehen geben, dass Sie bereit sind, die Realität anzuerkennen. Sonst sehe ich nur wenig Hoffnung, dass ich die anderen davon überzeugen kann, dass Sie sich auf dem Weg der Besserung befinden.«

Jasmin holte tief Luft. Eine gewaltige Last schien auf ihr zu liegen, sie zusammenzudrücken wie eine Feder. Die Schritte verstummten, und als sie aufsah, stand Jørgen in der Tür.

Jørgen, groß und blond, wie sie ihn in Erinnerung hatte. Das Lächeln auf seinen Lippen war traurig und liebevoll zugleich.

Der Anblick trieb ihr neue Tränen in die Augen. »Du ... du bist wirklich hier.«

Er kam zu ihr, streckte die Arme aus, und doch zögerte er, als fürchtete Jørgen ihre Reaktion. »Was Dr. Henriksen sagte, ist wahr. Niemand will dich verletzen. Es war ein Versuch, aber vielleicht war er zu radikal. Der letzte Weg, dir diese Tatsache klarzumachen – und es tut mir leid. Ich hätte es nicht erlauben sollen. Deine Eltern und ich haben viele Gespräche mit Henriksen und all den Verantwortlichen über deine Situation geführt ... Und obwohl ich hoffte, dass es funktioniert, begreife ich, dass ich niemals hätte zustimmen dürfen.« Er schüttelte den Kopf, musterte Henriksen. »Und Sie schon gar nicht, Doktor. Nichts von dem, was wir hier versucht haben, war legal. Dein Vater hat all das hier im Geheimen finanziert. Henriksen, Mattila und Moen waren zusammen mit Nordic Health Invest die einzigen Ärzte, die diesen Versuch unterstützen wollten ... und so haben wir diese abgelegene Insel für den Versuch benutzt. Es war schwer, ja fast unmöglich, all das weitestgehend geheim zu halten, aber ...«

»Es kann gelingen«, warf Henriksen ruhig ein. »Es wäre ein Durchbruch, auf den wir schon so lange gewartet haben.«

Jasmin starrte ihn an. »Also war ich nur ein Versuch? Nur eine gute Gelegenheit? Wollt ihr fachliche Anerkennung für dieses beschissene Experiment? Bin ich für euch nur ein ... ein

Versuchskaninchen? Was ist mit Karl Sandvik und seiner Frau? Mit Jan Berger am Leuchtturm? Waren die auch eingeweiht?«

Henriksen sah betreten drein und schwieg, Jørgen nickte jedoch. »Natürlich waren sie das. Wir wollen, dass du endlich in die Realität zurückfindest. Und etwas in deinem Unterbewusstsein muss es auch zumindest teilweise begriffen haben … du hast Sandvik und sein Rückenleiden gemieden, weil du sonst womöglich bemerkt hättest, dass du seit Jahren nicht mehr ärztlich praktiziert hast. Und bei Berger schießen lernen? Hanna Jansen hätte es nicht zugelassen, dass du lernst, mit einer Waffe umzugehen. Das ist ihr Teil deiner Persönlichkeit. Aber du kannst es schaffen, ich weiß das! Lass nicht zu, dass sie di…«

»Seit wann bist du hier?«, unterbrach Jasmin ihn abrupt. »Hast du nach Bonnie gesehen?« Und mit Grauen fragte sich Jasmin: *Wenn das alles wahr ist, hast du Bonnie dann selbst niedergeschlagen und die Einbruchsspuren inszeniert? Die blonden Haare, die man im Zimmer entdeckte, waren deine eigenen?*

»Sie ist draußen. Es geht ihr gut.«

»War ich das? Das mit Bonnie und der zerstörten Scheibe? Weil ich die Entführung … irgendwie für mich in Realität umwandeln musste?«

Henriksen nickte.

»Und dieser … dieser Drohbrief … *Ich weiß, was du bist …* wer …?« Sie verstummte, als sie den Ausdruck in Henriksens Augen entdeckte. »Es war Hanna Jansen, die den Drohbrief schickte. Es waren Sie selbst.« Er nickte Jørgen zu, der ihm daraufhin ein Notebook reichte – ihr eigenes, erkannte Jasmin. Henriksen rief die Überwachungssoftware auf. »Erinnern Sie sich? Sie haben mir gezeigt, wie der Herumtreiber den Brief eingeworfen hat, als ich verletzt im Wohnzimmer lag …«

Die Verletzung. Jasmin kam ein Gedanke, ein letzter rettender Ausweg, ein Rettungsanker. »Diese Verletzung«, rief sie, »die kann nicht von mir stammen!«

313

»Kann sie nicht?« Henriksen deutete auf das Überwachungsvideo. »Sehen Sie? Der Drohbrief.«

Jasmin *sah*. Dort auf der Videoüberwachung, wo sie zuletzt noch den Herumtreiber zu erkennen glaubte, war nun sie selbst zu sehen, wie sie zur Tür eilte und hinausblickte – und dann den Brief aus einer Schublade der Kommode nahm und auf den Boden fallen ließ, als hätte sie ihn bereits zuvor vorbereitet und dort versteckt gehabt.

»Und dann das … Stunden zuvor.« Henriksen rief eine andere Aufzeichnung auf. Jasmin sah sich abermals selbst, dieses Mal in ihrem Schlafzimmer. Sie griff nach der Schublade, kippte sie aus, worauf ein kleiner Handspiegel auf den Boden fiel und die Glassplitter sich überall verteilten. »Sehen Sie? Sie haben sich geschnitten, beim Versuch, die Splitter in der Eile wieder einzusammeln«, erklärte Henriksen. Sie sahen zu, wie Jasmin die blutverschmierte Glasscherbe in ihre Jackentasche steckte, dann nahm sie den zweiten, falschen Boden der Schublade heraus … und den silbernen Revolver.

»Natürlich wussten wir, dass er dort lag. Wir haben ihn gegen ein Schreckschussmodell ausgetauscht … Sie, Jasmin, haben ihn dennoch mitgenommen. Und Sie haben beide Male in meine Richtung gefeuert. Dort auf der Straße, wo Sie die Waffe in Ihrer Jackentasche bei sich trugen und sich, als sie sie herauszogen, an dem Glassplitter verletzt haben … der Grund für Ihre Handverletzung, Jasmin, die Dr. Gundersen bemerkte. Und natürlich hier, gerade vor wenigen Minuten. Ich weiß, dass nicht Sie es sind, die mich verletzen will … Es ist die andere, es ist Hanna Jansen, die in diesen Momenten die Kontrolle über Sie gewinnt, aber Jansen existiert nur, weil Sie es zulassen. Weil Sie die Wahrheit verdrängen. Aber die Unfallnacht, Jasmin, die Unfallnacht ist die Wahrheit. Lassen Sie nicht zu, dass Ihre andere Persönlichkeit gewinnt!«

314

Wieder drückte Henriksen einen Knopf. Dieses Mal sah sich Jasmin allein am Küchentisch. Sie sprach mit jemandem auf der anderen Seite des Raumes … jemandem, dessen Bild die Kamera nicht einfangen konnte. Sie redete und hörte Antworten auf ihre Worte, die niemand auszusprechen schien. Dann wiederum sah sie sich, wie sie mit ihrem Mietwagen ankam, gefilmt von einer der unzähligen Überwachungskameras, die man hier installiert hatte, sah zu, wie sie ausstieg und Bonnie aus dem Wagen sprang … doch da war kein Paul, der ihnen ins Haus folgte.

Jasmin nahm einen letzten Schluck aus ihrer Tasse. Der Rest des Tees schmeckte bitter, vermischt mit salzigen Tränen auf ihrer Zunge. Die Wahrheit war wie ein Bohrer, der sich in ihre Schläfe trieb – ganz ohne Betäubung.

»Und was ist mit uns?«, fragte sie Jørgen. Ihr war übel, als wollte jede Faser ihres Körpers gegen diese Wahrheit, gegen diesen Schmerz revoltieren.

»Mit uns?« Ein betrübter Ausdruck huschte über Jørgens Gesicht. »Nach allem, was geschehen ist … nach dem Unfall … nach dieser Sache mit Sven Birkeland … weißt du, wie sehr ich dich verachtet habe? Wie sehr du mir wehgetan hast? Und hast du eine Ahnung, wie schwer es mir fiel, dennoch an deiner Seite zu bleiben? Du bist krank, aber …« Er seufzte. »Ich will dir helfen, Jasmin. Nichts anderes. Aber dich so zu sehen … Gott, das zerreißt mir das Herz.«

Sie sah zu ihm auf, während Tränen ihr Sichtfeld verschleierten. Jørgen, wie sie ihn in Erinnerung hatte … War er das überhaupt noch? Wenn es stimmte, was die beiden erzählten …

»Es sind … Jahre vergangen?«, fragte sie ungläubig. »Und ich – ich will es nicht wahrhaben? Paul ist tot? Paul kam nicht mit mir hierher? Wir haben *zwei* Kinder verloren?«

»Der Schock war zu viel für Sie, Jasmin«, erklärte Henriksen.

Hinter Jørgen erschienen die Frau, die sie als Gabriela Yrsen kennengelernt hatte, und Arne Boeckermann, die sie beide durchdringend musterten. Auf der Hut, jederzeit bereit, etwas zu unternehmen.

Und was ist, wenn sie doch alle lügen, dachte Jasmin, *wenn nichts davon wahr ist? Wenn Paul irgendwo sitzt und ängstlich auf deine Rückkehr wartet und wenn Jørgen nur dein Geld will und all das inszeniert ist, genau so, wie du es herausgefunden hast?*

Du hast Yrsen von ihm sprechen hören. Yrsen ist Hanna Jansen. Jansen und Jørgen. Sie beide …

Es *bestand* die Möglichkeit …

»Frau Hansen«, sagte Yrsen – oder Solveig Moen, wie Henriksen sie genannt hatte – mit lauter Stimme, »Sie müssen uns jetzt erklären, wieso Sie hier sind. Ich muss es aus Ihrem Mund hören.«

Jasmin wischte sich über die Wange, über die Augen. Sie warf Boeckermann einen Blick zu, der sie kalt und abweisend betrachtete, dann Moen, die analytisch und kühl dreinsah. Jørgen lächelte vertrauensvoll und Henriksen neben ihr nickte knapp.

»Was halten Sie von diesem Vorschlag, Jasmin?«, fragte er sie. »Was ist mit Paul geschehen? Können Sie uns das sagen?«

Paul … der Name klang nun wie etwas Fremdartiges, wie ein bitterer Geschmack auf ihren Lippen, der Geschmack von Schmerz. Jasmin sah Sven Birkeland vor sich, sah, wie er sie küsste. Nicht wie ein Kollege, sondern wie ein Liebhaber. Sie räusperte sich. »Ich habe getrunken in dieser Nacht. Ich hatte einen Unfall und habe dabei meinen Sohn verloren. Paul – Paul ist tot. Alles, was ich hier gesucht habe, war ein Ausweg, um mir diese Wahrheit nicht einzugestehen. Alles, was ich hier gesucht habe, war eine falsche Realität. Aber ich begreife es jetzt. Ich weiß, wer ich bin und was geschehen ist. Es tut mir leid für all die Menschen, die ich verletzt habe. Bei dem Brand in der Klinik, bei dem Versuch, auf Sie zu schießen. Mein Name ist Jasmin Hansen, und mein Sohn ist vor Jahren gestorben.«

EPILOG

Der Sturm war vorüber, die Nacht endete und der Wind fuhr ihr durchs Haar, als sie neben Jørgen im Wagen saß und sie auf die Fähre fuhren, die sie zurück ans Festland bringen würde. Einmal sah sie sich um – Minsøy lag hinter ihnen.

Es war ein erleichterndes Gefühl, das sie ergriffen hatte, es fühlte sich wirklich gut an, diesen Felsen im Meer hinter sich zurückzulassen.

Du hast es geschafft.

»Ich bin froh, dass du gekommen bist.« Jasmin und Jørgen stiegen aus, nachdem die Fähre abgelegt hatte, und gingen gemeinsam hinüber zur Reling. »Was für ein Tag.«

Jørgen hatte den Arm um ihre Schultern gelegt und wirkte dabei so glücklich, wie sie ihn schon seit langer Zeit nicht mehr gesehen hatte.

»Und jetzt?«, fragte sie ihn vorsichtig. »Was machen wir jetzt?«

»Du wirst dich erst mal wieder in alles einfinden müssen, Süße. In deine vertraute Umgebung, in das Jahr, in alles, was du vergessen hast. Aber dabei werden wir dir alle helfen. Ich bin so froh, dass du endlich … endlich wieder *hier* bist. *Wirklich* hier, meine ich.«

Jasmin nickte, lehnte sich gegen ihn und sah auf das Meer hinaus, während die Fähre ablegte. Die Wellen türmten, die Gischt war hell schimmernd und klar.

Sie war sich nicht ganz sicher, was er mit *hier* meinte. War sie nicht immer hier gewesen?

»Weißt du«, sagte sie, »für einen Moment hatte ich das Gefühl, dass wir beobachtet werden. Aber das ist natürlich Unsinn.«

»Ist es das?«

»Natürlich! Wer sollte uns schon beobachten?« Dann schloss sie die Augen. Das Rauschen der Wellen wirkte beruhigend, und zum ersten Mal seit vielen Tagen war es Jasmin, als stünde sie nicht länger unter konstanter Anspannung. Als sie die Augen wieder öffnete, sah sie an Jørgen vorbei. »Wenn wir zurück sind«, erklärte sie leise, »müssen wir für Paul ein Geburtstagsgeschenk kaufen. Er wird doch bald sechs. Ich glaube, ich weiß schon genau, was er sich wünscht.«

Jørgen sah auf sie hinab. Es lag etwas in seinem Blick, das sie nicht ganz verstand, wie ein tiefes Bedauern, Resignation.

»Was ist?«, fragte sie ihn und lächelte. Paul, der neben Jørgen an der Reling lehnte, erwiderte dieses Lächeln, so strahlend, wie er nur konnte. Der Wind spielte mit seinem kornblonden Haar. Dann hob er die Hand, winkte ihr zu. »Es wird doch alles gut, oder nicht?«

Jørgen nickte. Der Wind stieß auf sie herab, ein kühler Nordwind, der den Herbst ankündigte. »Ja«, erwiderte er langsam, während er auf das Meer hinausblickte. »Alles wird gut.«

MIX

Papier | Fördert
gute Waldnutzung

FSC® C083411

Zeitfracht Medien GmbH
Ferdinand-Jühlke-Straße 7
99095 Erfurt, Deutschland
produktsicherheit@kolibri360.de

Druck:
CPI Druckdienstleistungen GmbH
im Auftrag der
Zeitfracht Medien GmbH
Ein Unternehmen der Zeitfracht - Gruppe
Ferdinand-Jühlke-Str. 7
99095 Erfurt